ULLSTEIN

Das Buch

Schon als kleiner Junge hat Fergus Kilburnie einen Traum: Er will Kapitän in der Royal Navy werden. Dort haben sich bereits sein Großvater und Onkel sehr tapfer geschlagen, aber als Schotten war ihnen jeder weitere Aufstieg verwehrt, nachdem sie den Rang eines Leutnants erreicht hatten. Fergus' Talent für die See ist so überragend, daß zunächst nicht einmal übel wollende Vorgesetzte seinen Aufstieg bremsen können. Nachdem er sich auf der *Athena*, einer Fregatte mit 38 Kanonen, als Hilfssteuermann und Geschützführer im Gefecht gegen die Spanier bewährt hat, wird er zum diensttuenden Leutnant befördert und erhält früher als jeder andere die Gelegenheit, die Leutnantsprüfung abzulegen. Sein nächster Kommandant sieht in ihm aber nur den Underdog, der durch die Ankerklüse aufs Deck gekrochen ist, und erweist sich als Zauderer, als er als einer der »Wölfe des Englischen Kanals« französische Freibeuter jagen soll. Mit Fergus' Versetzung auf die *Aberdeen* scheint sein Stern endgültig im Sinken begriffen.

Der erste Band der marinehistorischen Ullstein-Romanserie um den ebenso schwierigen wie verdienten Aufstieg eines jungen Mannes in der Royal Navy, dessen Leistungen in der Admiralität mit denen des berühmten Nelson verglichen werden.

Der Autor

William Paden Mack wurde 1915 in Hillsboro, Illinois, als Sohn des in den Ruhestand versetzten Commander A. R. Mack und Josephine Paden Mack geboren. Er absolvierte eine traditionelle Ausbildung in der US Marine Akademie und diente bei Ausbruch des Zweiten Weltkriegs als Gunnery Officer auf dem Zerstörer USS *John D. Ford*. 1969 wurde er zum Vizeadmiral und 1972 zum Leiter der US Marine Akademie in Annapolis, Maryland, befördert. William P. Mack ist in den USA ein äußerst erfolgreicher Schriftsteller. Er verfaßte die marinehistorischen Romane um Fergus Kilburnie, mehrere moderne Seekriegsromane und einige Fachbücher.

William P. Mack

Kapitän Kilburnie

Ein Leben für König und See

Roman

Aus dem Englischen
von Uwe D. Minge

Ullstein

Besuchen Sie uns im Internet:
www.ullstein-taschenbuch.de

Umwelthinweis:
Dieses Buch wurde auf
chlor- und säurefreiem Papier gedruckt.

Ullstein Verlag
Ullstein ist ein Verlag der Ullstein Buchverlage GmbH.
Deutsche Erstausgabe
1. Auflage Februar 2004

Titel der amerikanischen Originalausgabe:
Capitain Kilburnie (Naval Institute Press, Annapolis)
Übersetzung: Uwe D. Minge
Umschlaggestaltung: Buch & Werbung, Berlin
Titelabbildung: Beverly Robinson Collection, US Naval Academy
Gesetzt aus der Galliard
Satz: hanseatenSatz-bremen, Bremen
Druck und Bindearbeiten: Ebner & Spiegel, Ulm
Printed in Germany
ISBN 3-548-25775-5

Inhalt

1
Irland

Der junge Fergus Kilburnie zog den Striegel über die glänzenden Flanken von Lord Invers Lieblingspferd. Er hatte die Pflege des Tieres eigentlich schon vor ein paar Minuten beendet, aber sie verschaffte ihm einen bequemen Aussichtspunkt, von dem er Lord Invers schöne Tochter beobachten konnte, die dabei war, ihr eigenes Pferd zu satteln. Obwohl der Junge immer noch im Wachstum steckte, maß er inzwischen schon sechs Fuß und hatte volles hellbraunes Haar.

Als Shannon sich streckte, um ihrem Pferd die Zügel anzulegen, konnte er mit seinen blauen Augen erkennen, wie sich ihre weiße Baumwollbluse über einen wohlgeformten Körper spannte. Ihr langer Reitrock verbarg ihre runden Hüften nur wenig, als sie sich vorbeugte, um die Steigbügel richtig einzustellen.

Fergus seufzte halblaut, und er spürte, wie sein Begehren wuchs. Als er damals mit seinen Eltern auf Lord Invers Gut angekommen war, war Shannon ein spindeldürrer

Rotschopf gewesen, ein Kind, das auf dem Besitz des Vaters herumgetollt hatte. Jetzt war sie eine Schönheit. Ihr langes rotes, glänzendes Haar wurde im Nacken durch ein Band im Zaum gehalten, und ihre grünen Augen funkelten in ihrem gebräunten Gesicht, während sie sich auf ihre Aufgabe konzentrierte.

Als das Pferd zu ihrer Zufriedenheit fertig war, trat sie einen Schritt zurück und betrachtete es, dabei klopfte sie den Staub von den glänzenden schwarzen Stiefeln und zog an ihrer Bluse, um sie wieder oben in den Bund ihres Rocks zu stopfen.

Während das Pferd erwartungsvoll einen Huf hob, drehte sich Shannon herum und sah zu Fergus hinüber. Ihr Lächeln war unschuldig und teuflisch zugleich, da sie sich durchaus bewußt war, daß Fergus sie die ganze Zeit bewundernd beobachtet hatte.

Fergus seufzte, denn er wußte, was jetzt kam.

»Fergus«, rief sie ihm zu, »ich werde zum alten Friedhof auf ein Picknick hinüberreiten. Willst du mich nicht begleiten?«

Fergus seufzte noch tiefer. Er wurde hin- und hergerissen zwischen seinem leidenschaftlichen Verlangen, mit ihr zusammenzusein, und der absoluten Gewißheit, daß das Resultat höchstwahrscheinlich eine Menge Ärger sein würde, falls er dieser Versuchung nachgab. Er atmete tief durch. »Ich fürchte, daß ich noch zwei weitere Pferde putzen muß.« Er nahm den Striegel und die Bürste, ging zu ihr hinüber und hielt ihr die Hände als Steigbügel hin, als sie aufsaß. Er war sicher, daß sie absichtlich ihre Brust über seine Wange hatte gleiten lassen, als sie sich in den Sattel hievte.

Sie blickte auf ihn hinunter, in ihren grünen Augen tanzten die Teufelchen. »Ich bin mindestens eine Stunde auf dem Friedhof. Versuch doch einfach nachzukommen.«

Er wollte protestieren, aber bevor er ein Worte sagen konnte, verpaßte sie ihrem Pferd einen leichten Schlag mit der Reitgerte. Versessen darauf, sich auszulaufen, bewegte sich der Gaul in einem schnellen Trab in Richtung des offenen Tores. Sobald sie es passiert hatten, galoppierte es, so schnell es konnte, in Richtung des freien Feldes, seine Hufe warfen kleine Brocken der grünen Wiese auf. Shannon ritt schon seit vielen Jahren, und so ließ sie ihrem Pferd freien Lauf.

Fergus sah ihr nach, den Striegel bewegungslos in der Hand. Leise sagte er zu sich selbst: »Und führe mich nicht in Versuchung!« Dann drehte er sich um und widmete sich seinen Aufgaben in der Hoffnung, daß ihn die Arbeit wieder abkühlen würde.

Nachdem er die anderen Gäule gestriegelt hatte, überlegte er, wann er Shannon das erste Mal gesehen hatte. Als siebzehnjähriger Junge war er auf den Besitzungen der Invers angekommen. Er hatte neben seinem Vater und seiner Mutter auf dem Kutschbock eines großen Wagens gesessen, der bis oben hin mit Haushaltsgeräten beladen gewesen war, die sie von ihrer Farm in Fairlie an der Küste Schottlands in der Nähe von Kilmarnock mitgebracht hatten. Der Vater von Fergus war als Verwalter angestellt worden auf dem Gut von Lord Inver, der ein irischer Adliger und Mitglied des Irischen Parlaments war. Lord Inver züchtete gewerbsmäßig Pferde, aber wie alle reichen Iren war er auch ein begeisterter Reiter und unterhielt einen Stall voller Rennpferde.

Nach 1790 kamen viele Schotten, die aus einer ehemals relativ hochgestellten sozialen Klasse stammten, nach Irland, um die Güter des irischen Landadels gemäß den neuesten Erkenntnissen der Landwirtschaft zu führen. Der Landbesitz der Kilburnies war groß, beinahe so groß wie der von Lord Inver, und war schon seit einem Jahrhundert in den Händen der Kilburnies. Wie bei vielen anderen Schotten auch war bei den Kilburnies das Bargeld knapp geworden, doch sie blieben reich an Land. Sie gingen nur nach Irland, um zu verhindern, daß sie Teile ihres Landes verkaufen mußten.

Als der Planwagen vorfuhr, hatte die kleine Shannon Fergus angestarrt. Er hob die Hand, um sie zu grüßen, und sie lächelte. In den Augen von Fergus sah ihr dünner Körper wie eine Reihe zusammengesetzter Zaunlatten aus, aber er stellte auch eine gewisse Anmut in den Bewegungen fest, ähnlich einem Vollblutfohlen.

Nach seiner Ankunft half Fergus seinem Vater in Lord Invers großem Pferdestall. Da er schnell lernte und Pferde liebte, hatte man ihm bald den Stall eigenverantwortlich übertragen und bezahlte ihn dafür anständig.

Shannon hatte schon vor dieser Zeit reiten gelernt, aber Lord Inver übertrug Fergus auch die Aufgabe, ihr die Pflege, das Satteln und das Trainieren von Pferden beizubringen. Deshalb verbrachte Fergus viele Stunden mit ihr, unterrichtete sie in der großen Scheune und auf dem Sattelplatz. Er ritt mit ihr über die Felder und Wege der umliegenden Gegend.

Ohne zu merken, was geschah, begann ihre zunehmende Schönheit ihn zu faszinieren. Zuerst wehrte er sich dagegen, da er genau wußte, daß Lord Inver es niemals zulassen würde, daß Fergus seiner Tochter den Hof machte, obwohl die Kilburnies in Schottland eine hohe Stellung in ihrem Clan bekleideten und daher den Invers gesellschaftlich ebenbürtig waren. Für Lord Inver jedoch hatte ein schottischer Rang wenig Bedeutung. Für ihn waren die Kilburnies kaum besser als seine irischen Pächter.

Fergus spürte, daß zwischen ihm und Shannon ein Band entstand, und der Anblick ihres geschmeidigen Körpers, der auf dem Pferderücken über den Rasen galoppierte, brachte sein Blut in Wallung. Schnell beendete er seine Arbeit und sattelte sein eigenes Pferd. Dabei zwackte er seinen Hengst am Bauch mit dem Gurt, und das Pferd wich vor Schmerz zurück. Doch Fergus redete ihm begütigend zu, fixierte den Gurt und schwang sich in den Sattel. Schon ein paar Minuten später verschwand das große Haus hinter ihm zwischen den Bäumen.

Er war so in Gedanken versunken, daß er beinahe Lord Inver übersehen hätte, der auf seinem besten Pferd von einem weit entfernt liegenden Feld zurückkam. Einen Moment lang hatte er den Eindruck, als ob Lord Inver ihn rufen wollte, aber sie waren zu weit voneinander entfernt, als daß Fergus ihn hätte hören können. So blickte er absichtlich weg, falls Lord Inver mit der Hand winken sollte.

Während er ritt, dachte er an Shannon und versuchte, sich eine gemeinsame Zukunft vorzustellen. Er wußte, daß er nichts Unbedachtes tun durfte. Lord Invers hitziges Temperament war allgemein bekannt. Fergus war sogar groß und stark genug, um es körperlich mit ihm aufzunehmen, aber er mußte immer an die Position seiner Familie denken: Lord Inver konnte die gesamte Familie Kilburnie problemlos wieder nach Schottland zurückschicken. Trotz der unbestrittenen landschaftlichen Schönheit Irlands mochte Fergus das Land nicht sonderlich, doch wußte er auch ganz sicher, daß er Shannon nicht verlassen wollte. Er knirschte mit den Zähnen und bedauerte, daß er Lord Inver nicht mehr Beachtung gezollt hatte. Vermutlich würde Lord Inver genau wissen, wohin er so eilig unterwegs war. Fergus zuckte mit den Schultern, Shannon war wichtiger. Er gab seinem Pferd die Sporen, und es wurde schneller. Es brauchte keine Anweisungen – es war schon früher auf dem Friedhof gewesen.

Zwanzig Minuten später hielt Fergus seinen schwer schnaufenden Hengst auf einer Hügelkuppe an, von der aus es hinunter zu dem alten Gottesacker ging. Die Kirche wurde nicht mehr genutzt, aber gelegentlich wurde hier noch jemand beigesetzt, der dicht in der Nähe seiner Angehörigen die letzte Ruhe finden wollte. Alles sah ziemlich dürftig aus, saftiges Gras, Unkräuter und wilde Blumen wuchsen zwischen den Steinen und den Reihen der Bäume, die den Kirchhof von allen Seiten einfaßten. Man konnte keine Häuser sehen, aber Rauch kräuselte sich gemächlich über den Dächern, die sich tief hinter die Bäume duckten. Weit in der Ferne, direkt über der Kirche, konnte Fergus die Donegal Bay erkennen und zu seiner Linken die Kirchtürme der Stadt Donegal, die tief im Inneren der Bucht lag.

Er ließ seinen Blick zu einem Haufen alter Grabsteine auf dem Friedhof wandern und sah sofort gegen den Teppich aus hohem grünem Gras das Weiß und Braun von Shannons Reitkostüm. Sie lehnte gegen einen niedrigen Stein, die Satteltaschen standen neben ihr. Ihr Pferd war an einen kleinen Baum gebunden, gemächlich weidete es saftiges irisches Gras.

Fergus ritt langsam den Abhang hinab, sein Pferd suchte sich seinen Weg zwischen den Grabsteinen hindurch. Neben Shannons Pferd sprang er ab und band die Zügel an einen tiefhängenden Zweig. Nachdem er den Sattel abgenommen hatte, zog er die Satteldecke herunter und trug sie zu der Grasfläche, wo sich Shannon inzwischen niedergelassen hatte.

Sie blickte auf, als er sich näherte, und kicherte. »Ich wußte, daß du kommen würdest«, sagte sie mit dem niedlichen lispelnden irischen Akzent, den sie sich für die geheimen Augenblicke mit ihm aufsparte.

Er grinste. »Das klingt, als ob du dein teueres Schulenglisch vergessen hättest.«

»Oh, Fergus, du schottischer Tölpel. Es gibt nichts Schlimmeres als das schottische rollende R.«

Er breitete seine Decke aus und setzte sich. Sie nahm die Satteltaschen auf und rückte neben ihn. »Ich habe auf dich gewartet. Ich habe gute Sachen mit und von allem reichlich. Ich weiß, wie hungrig du immer bist.«

Er seufzte schwer und platzte heraus: »Oh, mein Gott, Shannon, ich habe keinen Appetit. Wir können uns nicht weiter treffen.«

Sie sah ihn an, ihre grünen Augen blickten kühl unter den langen schwarzen Wimpern hervor. »Warum nicht?«

»Dein Vater würde einem Antrag von mir nicht zustimmen, außerdem bist du zu jung.«

Sie streckte ihre Hand aus und streichelte seine Schulter. »Es ist mir egal, was er will oder nicht will. Ich bin nicht zu jung. Ich bin fast siebzehn, und Vater redet dauernd davon, daß er einen Mann für mich finden muß.«

Shannon begann ihn zu necken, erst machte sie ihm

amouröse Avancen, streichelte zärtlich seinen Arm und lächelte dabei verführerisch, um ihm dann, sobald er sich vorbeugte, um sie zu küssen, ein Sandwich oder ein Stück Käse anzubieten. Bald lächelte auch Fergus. Einmal schob er ein Sandwich zur Seite und versuchte sie zu küssen, aber sie legte ihren Finger auf seine Lippen.

»Ich möchte, daß du gut im Futter und stark bist«, sagte sie mit vorgegaukelter Ernsthaftigkeit.

»Du klingst, als ob dein Vater über eines seiner Pferde vor dem Rennen redet«, erwiderte Fergus.

Als der letzte Krümel des Picknicks vertilgt war, lächelte Shannon und streckte ihre Arme nach Fergus aus. »Jetzt, mein Held.«

Fergus zögerte. Er wußte, er sollte es nicht tun, aber in diesem Augenblick zog er sie auch schon heftig an sich. Sie leistete keinen Widerstand und erwiderte seine Umarmung so schnell, daß er beinahe die Beherrschung verloren hätte. Anstatt des ungeschickten, fast unschuldigen Berührens ihrer Lippen, das sie sich bis jetzt nur erlaubt hatten, küßten sie sich leidenschaftlich. Er wußte, er konnte und wollte nicht aufhören und küßte sie so heftig, daß er Angst hatte, er könnte ihre vollen roten Lippen verletzen. Shannon antwortete mit gleicher Heftigkeit.

Fergus zog sich zurück und schüttelte den Kopf. »Nein, wir dürfen das nicht.«

Sie schlang die Arme um ihn und zog ihn zu sich auf die Decke. »Oh, Fergus, ich habe mich so nach dir gesehnt. Hör jetzt nicht auf.«

Einen qualvollen Augenblick lang versuchte Fergus, sich unter Kontrolle zu halten, aber dann küßte er sie wieder. Es war zu spät. Er begann, ihre Bluse aufzuknöpfen, und sie half ihm, sie auszuziehen. Er stöhnte vor Vergnügen, als er die vollen Brüste streichelte, die er so oft bewundert hatte. Er begann, ihren langen Rock in die Höhe zu schieben, und als sie ihm sagte, daß sie darunter nichts mehr anhätte, drückte er sich gegen sie. Ihm war klar, daß er jetzt nicht mehr zurückkonnte. Er griff hinter sich, um den einen Teil der Decke über sie zu ziehen, obwohl er sicher war, daß sich in einem Umkreis von mehreren Meilen kein Mensch aufhielt. Er küßte sie wieder. Dann hörte er – anscheinend in der Ferne – das Wiehern von Pferden, aber er war so auf Shannon fixiert, daß er dem keine Aufmerksamkeit zollte.

Pferdehufe sausten gedämpft durch das Gras heran, dann folgte ein dumpfes Stampfen auf dem Boden, das Quietschen von Leder war eindeutig. Fergus blickte überrascht auf.

Auf seinem schwarzen Jagdpferd saß Lord Inver, sein Gesicht war vor Wut purpurrot. Er starrte auf sie hinunter. Einen Augenblick lang war er still, als er die beiden jungen Liebenden betrachtete. Dann brüllte er mit Stentorstimme: »Verdammt, Mädchen, komm hoch! Ordne deine Kleider und reite heim. Um Fergus kümmere ich mich später!«

Shannon schnappte nach Luft. Obwohl auch sie zuerst überrascht ausgesehen hatte, meinte Fergus einen teuflischen Zug auf ihrem geröteten Gesicht zu bemerken. Sie erhob sich provozierend langsam, zog ihren Rock mit der einen Hand herunter und knöpfte mit der anderen die Bluse zu. Plötzlich wurde Fergus klar, daß sie vor ihrem Vater nicht die geringste Angst hatte, und wie zum Beweis dafür, streckte sie ihm die Zunge heraus.

Während er zusah, wie seine Tochter wegging, bekam Lord Inver ihre trotzige Geste mit, und sein Gesicht schien noch um einige Farbschattierungen dunkler zu werden. Fergus war sicher, daß er kurz vor einem Schlaganfall stand. Sein Pferd schien seinen Ärger zu spüren und begann zu steigen, aber Lord Inver bekam das zitternde Tier wieder unter Kontrolle. Dann wandte er sich wieder Fergus zu. »Machen Sie sich wieder präsentabel und kehren Sie auf mein Gut zurück. Sie haben vierundzwanzig Stunden Zeit, von meinem Land zu verschwinden. Sollte ich Sie irgendwo in der Nähe meiner Tochter erwischen, dann durchbohre ich Ihren verdammten Bauch mit meinem Degen und schneide Ihnen Ihre Männlichkeit ab!«

Bevor Fergus sich rühren konnte, warf ihm Lord Inver einen letzten verachtungsvollen Blick zu und galoppierte hinter seiner Tochter her.

Fergus stellte untröstlich fest, daß sich sein feuriges Blut von roter Lava in graues Blei verwandelt hatte, und er legte sich zurück auf seine Satteldecke. Wenn er doch bloß nicht seinem Trieb nachgegeben hätte, als er an Lord Inver vorbeigeritten war! Wäre er doch nur zu ihm hinübergeritten, um mit ihm zu sprechen! Wenn er doch nur in seinem Stall geblieben wäre ... Wenn er doch nur auf sein Gewissen gehört hätte ... Wenn er doch bloß ...

Jetzt war es zu spät, und er hatte jede Chance verspielt, die er vielleicht gehabt hatte, Shannon später mal offiziell den Hof zu machen. Er dachte daran, daß er seine ganze Familie entehrt und ihre Position in Gefahr gebracht hatte – und vielleicht sogar ihren Grund und Boden. Er seufzte tief auf und blickte zu den Baumwipfeln empor, die den

Kirchhof umrandeten. Was sollte er nur machen? Seine Verzweiflung lag ihm wie ein Stein im Magen.

Fergus stand auf, nahm die Decke und die Satteltaschen vom Boden auf und ging langsam zu seinem Pferd hinüber. Er warf die Decke auf den Pferderücken, legte den Sattel auf und warf die Satteltaschen hinter den Sattel. Langsam ritt er von dem Friedhof weg, blickte dann aber kurz zurück. Noch vor wenigen Minuten schien es ein Platz des Friedens, ein Paradies zu sein. Jetzt erkannte er, was er wirklich war: ein Ort des Todes. Denn hier ruhte seine Liebe, hier konnte er die Beziehung mit Shannon begraben. Der Ritt zurück war nur drei Meilen lang, aber er schien ihm drei Stunden zu währen.

Als Fergus auf das Anwesen zurückkehrte, vermied er den Stall und den Sattelplatz, statt dessen ritt er zur Eingangspforte des Zauns, der das bescheidene Landhaus umgab, in dem der Gutsinspektor mit seiner Familie wohnte. Er hatte keine Lust, in die wissenden, spöttischen Augen der Stalljungen zu blicken und sich ihr Kichern anzuhören. Sein Vater, Angus Kilburnie, erwartete ihn. Er hatte die Hände in die Hüften gestützt und einen mürrischen Ausdruck auf seinem kantigen Gesicht, das von langen grauen Koteletten und ebenso grauem Haupthaar eingerahmt wurde.

Fergus blickte ihn und seine Mutter an. Elizabeth war eine Schottin mit einer etwas untersetzten Figur und einem freundlichen Gesicht, jetzt stand sie gespannt dicht neben der Eingangstür. Langsam stieg Fergus ab und band sein Pferd an den Torpfosten, dann wandte er sein Gesicht seinem Vater zu.

Bevor Fergus etwas sagen konnte, begann Angus mit überraschend ruhiger Stimme: »Nun, mein Junge, laß uns darüber reden. Was immer du getan hast! Lord Inver kam hier vorgeritten, sein Gesicht war rot und aufgedunsen, und er befahl, daß du innerhalb von vierundzwanzig Stunden von seinem Grund und Boden verschwunden sein sollst. Ich dachte, ihn trifft auf der Stelle der Schlag.«

Fergus seufzte tief auf. »Laßt uns ins Haus gehen. Wir brauchen alle ein Glas von diesem schrecklichen irischen Whiskey.«

Nachdem Fergus' jüngere Schwester in den Garten verbannt worden war, setzten sich die drei Erwachsenen um den Küchentisch herum. Angus goß Whiskey in die drei Tumbler, und Fergus reichte seiner Mutter einen davon. »Hier, Mutter, du wirst ihn vielleicht mehr als wir anderen brauchen.«

Elizabeth Kilburnie lächelte. »Das wollen wir erst mal sehen, mein Sohn, aber auch ich bin gespannt, was du uns zu sagen hast.«

Angus mischte sich ein: »Schluß, Sohn! Berichte uns, was sich zugetragen hat.«

Langsam schüttelte Fergus den Kopf. »Ich habe heute etwas Schreckliches getan. Ich hätte mich selbst besser unter Kontrolle haben müssen und mehr daran denken müssen, was mit meiner Familie passieren könnte.«

Seine Mutter nippte an ihrem Whiskey. »Es war Shannon, nicht wahr? Ich habe wohl bemerkt, wie ihr euch anschaut.«

Fergus nickte. Einen Moment lang versagte ihm die Stimme, und sein Vater sagte ungeduldig: »So wie Lord Inver herumgebrüllt hat, vermute ich, daß er euch in flagranti beim – äh, nun sagen wir mal ... eben erwischt hat!«

Fergus fand schließlich seine Sprache wieder. »Nun, nicht so ganz. Eigentlich hatten wir noch nichts wirklich Verbotenes getan, als er uns überraschte. Ich hoffe nur, daß er Shannon nichts antut.«

Seine Mutter schüttelte den Kopf. »Das tut er bestimmt nicht, er betet sie an.«

Fergus nickte. »Ich muß gestehen, daß wir kurz vor dem Äußersten waren. Es könnte sein, daß Lord Inver deshalb auch den Rest der Familie rauswirft.«

Angus schnaubte: »Prima. Wir wollten sowieso wieder weg. Deine Mutter und ich wollten eigentlich schon im letzten Jahr wieder nach Hause.«

Elizabeth Kilburnie lachte: »Ich kann es kaum erwarten, wieder in meiner eigenen Küche zu stehen und von diesen Iren fortzukommen.«

Angus streckte seine Hand aus und streichelte ihren Arm. »Wir verschwinden nächste Woche. So viel Zeit muß ich ihm geben.«

Fergus fragte: »Aber werden wir denn auf unserem Hof alle Platz haben?«

Angus deutete auf ein Päckchen Briefe auf dem Kaminsims. »Ich habe es dir nicht erzählt, aber dein Großvater hat mir geschrieben, daß es ihm gesundheitlich immer schlechter geht, daher ist außer deinem älteren Bruder und einem angeheuerten Jungen niemand da, der sich um den Hof kümmert. Es haben so viele Menschen das Land verlassen, daß es schwierig ist, Arbeitskräfte zu finden. Er möchte, daß wir zurückkommen und alles übernehmen. Er wird bei uns im großen Haus wohnen bleiben. Dein Bruder wird in das kleine Haus ziehen, nachdem er geheiratet hat, was wohl bald der Fall sein wird.«

»Aber er wird die Farm eines Tages von dir übernehmen wollen«, erwiderte Fergus.

»Und das kann er auch. Ich habe ohnehin bemerkt, daß Ackerbau und Viehzucht nicht dein Ding sind.«

Fergus grinste: »Ich liebe Pferde, den Rest schenke ich dir.«

Elizabeth mischte sich ein: »Ich denke, daß du etwas anderes in Angriff nehmen solltest, sobald wir uns wieder eingelebt haben. Wir haben genug gespart, um dich nach Edinburgh auf die Universität zu schicken.«

Fergus seufzte. Universität bedeutete einen Beruf: Rechtswissenschaften, Medizin, Theologie. »Ich werde darüber nachdenken, aber jetzt muß ich mich auf meine Abreise vorbereiten.«

Elizabeth erhob sich. »Ich packe dir etwas Eßbares zusammen, und morgen früh bekommst du noch ein riesiges Frühstück.«

Fergus und sein Vater blieben zusammen vor dem Feuer hocken und redeten, bis die Flasche irischen Whiskeys leer war.

Kurz vor Anbruch der Dämmerung weckte Elizabeth die Männer, und sie setzten sich zu einem ausgiebigen Frühstück nieder. Angus schob ein ledernes Päckchen zu Fergus. »Hier sind zwanzig Pfund. Das ist eine Menge Geld. Nachdem du die Fähre nach Glasgow davon bezahlt hast, gibst du den Rest deinem Großvater. Jedenfalls mußt du so dein Pferd nicht verkaufen.«

Fergus verstaute das Geld sicher innen in seinem Hemd.

»Danke, Vater, ich denke, daß ich ein paar Nächte am Straßenrand übernachten und so ein wenig Geld sparen kann. Ich werde über Omagh, Craigavon, Dungannon und Lisburn reisen.«

Angus nickte. »Du solltest gegen Mittag des vierten Tages an den Docks von Belfast sein.«

Elizabeth bat ihn: »Sei bitte vorsichtig. Entlang der ganzen Strecke gibt es Straßenräuber.«

Angus stand auf und nahm einen dünnen Dolch von einem Fuß Länge vom Kaminsims. »Das ist mein *skene dhu*. Er ist seit Jahren in Familienbesitz. Binde dir unter dem Hosenbein die Scheide mit der Oberseite nach unten an die Wade, dann befestige den Dolch an der Scheide mit einem dünnen Faden, so daß du dich nach unten bücken und ihn schnell ziehen kannst.«

Fergus nahm die Waffe und sagte: »Danke, Vater. Ich gebe ihn dir zurück, wenn du wieder sicher zu Hause angekommen bist. Aber womit willst du dich auf der Straße verteidigen?«

Angus deutete auf das lange Schwert – es war ein typisches schottisches Breitschwert –, das in seiner Scheide in einer Ecke der Küche lehnte. »Das da wird mir beistehen.« Er lächelte. »Ich habe diese mickerigen kleinen Dolche nie gemocht.«

Nach dem Frühstück sattelte Fergus sein Pferd und befestigte ein Bündel Kleider, die in eine Decke eingerollt waren, hinten an seinem Sattel. Nachdem er seine Mutter und seine Schwester umarmt hatte, schüttelte er seinem Vater die Hand, dann stieg er auf seinen ungeduldigen Hengst. Als er aus dem Tor ritt, drehte er sich um und winkte ihnen nochmals zu.

Während er die Straße nach Omagh einschlug, blickte er zurück zu dem großen Haus auf dem Hügel. Er meinte, erkennen zu können, daß sich die Vorhänge in Shannons Zimmer bewegten, aber war sich dessen nicht völlig sicher.

2

Die Reise nach Schottland

Der Ritt auf der Straße nach Omagh hinunter war der längste Tag im Leben des Fergus Kilburnie. Noch nicht einmal der schöne Frühlingstag, das grüne Gras der benachbarten Weiden oder die wilden Blumen, welche die Straße säumten, vermochten ihn aufzuheitern.

Nur sein Pferd, das froh war, dem Sattelplatz entkommen zu sein, hatte gute Laune. Fergus konnte an nichts anderes denken als an das rote Gesicht von Lord Inver, das drohend über ihm aufragte, und an Shannons kleinen Aufschrei. Ihm wurde klar, daß es ein Ausdruck von Ärger gewesen war, weil man sie gestört hatte, und nicht etwa ein Eingeständnis von Scham oder Angst. Sie hatte eine starke Persönlichkeit – sogar schon mit ihren sechzehn Jahren, und Fergus konnte sich ein Grinsen nicht verkneifen, als er an die trotzige Geste dachte, die sie ihrem Vater hatte zukommen lassen, und auch an das schnelle Lächeln, das sie ihm über die Schulter zugeworfen hatte, während sie auf ihr Pferd gestiegen war. Fergus wußte, daß er Shannon wahrscheinlich nie wiedersehen würde, obwohl er sehr verliebt in sie war. Es würde eine lange Zeit vergehen, bevor ihn wieder eine andere Frau interessieren konnte.

Aber in der kommenden Zeit würde er sich darauf konzentrieren müssen, etwas aus seinem Leben zu machen – außer Pferde zu züchten. Er dachte über seinen Großvater nach, der vor fünfzig Jahren die heimische Farm verlassen hatte, um in der Marine Seiner Majestät zu dienen. Allerdings hatte er seinen Abschied genommen, nachdem er den Rang eines Leutnants erreicht hatte, und war auf den Bauernhof der Familie zurückgekehrt. Er hatte erkannt, daß er als der einfache Schotte, der er in den Augen der Engländer war, in diesem System, das von der aristokratischen Hierarchie beherrscht wurde, nie weiter aufsteigen konnte.

Fergus hatten immer die Geschichten des Großvaters über die Marine interessiert. In den schneereichen Wintermonaten hatte dieser ihm beigebracht, wie man den Quadranten zur Messung von Sonnenhöhen und der Polarsternbreite benutzte und wie man mit Hilfe von Seekarten navigierte. Im Sommer lernte Fergus auf den kleinen Booten segeln, die an einer Pier lagen, die zum Land des Familienbesitzes gehörte, der an den Firth of Clyde angrenzte. Drei Sommer hatte er als Decksmann an Bord eines großen Fischerbootes gearbeitet, das von Glasgow aus seine Profession betrieb. Er spürte, daß er für den Dienst in der Royal Navy oder in der Fischereiflotte gut geeignet war. Wenn er die freie Wahl hatte, dann würde es die Königliche Marine werden. Beim Fischen gab es zwar nicht viele Abenteuer, aber er hatte gehört, daß das Leben in der Marine viel schwerer war. Immerhin hatte es sein Großvater bis zum Leutnant gebracht, und das war wahrscheinlich besser, als den ganzen Tag den Geruch von stinkendem Fisch in der Nase zu haben.

Als die Dunkelheit hereinbrach, war Fergus sicher, daß er Omagh an diesem Abend nicht mehr erreichen konnte, es sei denn, daß er auf der ihm unbekannten Straße in der Dunkelheit weiterritt. Er steuerte ein kleines Wäldchen in einer Gegend an, die ihm unbewohnt aussah. Ungefähr hundert Yards innerhalb des Gehölzes fand er eine geschützte Lichtung. Er sattelte das Pferd ab und band es mit einer langen Leine an einen Baum, damit es frei grasen konnte. Ein paar Yards davon entfernt breitete er die Pferdedecke aus und holte das Essen hervor, das seine Mutter in die Satteltaschen gepackt hatte. Er entzündete ein kleines Feuer, um sich heißes Wasser für einen Tee zu bereiten. Nach dem Abendessen lehnte er sich gegen den Sattel und zog die zweite Decke aus seiner Gepäckrolle über sich. Er erinnerte sich, daß die Pferdedecke, auf der er lag, dieselbe war, die er gestern mit Shannon geteilt hatte. Er konnte immer noch ihr Parfum in den rauhen Fasern riechen. Er seufzte tief und schwor, sich niemals von dieser Decke zu trennen.

Fergus versuchte einzuschlafen, um den Muskelschmerz der vielen Stunden im Sattel zu vergessen, aber seine Gedanken kreisten immer um seine Zukunft. Gegen Mitternacht fiel er in einen leichten, unruhigen Schlaf. Bald wurde er wieder – er schätzte, daß es ein paar Stunden vor der Morgendämmerung war – vom unruhigen Stampfen seines Pferdes wach. Er öffnete die Augen, und schlagartig wurde ihm klar, daß irgend etwas nicht in Ordnung war. Im schwachen Licht des verglühenden Feuers sah er eine Gestalt, die gerade die lange Leine löste, mit der sein Pferd angebunden war.

Fergus faßte hinunter an sein Bein, wo das *skene dhu* befestigt war, löste das Bändsel, das es in der Scheide fixierte, und zog die Waffe langsam heraus. Leise schlug er die Dekke zurück, erhob sich und schlich sich an die Gestalt heran. Als er nur noch einen Schritt entfernt war, knackte ein kleiner Zweig unter seinem Fuß, und die Gestalt vor ihm zuckte zusammen und erstarrte. Fergus nutzte seine Chance, streckte seinen linken Arm aus und umklammerte den Hals des Diebes, wobei er ihm den *skene dhu* in die Rippen preßte.

Er sagte mit ruhiger Stimme: »Keine Bewegung oder du hast sechs Zoll Stahl in deiner Brust.«

Die Gestalt stöhnte, aber bewegte sich nicht in Fergus' festem Griff.

»Dreh dich langsam zum Feuer um, damit ich dein Gesicht sehen kann.«

Der Dieb drehte sich langsam herum und begann zu schluchzen. Im schwachen Licht des Feuers konnte Fergus erkennen, daß es sich um einen kleinen Jungen handelte, der vielleicht zwölf Jahre alt sein mochte. Überrascht löste er seinen Arm von dessen Hals, ließ aber den Dolch nicht sinken. Fergus hatte schon von vierzehn Jahre alten Dieben gehört, die man gehängt hatte, und wollte kein Risiko eingehen. »Komm zum Feuer und setz dich hin.«

Der Junge setzte sich langsam, er zitterte und schluchzte noch immer. Fergus warf ein paar Äste in die Glut, dann setzte auch er sich. »Erklär mir, warum du versucht hast, mein Pferd zu stehlen!«

Der Junge schüttelte sich, um seine Fassung wiederzugewinnen. Schließlich war er in der Lage zu antworten: »Es tut mir leid, aber meine Familie hungert.«

»Also wolltet ihr mein Pferd verspeisen?«

»O nein, Sir. Ich wollte es verkaufen, um dann von dem Geld Essen zu kaufen.«

»Weißt du, daß ich dich hätte töten können?«

Der Junge hob den Kopf. »Sie sind Schotte?«

»Aye, und auf dem Weg zurück nach Schottland. Wenn du mein Pferd geklaut hättest, dann hätte ich einen verdammt langen Fußmarsch vor mir gehabt.«

Der Junge rieb sich die Tränen aus den Augen und blickte Fergus an. »Bitte, lassen Sie mich gehen. Meine Mutter wird sich Sorgen machen, wenn ich in der Morgendämmerung nicht zurück bin.«

»Wo wohnst du?«

»Ungefähr eine Meile an der Straße in Richtung Omagh hinunter.«

Fergus steckte den *skene dhu* zurück in die Scheide und nahm etwas Eßbares aus seiner Satteltasche. »In Ordnung. Geh nach Hause und nimm etwas von diesem Essen mit.«

Als der Junge sich erhob, sagte er: »Wenn Sie morgen an unserer Kate vorbeikommen, können Sie ruhig anhalten. Meine Mutter würde sie bestimmt gern kennenlernen und Ihnen etwas zum Frühstück richten.«

Fergus lachte. »Ich dachte, ihr seid am Verhungern.«

»Das sind wir auch. Alles, was wir zu essen haben, sind gekochtes Gemüse und ein Ei oder zwei, wenn unsere Henne legt. Manchmal findet meine Schwester wilden Hafer, daraus bereiten wir dann Porridge.«

»Viel Glück. Wenn ich anhalten sollte, werde ich deiner

Mutter nicht erzählen, was sich heute nacht hier zugetragen hat.«

Der Junge entfernte sich in Richtung der Straße, hielt dann aber nochmals an und rief Fergus über die Schulter zu: »Sir, falls Sie morgen nacht wieder an der Straße übernachten wollen, dann sollten Sie entweder ein größeres Feuer machen oder weiter von der Straße entfernt lagern. Dann leben Sie sicherer.«

In der Morgendämmerung trat Fergus sein Feuer aus, sattelte sein Pferd und ritt nach Osten in Richtung Omagh. Wie der irische Junge gesagt hatte, erreichte er nach einer Meile eine kleine Bauernkate. Außer einem kleinen Mädchen, das mit einem selbstgemachten Ball spielte, war niemand zu sehen. Fergus saß ab und rief das kleine Mädchen an. Er nahm Münzen im Wert von etwa einem Pfund aus einem kleinen Lederbeutel, den er aus seiner Jackentasche zog. Dabei handelte es sich um Geld, das er sich von seinem Lohn erspart hatte, und das er von dem Geld, welches ihm sein Vater mitgegeben hatte, getrennt aufbewahrte. Er zählte sein restliches Geld durch und stellte fest, daß er immer noch etwas mehr als zwanzig Pfund besaß.

Das Mädchen kam zum Tor gelaufen und blickte zu ihm auf. Er hielt ihr die Münzen hin und sagte auf englisch: »Gib das deiner Mutter.«

Das Kind nahm das Geld und besah es sorgfältig, dann sagte es etwas auf gälisch, was aber Fergus nicht verstand. Er deutete auf die Kate und sagte: »Mama.« Dieses Wort war in fast allen Sprachen dasselbe, und das kleine Mädchen schloß seine Faust fest um die Münzen und rannte zur Tür der Kate hinüber. Fergus saß auf und ritt davon. Vielleicht, dachte er, konnte das helfen, einen kleinen Jungen vor dem Galgen zu bewahren.

Sein Pferd, das schnell laufen wollte, trug ihn schon vor Mittag durch Omagh. In der Abenddämmerung hatte er die Ausläufer von Dungannon erreicht, wo er an einem Mietstall direkt neben einer Gaststätte anhielt.

Als er sein Pferd von den Lasten befreite, erinnerte er sich an die vielen Jahre, die es ihm schon treue Dienste geleistet hatte. Er hatte es vor drei Jahren in Schottland ausgebildet und mit nach Irland gebracht. Jetzt wollte er es nicht für die Überfahrt verkaufen müssen, und er war entschlossen, eine Lösung zu finden, um es wieder mit zurück nach Hause zu nehmen.

Der Besitzer des Stalls tippte grüßend an seinen Hut. »Geben Sie mir Ihr Pferd, junger Herr, aber nehmen Sie vorsichtshalber Ihren Sattel mit.«

»Steht's hier so schlimm?« erkundigte sich Fergus.

Der Besitzer zuckte mit den Achseln. »Ich schlafe zwar jede Nacht im Stall, aber ich werde alt, und ich höre nicht mehr so gut. Sie sollten kein Risiko eingehen.«

Fergus sattelte das Pferd ab, schulterte den Sattel und sein Gepäck und betrat die Kneipe durch die Stalltür. Ein irisches Mädchen mit einem frischen Gesicht trat auf ihn zu. Sie lachte und griff nach seinen Satteltaschen und der Deckenrolle. »Du hast genug Gepäck für zwei Pferde«, stellte sie in ihrem starken irischen Dialekt fest.

Fergus lächelte. Der Schwung ihres Halses, die vollen Brüste, die sich gegen ihre Bluse drückten, und der Schwung ihrer breiten Hüften, als sie sein Gepäck aufnahm, erinnerten ihn an Shannon. »Hast du ein Zimmer für mich?«

Sie nickte in Richtung des Mannes hinter dem Tresen. »Es wird das beste sein, wenn du mit ihm sprichst. Er ist der Chef. Aber ich bin sicher, daß er dich aufnehmen wird. Ich weiß, daß da noch ein kleines Zimmer im Obergeschoß frei ist.« Ihre weißen Zähne blitzten. »Es ist dicht neben meinem«, fügte sie mit einem verführerischen Lächeln hinzu, während sie fortging. Ganz augenscheinlich waren ihr die anerkennenden Blicke von Fergus nicht entgangen.

Fergus ließ den Sattel vor der Theke zu Boden rutschen. Der Wirt setzte das Glas ab, das er gerade geputzt hatte. »Wollen Sie ein Zimmer?« fragte er Fergus.

»Für eine Nacht«, antwortete Fergus, »mit einem Abendessen und einem sehr zeitigen Frühstück.«

»Aye, das können wir Ihnen sehr gut bieten. In einer halben Stunde wird ein saftiger Braten mit Kartoffeln fertig sein.« Er machte mit dem Kopf eine Bewegung in Richtung der Kellnerin. »Enya wird Ihnen das Frühstück zubereiten.« Ein Lächeln flog über sein faltiges irisches Gesicht. »Wenn ich Sie mir so anschaue, so einen gut gebauten jungen Mann, dann wird sie Ihnen wahrscheinlich auch alles andere geben, was Sie haben möchten.«

Fergus zog eine Grimasse. »Ich fürchte, daß ich dafür keine Zeit habe.«

Der Wirt lachte laut auf. »Halten Sie es, wie Sie wollen, aber als ich in Ihrem Alter war, hatte ich für nichts anderes Zeit! Ich habe mir wahrlich alle Zeit der Welt dafür genommen.«

Fergus mußte grinsen. »Na ja, vielleicht überlege ich es mir ja auch noch.«

Der Wirt rief lauthals: »Enya, bring diesen jungen Burschen nach oben – und komm gleich zurück. Das Abendessen ist gleich fertig, und da brauche ich deine flinken Hände beim Servieren.«

Enya schnappte sich Fergus' Satteltaschen und die Deckenrolle und stieg die Treppe hinauf. Sie drehte sich um, um sich zu vergewissern, daß er ihr folgte. Fergus starrte auf ihre Knöchel, die unter dem Saum ihres Rockes hell aufblitzten, als sie die Stufen hinaufschritt. »Magst du, was du siehst?« fragte sie ihn neckisch.

Fergus errötete. »Aye, und ich bin mir ziemlich sicher, daß der Rest sogar noch besser ist, aber erwarte nicht zuviel von mir. Ich mußte gerade mein Mädchen verlassen, das ich heiraten wollte.«

Sie erreichten das oberste Stockwerk, wo sie sein Gepäck in dem kleinen Zimmer verstauten. Enya lachte. »Ihr seid erwischt worden, nicht wahr?«

Wieder wurde Fergus rot. »Aye, und man hat mir gesagt, daß ich niemals wiederkommen dürfte.«

Enya blickte ihm in die Augen und schnurrte: »Warum bekümmert es dich dann, wenn du ohnehin niemals dorthin zurückkommst?«

»Eigentlich sollte es mir egal sein, aber das ist es eben nicht!«

Sie preßte sich absichtlich fest an ihn, als sie aus der Tür ging, aber sogar der Druck ihrer Brüste vermochte ihn nicht ernstlich zu verlocken. Schicksalsergeben wandte sich Enya ab und bemerkte noch: »Komm bald zum Essen hinunter, oder sie werden nichts mehr für dich übriglassen.«

Fergus ging in den großen Eßraum und nahm an dem langen rohen Holztisch Platz. Der Gedanke an Shannon verursachte ihm Magenbeschwerden. Als die Eßschüsseln herumgereicht wurden, bediente er sich nur mit kleinen Portionen.

Die Ehefrau des Wirtes bemerkte das und sagte gutmütig: »Junge, du ißt ja wie ein kleines Kind. Das hier ist gutes Essen.«

Fergus nickte. »Jawohl, Mistress, das ist richtig, aber ich habe in letzter Zeit nicht allzu reichlich gegessen.«

Enya, die an der Theke nebenan beschäftigt war, hörte ihn und flötete mutwillig: »Er hat Liebeskummer, Ma'am. Vielleicht können wir ihm helfen.«

Die Wirtin schüttelte den Kopf. »Wenn du das nicht schaffst, dann gelingt es mir schon gar nicht.«

Das Gesicht des Wirtes verfinsterte sich. »Und du solltest es auch verdammt nicht versuchen.«

Nach dem Abendessen saßen die Gäste des Wirtshauses um das Kaminfeuer herum, wo sie tranken und sich unterhielten. Fergus, der vom langen Ritt des Tages erschöpft war, ging zurück auf sein Zimmer, versuchte dort sein Bestes, sich mit den primitiven Möglichkeiten zu waschen, und streckte sich, nachdem er den *skene dhu* unter das Kopfkissen gelegt hatte, voll angekleidet auf dem schmalen Bett aus. Er dachte ein paar Minuten an Enya, aber die Erinnerungen an Shannon verdrängten bald ihr Bild. Er schüttelte den Kopf, atmete ein paarmal tief durch und war kurz darauf eingeschlafen.

Gegen Mitternacht schreckte er hoch, weil die Tür leise quietschte, als sie vorsichtig geöffnet wurde. Langsam steckte er seine Hand nach dem dünnen Dolch unter das Kopfkissen und zog ihn heraus. Nachdem sich die Tür weiter geöffnet hatte, konnte er erkennen, daß es sich um Enya handelte, die eine Kerze in der Hand hielt. Sie betrat leise das Zimmer und bewegte sich in Richtung seiner Satteltaschen, die dicht neben dem Waschtisch standen. Er wartete mit dem Dolch in der Hand ab, ob sie versuchen würde, seine Satteltaschen zu durchsuchen, aber sie stellte die Kerze auf dem Waschtisch ab, kam zum Bett herüber und setzte sich auf die Kante. Sie streckte die Hand aus und begann die Knöpfe an seinem Hemd zu öffnen. Er legte seine Hand auf die ihre. Sie erschrak und keuchte kurz erschrocken auf.

»Tut mir leid«, seufzte er, »du bist wirklich ein sehr hübsches Mädel, und ich weiß, was mir entgeht, aber ich habe ernst gemeint, was ich gesagt habe.«

Sie lächelte ein wenig traurig und zog ihre Hand weg. »Kann ich mich nicht einfach neben dich legen, für den Fall, daß du deine Meinung doch noch ändern solltest? Ich habe kaum Gelegenheit, junge Männer kennenzulernen. Die meisten, die hier übernachten, sind alt und fett.« Sie kicherte. »Oder sie möchten sich lieber beim starken Punsch über die Politik die Köpfe heiß reden.«

Fergus lachte und rückte auf dem schmalen Bett zur Seite. »Ich denke, daß wir reden können. Ich habe auch nicht oft Gelegenheit, mit jungen Mädchen zu sprechen. Sie sind an Schotten nicht interessiert, besonders nicht an einem Presbyterianer.«

Kurz vor der Morgendämmerung wachten sie auf. Fergus spritzte sich kaltes Wasser über Gesicht und Nacken, während Enya ging. Als er mit seinem Gepäck nach unten kam, hatte sie für ihn Spiegeleier, Porridge und starken Tee bereitet. Sie setzte sich und aß mit ihm. Als der Morgen graute, war er bereit, die nächste Etappe seiner Reise anzutreten.

Inzwischen waren auch der Wirt und seine Frau aufgestanden, und Fergus bezahlte seine Rechnung. Obwohl er wußte, daß die Überfahrt nach Schottland für ihn und sein Pferd den größten Teil seines Geldes verschlingen würde, gab er Enya einen Shilling. Sie wurde rot und lächelte. »Danke«, sagte sie, »du bist sehr nett.«

Fergus verbrachte die nächste Nacht in seine Decken eingerollt in einem Waldgebiet in der Nähe von Craigavon. Er erinnerte sich an den Ratschlag, unterhielt die ganze Nacht ein großes Feuer und fragte sich, ob er diesmal wieder das Glück haben würde, es rechtzeitig zu hören, falls sich ein potentieller Dieb näherte. Als er am nächsten Morgen erwachte, sah er, daß sein Pferd und seine bescheidene Habe vollzählig vorhanden waren.

Gegen Mittag suchte sich Fergus seinen Weg durch die geschäftigen Straßen von Belfast zum Hafen. Sein Pferd drängte durch die eilig herumhastenden Menschen aller Klassen, vorbei an Karren, die mit allen möglichen Waren beladen waren, an bellenden Hunden und Müllbergen, die sich auf dem Kopfsteinpflaster auftürmten. Seeleute schlenderten durch die Straßen, diskutierten mit Händlern und blieben stehen, um dem vorbeireitenden Fergus ein Hallo zuzurufen.

Fergus hatte keine Zeit, sich irgendwelche Sehenswürdigkeiten von Belfast anzuschauen, er legte sein Augenmerk nur auf die hohen Masten, die ihm den Weg zum Hafen wiesen. Nach einer Stunde öffnete sich die Hauptstraße vor ihm auf eine weite Wasserfläche, an der sich Liegeplätze und Molen befanden. Ein Dutzend Schiffe war an dem langen Kai festgemacht. Die meisten waren Fischerboote, aber bei einigen, die etwas größer waren, handelte es sich um Frachtensegler, die sowohl Ladung als auch Passagiere an Bord nahmen, um sie zu den Häfen entlang der Irischen See zu befördern. Schilder mit roh aufgepinselten Schriftzeichen, die an der Pier standen, verrieten die jeweiligen Bestimmungshäfen.

Fergus hielt neben dem Schild, auf dem zu lesen stand: PRESTWICK-ROTHSAY-GLASGOW. Ein ältlicher Mann, der einen breitkrempigen Hut trug und den eine Augenklappe zierte, stand lässig gegen einen runden Poller der Pier gelehnt, der sich in unmittelbarer Nähe der Gangway befand. Dabei handelte es sich um eine breite hölzerne Planke, die an Bord des Schiffes führte. Er trug eine gelbe Regenjacke und weite weiße Hosen, die bedeckt waren mit Teer- und Farbflecken und oben in schwarze Stiefel hineingestopft worden waren. Sein geteerter Strohhut hatte schon so manchen Sturm gesehen. Das Gesicht war nach unten gewandt, als ob er seine Stiefel mustern würde, aus einer kurzen Pfeife in seinem Mund quollen Wolken von stinkendem Tabakrauch.

Das Schiff, das größer als die meisten anderen war und einen sehr soliden Eindruck machte, gefiel Fergus. Er band sein Pferd an einen Pfahl und ging zu dem alten Mann hinüber. Als Fergus vor ihm anhielt, blickte dieser ihn abschätzend an, nahm langsam die Pfeife aus dem Mund und fragte ihn, nachdem er noch eine gewaltige Rauchwolke ausgestoßen hatte: »Kann ich Ihnen behilflich sein, junger Mann?«

Fergus rührte an seine Stirn mit den Knöcheln seiner rechten Hand und grinste. »Jawohl, Sir, ich möchte mit dem Kapitän wegen einer Passage sprechen.«

»Sie sprechen mit dem Kapitän dieses Schiffes, der

Marianne. Wohin wollen Sie und was wollen Sie mit an Bord nehmen?«

»Ich möchte eigentlich nach Kilburnie, aber ich muß vermutlich das Schiff in Glasgow verlassen.«

»Das ist richtig, jong Kerl, und das kostet zehn Pfund für Sie und zehn weitere für Ihr Pferd, es sei denn, daß Sie daran denken, es zu verkaufen.«

Fergus seufzte. »Das möchte ich nicht. Es ist ein sehr gutes Pferd, aber ich glaube, daß ich nicht genug Geld habe, um die volle Passage für uns beide zu bezahlen. Könnte ich vielleicht einen Teil der Passage abarbeiten?«

Während er seine Pfeife paffte, musterte der Kapitän mit seinem gesunden Auge Fergus von Kopf bis Fuß, als ob dieser das Pferd wäre und zum Verkauf stünde. »Junge, wie groß bist du?«

»Einen Faden in der Länge und vierzehn Stone schwer[1], log Fergus.«

Der Kapitän pfiff anerkennend. »Du bist größer, als du ausschaust, und du scheinst eine Menge Muskeln unter deiner Kleidung zu verstecken. Verstehst du etwas von der Seefahrt?«

»Aye. Ich kann navigieren, einschließlich des Gebrauchs des Quadranten für Sonnen- und Polarsternbeobachtungen. Ich kann Peilungen nehmen, Koppelrechnungen durchführen, Seekarten lesen, ich kann einen befohlenen Kurs steuern und das Lot werfen. Ich bin drei Sommer lang mit einem Fischereischoner von vergleichbarer Größe auf See gewesen.«

[1] 1 Faden = 1,83 m; 1 Stone = 6,35 kg (Anm. d. Ü.).

Der Kapitän nahm seinen Hut ab und kratzte sich den Kopf. »Nun, junger Mann, das hört sich gut an, aber kannst du auch oben im Rigg arbeiten?«

Fergus holte tief Luft. »Stellen Sie mich auf die Probe.«

Der Kapitän blickte zu der kleinen Saling des Großmasts auf dem zweimastigen Schoner empor, wo die Wanten auf etwa Zweidrittel der Masthöhe angeschlagen waren. »Enter zur Saling auf, schau dich um, wie die Tide setzt, und komm dann wieder runter.«

Fergus grinste und sprang zu den Backbordwanten hinüber. Er enterte schnell auf und stellte sicher, daß der Kapitän sehen konnte, daß er die Hände an den vertikalen Wanten hatte und nicht auf den horizontalen Webeleinen. Oben angekommen stellte er sich auf die Saling, legte die Arme um den Mast und blickte über den Hafen, in dem er das driftende Treibgut beobachten konnte, das ihm anzeigte, daß ablaufendes Wasser herrschte. Dann packte er ein Backstag, das zur Backbordseite an Deck führte, hakte ein Bein darüber und rutschte daran zum Hauptdeck hinunter. Als er das Deck wieder erreicht hatte, hakte er sein Bein wieder aus, landete leichtfüßig und ging zum Kapitän hinüber. »Sir, die Ebbe hat eingesetzt. Sie haben noch etwa drei Stunden, bis der stärkste Ebbstrom herrschen wird. Der Wind weht draußen in etwa genauso wie hier drinnen. Sie sollten den ganzen Schlag nach draußen auf dem Steuerbordbug machen können.«

Der Kapitän lachte und streckte ihm eine schwielige Hand entgegen. »Ich bin Kapitän Leary, und du hast einen Job. Ich nehme dein Pferd für zehn Pfund mit nach Glasgow. Du wirst dir deine Passage als Seemann und mein Gehilfe bei der Navigation verdienen. Jetzt melde dich bei

Mister Hamilton, dem Bootsmann, er steht da drüben. Er wird dir helfen, dein Pferd an Bord zu holen. Wir laufen in zwei Stunden aus, um den Strom auszunutzen.«

Fergus grinste. »Danke, Sir, und ich verspreche Ihnen, Sie werden es nicht bereuen«

Er ging zu dem korpulenten Mann hinüber, den der Kapitän als Bootsmann bezeichnet hatte. Hamiltons Bauch war von seinem breiten Gürtel kaum zu bändigen, aber unter der dicken Schicht Fett befanden sich starke Muskeln. Sein Gesicht hatte seit mehreren Tagen kein Rasiermesser gesehen, und sein Haar war übermäßig lang. Aber Fergus vermutete, daß er mit den örtlichen Ladies sehr gut klarkommen würde, nachdem er sich einer Grundreinigung unterzogen hatte.

Der Bootsmann hielt mit seiner Arbeit inne und schaute ihn an.

»Mister Hamilton«, begann Fergus, »der Kapitän hat mich angewiesen, Ihnen mitzuteilen, daß ich während der nächsten Reise als Seemann und sein nautischer Assistent an Bord sein werde.«

Hamilton betrachtete ihn neugierig. »Beides kannst du nicht machen. Was nun also?«

Fergus räusperte sich. »Nun, auf jeden Fall kann ich im Hafen seemännische Aufgaben übernehmen. Ich soll beim Laden helfen und mein Pferd von da drüben auf der Pier herüberhieven.«

Hamilton lachte. »Das klingt ja, als ob der Alte plötzlich der Meinung ist, daß wir hier auf einem Kriegsschiff mit Navigator und all dem Schietkram sind.«

Fergus hob die Schultern. »Ich mache, was man mir aufträgt.«

Hamilton warf einen scharfen Blick auf den Gaul von Fergus, der ganz ruhig neben dem Pfahl stand. »Ein schöner Hengst. Du mußt dich um ihn kümmern, wenn du ihn in dieser Form halten willst. Es ist Heu, Hafer und Wasser genug an Bord. Dazu auch Striegel und Bürsten. Kümmere dich um das Futter und die Pflege.«

»Haben Sie noch weitere Tiere an Bord?«

»Aye. Zwei Kühe, zwei Schweine und ein Pferd, allerdings ist das nicht so schön wie deins. Du mußt dich um alle kümmern. Wie du siehst, ist der Großbaum oben noch immer geriggt, um Ladung von der Pier in den großen Laderaum zu setzen. Nimm diese Schlinge und das Tuch mit zu deinem Hengst hinüber. Nachdem du ihm die Augen verbunden hast, solltest du ihm problemlos die Schlinge um den Bauch legen können. Sprich die ganze Zeit mit ihm, während wir hieven und ihn rüberschwingen. Dann komm an Bord gerannt und klettere in die Luke. Sprich wieder mit ihm, wenn wir ihn wegfieren; solange er dich hört, wird der Gaul denken, daß alles in Ordnung ist.«

Fergus ging zurück auf die Pier, nahm seinen Sattel ab und führte die Anweisungen des Bootsmanns aus. Sein Pferd war unruhig und wieherte laut, als seine Hufe die feste Oberfläche der Pier verließen, aber Fergus besänftigte den Hengst, und nach ein paar Minuten stand er auf einem dicken Polster aus Stroh im Unterdeck zwischen einer Kuh und einem anderen Pferd. Fergus löste die Schlinge, nahm ihm die Augenbinde ab und hielt ihm eine Handvoll Hafer vor das Maul. Nach ein paar Minuten war das Pferd entspannt und fraß genüßlich.

Fergus lachte. »Nimm's leicht, Prince, dann wirst du auch bald ein Seemann sein. Das ist dieselbe Geschichte, die du schon mal erlebt hast, als wir von Schottland herübergekommen sind.« Er kontrollierte die Spieren, die zwischen den einzelnen Tieren geriggt worden waren, um sich davon zu überzeugen, daß sie den Schiffsbewegungen widerstehen würden, und ging dann zurück an Deck.

Dem Bootsmann unterstanden nur noch zwei weitere Decksleute. Beides waren dünne junge Kerlchen, und ihm schienen daher die Stärke und Einsatzbereitschaft von Fergus durchaus gelegen zu kommen.

Gegen zwei Uhr bellte der Kapitän: »Klar zum Ablegen in fünf Minuten. Kilburnie, übernimm das Ruder!«

Fergus ging nach achtern zum Ruderrad und hoffte, daß er sich an die Kommandos erinnern würde, die er während seiner Sommerreisen gelernt hatte.

Der Kapitän kletterte mit knirschenden Knochen auf die Backbordverschanzung und blickte über die Seite, dann brüllte er: »Nehmt die Gangway weg! Alle Leinen los! Hiev rund das Ankerkabel!«

Fergus stellte fest, daß das Ankerkabel aus der Backbordklüse zu einem Punkt führte, der schätzungsweise fünfzig Yards entfernt an Steuerbord voraus lag. Nachdem die Gangway und die Festmacherleinen von den beiden jungen Seeleuten an Bord geholt worden waren, bemannten der Bootsmann und sie die Spillspaken des Ankerspills und hievten das Kabel rund. Sie schufteten, um das Kabel und den Anker einzuholen. Das Ankerkabel kam steif und stand unter Kraft. Stinkende Tropfen des Hafenwassers begannen zurück auf die schmutzige Wasseroberfläche zu klatschen, und der Bug schob sich langsam nach Steuerbord in den Fluß.

Der Kapitän kletterte von der Verschanzung herunter,

zog seine gelbe Regenjacke zurecht und kam nach achtern. »Ich übernehme das Ruder, Kilburnie. Hilf dem Bootsmann beim Segelsetzen!«

Fergus wußte, was als nächstes zu tun war, daher warf er, ohne den Befehl des Bootsmanns abzuwarten, das Großsegelfall los und begann das große Segel in die Höhe zu ziehen. Der Bootsmann ließ einen Mann vorne zurück, der den Anker sicherte, dann halfen er und der andere Mann Fergus. Das Großsegel stieg schnell in die Höhe, und Fergus belegte das Fall auf seiner Klampe und schoß die Leine auf. Das Segel flappte leicht, begann sich zu füllen, und das Schiff bewegte sich langsam auf die Hafenausfahrt zu, die ein paar Meilen entfernt lag. Bald erfaßte der starke Ebbstrom den langsam dahingleitenden Schoner und unterstützte dessen Fortkommen.

Die Seeleute begannen schnell die Stagfock zu setzen. Der Kapitän rief Fergus wieder zurück an das Ruder und griff sich ein altertümliches Fernrohr aus Messing, welches gegen das Kompaßhäuschen gelehnt hatte. Er setzte es an sein gesundes Auge und suchte nach den Fahrwassermarkierungen. Aus dem Mundwinkel rief er: »Hamilton, sieh zu, daß du die verdammte Fock heute noch gesetzt bekommst! Wir haben nicht den ganzen Tag Zeit. Kilburnie, nimm den weißen Kirchturm da recht voraus!«

Fergus fand den Kirchturm und hielt den Bugspriet stetig damit in Deckung. Der Kapitän ließ den Kieker sinken und suchte die Wasserfläche vor ihnen mit seinem gesunden Auge sorgfältig ab.

»Nun, Kilburnie«, brummte er schließlich, »du kannst einen graden Kurs steuern. Wie wäre es, willst du nicht immer mit mir segeln?«

Fergus lachte. »Ich denke, das könnte mir Spaß machen, und vielleicht komme ich auf das Angebot zurück, aber zuerst muß ich meiner Familie helfen, sich wieder einzurichten.«

Nachdem das Schiff die Hafenausfahrt passiert hatte, setzte der Kapitän den Kurs nach Schottland ab. Dazu benutzte er eine Karte mit Eselsohren, die mit Kaffeeflecken übersät war. Nach einem kalten Abendessen löste einer der Decksmänner Fergus für die erste Wache ab. Der ging nach unten in die Luke, um sein Pferd zu füttern und mit Wasser zu versorgen, dann kehrte er zurück an Deck. Er ging nach achtern und schaute auf die verschwindende irische Küste zurück. Die untergehende Sonne hob die Umrisse der höheren Gebäude von Belfast und der dahinterliegenden Hügel scharf hervor. Bald verschluckte der Dunst auch sie. Fergus seufzte, ihm wurde klar, daß er wahrscheinlich Irland nie wiedersehen würde und damit auch Shannon nicht – es sei denn, sie verließ Irland. Er warf einen letzten Blick zurück, dann drehte er sich um, um nach vorne zu schauen. Einer der beiden Jungen hatte Ruderwache und steuerte nach dem kleinen Kompaß, der in einem Kasten an Deck stand. Der Kapitän stand neben ihm und beugte sich über die mißhandelte Karte. Die Luvseite der Seekarte wurde gegen die frische Brise durch das Fernglas des Kapitäns unten auf dem Deck festgehalten. Die verbleibenden zwei Ecken waren durch zwei angeschlagene Kaffeemuggen verankert. Fergus gluckste. Jetzt wußte er, woher die Kaffee- und Teeflecken stammten.

Hinter der malerischen Gruppe am Ruder in Richtung Vorschiff konnte Fergus die beiden Stagsegel erkennen.

Dabei handelte es sich um zwei dreieckige Segel, die dazu bestimmt waren, auf diesem Schoner anstelle eines Vormastsegels zwischen dem Vor- und dem Großmast gesetzt zu werden. Sie waren nachlässig mit ihren Schoten und Fallen gegen die Verschanzung gebändselt. Fergus blickte zum Großsegel empor, dem Segel, das hinten am Großmast gefahren wurde. Die Stagfock blähte sich vor dem Fockmast, ihr Hals war am Bugspriet angeschlagen.

Fergus ging zum Kapitän hinüber. »Sir, ich schätze, daß wir einen guten Knoten mehr laufen könnten, wenn wir die Stagsegel benutzen würden. Soll ich sie setzen?«

Der Kapitän richtete sich auf, rieb sich seinen alten Rükken und richtete seine Augenklappe. »Nun, mein Junge, vielen Dank für den Vorschlag, aber wir brauchen den zusätzlichen Knoten Fahrt nicht, und ganz gewiß will ich nicht, daß ihr Burschen diese beiden zusätzlichen Segel während der Dunkelheit ständig überwachen und einstellen müßt, falls wir eine Wende fahren müssen.«

Fergus kratzte sich den Hinterkopf. »Aber, Sir, haben Sie es nicht eilig, über den Kanal zu kommen?«

Der Kapitän lachte. »Die jungen Hüpfer haben es immer eilig! Wirf einen Blick auf diese Karte.«

Fergus beugte sich über die flatternde Seekarte und maß die Distanz über den Kanal aus.

»Nun?« erkundigte sich der Kapitän.

»Ich würde sagen, daß es dreißig Seemeilen bis zum nächsten Landzipfel sind.«

»Genau. Und ich möchte dort nicht in der Finsternis ankommen. Mit den vier Knoten, die wir jetzt laufen, werden wir die Lichter von Ballantrae kurz vor Einbruch der Dämmerung in Sicht bekommen. Wir steuern Kurs Nordost, und der Strom wird gering sein. Sogar falls ich mit meiner Koppelrechnung etwas danebenliegen sollte, und wir Ballantrae verpassen, werden wir trotzdem in der Lage sein, den Umriß des Landes auszumachen, jedenfalls lange bevor wir auf Grund laufen.«

»Ich verstehe, Sir. Das Wetter müßte klar bleiben, und wir haben vor der Morgendämmerung noch einen schönen halben Mond am Himmel stehen.«

»Du hast es begriffen, Sohn. Sobald wir den Umriß des Landes oder die Lichter sichten, drehen wir einen Strich nach Backbord. Mit dem Kurs sollten wir dann am späten Nachmittag in Prestwick ankommen.«

Am nächsten Morgen hatte Fergus die Wache am Ruder. Noch vor Beginn der Morgendämmerung kam der Kapitän mit zwei Muggen voll heißen Tees zum Ruder. Eine reichte er Fergus.

Der erkundigte sich: »Wie haben Sie das Wasser erhitzt?«

»Oh, ich habe eine Sandkiste in einer Ecke meiner Kabine. Solange das Wetter mitspielt, kann ich darin ein kleines Holzkohlenfeuer unterhalten. Der Rest ist einfach.«

Fergus nahm einen langen Schluck von dem kräftigen heißen Gebräu. »Das macht eine lange Nacht kürzer.«

»Kilburnie, ich frage Sie nochmals: Wollen Sie nicht bei mir an Bord bleiben?«

»Das würde ich schon gerne, Kapitän, aber mein Onkel, der in der Royal Navy gedient hat, meint, daß ein kleines Schiff wie dieses oder ein Fischerboot schlimmer stinken kann als die Bilgen eines Kriegsschiffs.«

»Das kann ich zwar nicht ernsthaft bestreiten, aber die

Bilgen eines Kriegsschiffs stinken wirklich saumäßig. Ich bin mal einer Preßgang in die Hände gefallen und habe eine Reise auf einem Linienschiff mit sechsundsiebzig Kanonen mitgemacht. Auch das Essen hat gestunken! Schrecklicher Fraß!«

»Das Essen stank?«

»O ja. Wenn man kurz vor dem Mittagessen an der Kombüse vorbeigegangen ist, mußte man sich die Nase zuhalten.«

»Warum?«

»Da standen die geöffneten Fässer mit Sauerkraut herum, das Salzfleisch und der Zwieback voller Würmer, alles wurde herausgestellt, damit es auslüften konnte, bevor es gekocht wurde. Das Salzfleisch mußte vierundzwanzig Stunden in Frischwasser eingeweicht werden, um wenigstens das gröbste Salz herauszuwaschen, dann wurde es stundenlang in riesigen Töpfen gekocht, und das talgige Fett sammelte sich an der Oberfläche.«

»Damit man es fortwerfen konnte?«

»Zur Hölle, nein! Der Koch verkaufte es unter der Hand an die Besatzung.«

»Ich beginne, mich vor meinem Frühstück zu fürchten.«

Der Kapitän lachte. »Das Essen auf einem Küstenfrachter ist immer besser, weil man so oft im Hafen liegt und es nicht so viele Münder gibt, die man stopfen muß. Daher wird das Frühstück nicht schlecht ausfallen. Ich kaufe immer reichlich ein, bevor wir auslaufen. Wir können eine ganze Woche lang gut essen und trinken. Vielleicht reicht dir das aus, um endgültig bei uns bleiben.«

Aber Fergus hatte weitere neugierige Fragen über das

Leben bei der Marine auf Lager. »Sagen Sie, sind Sie mal ausgepeitscht worden?«

Der Kapitän schwieg einen Moment lang. Als er dann wieder den Mund öffnete, kamen seine Worte langsam und stetig. »Ich habe noch immer ein paar Narben von der Katze auf meinem Rücken.«

»Was haben Sie Schlimmes gemacht, um sie zu bekommen?«

»Ich habe ein wenig zu langsam meinen Hut abgenommen, als der Kapitän mich angesprochen hat«, erwiderte er mit einer Spur von Bitterkeit in der Stimme.

»Mein Onkel erzählte mir, daß einige Kommandanten so wären, aber andere wären ganz in Ordnung. Er sagt, daß man eben das Glück haben muß, an einen der guten zu geraten.«

»Da hat dein Onkel recht«, bestätigte Leary.

»Wie lange waren sie bei der Marine?«

»Nur einen Einsatz. Es war kein Krieg auszufechten, also wurde das Schiff aufgelegt, die Mannschaft ausbezahlt und die Offiziere mit Halbsold an Land geschickt, wo sie auf ein anderes Bordkommando warten mußten. Sobald das Schiff außer Dienst gestellt war, kehrte ich nach Belfast zurück. Es hat mich zwanzig Jahre und ein wenig Glück im Kartenspiel gekostet, bis ich genug zusammengespart hatte, um mir dieses Schiff kaufen zu können.«

»Wie es scheint, haben Sie genug in der Navy gelernt, um es führen zu können.«

»Ich wußte schon eine ganze Menge, bevor ich gepreßt wurde, und ich war dann Steuermannsmaat und habe auf dem Achterdeck immer die Augen und Ohren aufgesperrt. So habe ich eine ganze Menge über die Behandlung von

Männern gelernt.« Er machte eine Pause. »Und auch, wie man es nicht machen sollte.«

»Nun, Kapitän, sicherlich kann ich da auch etwas von Ihnen lernen.«

Er bekam keine Antwort. Fergus sah, daß der Kapitän den Niedergang hinunterstapfte. Er hatte das Gefühl, daß er Erinnerungen aufgewühlt hatte, die der Kapitän lieber im Dunkel der Vergessenheit hätte ruhen lassen.

Es war noch immer dunkel, als das Stundenglas um fünf Uhr gedreht wurde, was das Ende der ersten Stunde seiner Wache markierte. Einer der Jungs stand vorne am Bug als Ausguck und rief plötzlich: »Lichter einen Strich an Steuerbord voraus!«

Fergus griff nach dem Teleskop und betrachtete die Lichter. Das muß Ballantrae sein, sagte er zu sich selbst. Er rief dem Jungen zu: »Geh und melde dem Kapitän, daß Land in Sicht ist!«

Der Ausguck ging in die kleine Kabine des Kapitäns und benachrichtigte ihn. Es dauerte anscheinend nur eine Sekunde, bis der Kapitän an Deck war und sich die Lichter besah. Er schlug Fergus mit einer Hand auf die Schulter, als wollte er damit zum Ausdruck bringen: Siehst du, ich weiß, was ich tue.

Fergus grinste.

»Neuer Kurs! Komm einen Strich nach Backbord!« lautete der Ruderbefehl.

Als sich die Sonne hinter den Hügeln emporschob, wurde die grüne Küste Schottlands langsam sichtbar. Fergus begrüßte den Anblick seines Heimatlandes, alle Gedanken an Irland, mit Ausnahme der an Shannon, waren aus seiner Erinnerung getilgt. Nach dem Ende seiner Wache blieb er an Deck und beobachtete, wie sich die Wellen an den hier und da verstreut herumliegenden Felsbrocken brachen.

Kurz nach Mittag sichtete der Ausguck die Einfahrt in Prestwicks Hafen von Ayr. Nachdem die *Marianne* geankert hatte, kam ein Leichter längsseits an die Bordwand, und die Kuh und ein Teil der anderen Ladung wurden in ihn gelöscht. Bei Einbruch der Dunkelheit waren diese Arbeiten beendet, und in aller Morgenfrühe setzten sie ihre Reise nach Rothsey über den Firth of Clyde fort.

Am Abend des Tages waren sie in den kleinen Hafen eingelaufen, hatten das andere Pferd, das Schwein und weitere Ladung gelöscht, dann hatten sie den Hafen wieder verlassen. Prince bewohnte nun den Laderaum in königlicher, einsamer Herrlichkeit. Er war jetzt mit der fremden Umgebung so vertraut, daß man ihn problemlos alleine lassen konnte, obwohl Fergus einen Teil seiner Freiwache damit verbrachte, ihn zu füttern und sein weiches Fell zu striegeln, und er ließ ihm noch eine Extraration zukommen für den Weg, den er morgen von Glasgow nach Süden zum Dorf Kilburnie zurücklegen mußte.

Der kleine Schoner begann bei Morgengrauen die kurze Reise das Fahrwasser hoch nach Glasgow, und am frühen Vormittag lag er vermurt am Kai. Fergus half beim Entladen seines Pferdes und dem Löschen der restlichen Ladung. Gegen Mittag verabschiedete er sich von Kapitän und Besatzung, bestieg sein Pferd und wandte sich nach Süden. Fergus kannte sich in Glasgow und auf der Straße nach Kilburnie aus. Sein ausgeruhtes Pferd nahm den größten Teil des Weges in einem kurzen Galopp unter die Hufe.

Als der halbe Nachmittag vergangen war, befand sich

Fergus auf dem Grad des Hügels, der nördlich des Dorfes Kilburnie lag. Er hielt an und sah auf das Land der Kilburnies hinunter, das sich unter ihm von der Straße bis an den Fjord erstreckte. Baumgruppen standen überall verstreut im Gelände, andere umgaben das Haupthaus und das kleine nahe gelegene Cottage.

Fergus gönnte seinem Pferd ein paar Minuten Ruhe, während er die vertraute Landschaft vor sich sorgfältig betrachtete. Die Gebäude und Bäume schienen sich in den drei Jahren, in denen er fort gewesen war, nicht verändert zu haben, aber die Kuh- und Schafherden hatten sich offensichtlich vergrößert. Er konnte einen Mann erkennen, der auf dem Pfad entlangritt, der vom Haupthaus zu den Weiden führte, auf denen die Kühe grasten. Ein junger Bursche und zwei ruhige, disziplinierte Collies bewachten die Schafe.

Auf beiden Seiten des Kilburnie-Besitzes befanden sich dichte Gehölze, die Flüsse markierten, die aus den Hügeln in den Firth flossen. Auch sie gehörten den Kilburnies. Fergus erinnerte sich an die Lachse und an die Zeit, in der er sie zusammen mit seinem Großvater geangelt hatte.

Kleine Segelboote schaukelten an der Pier. Rauch quoll aus dem Schornstein des Haupthauses und schien Fergus zu rufen. Bevor er den Hügel hinunterritt, hielt er nochmals an, saß ab und ging zum höchsten Punkt des Hügels hinauf. Der Himmel war blau und klar, und von diesem Punkt aus konnte Fergus fünfzig Meilen über den Firth in Richtung Irland blicken. Er wußte, daß die Küste von Irland nochmals hundert Meilen weiter entfernt lag, und dann waren es zusätzlich hundertfünfzig Meilen über Land bis Donegal.

Dreihundert Meilen trennen uns, dachte er, aber es hätten genausogut drei Millionen sein können. Traurig schüttelte er den Kopf und versuchte, seine Tränen zurückzuhalten. Er wußte, daß es ihm nie wieder möglich sein würde, nach Irland zurückzukehren. Irgendwie mußte Shannon zu ihm kommen. Er wischte sich mit dem Ärmel über die Augen, ging zu dem wartenden Pferd zurück, saß auf und ritt langsam die Straße hinunter. Behutsam drückte er seine Fersen in die Flanken des Pferdes, und Prince begann den Hügel in einem kurzen Galopp hinabzujagen. Fergus Kilburnie war wieder zu Hause.

3
Zu Hause

Fergus zügelte sein Pferd, damit es in Schritt verfiel und sich nicht auf der mit Schlaglöchern übersäten Straße verletzte. Auf dem halben Weg den gemächlich abfallenden Hügel hinunter legte er nochmals eine Pause ein. Der kleine Junge, der aufmerksam die Schafherde mit den beiden Schäferhunden hütete, war ihm unbekannt. Er erinnerte sich, wie sehr er es sich damals als Junge immer gewünscht hatte, daß ihn vorbeiziehende Reisende grüßen würden, daher winkte er ihm lässig zu.

Dann ritt er zu den weiträumigen Stallgebäuden mit der riesigen Scheune in der Nähe des großen Hauses. Er saß ab, befreite das Pferd von seinem Sattel und stellte es in eine leere Box ein. Nachdem er Prince gefüttert, trockengerieben und mit Wasser versorgt hatte, ging er zur Hintertür, stieß sie auf und marschierte in die große Küche. Sein Großvater saß an dem langen Küchentisch und hielt eine Mug mit Tee in der Hand. Seit er bei der Navy seinen Abschied genommen hatte, hatte er darauf bestanden eine Mug zu benutzen, anstatt einer Tasse mit Untertasse.

Fergus lachte. »Hallo, Großvater, wie ich sehe, pflegst du immer noch deine alten Seemannsbräuche.«

Strath Kilburnie, der trotz seiner achtzig Jahre noch immer energisch war und sich sehr aufrecht hielt, blickte zu ihm herüber, erkannte ihn und brüllte mit seiner besten Achterdeckstimme: »Junge, was zum Teufel machst du denn hier?«

Fergus ging um den Tisch herum und schlang seine Arme um den hocherfreuten alten Mann. »Großvater, ich bin nach Hause gekommen, und der Rest der Familie sollte in ungefähr einer Woche auch hier sein.«

Old Strath seufzte und setzt sich wieder gewichtig an den Tisch. »Gott alleine weiß, du hättest zu keiner besseren Zeit kommen können. Wir brauchen dich und jede andere helfende Hand, und das so bald wie möglich.«

Fergus goß sich Tee aus der auf dem Tisch stehenden Kanne ein und setzte sich seinem Großvater gegenüber. »Erzähl mir, was ihr für Schwierigkeiten habt.«

»Eigentlich läuft nichts richtig verkehrt, Junge, aber es ist einfach so, daß ich alt werde. Bezahlte Hilfskräfte sind schwer zu bekommen, und dein Bruder will heiraten.«

Sein Enkel nickte, nahm einen großen Schluck aus seiner Teetasse und stellte fest: »Die Hilfe ist da. Vater, Mutter und meine Schwester sind ganz wild darauf, wieder nach Hause zu kommen, und Vater wird froh sein, wenn er hier die Leitung übernehmen kann. Was hat mein Bruder vor?«

»Er will ein gutes Mädchen heiraten, das er kennengelernt hat, und dann mit ihr in das kleine Cottage ziehen.

Ich bin sicher, daß er bleiben und deinem Vater zur Hand gehen wird, weil ich weiß, daß er damit rechnet, den Hof eines Tages zu übernehmen. Kannst du auch ein Weilchen helfen?«

Der Junge schüttelte langsam den Kopf. »Ich werde euch eine gewisse Zeit gewiß zur Seite stehen, bis sich der Rest der Familie wieder eingerichtet hat, aber dann will ich in die Royal Navy eintreten.«

Old Strath schnaubte: »Gütiger Gott, Junge! Weißt du, worauf du dich da einläßt? Du könntest schließlich auch zur Universität gehen.«

»Ja, Großvater, du hast mir genug erzählt. Aber ich liebe die See, und ich bin der Meinung, daß ich Erfolg haben kann. Ich habe mich bis jetzt immer gut an Bord von Schiffen gehalten, und du hast mir eine Menge über die Marine und das Leben auf See beigebracht.«

»Aber, Fergus, ist dir nicht klar, daß du so gut sein kannst wie nur irgend jemand – du wirst als Schotte trotzdem keine Karriere machen, weil die britische Marine zum größten Teil von englischen Aristokraten beherrscht wird. Als schottischer gemeiner Seemann kannst du dein ganzes Leben vor dem Mast verbringen. Falls du Glück haben solltest – so wie ich es hatte –, dann kannst du es vielleicht bis zum Leutnant bringen.«

»Aber sind jetzt seit 1793 nicht Beförderungen wegen besonderer Tapferkeit vor dem Feind möglich? Wie ich gehört habe, bauen und bemannen wir Hunderte von Schiffen, um uns auf den Krieg gegen Frankreich vorzubereiten.«

»Sicher, sicher, Junge, falls du überlebst und eine Menge Glück hast, kannst du befördert werden. Aber die Tatsache, daß du Schotte bist, wird dir dabei nicht gerade hilfreich sein. Einige Engländer finden uns nur komisch, andere verabscheuen uns ganz offen als Rebellen.«

»Was muß ich beachten, um mit Glück vorwärtszukommen?« fragte Fergus in der Absicht, einer Diskussion über das Bild Schottlands in den Augen der Engländer aus dem Wege zu gehen.

»Nun, als erstes mußt du hart lernen, um ein erfahrener Seemann, Navigator und Artillerist zu werden. Halte deine Augen offen und stelle Fragen. Bitte darum, daß du Mitglied einer Geschützmannschaft in der Nähe des Achterdecks wirst. Dort befindest du dich direkt unter den Augen der ranghohen Offiziere des Schiffes.«

Fergus unterbrach ihn: »Aber wenn ich das tue, wird man dann nicht denken, daß ich mich anschleimen will?«

Strath lachte. »Zur Hölle, nein, ganz bestimmt nicht. In der Nähe des Achterdecks werden mehr Männer getötet als an jedem anderen Ort des Schiffes. Die Seesoldaten auf den Schiffen der anderen Seite sind extra dafür ausgebildet, das Achterdeckpersonal als erstes über die Klinge springen zu lassen, was in diesem Fall heißt, es zu erschießen. Unsere Achterdecksgasten werden dich willkommen heißen, weil du vielleicht einer Kugel im Weg stehen könntest, die für einen Offizier bestimmt war.«

Der junge Mann kratzte sich nachdenklich die Wange: »Ich bin bereit, dieses Risiko einzugehen.«

Strath nickte. »Ein paar der hochrangigen Offiziere sind sich darüber im klaren, daß es zum Gewinnen einer Seeschlacht zuförderst guter Kanoniere bedarf, guter Geschützführer und guter junger subalterner Offiziere. Falls ein ambitionierter Offizier herausfindet, daß du gut bist und daher auch gut für seine Karriere, dann wird er dich auf andere Schiffe mitnehmen wollen, und Beförderungen werden die unausweichliche Folge sein. Das heißt, falls du aus den Gefechten wieder heil und in einem Stück herauskommst.« Strath nahm einen Schluck Tee und setzte an fortzufahren: »Und das ist ...«

Fergus unterbrach ihn: »Ich weiß, was du sagen willst. Selbst dann kann ich bestenfalls nur bis zum Leutnant aufsteigen. Dann wird mein Gönner seinen Abschied nehmen oder fällt im Gefecht, und irgendein Laffe wird an Bord geschickt, um ihn zu ersetzen, und ich stehe als ewiger Leutnant hintan.«

Old Strath blickte düster in seine Mug. »Du hast es begriffen. Darum bin ich schließlich wieder an Land geblieben.«

Das Gesicht des Jungen hellte sich auf. »Hast du nicht erzählt, daß der Bruder meiner Mutter, mein Onkel Jeris Fairlie, in der Marine geblieben ist und dort eine zivile Funktion ausübt und jetzt Sekretär eines Seelords ist und dadurch über einigen Einfluß verfügt?«

»Ha! Er ist nur ein Mitglied des Clans, wie der Rest von uns Schotten auch, und dann noch nicht mal einer des Kilburnie Clans, sondern des Fairlie Clans. Er hat kein Adelsprädikat und leider auch keine Sitze im Parlament in seiner Tasche.«

»Gehören nicht beide Unterclans zum MacTaggert Clan?« gab Fergus zu bedenken.

»Nun, ja«, gab ihm Strath recht, sein Ton wurde etwas milder. »Außerdem hat er unsere Familie immer gemocht. Er sagte einmal, er fühle sich als Teil von ihr, und natürlich ist er mit deiner Blutlinie verwandt. Aber auch Jeris ist auf

See nie weiter vorangekommen als ich. Er war ebenfalls nur Leutnant. Ich habe die Marine verlassen und bin hierher zurückgekommen. Er hat einen Arm und ein Auge verloren, aber nachdem er sich wieder erholt hatte, gab man ihm den Posten eines Sekretärs im Büro eines der Seelords – das hatte er dem Einfluß seines ehemaligen Kommandanten zu verdanken. Er ist nur Federfuchser, aber ich glaube, daß er inzwischen weiß, an welchen Strippen man ziehen muß. Auf der Admiralität sind die Sekretäre nicht nur Schreiberlinge und nichtsnutzige Sesselpuper. Sie verfügen über eine Menge Einfluß, manchmal sogar über mehr als die eigentlichen Amtsinhaber.«

»Aber du hast mal gesagt, daß er nur die unwichtige Schiffseinsatzabteilung der Admiralität leitet.«

Strath lachte. »Nun ja. Vielleicht habe ich da ein wenig Seemannsgarn gesponnen. Aber um es nochmals zu betonen: Jeris ist klug. Ich vermute, daß er inzwischen eine Menge weiß und in der Lage sein wird, dir zu helfen. Er weiß alles über die Einsätze der Schiffe. Außerdem schreibt und verschickt er alle Befehle der Offiziere. Es ist zwar eine untergeordnete Tätigkeit, denn natürlich ist der König tatsächlich der Oberbefehlshaber, und niemand, der nicht auf der Liste der Freunde des Königs steht oder mit jemandem darauf gut bekannt ist, bekommt ein Kommando. Noch nicht mal auf dem kleinsten Depeschen befördernden Aviso.«

»Und da gibt es keine Ausnahmen?«

Strath schürzte nachdenklich die Lippen. »Nun, manchmal schon. Ein Bursche namens Nelson hat es geschafft. Aber sogar er brauchte eine Menge Beziehungen. Manchmal bekommen Außenseiter das Kommando über einen

Transporter, aber dabei ist kein Geld zu verdienen, da die normalerweise keine Prisen aufbringen. Aber ich bin sicher, daß es wieder einen langen Krieg mit Frankreich geben wird, und wenn das der Fall ist, dann wird das mit den Beförderungen einfacher werden. Sogar ein eigenes Kommando könnte dann drin sein.«

»Ich glaube, daß die Marine im Krieg gute Offiziere dringend brauchen wird, besonders wenn viele neue Schiffe gebaut werden. Denkst du, das wird geschehen?«

»Aye, sehr viele Schiffe werden benötigt werden. Die Franzosen sind uns zur Zeit zahlenmäßig überlegen.«

»Was ist mit den Spaniern?«

»Wenn und falls sie gegen uns antreten, dann haben wir wirklich ernsthafte Probleme. Die vereinigten gegnerischen Flotten wären uns dann im Verhältnis zwei zu eins überlegen – vielleicht auch noch mehr.«

Fergus erhob sich, um die Teemuggen wieder aufzufüllen. »Ich gehe das Risiko ein. Zumindest werde ich dadurch in der Lage sein, die Ereignisse der letzten Wochen zu vergessen.«

Die Augenbrauen des alten Strath schossen in die Höhe, und ein verschmitztes Lächeln kroch über sein Gesicht. »Ah, Junge, jetzt kommen wir zu dem wahren Grund deiner Rückkehr. Berichte mir alles, bevor ich dir den Hintern versohle, wie ich es früher immer tun mußte.«

Bei einem weiteren Tee erzählte Fergus seinem Großvater von seiner wachsenden Liebe zu Shannon und endete mit der bühnenreifen Szene mit Lord Inver auf dem Friedhof. Die ersten Worte kamen noch ziemlich stockend, aber dann strömte alles aus ihm heraus. Als er das Finale schilderte, bekam er Tränen in die Augen, und er sprang abrupt auf und ging hinaus, um nach Prince zu sehen.

Nach einigen Stunden kam sein älterer Bruder Ennis von den Weiden zurück, wo das Vieh gehalten wurde. Ennis war die größere und ältere Ausgabe von Fergus. Beide hatten den hellen Teint, das hellbraune Haar und die blauen Augen der Invasoren aus dem Norden, die vor Jahrhunderten Schottland überfallen und sich anschließend dort niedergelassen hatten.

Ennis begrüßte Fergus herzlich. »Kleiner Bruder, was für eine wunderbare Überraschung. Aber warum bist du hier und nicht in Irland?«

»Das ist eine lange Geschichte, Ennis. Ich werde sie dir beim Abendessen erzählen.«

Ennis lachte. »Bis dahin könntest du zu schwach dazu sein. Seit Großvater seine morschen Knochen fühlt, bin ich hier der Koch.«

»Du führst den ganzen Farmbetrieb allein, und dann kochst du auch noch?«

»So ungefähr. Ich habe noch einen Jungen aus dem Dorf als Hilfe, der die Schafe mit unseren beiden Hunden hütet, außerdem einen zweiten Jungen an den Wochenenden. Wie du siehst, kommt das Anwesen herunter. Ich brauche deine Hilfe. Ich möchte heiraten. Das Mädchen, mit dem ich verlobt bin, hilft jetzt auch schon manchmal beim Kochen, aber sie würde lieber draußen arbeiten als in der Küche, und mir geht es ebenso.«

Fergus grinste. »Dem Manne kann geholfen werden, der Rest der Familie wird in ungefähr einer Woche auch wieder hier sein.«

»Warum habt ihr euch entschieden zurückzukommen? Ich dachte, ihr verdient da drüben gutes Geld.«

»Das ist richtig.«

»Und warum habt ihr dann da die Zelte abgebrochen?«

»Es ist mein Fehler. Ich hatte ein Verhältnis mit der Tochter des Gutsbesitzers.«

Der ältere Bruder lachte lauthals. »Das sieht dir aber gar nicht ähnlich.« Er unterbrach sich und musterte Fergus kritisch, bemerkte, wie muskulös sein Körperbau war und wie ansprechend sein Gesicht geworden war. »Nun, besser ist wohl, wenn ich sage, das sah dir damals – bevor du Schottland verlassen hast – nicht ähnlich. Aber ich muß zugeben, du hast dich verändert.«

Fergus nickte. »Ich dachte, ich wäre da drüben erwachsen geworden, ab erst seit ich Irland verlassen habe, bin ich sehr viel reifer geworden.«

Fergus verbrachte die folgenden Tage damit, Reparaturen an den Häusern, dem Drainagesystem und den Straßen durchzuführen, soweit ihm das möglich war. Als erstes ließ er eines der Arbeitspferde einen schweren Schlitten über die Zufahrtstraße ziehen. Er spannte Prince neben das Arbeitspferd in das Zuggeschirr ein. Zuerst bäumte sich Prince protestierend auf, beruhigte sich aber bald wieder unter der beruhigenden Stimme seines Herrn. Dann reparierte Fergus die Leckagen im Dach, einige zerbrochene Möbelstücke, und sogar das Segelboot kam noch an die Reihe.

Als er gerade von einem Ausritt mit Prince zurückkam, auf dem er die Schafherde kontrolliert hatte, sah er den Planwagen auf der Kuppe des Hügels erscheinen. Er stieß die Haken sanft in die Flanken des Hengstes und galoppierte los. Oben angekommen, sprang er aus vollem Galopp ab und rannte zum Wagen hinüber, um seine Mutter und seine Schwester zu umarmen. Angus war zurückhaltend und streckte Fergus seine harte, schwielige Hand entgegen.

»Wie geht es denn so da unten?« erkundigte er sich bei seinem Sohn.

Fergus schüttelte den Kopf. »Ich glaube, wir sind gerade zur rechten Zeit zurückgekommen. Großvater schwächelt, allerdings ist sein Kopf so klar wie eh und je. Bruder Ennis ist überarbeitet und kann kaum Helfer finden. Großvater ist bereit, dir die Führung des Hofes zu überlassen.«

Angus blickte zum Haus hinunter und nickte. »Vor drei Jahren bin ich hier weggegangen, weil es so aussah, als ob er das Gut bis in alle Ewigkeit leiten wollte.«

»Nun, er hat sich verändert. Laßt uns zum Haus hinunterfahren, um ihn zu begrüßen.«

Angus und sein Vater sprachen stundenlang miteinander, während die Mutter zusammen mit Fergus' Schwester die Befehlsgewalt in der Küche übernahm. Bald stand auf dem großen Küchentisch ein gewaltiges Festmahl.

Ennis kam ins Haus gerannt und schloß seine Mutter in die Arme. »Ich habe euch kommen sehen, aber ich konnte das Vieh nicht alleine lassen, bevor ich es im Gatter hatte.«

Während des Essens herrschte ein allgemeines Stimmengewirr, aber als sich danach die Männer vor dem Torffeuer im Wohnzimmer zusammensetzten, wandte sich das Gespräch der Zukunft des Gutes zu.

Großvater Kilburnie verkündete mit seiner dröhnenden Stimme: »Angus, ich möchte, daß du die Farm übernimmst. Ennis wird dir zur Hand gehen, bis er geheiratet hat.«

Ennis stellte seine Teemugg zur Seite. »Ja, Vater, ich würde auch nach meiner Hochzeit gerne für dich arbeiten. Eileen hat schon damit begonnen, das kleine Haus sauberzumachen. Wir werden dort sehr glücklich sein.«

Der Großvater seufzte. »Ich hatte mir immer vorgestellt, daß ich meinen Lebensabend in dem kleinen Cottage verbringen würde, wo eure Großmutter und ich begonnen haben, aber ich kann nicht mehr alleine leben. Angus, falls du und Elizabeth mich haben wollt, dann werde ich bei euch im großen Haus wohnen bleiben. Kleinere Aufgaben kann ich immer noch erledigen.«

»Natürlich, hier gibt es ja jede Menge Platz.«

Fergus räusperte sich. »Davon wird es noch mehr geben, wenn ich erst wieder fortgegangen bin.«

Angus drehte sich schell zu Fergus herum. »Wie bitte? Wohin willst du gehen? Zur Universität?« fragte er, seine Stimme klang hoffnungsvoll.

Entschlossen schüttelte Fergus den Kopf. »Nein. Ich habe es schon mit Großvater besprochen. Ich fahre nach London und trete in die Royal Navy ein.«

Großvater Kilburnie studierte interessiert eine Ecke der Zimmerdecke. Angus wandte sich ihm fragend zu. »Vater, wie konntest du ihm so einen Floh ins Ohr setzen? Du erinnerst dich doch noch genau, wie es bei dir war, und ich denke, daß du mir zustimmen wirst, daß es für einen Jungen ein sehr hartes Leben ist.«

Old Strath seufzte, und seine normalerweise so laute Stimme klang bedrückt. »Ich weiß, aber Fergus hat mehr natürliche Fähigkeiten und Intelligenz, als ich sie hatte, und ist für sein Alter sehr reif. Außerdem wird es wegen des bevorstehenden Krieges mehr Aufstiegsmöglichkeiten geben. Krieg mit Frankreich bedeutet, daß der König jeden Mann brauchen kann, den er in die Finger bekommt. Da könnten sogar einfache schottische Bürger als Offiziere benötigt werden. Weiterhin wird der Junge über etwas Einfluß verfügen. Vergiß nicht, dein Schwager ist immerhin Sekretär in der Admiralität.«

Angus schwieg und starrte in das Feuer.

Nach ein paar Minuten erhob sich der alte Kilburnie langsam, gähnte herzzerreißend und meinte: »Ich überlasse natürlich euch die Entscheidung. Ich muß nun meine Hängematte aufriggen, sogar wenn es sich dabei nur um ein stinknormales Bett handelt.«

Fergus und sein Vater diskutierten bis weit nach Mitternacht, und als das Feuer schließlich erlosch, hatte sich Fergus mit seinen Argumenten durchgesetzt.

Angus schüttelte geschlagen seinen Kopf. »In Ordnung, Junge, du kannst in einer Woche losziehen. Das sollte uns Zeit genug geben, um die Dinge hier zu regeln.«

Fergus begann zu strahlen, aber dann erinnerte er sich wieder daran, daß er an der Veränderung der gesamten Lebensverhältnisse der Familie schuld hatte. »Vater, es tut mir leid. Alles war mein Fehler. Wenn ich mich besser unter Kontrolle gehabt hätte, könntest du noch immer in Irland sein.«

Angus schnaufte. »Außer, daß du diese schöne Mädchen verloren hast, hat sich doch alles nur zum Besten gewendet. Deine Mutter und ich hatten die Nase gestrichen voll von Irland, und du siehst ja selbst, daß man uns hier braucht. Dein Bruder hat mir erzählt, daß er kurz davorstand, mir einen Brief zu schicken, daß wir so schnell wie möglich zurückkehren sollten. Und was Shannon angeht, so hat mir Lord Inver erklärt, daß er als Schwiegersohn den Erben des benachbarten Gutes im Auge hat, den Sohn von Lord Malin. Er hätte dich nie als Schwiegersohn akzeptiert, obwohl er dich als Pferdepfleger[1] sehr geschätzt hat.«

Angus erhob sich und streckte sich. Er erinnerte Fergus, der ihn dabei beobachtete, an seinen Großvater, als der noch jünger gewesen war. Dann sagte Angus noch: »In einer Woche kannst du mit der Postkutsche nach London aufbrechen. Ich kann genug Geld aufbringen, damit du dort gut ankommst. Onkel Jeris wir dich schon in der Marine unterbringen, da bin ich mir sicher. Denk aber immer daran, du kannst jederzeit nach Hause zurückkommen, falls du dich entscheiden solltest, nicht zur See zu gehen.«

»Danke, Vater. Aber ich glaube nicht, daß du mich ständig brauchen wirst, und ich bin sicher, daß Ennis eines fernen Tages den Hof übernehmen wird. Daher werde ich der Seefahrt eine faire Chance geben.«

Angus schüttelte den Kopf. »Du bist ein genauso starrköpfiger Schotte wie der Rest des Clans.«

[1] Wortspiel: *Groom* bedeutet im Englischen sowohl Bräutigam wie auch Pferdepfleger (Anm. d. Ü.).

4
In London

Eine Woche darauf brachte Ennis seinen Sohn Fergus mit der Kutsche nach Glasgow. Gemäß dem Ratschlag des Großvaters reiste Fergus mit leichtem Gepäck. Er hatte nur einmal Wäsche zum Wechseln mit sowie eine warme Wollmütze und Handschuhe, die seine Mutter für ihn gestrickt hatte. Fergus hatte protestiert, daß man so etwas doch nicht an Deck eines Kriegsschiffs als Bestandteil der Uniform tragen könne, aber sein Großvater hatte ihn belehrt, daß man so etwas während der kalten Nachtwachen sehr gut gebrauchen könne und daß außerdem die einfachen Seeleute zumeist keineswegs eine einheitliche Uniform trugen.

Fergus hatte das Geld, das ihm sein Vater für seine Fahrt mit der Postkutsche nach London und die Verpflegung unterwegs mitgegeben hatte, unter seinem Unterhemd auf dem Leib versteckt, dazu kam noch etwas zusätzliches Geld, das ihm sein Großvater aus seiner Privatschatulle geschenkt hatte. Dabei hatte er gegrinst und ihm empfohlen, in London »noch einen Kleinen draufzumachen«, bevor er anmusterte. »Vielleicht findest du eine, die dir hilft, dein irisches Mädel zu vergessen.«

Fergus schüttelte betrübt den Kopf. »Das glaube ich nicht. Ich werde mein Leben lang an sie denken.«

Der Großvater nickte weise. »Aye, das sagst du jetzt.«

In Glasgow, in der Taverne, von der die Kutsche abfuhr, tranken Ennis und Fergus ein letztes Bier zusammen. Doch nur allzu schnell mußte Fergus die Kutsche besteigen. Er entschied sich, auf einem der billigeren Plätze außen auf der Kutsche Platz zu nehmen. Als sie die Stadt hinter sich gelassen hatten, knallte der Kutscher mit der Peitsche, und die eifrigen Pferde verschärften willig das Tempo. Die Kutsche begann zu rollen und zu bocken, als sie über die Buckel und Schlaglöcher der Landstraße hüpfte. Ein älterer Mann, der neben Fergus saß, klammerte sich mit der einen Hand an der Reling fest, mit der anderen drückte er sich den Hut auf den Kopf. »Schlimmer als auf einem Postschiff auf dem Kanal«, stöhnte er, »ich bin so heftige Bewegungen nicht gewohnt.«

Fergus, dem das Geschaukel nichts ausmachte, grinste: »Es ist schon eher wie auf der offenen See.«

Nach einer Stunde war der alte Mann hoffnungslos reisekrank, und Fergus stellte fest, daß ihm sein kurzes Training auf See gutgetan hatte, denn er hatte sich automatisch auf die Luvseite der schweren Kutsche gesetzt, und so flog das Frühstück des alten Mannes harmlos über die Leeseite der Kutsche davon.

»Kann ich Ihnen helfen?« erkundigte sich Fergus.

Der Alte grinste schmerzvoll. »Nein, es sei denn, Sie können dieses technische Ungetüm verlangsamen.«

Nach ein paar Meilen begannen die Pferde zu ermüden, und die Bewegungen wurden erträglicher, aber das reichte nicht aus, um dem alten Mann Linderung zu verschaffen, der damit fortfuhr, die Landschaft mit dem zu bespucken, was noch in seinem Magen zu finden war.

Die nächsten Tage waren ein verwischtes Durcheinander aus dreihundertfünfzig Meilen Landstraße, Getreidefeldern, winkenden Kindern, flüchtendem Vieh und dem Arbeiten der Pferde im knirschenden Ledergeschirr. Am Tag hielt die Kutsche an Gaststätten an der Straße, damit die Reisenden ihren Lunch und Tee einnehmen konnten. Bei den nächtlichen Aufenthalten versuchte Fergus seine kleine Barschaft dadurch zu strecken, daß er nur kleine Mahlzeiten zu sich nahm. Der alte Mann, der mit ihm den Platz auf dem Oberdeck geteilt hatte, lud ihn ein, bei seinem Dinner mitzuhalten, das sich als äußerst umfangreich erwies.

»Können Sie das wirklich alles verdrücken?« fragte Fergus ungläubig.

Der alte Mann lachte. »Ich *muß* jetzt genug essen, um den ganzen morgigen Tag zu überstehen. Sobald ich wieder oben auf der Kutsche sitze, kann ich den ganzen Tag nichts mehr zu mir nehmen.«

Am sechsten Tag rollte die Kutsche nach London hinein und hielt vor einer Taverne, die als Haltepunkt diente. Fergus fand schnell eine billige Pension, wo er die Nacht verbringen und seine Kleider waschen und aufbügeln lassen konnte. Während die Wirtin mit seinen Kleidern unterwegs war, zog er den Brief heraus, den sein Großvater für ihn an Onkel Jeris geschrieben hatte. Wenn die überschwengliche Beschreibung von Fergus' Fähigkeiten und die gleichermaßen beredsame Bitte um Hilfe Onkel Jeris nicht beeindrucken würde, dann konnte auch nichts anderes helfen.

Fergus erinnerte sich gut an seinen Onkel, als jener während eines Urlaubs zum Lachsangeln auf dem Hof der Kilburns gewohnt hatte, aber er war sich auf der anderen Seite nicht sicher, ob auch sein Onkel sich an den schlaksigen zehnjährigen Burschen erinnern würde, der seine Angelausrüstung getragen und seine Schritte im Lachsfluß bewacht hatte. Er wird sich vielleicht daran erinnern, überlegte Fergus, daß ich ihm ständig mit der Bitte auf die Nerven gegangen bin, ihm noch mehr Geschichten aus seiner Zeit bei der Royal Navy zu erzählen.

Am nächsten Morgen kleidete er sich sorgfältig an. Er hatte den Brief und das ihm verbliebene Geld sorgfältig innen in seinem Hemd befestigt, so wie es ihm sein Großvater geraten hatte. Dann ließ er sich vom Wirt den Weg zur Admiralität beschreiben und setzte sich in Marsch, um das berühmte Gebäude aufzusuchen.

Zu den Landstraßen von Kilburnie und selbst zu den ziemlich geordneten Straßen Glasgows stand London in einem gewaltigen Gegensatz. Die Straßen waren voller Lärm und Durcheinander. Bettler und Hausierer grapschten nach Fergus und quatschten ihn in einem unverständlichen lokalen Dialekt an. Die meisten waren schmutzig und ungekämmt, und vielen fehlten Arme, Augen oder Beine. Große Rollwagen, die mit vier oder mehr Pferden bespannt waren, machten das Überqueren einer Straße zu einem gefährlichen Unterfangen. Pferdeäpfel und Abfälle füllten die Straßen, und der Gestank war überwältigend.

Er brauchte fast eine Stunde für den Weg und mußte einige Male bei den Aufsehern des Bürgermeisters oder privaten Wachleuten an den Straßenecken nach dem Weg fragen. Schließlich stand er vor der Front des Hauptgebäudes der Admiralität in der Nähe des Parlaments. Er betrachtete sie eingehend. Die beiden großen gelben Gebäude waren von der Hauptstraße zurückgesetzt, wie um inmitten dieses Lärms und der allgemeinen Konfusion ihre Würde und Zurückgezogenheit zu wahren. Weiter waren die Gebäude durch eine schützende Mauer vom dichten Verkehr der Straße getrennt, die nur von einem großen Tor unterbrochen wurde, durch das die Kutschen in das Innere des Hofes gelangen konnten.

Fergus schlüpfte durch das Tor und vermied nur um Haaresbreite eine Kollision mit einer rumpelnden Kutsche, in der ein Admiral saß. Vor sich sah er jetzt die vier hohen Säulen, die das Dach des Portikus trugen. Er ging zu der Kolonnade hinüber und betrachtete ehrfürchtig die beeindruckende Architektur. Das war weitaus prächtiger als alles, was er bisher in Glasgow gesehen hatte. Als er sich der großen Doppeltür näherte, die in das Innere des Gebäudes führte, bemerkte er einen Mann, der direkt neben den Torflügeln stand.

Während er ihn noch so beobachtete, drückte der Admiral dem Mann irgend etwas in die Hand, der grinste und grüßend seinen Hut berührte. Der Türsteher war ein Mann in seinen besten Jahren, hatte aber den Höhepunkt seiner körperlichen Leistungsfähigkeit überschritten, doch ganz offensichtlich war er noch immer muskulös und stark. Als Fergus sich ihm näherte, räusperte sich der Mann lautstark und hielt ihm auffordernd die offene Hand entgegen, dabei zog er erwartungsvoll die buschigen Augenbrauen in die Höhe.

Fergus blieb vor ihm stehen. »Ich bin Fergus Kilburnie, der Neffe von Jeris Fairlie. Ich möchte ihn besuchen. Er ist der Privatsekretär des Third Professional Lord. Ich habe einen Brief für ihn. Könnten Sie mir den Weg zu seinem Büro beschreiben?«

Der Mann gackerte. »Sicher, sicher, Jungchen, aber lege mir erst ein Pfund oder zumindest ein paar Münzen in meine Hand, damit ich mich auch korrekt erinnern kann. Sonst könnte es passieren, daß du nicht durch diese Tür kommst.«

Fergus zügelte sich. »Ich glaube nicht, daß ich das machen werde. Ich finde mich auch allein zurecht. Wer meinen Sie, wer Sie sind, daß Sie einen armen Schotten vom Lande über das Ohr hauen wollen?«

»Ich bin der Empfangsdiener des Haupteingangs. Jeder Besucher vom Midshipman bis zum Admiral gibt mir ein Trinkgeld. Und du verdammter Jakobiner wirst da keine Ausnahme machen!«

Fergus lief rot an. »Ich bin eine Ausnahme. Ich bin bis jetzt noch nicht in der Navy, und wenn Sie nicht zur Seite gehen, dann sorge ich dafür, daß mein Onkel sich Ihrer annimmt.«

»Ha! Er ist nicht hier, du unverschämter Halunke. Ich werde ihm den Brief geben, wenn ich Zeit habe.«

Fergus ging weiter in Richtung der Tür, dabei schob er den Türsteher mit seiner muskulösen Schulter zur Seite. Er hatte so heftig gedrückt, daß der Türsteher auf einem Leutnant landete. Fergus passierte die massive Tür und verschwand schnell im Gebäude. Er überließ es dem Türsteher, dem keuchenden Leutnant aufzuhelfen, der wiederum begann, dem Türsteher wütende Vorwürfe zu machen.

Drinnen wandte sich Fergus nach rechts und begann die großen Türschilder aus Messing zu überfliegen, um den Namen seines Onkels zu finden. Hundert Fuß den Korridor hinunter fand er, wonach er gesucht hatte: JERIS FAIRLIE, Confidential Secretary to the Third Professional Sea Lord. Fergus klopfte kräftig an.

»Herein!« antwortete eine Stimme.

Fergus drehte den Messingknopf, öffnete die hohe Mahagonitür und trat ein. Hinter einem bescheidenen Schreibtisch saß ein Mann, ganz offensichtlich ein Fairlie. Er trug eine schwarze Augenklappe über dem linken Auge, und der linke Ärmel seines schwarzen Überrocks war bis zum Ellenbogen hochgesteckt. Sogar mit der Augenklappe ähnelte das Gesicht dem seiner Mutter so sehr, daß Fergus keine Mühe hatte, ihn wiederzuerkennen, und – seltsam genug – auch dem Onkel schien es keine Schwierigkeiten zu bereiten, seinen Neffen wiederzuerkennen. »Fergus, nicht wahr?«

Fergus grinste breit. »Ja, Onkel Jeris, genau der. Ich bin den ganzen langen Weg von Kilburnie heruntergekommen, und ich hätte nicht gedacht, daß du mich wiedererkennen würdest.«

Auch Jeris lachte. »Junge, du bist zwar ein hübsches Stück gewachsen, aber du bist immer noch ein Abbild deines Großvaters mit einem kleinen Schuß von meiner Schwester gemixt.« Er erhob sich, schüttelte freundlich die Hand des Jungen und meinte dann: »Setz dich und erzähle mir, was dich nach London verschlagen hat, und warum du Gottes eigenes Land oben in Schottland verlassen hast.«

Fergus zog das Schreiben seines Großvaters hervor:

»Hier, Sir. Ich erbitte mir Hilfe beim Eintritt in die Royal Navy.«

Jeris runzelte die Stirn und nahm den Brief entgegen. Nachdem er ihn gelesen hatte, musterte er Fergus und grinste. »Aye, old Strath trägt immer noch ein wenig dick auf, aber ich habe keine Zweifel daran, daß du so gut bist, wie er sagt. Aber warum willst du in die Marine eintreten? Geht es dem Familienhof nicht gut?«

»Doch, Onkel, aber mein Vater ist noch jung, und dann ist da noch mein Bruder, folglich habe ich da kaum eine Zukunft. Ich möchte zur See fahren.«

Jeris nickte. »Ich verstehe. Das ist genau das, was du gesagt hast, als du noch ein kleiner Junge warst. Von deiner Erscheinung her, mit deinen Kenntnissen über die See und deinem Charakter, den ich gut kenne, solltest du gut klarkommen – aber ich muß dich warnen! Ich habe wenig Einfluß darauf, Midshipmen einzustellen. Ich weiß, wer bestallt wird, und ich schreibe und sorge für die Auslieferung aller Befehle für die Offiziere und Kommandanten unserer Linienschiffe bis hinunter zum Midshipman, aber der König und die Minister halten den dicken Daumen auf der Liste der Kandidaten, und der Third Professional Sea Lord, das ist ein Seeoffizier, unterschreibt selbst alle Befehle. Um ehrlich zu sein, es sind nicht viele Schotten darunter.«

Fergus nickte. »Das hat mir Großvater auch schon gesagt, aber er ist der Meinung, daß die Navy bald alle Offiziere braucht, die sie nur kriegen kann – ganz unabhängig von ihrer Herkunft – wenn der Krieg mit Frankreich sich ausweitet. Ich nehme an, das Beste, worauf ich hoffen kann, ist als Leichtmatrose angenommen zu werden. Also hoffe ich, mich über die Jahre hin nach oben vorzuarbeiten. Ich bin bereit, dieses Risiko einzugehen.«

Jeris nickte, offensichtlich erleichtert, daß Fergus nicht zuviel von ihm erwartete. »Ich vermute, daß dir dein Großvater eine Menge guter Ratschläge mit auf den Weg gegeben hat, was du alles machen sollst, sobald du an Bord eines Schiffes bist.«

»Jawohl, Sir, das hat er. Jetzt muß ich nur noch wissen, wohin ich mich wenden muß, um auf ein Schiff zu kommen.«

Jeris lachte. »Nicht so schnell, junger Mann. Ich möchte, daß du mich für ein oder zwei Tage nach Hause begleitest, bevor dich die Marine einsackt. Meine Frau wird dich aufpäppeln wollen, und wir beide wollen dich besser kennenlernen. Ich erinnere mich gut an dich aus der Zeit meiner Reisen nach Kilburnie. Wir haben leider keine Kinder, aber ich wünschte mir ein Dutzend von deiner Sorte. Ich bin sowieso mit meiner Arbeit für heute durch. Dann wollen wir uns mal in mein Quartier verholen.«

Jeris erhob sich, verschloß seinen Schreibtisch mit einem großen Messingschlüssel und ging durch seine Bürotür, die er mit einem zweiten, noch größeren Schlüssel abschloß. Während sie auf die große Ausgangstür zumarschierten, meinte Fergus kleinlaut: »Onkel, ich muß dir etwas beichten. Ich mußte den Türsteher ein wenig zur Seite schubsen, um zu dir hineinzugelangen. Er wollte mich um ein Pfund erleichtern, und für ihn habe ich bestimmt keins übrig. Ganz gewiß nicht so viel Geld.«

Jeris lachte schallend, der Klang wurde von den Marmorwänden zurückgeworfen. »Was, der alte Bastard wollte ein ganzes Pfund? Was du mit ihm angestellt hast, wird morgen allgemeines Tagesgespräch in der täglichen Konferenz der Sea Lords sein. Falls du es ihm richtig besorgt hast, könnte es sein, daß sie dich gleich zum Bootsmann befördern wollen.«

Die beiden gingen The Mall hinunter bis zur Haymarket Street und dann über die Shaftesbury Avenue nach Soho. Die großen, schweren Fuhrwerke donnerten mit ihren Rädern über das Kopfsteinpflaster. Fergus war besorgt, als sie die Straßen zwischen den Wagen überquerten, die mit vier, manchmal auch mit sechs Pferden bespannt waren. Die Kutscher brüllten, wenn sie sich bemühten, ihre Pferde in eine Lücke im stetig dahinrollenden Verkehr einzufädeln. Auf den schmalen Bürgersteigen drängten sich Bettler und Hausierer an Jeris und Fergus heran, aber Jeris drohte ihnen mit dem erhobenen Spazierstock, wenn sie zu nahe kamen, und dann duckten sie sich zur Seite weg.

Fergus dachte zuerst, daß er seinen Onkel beschützen müßte, erkannte dann aber schnell, daß es genau umgekehrt war. Er seufzte: »Das ist hier nicht wie in Glasgow. Sogar Belfast war sauberer und sicherer als dieses Tohuwabohu hier.«

Jeris lachte. »Man gewöhnt sich daran, wenn man diesen Weg so wie ich jeden Tag zurücklegt.«

»Ich hätte angenommen, daß du eine eigene Kutsche besitzt.«

»Die habe ich, aber ich brauche die Bewegung.«

»Hast du diese vielen Bettler mit ihrem Geschrei nicht über?«

Jeris schwang seinen Stock, und vor ihnen öffnete sich eine Gasse in der Menschenansammlung. »Nein, sie belästigen uns, weil du dabei bist. Wenn ich alleine bin, sehen sie meinen leeren Ärmel und die Augenklappe und denken, daß ich einer der ihren bin. Da du bei mir bist, halten sie dich für ein leichtes Opfer, das ich als erster abgestaubt habe.«

Nach fünfzehn Minuten hielt Jeris vor einem mittelgroßen Haus mitten in Soho. Die Fassade bestand aus Ziegelsteinen, die sorgfältig verputzt waren. »Das ist meine letzte Einquartierung«, erklärte Jeris scherzhaft. »Laß uns hineingehen. Martha wird hocherfreut sein, dich zu sehen.«

Fergus grinste. »Ich freue mich auch auf das Wiedersehen. Ich erinnere mich noch gut, wie nett sie zu mir war, als ihr uns besucht habt. Sie war fast wie eine zweite Mutter zu mir.«

Jeris schloß die rote Eingangstür auf und schob Fergus in eine lange Eingangshalle, die mit weichen Teppichen ausgelegt war. Wunderbare Essensdüfte zogen von der Küche herein, die sich offensichtlich irgendwo hinten an die Halle anschloß.

Mit lauter Stimme rief Jeris: »Martha! Leg deinen Küchenlöffel zur Seite und komm her. Unser Neffe Fergus Kilburnie aus Schottland ist bei mir. Er hat Neuigkeiten für dich.«

Eine robuste weibliche Gestalt kam aus der Küche geschossen, sie hatte einen großen Küchenlöffel in der Hand und ein strahlendes Lächeln auf dem Gesicht, kam zu Fergus gerannt, umarmte ihn und drückte ihn gegen ihren beachtlichen Busen. »Mein Junge! Mein Junge! Ich habe dich seit Jahren nicht gesehen!« Aus den unergründlichen Tiefen zwischen Marthas Brüsten stieg ein Duft von Seife und Braten auf.

Fergus lachte. »Tante Martha, du hast dich überhaupt

nicht verändert. Du hast mich damals, als ich gerade zehn Jahre war, genauso festgehalten.«

»Aye, und ich habe dich damals schon geliebt.« Sie ließ ihn los und trat einen Schritt zurück. »Jeris, was beschert uns dieses unverhoffte Glück?«

Ihr Mann lächelte. »Es ist nur über das Wochenende. Am Montag tritt er in die Marine ein.«

»Nun, dann können wir ihn wenigstens ein wenig aufpäppeln. Setzt euch in den Salon und genehmigt euch einen heißen Drink. Das Essen wird in einer halben Stunde fertig sein. Wartet mit dem Klatsch, bis ich wieder bei euch bin, besonders mit dem über meine Schwägerin. Meine Köchin und mein Mädchen haben heute Ausgang, und ich muß jetzt in meine Küche zurück.«

Jeris führte Fergus in ein großes Zimmer, das neben der Halle lag. Auf der Mitte der einen Wand hingen Bilder von Seeschlachten und Kriegsschiffen der Royal Navy. An einer anderen Wand hing ein Degen, es war ganz offensichtlich der von Jeris. Bequeme Sessel und Sofas standen um einen Kamin herum, in dem ein kleines Kohlenfeuer glimmte. Weiche Teppiche bedeckten den hölzernen Fußboden, der sich zwischen den Rändern der Teppiche zeigte.

Jeris deutete auf einen weich gepolsterten Sessel. »Setz dich, Junge, ich werde dir ein Glas Grog bringen. Da ich deine Mutter kenne, glaube ich nicht, daß du schon viel trinkst, aber jetzt ist ein guter Zeitpunkt, dich mit den guten Eigenschaften eines gepflegten Drinks bekannt zu machen. Du wirst feststellen, daß es auf See Zeiten gibt, in denen du dir lieber deine Grogration ausschenken läßt, als dir den Gegenwert in Geld auszahlen zu lassen. Es wird dich aufmuntern, wenn die Tage auf See lang und hart werden.«

Fergus machte es sich in dem Sessel bequem und sah sich in dem Zimmer um. Sein Onkel füllte die Gläser und reichte ihm eines, dann setzte er sich und hob sein Glas. »Auf deine Karriere bei der Marine. Möge sie lange und erfolgreich sein – und möge dein Schiff viele Prisen aufbringen.«

Fergus hob ebenfalls sein Glas und erwiderte: »Danke, Sir. Ich komme auch gut ohne Prisen aus, wenn ich überlebe.« Die hellbraune Flüssigkeit brannte in seiner Kehle und trieb ihm das Wasser in die Augen.

Sein Onkel lachte. »Du wirst dich daran schon noch gewöhnen.« Er nahm einen Schluck von seinem Drink und lächelte zufrieden. »Hör mal, Fergus, weise die Sache mit dem Prisengeld nicht so einfach von der Hand. Falls du gut leben und deine Familie unterstützen willst, dann brauchst du Geld. Ich kenne Männer, die sind arm wie die Kirchenmäuse zur Marine gekommen, die lassen sich heute mit ›Sir John‹ titulieren und sind reiche Herren.«

Das Essen war vorzüglich. Der Grog wärmte Fergus' Bauch und löste ihm die Zunge. Schnell brachte er seinen Onkel und die Tante auf den neuesten Stand, was die Vorgänge in der Familie Kilburnie anging. Nachdem ihn seine Tante aufgefordert hatte, erzählte er ihnen sogar von Shannon und den Grund, warum die Familie Irland wieder verlassen hatte. Im Laufe der Zeit und mit etwas Alkohol im Blut konnte er freier darüber reden.

»Das klingt ja, als ob sie ein wunderbares Mädchen wäre, obwohl sie die Tochter eines irischen Junkers ist«, stellte Onkel Jeris fest. »Ich kann dir keinen Vorwurf machen. Ich hätte dasselbe gemacht.«

Martha lachte. »Du oller fauler Stinkstiefel. Du wärst ihr noch nicht einmal nachgeritten!«

Jeris lachte leise. »Nun ja, ich mache mir nun mal nicht viel aus Picknicks.«

Am Sonntag nahm Jeris Fergus zu einem Spaziergang durch die Straßen von London mit. »Halte dich dicht bei mir, ich möchte wirklich nicht, daß du einer Preßgang in die Hände fällst.«

»Ich werde vorsichtig sein. Ich bin nur froh, daß ich nicht gleich in der ersten Nacht hopsgenommen worden bin.«

»Wahrscheinlich, weil du in keiner Taverne gewesen bist.«

»Nein, ich bin in meinem Zimmer geblieben und habe mich um meine Wäsche gekümmert.«

Jeris führte Fergus an das Ufer der Themse, zeigte ihm die Einrichtungen der Navy und die Schiffe, die an dem engen, gewundenen Fluß an beiden Ufern lagen. Auf dem Weg nach Hause machten sie einen Abstecher zur Westminster Abbey, den Houses of Parliament, dem Haymarket und der Admiralität. Jeris deutete auf den Eingang zu den Gebäuden der Admiralität und bemerkte: »Ich hoffe, daß du eines Tages zu einem der Lords der Admiralität eingeladen wirst.«

Fergus erschauderte. »Einmal war genug. Ich bin mir gar nicht so sicher, ob ich da je wieder hinein möchte.«

Aber Jeris unterbrach ihn. »Du kannst ebenso aus guten Anlässen wie aus schlechten vorgeladen werden. Laß uns jetzt nach Hause gehen. Martha wird für uns einen Braten fertig haben, und wir brauchen einen kleinen Grog, um uns darauf vorzubereiten.«

Nach dem Abendessen entschuldigte sich Jeris kurz und verschwand in den hinteren Räumen des Hauses. Nach ein paar Minuten kehrte er mit zwei Seesäcken beladen zurück. Er ließ sie auf den Boden des Salons fallen. »Hier. Fergus, du kannst damit besser umgehen, als ich es kann. Öffne sie und breite den Inhalt vor uns aus.«

»Was ist da drin, Onkel?«

»Meine alte Seeausrüstung. Das meiste wird dir passen. Die Leutnantsuniform kannst du zwar noch nicht benutzen, aber ich werde sie für dich aufheben. Der Rest der Bekleidung, besonders das Ölzeug für schlechtes Wetter, kann von jedem Seemann getragen werden.«

Fergus zog den Inhalt aus den Säcken heraus und breitete alles auf dem Boden aus. Die brauchbaren Sachen wurden zurück in den einen Sack sortiert.

Jeris erläuterte: »Wenn du an Bord anmusterst und vom Kommandanten angenommen wirst, stehen dir zwei Monatsheuern zu. Der Zahlmeister wird dann deine Ausrüstung aus seinen Vorräten vervollständigen, was einen großen Teil deiner Heuer verschlingen wird und dein gesamtes Handgeld. Aber durch die Sachen, die ich dir jetzt gebe, solltest du noch ein Guthaben in den Schiffsbüchern behalten.«

»Onkel, das klingt ja fast, als würde man sich hier gut um mich kümmern.«

Jeris grinste vor Befriedigung wie ein Honigkuchenpferd. »Na klar, mein Junge, aber, was noch viel wichtiger ist, hier in meiner Brusttasche habe ich die Befehle für einen der besten Leutnante, die ich kenne. Sein Name ist Kittrelle.«

»Und das ist reiner Zufall.«

»Ich vermute, es ist einfach dein schottisches Glück. Er wird gerade aus dem Hospital entlassen. Er ist auf der letzten Reise schwer verwundet worden, und ich habe alles veranlaßt, damit ihn meine Kutsche am Montag morgen am Lazarett abholt. Dann kommt er hier vorbei, um sich seine Befehle abzuholen, bevor er wieder auf sein Schiff zurückkehrt.«

»Wie heißt das Schiff?«

»Er ist der Erste Leutnant der *Athena*, einer Fregatte mit sechsunddreißig Kanonen. Sie liegt unten an der Themse in einer Werft, wo die Reparaturarbeiten beendet werden, die nach dem Gefecht nötig geworden waren.«

»Wie ist sie?«

»Sie ist sehr schnell, aber wie die meisten Fregatten hat sie nur leichtere Stücke an Bord, überwiegend Zwölfpfünder und ein paar Achtpfünder. Die Zwölfpfünder verschießen Kugeln mit einem Durchmesser von zweieinhalb Zoll[1] Durchmesser, mit einem Gewicht von einem halben Stone. Mit einer Treibladung von sechs Pfund Pulver wird die Kugel ungefähr eintausend Yards weit fliegen. Auf hundert Yards durchschlägt sie vierundzwanzig[2] Zoll Eichenholz. Es ist eine gefährliche Waffe, kann sich natürlich aber nicht mit einem Vierundzwanziger oder Zweiunddreißiger messen.«

Fergus pfiff anerkennend. »Also kann sie sogar mit diesen leichten Stücken eine Menge schwerer Schäden anrichten.«

»Nicht gegen Linienschiffe, die viel mehr und schwerere Geschütze tragen. Fregatten sind die Aufklärer der Flotte und müssen ihre Geschwindigkeit nutzen. Wenn sie alleine

[1] Etwa 6,35 cm (Anm. d. Ü.).
[2] Cirka 60 cm (Anm. d. Ü.).

operieren, müssen sie sorgfältig darauf achten, keine stärkeren Schiffe anzugreifen, dabei müssen sie sicherstellen, immer so zu manövrieren, daß sie sich von ihren überlegenen, aber langsameren Gegnern freihalten können. Bei dem letzten Gefecht der *Athena* ist der Kommandant einem französischen Linienschiff der Dritten Klasse zu nahe gekommen, also leider einem weit überlegenen Schiff. Dabei gingen eine Menge guter Leute verloren und beinahe auch Kittrelle.«

»Wird er wieder ganz gesund werden?«

»O ja, er ist ein sehr harter Mann«, Jeris kicherte in sich hinein. »Wie ich hörte, hat er dem Personal im Hospital ganz schön die Hammelbeine langgezogen.«

»Was lief denn da verkehrt?«

»Ach, nichts Konkretes. Er wollte einfach entlassen werden, um auf sein Schiff zurückkehren und in See gehen zu können. Er befürchtete, daß sein Kommandant bei uns einen Ersatz für ihn anfordern würde.«

»Also werde ich auf die *Athena* kommen?«

»Ja, mein Junge, das ist genau das richtige Schiff für dich. Morgen früh, nachdem Leutnant Kittrelle eingetroffen ist, werde ich dich bitten, das Zimmer zu verlassen, um deine Sachen bereitzulegen. Dann werde ich mit ihm absprechen, daß er dich mit an Bord nimmt und dafür sorgt, daß du angemustert wirst.«

»Werde ich vorher keine Ausbildung bekommen?«

Jeris lachte: »Du doch nicht. Du weißt schon jetzt mehr über die Seefahrt als die Hälfte der Matrosen und wie die Midshipmen sowieso. Viele der Männer sind gepreßt und haben überhaupt keine Ausbildung oder Erfahrung.«

Fergus hatte von dem Preßsystem gehört. Wann immer

die Royal Navy Männer benötigte, wie beispielsweise jetzt, wurden alle Männer, die aussahen, als ob man sie im Seedienst einsetzen konnte – aber auch andere, die wahrhaftig nicht den Anschein erweckten, einsatzfähig zu sein – von Spürtrupps der Schiffe unter der Leitung eines Leutnants, den sogenannten Preßgangs, gewaltsam an Bord geschleppt, ob sie nun wollten oder nicht.

»Falls du nachts hier in eine der Kneipen gegangen oder in den Gassen herumspaziert wärst, hätte es dir durchaus passieren können, daß du über die Fäuste einer Preßgang auf dem harten Weg in der Marine gelandet wärst. Da du dich jedoch freiwillig meldest, bekommst du ein Handgeld und eine bessere Behandlung.«

Fergus lächelte breit, aber Jeris machte eine abwehrende Handbewegung. »Werde nur nicht übermütig. Du wirst von deinem Handgeld nicht viel zu sehen bekommen, bevor der Einsatz des Schiffes vorüber ist, dasselbe gilt auch für deine Heuer.«

Ernüchtert stellte Fergus fest: »Im Grunde geht es mir nicht nur um das Geld, hauptsächlich will ich zur See fahren. Aber was passiert mit meinem Handgeld und der Heuer?«

Lachend klärte ihn Jeris auf. »Wie ich dir schon gesagt habe, wird der größte Teil des Handgelds an den Zahlmeister gehen, der dir dafür deine Ausrüstung liefert. Den Rest verwaltet gewöhnlich der Kommandant.«

»Aber später bekomme ich doch alles ausgezahlt.«

»Es scheint zu versickern. Hier ein wenig, dort etwas. Der Kommandant stiehlt es nicht im Wortsinne, aber er macht Abzüge für die Behandlung im Schiffslazarett und Sonderrationen. Es gibt immer etwas, für das du bezahlen mußt. Alles hängt von der Ehrenhaftigkeit des jeweiligen Kommandanten und seines Zahlmeisters ab. Du wirst wahrscheinlich etwas ausbezahlt bekommen, denn dein Kommandant ist sehr ehrenwert.«

»Und wie ist es, wenn ich Offizier werde?«

Jeris mußte so schallend lachen, daß er fast seine Augenklappe verloren hätte. »Du bist Schotte, denk dran!«

Fergus lief rot an. »Und darauf bin ich stolz. Werde ich nicht trotzdem befördert, wenn ich mich bewähre?«

»Nur wenn das Schiff weit von England entfernt ist und mehrere Offiziere gefallen sind. Aber sogar dann mußt du bei den Offizieren und besonders beim Kommandanten beliebt sein.«

Fergus schwieg ein paar Minuten und starrte in das Feuer. Dann seufzte er tief. »Ich gehe das Risiko ein. Wenn ich am Leben bleibe und alles gut läuft, na prima. Falls ich getötet werde, spielt das alles ohnehin keine Rolle mehr. Erzähl mir mehr über das Schiff.«

Jeris lehnte sich zum Kaminfeuer hinüber, entnahm ihm einen heißen Schürhaken und hielt ihn in seine Mug mit dem Glühwein. »Da ist erst mal Leutnant Kittrelle, von dem ich dir schon erzählt habe. Er schuldet mir einen Gefallen. Und ich werde ihn bitten, daß er ein wachsames Auge auf dich hat.«

Entrüstet schüttelte Fergus den Kopf. »Aber Onkel, ich will meinen Weg alleine machen.«

Jeris nickte. »Schon recht, mein Junge, das sollst du auch, aber Kittrelle wird dafür sorgen, daß du eine faire Chance bekommst.«

»Wird es denn Schwierigkeiten geben?«

»O ja. Alle hohen Offiziere der Marine haben einflußreiche Freunde bei Hofe oder in der Admiralität. Sogar die Leutnants und Midshipmen kommen durch Protektion zu ihren Posten.«

»Gibt es keinen anderen Weg?«

»Doch, doch, natürlich. Du mußt so ausgezeichnet in deinem Job sein, daß es in des Kapitäns ureigenem Interesse ist, dich zu befördern. Jemand muß schließlich das Schiff mit all seinen Belangen in Schuß halten, und darin sind die aus politischen Gründen beförderten Offiziere gewöhnlich nicht sehr gut. Zuerst wird man dich einer Geschützbedienungsmannschaft zuteilen. Falls du der beste Mann dieser Crew wirst und alles gelernt hast, was der Geschützführer weiß, werden sie auf dich zurückgreifen, wenn ein neuer Geschützführer benötigt wird. Mach jede Arbeit besser als jeder andere, und beginne jedesmal, wenn du befördert wirst, die Aufgaben der nächsthöheren Dienststellung zu studieren. Wie ich schon sagte, brauchen alle Kommandanten Männer, die navigieren und den Feind bekämpfen können.« Jeris lehnte sich verschwörerisch zu ihm hinüber. »Da gibt es noch etwas, was ich dir im Vertrauen sagen will.«

»Ja, Onkel.«

»Als ich euch in Schottland oben besucht habe, haben dein Großvater und ich irgendwann spät in einer Nacht eine Übereinkunft über deine Zukunft getroffen. Wir waren uns beide einig, daß du in die Marine eintreten würdest, und wollten dir jede Chance geben, damit du auch Erfolg haben solltest.«

»Dem stimme ich zu, Sir, und ich werde mein Bestes dazu beitragen.«

»Aber das alleine wird kaum ausreichen. Wenn du früh

Leutnant werden willst, brauchst du den Nachweis über sechs Jahre Dienst. Ich hatte einen Freund, der mir sehr verpflichtet war, weil ich ihm geholfen habe, das Kommando auf einem Schiff der Ersten Klasse zu bekommen. Er hat zugestimmt, deinen Namen in seiner Musterrolle als Midshipman zu führen.«

»Aber ich bin doch dort niemals an Bord gewesen!«

»Das macht nichts, Junge. Das wird jeden Tag auf jedem Schiff so gehandhabt. Jedenfalls bist du in den Büchern dieses Schiffes und auch in denen der Admiralität seit fünf Jahren als Midshipman präsent. Das bedeutet, daß du jetzt nach einem weiteren Jahr Dienstzeit als Leutnant qualifiziert bist.«

»So einfach kann es doch nicht sein.«

Jeris lachte wieder schallend. »Natürlich nicht. Du mußt neunzehn Jahre alt sein – du bist schon zwanzig –, und du mußt durch deinen Kommandanten vorgeschlagen werden, um am Examen teilnehmen zu dürfen. Ich habe keinen Zweifel daran, daß du es bestehen wirst.«

»Danke, Onkel, für die Hilfe und die Ratschläge. Jetzt liegt alles an mir selbst.«

»Ich bin sicher, daß du dich gut machen wirst. Jetzt ab in die Koje und nimm ein Auge voll Schlaf. Das nächste Mal wird es eine Hängematte sein. Deine Tante Martha möchte dich früh und ausgeschlafen sehen, damit sie dich nochmals so richtig vollstopfen kann.«

Am nächsten Morgen wachte Fergus früh auf. Er kontrollierte nochmals den Inhalt seines Seesacks und packte ihn dann wieder sorgfältig. Dann machte er einen Spaziergang durch die frische Luft des Morgens, weil ihm bewußt war, daß es Monate dauern konnte, bevor er wieder Bäume, Wiesen und Blumen zu Gesicht bekommen konnte. Zurück in seinem Zimmer, roch er den verführerischen Duft gebratenen Specks und anderer Köstlichkeiten aus der Küche. Er ging nach unten, um seine Tante zu begrüßen.

Sie sah ihn kommen. »Komm rein, lieber Junge, du brauchst schon eine Kleinigkeit vor dem Frühstück. Vielleicht zuerst eine Tasse Kaffee und Toast oder etwas Speck?«

»Nur eine Tasse Kaffee, bitte. Ich möchte mir meinen Appetit für nachher aufheben.« Fergus setzte sich an den Küchentisch und schwatzte mit seiner Tante, bis er ein lautes Klopfen an der Eingangstür hörte. Jeris, der gerade die Treppe hinunterkam, sagte: »Ich werde öffnen. Das Mädchen ist noch nicht wieder zurück.«

Fergus hörte, wie die Tür geöffnet wurde.

Eine tiefe, kräftige Stimme ertönte: »Ah, Jeris, schön, daß wir uns wiedersehen. Ich habe Sie vermißt.«

»Und ich Sie auch, Jonathan. Kommen Sie rein. Das Frühstück wird in ein paar Minuten fertig sein. Während wir darauf warten, möchte ich Ihnen meinen Neffen vorstellen.«

Fergus hörte, daß ihn Jeris rief. Er stellte die leere Kaffeetasse auf den Tisch und ging in den Salon.

Leutnant Kittrelle hatte seinen Rücken dem Kamin zugewandt. Heute brannte das Feuer höher. Er hatte die Hände hinter dem Rücken verschränkt. Fergus stellte fest, daß er kurzgeschnittenes schwarzes Haar hatte und dazu große scharf blickende dunkle Augen. Sie beherrschten sein Gesicht, obwohl auch die Nase, der Mund und das Kinn stark ausgeprägt waren. Seine Leutnantsuniform war von der weißen Halsbinde über das gefältelte weiße Hemd, den blauen Uniformrock mit den weißen Aufschlägen und den weißen Kniehosen bis hin zu den weißen Strümpfen makellos. An den Füßen trug er schwarze Halbschuhe, die mit kleinen goldenen Schnallen verziert waren, in denen sich die Flammen des Feuers widerspiegelten.

Jeris hatte bemerkt, daß Fergus hinter ihm eingetreten war, und stellte ihn vor: »Leutnant Kittrelle, das ist mein Neffe Fergus Kilburnie.«

Kittrelle lächelte ihn offen an, trat vor und reichte ihm die Hand. »Es ist mir eine Ehre. Jeder Freund Ihres Onkels ist auch mein Freund.«

Fergus war so überrascht, daß ihm die Kinnlade herunterfiel, aber er fing sich schnell wieder, machte auch einen Schritt nach vorne und ergriff die dargebotene Hand. »Ich bin es, Sir, der sich geehrt fühlen muß. Mein Onkel hat mir viel von Ihnen erzählt.«

Martha gesellte sich zu ihnen, begrüßte Kittrelle und kündigte an, daß das Frühstück bereit sei.

Als sie sich gesetzt hatten, übernahm Jeris die Führung der Unterhaltung. Er erkundigte sich nach Kittrelles Gesundheit und brachte ihn auf den neuesten Stand der Angelegenheiten, die sich während seines Hospitalaufenthalts in der Admiralität ereignet hatten. Schließlich meinte er: »Ich schätze, daß Sie sich fragen werden, wie es um die *Athena* steht?«

Kittrelles Gesicht verfärbte sich. »Was heißt hier fragen? Ich habe befürchtet, daß sie ohne mich auslaufen könnte. Diese verdammten Knochenflicker im Hospital – äh, ich bitte um Entschuldigung, gnädige Frau – wollten einfach nicht auf mich hören. Sie wollten mich noch eine weitere Woche dabehalten.«

Martha lachte. »Oh, Jonathan, ich höre von diesem alten Salzbuckel jeden Tag weit schlimmere Ausdrücke.«

Jeris fuhr fort: »Ihr Schiff wird in wenigen Tagen in See gehen. Es übernimmt jetzt Proviant. Ich habe Ihre Befehle, wieder auf ihm einzusteigen, in meiner Brusttasche. Meine Kutsche wird Sie nach dem Frühstück hinaus zum Liegeplatz bringen.«

»Gut. Jetzt muß ich mich nur noch darum kümmern, den Rest der Mannschaft wieder zusammenzutreiben.«

Jeris hüstelte diskret. »Fergus, du scheinst mit deinem Frühstück fertig zu sein, dann geh doch bitte und sieh nach deiner Ausrüstung, die ich dir gestern gegeben habe.«

Fergus erinnerte sich an die Anweisungen, die ihm sein Onkel erteilt hatte, und sagte eilig: »Gewiß, Onkel.«

Jeris wandte sich dann an Martha. »Liebste, wenn du uns entschuldigen willst, wir nehmen unseren Kaffee im Salon.«

Als die beiden wieder vor dem Feuer Platz genommen hatten, begann Jeris: »Bezüglich der Mannschaft hat mir der Kommandant vor ein paar Tagen erzählt, daß er eine Menge Leute hat, aber leider nur wenige von guter Qualität. Ich habe einen Vorschlag, der das Qualitätsproblem ein wenig positiv verändern könnte. Mein junger Neffe möchte zur See gehen.«

Kittrelles Augenbrauen schossen in die Höhe. »Wahrhaftig? Der sah doch ganz normal aus. Aber wenn Sie das möchten, dann nehme ich ihn natürlich mit an Bord.«

Jeris lachte polternd. »Nicht so schnell. Ich drücke ihn Ihnen nicht einfach so aufs Auge. Er ist ein echter, ungeschliffener Diamant. Wie Sie gesehen haben, ist er groß und stark. Sein Großvater ist ein pensionierter Leutnant und hat ihm alles über Seemannschaft, Navigation und die Artillerie beigebracht, was er weiß. Das einzige, was der junge Mann noch nicht in der Praxis gemacht hat, ist, eine große Kanone abzufeuern, allerdings ist er mit der Vogelflinte ein As.«

»Ist er denn schon mal auf See gewesen?«

»O ja. Er hat drei Sommer auf einem Fischereischoner verbracht, aber das ist schon einige Zeit her.«

»Sogar damit ist er besser qualifiziert als die meisten unserer Decksleute und die Midshipmen sowieso – vielleicht sogar als einige der Leutnants.«

»Meine einzige Bitte ist, daß Sie ein Auge auf ihn haben.«

»Natürlich.«

Jeris entspannte sich. »Ich meine das nicht im Sinne einer wie immer gearteten Bevorzugung. Geben Sie ihm Arbeiten, bei denen er zeigen kann, was in ihm steckt. Den Rest wird er dann schon allein besorgen.«

»Sie sagen, er beherrscht die Navigation?«

»Ja. Er kann Sonnen- und Polarsternbeobachtungen nehmen, berechnen und in der Karte auswerten. Er kennt sich in den Seekarten aus, kann koppeln, Lotungen nehmen, den Kompaß lesen und einen Kurs steuern. Außerdem ist er gewandt in Wort und Schrift.«

Kittrelles dunkle Augen blitzten, während er sich die Hände rieb. »Warten wir ab, was der Kommandant dazu sagen wird. Die einzige offene Frage ist eigentlich, ob der Kapitän oder der Segelmeister ihn als Hilfssteuermannsmaaten annehmen werden. Aber ich wette, daß der Kommandant möchte, daß der Segelmeister ihn unter seine Fittiche nimmt.«

Nach einer letzten Tasse Kaffee wurde Fergus' Seesack zusammen mit dem Gepäck von Kittrelle hinten in der Kutsche verstaut, dann klapperten die Hufe der Pferde über das Kopfsteinpflaster hinunter zur Themse in Richtung der *Athena*.

Kittrelle musterte Fergus aus den Augenwinkeln, während er vorgab, den Straßenverkehr voraus scharf zu beobachten. »Junge, dein Onkel hat mir erzählt, daß du für den Seedienst in vieler Hinsicht gut qualifiziert bist. Ich werde versuchen, daß dich der Segelmeister als Hilfssteuermannsmaat annimmt.«

Fergus fragte zögernd: »Sir, werde ich dann auch Mitglied einer Geschützbesatzung sein?«

Kittrelle grinste. »Darauf kannst du dich verlassen. Du wirst Mitglied der Crew des letzten Geschützes – ausgenommen des achteren Jagdgeschützes –, der Steuerbordbatterie sein. Da wirst du direkt unter meiner Nase sitzen, weil ich diese Batterie kommandiere. Der Kapitän auf dem Achterdeck gleich hinter dem Geschütz wird alles sehen, was du tust, sei es gut oder schlecht!«

Fergus grinste wieder breit. »Danke, Sir. Wenn ich die Gelegenheit bekomme, werde ich mich Ihres Vertrauens würdig zeigen.«

Eine große Kutsche bog vor ihnen ein. Kittrelle packte die Kante des Verdecks und schob seinen Kopf aus der Seite. Sein Gebrüll, mit dem er den anderen Kutscher überschüttete, ließ Fergus' Ohren schmerzen. »Raum, du lausige Landratte! Wir hatten Vorfahrt! Verhol dich, oder ich werde die Schwänze deiner verdammten Klepper zusammenknoten!«

Der andere Kutscher lehnte sich herüber und ließ einen

unsäglichen, aber auch fast unverständlichen Strom von Cockneyflüchen hören.

Kittrelle setzte sich wieder und grinste. »Das hat zwar nichts genutzt, aber ich fühle mich besser. Wenn wir auf See sind, wirst du eine Menge dieser Schimpfkanonaden zu hören bekommen. Der Mann, den sie betreffen, sollte sich nicht viel daraus machen, aber bedenken, daß der Absender sich danach besser fühlt. Die heiße Luft ist dann raus! Kümmere dich einfach nicht darum.«

Nach einer Stunde in dem zähflüssigen Verkehr kam die Kutsche neben einem Kriegsschiff zum Stehen, das mit dikken Hanftrossen an der Pier festgemacht war. Fergus betrachtete es ehrfürchtig. Es war das größte Schiff, das er je in seinem Leben gesehen hatte, dabei wußte er, daß seine Ausmaße weniger als die Hälfte der größten Schiffe der Marine betrugen.

Kittrelle bemerkte seine weit aufgerissenen Augen. »Junge, das Schiff ist nicht so groß, wie es dir jetzt erscheint. Es gehört zur Fünften Klasse, weil es sechsunddreißig Zwölf- und Achtpfünder trägt. Aber es ist ein sehr schneller Segler. Seine Linien wurden von einer berühmten französischen Fregatte abgenommen. Wenn es vom jeweiligen Admiral richtig eingesetzt wird, dann kann es ein sehr wertvolles Schiff sein. Falls es vom Kommandanten falsch genutzt wird, dann kann es in eine Menge Ärger geraten.«

Fergus wollte eine Bemerkung machen, überlegte es sich aber und kletterte aus der Kutsche. Kittrelle stieg auf der anderen Seite aus und ging auf den Landgang zu. Fergus zog seinen Seesack hinten aus der Kutsche, winkte dem Kutscher kurz dankend zu und bewegte sich ebenfalls zum Fallreep hinüber. Dort stellte er den Seesack ab und schaute in die Masten und das Rigg empor. Sie schienen bis in den Himmel hinaufzuragen. »Mein Gott!« murmelte er vor sich hin, »werde ich jemals so hoch klettern können?«

Kittrelle sagte: »Sohn, das ist wahrscheinlich das letzte Mal, daß du das Schiff für ein Jahr bis zum Ende unseres Einsatzes von außen sehen wirst. Ich muß mir die Außenhaut anschauen, um festzustellen, was die Besatzung in der Zwischenzeit geschafft hat. Begleite mich, dann werden wir zusammen einen scharfen Blick auf alles werfen.«

»Danke, Sir, sehr gerne.«

Kittrelle ging schnellen Schrittes in Richtung des Hecks, Fergus folgte ihm auf dem Hacken. Dort deutete der Erste auf das geschnitzte und vergoldete Zierwerk. »Das hier ist für ein Kriegsschiff ziemlich mickrig. Ich halte nicht allzuviel davon, aber der Kommandant liebt es.«

Kittrelle drehte sich abrupt um und hätte Fergus beinahe umgerissen. Langsam ging er an der Bordwand der *Athena* entlang und betrachtete sie prüfend. Er blieb stehen und musterte eine Geschützpforte kritisch. »Schau dir das an! Ich werde dem Zimmermann den Arsch aufreißen!«

»Der Zimmermann ist für die Geschützpforten zuständig?«

»Darauf kannst du dich verlassen! Und er hat sie alle vernachlässigt, diese hier ganz besonders. Schau dir diese Scheibe im Klappmechanismus an. Sie ist kaputt. In diesem Zustand würde es viel Zeit kosten, die Klappe zu öffnen, wenn wir das Schiff gefechtsklar machen. Wir würden wertvolle Zeit gegenüber dem Feind verlieren. Ja, ich werde wie der Fluch Gottes über ihn kommen!«

Kittrelle begann die Pier wieder hinaufzuwandern. Fergus stellte fest, daß die Bordwand von dem kaum sichtbaren Kupferstreifen unter der Wasserlinie bis zur Unterkante der Geschützpforten schwarz angestrichen war. Auch die Klappen selbst waren schwarz, aber die Zwischenräume leuchteten zitronengelb. Darüber setzte sich der schwarze Anstrich bis zur Verschanzung fort.

Kittrelle ging den verbleibenden Teil der Bordwand entlang und blieb am Bug stehen. Fergus konnte die Galionsfigur gleich unterhalb des Bugspriets bewundern, darüber schob sich der unendlich lange Klüverbaum schräg nach oben.

»Schau dir die Galionsfigur an!« befahl Kittrelle. »Ist sie nicht verdammt schön?«

Fergus sah eine Frauengestalt, die ihren Kopf königlich zurückgeworfen hatte, die Arme fehlten, aber die Brüste ragten stramm nach vorne. Die ganze Figur war offensichtlich vor kurzem frisch vergoldet worden. Er mußte plötzlich an Shannon denken, die so schön gewesen war wie die Abbildung der *Athena*, auf jeden Fall war sie aber sehr viel lebendiger gewesen.

Kittrelle meinte: »Athene persönlich. Wahrlich eine Göttin! Ich liebe sie!«

Fergus nickte, obwohl er den Enthusiasmus von Kittrelle nicht ganz verstand. »Ja, Sir, sie ist sehr schön.«

Kittrelle blickte zu dem Platz hoch, der sich über der Galionsfigur befand. »Kilburnie, da ist der Abtritt. Du wirst ihn mehrfach am Tag aufsuchen, aber es wird dir nie gelingen, die schöne Frau zu beschmutzten.«

Fergus war verwirrt. »Sir?«

Der Erste Offizier erklärte ihm: »Ein Rahsegler kann maximal siebzig Grad gegen den Wind segeln. Daher haben unsere Vorväter entschieden, daß der Abtritt an den Bug kommt. Wie sehr du dich auch bemühst, der Wind wird immer von achtern kommen, folglich werden auch deine besten Bemühungen immer nach vorne wegfliegen.«

Fergus schürzte die Lippen. »Wenn Sie das sagen, Sir.«

Kittrelle drehte sich abrupt um. »Laß uns an Bord gehen. Wie es scheint, wartet dort einen Menge Arbeit auf mich.«

Fergus trabte hinter Kittrelle nach achtern zum Fallreep, warf sich den Seesack auf den Buckel und folgte ihm an Bord.

Kittrelle grüßte oben am Ende des Fallreeps den Midshipman der Wache, dann die Flagge, die achtern am Flaggenstock wehte. Fergus, der noch immer Zivilist war, ging hinter ihm an Bord und stellte sein Gepäck auf dem Achterdeck ab.

»Laß dein Gepäck hier stehen. Ich brauche ein wenig Zeit, um mit Kapitän Burbage zu sprechen. Du kannst dich auf dem Oberdeck umsehen und dich mit dem Schiff vertraut machen. Ich werde dich zum geeigneten Zeitpunkt auf das Achterdeck rufen.«

Als Burbage Kittrelles ansichtig wurde, breitete sich ein Grinsen auf seinen gutgeschnittenen, glattrasierten Gesichtszügen aus. Sein Körper, der in einer maßgeschneiderten Uniform steckte, sah gut aus, war aber nicht so stämmig wie Kittrelles. Fergus überlegte, daß sein Gesicht eigentlich nicht hübsch war, aber es war angenehm. Seine Augen waren grau und ruhig, ihn umgab ein Gefühl ruhiger Selbstsicherheit. Vielleicht, dachte Fergus, kam das mit zunehmendem Alter von allein. Er war ganz offensichtlich älter als Kittrelle.

Fergus mochte ihn sofort, und nach dem, was er von anderen gehört hatte, hatte er das Glück gehabt, einen guten Kommandanten zu bekommen. Im stillen dankte er Onkel Jeris.

Burbage rief: »Ah, Kittrelle, ich habe gehört, daß Sie bald zurückkommen würden. Ich wette, die Mannschaft des Lazaretts hatte die Faxen mit Ihnen dicke. Ich freue mich sehr darüber, daß Sie es geschafft haben, wieder an Bord zu kommen. Wie Sie sehen, komme ich alleine mit der ganzen Chose nicht sonderlich gut zurecht. Der junge Leutnant Brashear gibt zwar sein Bestes, um Sie zu vertreten, aber ich brauche Sie wirklich dringend.«

»Ich kann mich sofort in die Arbeit stürzen, Sir, und ich hoffe, daß die Woolwich-Werft gut mit Ihnen zusammengearbeitet hat.«

»Keine Beschwerden. Jetzt wollen wir an die Arbeit gehen.«

5
Die *Athena*

Fergus hatte Kittrelle nachgeschaut, als dieser nach achtern gegangen war, jetzt blickte er hinauf in den Wald von Masten, Rahen und sonstigen Spieren mit dem dazugehörenden Spinnwebengeflecht aus Tauwerk über seinem Kopf. Es gab drei Masten. Der höchste, der Großmast, stand etwa in der Mitte des Schiffes. Der vordere Mast, Vormast oder Fockmast genannt, stand sehr weit vorne, gleich hinter der Galion. Der dritte Mast, der Kreuzmast, befand sich etwa auf halbem Weg zwischen Großmast und dem Heck. Eine lange, schräg nach oben weisende Spiere, der Klüverbaum, ragte fünfzig Fuß weit nach vorne über den Vorsteven hinaus. Zwei kleinere Bäume befanden sich an der Achterkante des Kreuzmasts. An jedem der drei Masten waren vier horizontale Spieren – die Rahen – aufgeriggt.

Am Großmast schlugen der Segelmacher und seine Maate gerade ein neues Segel an. Es war noch unbefleckt weiß und rein im Gegensatz zu den anderen beiden Segeln, die schon an ihren Rahen untergeschlagen waren. Fergus konnte sich seinen Reim auf den Farbunterschied machen. Die vielen tausend mit Kohle befeuerten Kamine der Großstadt London legten jede Nacht einen dichten Mantel aus schwarzem Sott über die Stadt, der sich bei Tag auf den Segeln niederschlug und natürlich auch auf dem Holzdeck – eigentlich auf alles und jedem in London. Die Segel der anderen Masten waren noch nicht aufgebracht worden und lagen unter Deck in Sicherheit vor dem schwarzen Nebel.

Aus seiner Zeit auf dem Fischereischoner wußte Fergus, daß vorne drei oder vier dreieckige Stagsegel gefahren wurden, die anders als die Rahsegel nicht mit einem Liek an einer Spiere befestigt waren. Lediglich ihr Hals war am Klüverbaum fixiert, der Kopf wurde vom Fall gehalten, das Vorliek lief mit Ringen am jeweiligen Stag.

Achtern würde ein weiteres trapezartig geschnittenes Segel gesetzt werden, das Besansegel, das zwischen den beiden oben erwähnten Spieren und dem Kreuzmast geriggt wurde.

Zwischen den Masten würden weitere Schratsegel gefahren werden, wenn zusätzliche Geschwindigkeit gewünscht wurde. Sein Großvater hatte ihn gut unterrichtet.

Er beschaute sich die unteren Teile der drei Masten. Um jeden herum befand sich ungefähr in Hüfthöhe eine tischartige Konstruktion, in der hölzerne Belegnägel steckten, an denen die Leinen belegt werden konnten. Das überschüssige Gut war sauber aufgeschossen und über die Koffeinägel gehängt worden. Das Gewimmel der vielen schwarz geteerten Leinen erinnerte Fergus an ein Nest ordentlich ausgerichteter Schlangen.

Fergus blickte nach oben und versuchte den Weg der

Taue zu den Blöcken zu verfolgen, die an den verschiedenen Punkten im oberen Bereich des Mastes befestigt waren und von denen das Tauwerk dann weiter zu den Segeln lief. Fergus schüttelte entmutigt den Kopf, obwohl er genau wußte, daß er die Namen aller dieser Leinen und ihre Funktionen lernen mußte, mit denen die Segel gesetzt wurden und ihre Stellung zum Wind kontrolliert werden konnte.

Jetzt schaute sich Fergus auf dem Oberdeck um. Entlang der Bordwand erhob sich eine schwere hölzerne Konstruktion von ungefähr vier Fuß Höhe, die als Verschanzung bezeichnet wurde. Wie das gesamte Schiff bestand sie aus massiver Eiche. In bestimmten Abständen waren Öffnungen für die Kanonen hineingeschnitten worden. Auf der Innenseite waren Netze angebracht, in welche die Besatzung ihre Hängematten staute, die wie Würste zusammengerollt, dann zusammengeklappt und gelascht wurden. Das Resultat war ein guter Schutz gegen die eisernen Kanonen- und Musketenkugeln.

Er blickte nach achtern, wo Kapitän Burbage und Kittrelle noch immer in ein intensives Gespräch vertieft waren. Der Bereich vom Kreuzmast bis zum Heck wurde Achterdeck genannt. Direkt hinter dem Besanmast stand eine etwa drei Fuß hohe Mahagonikiste, die den Steuer- und den Peilkompaß beherbergte. Ihre Rosen wiesen kunstvoll verzierte Einteilungen auf, die Kompaßstriche. Natürlich war eine Beleuchtungsvorrichtung vorgesehen, damit man den Kompaß auch in der Nacht ablesen konnte. Hinter dem Kompaßhäuschen befand sich das riesige doppelte Ruderrad. Von der Trommel zwischen den Rädern lief ein Lederriemen durch zwei Löcher durch das

Deck nach unten und über Umlenkrollen zur Pinne des großen hölzernen Ruderblatts. Große gedrechselte Holzspeichen im Rad gaben dem Rudergänger den nötigen Halt und die Hebelwirkung, um es bei Gegendruck drehen zu können.

Um das Achterdeck herum standen acht Zwölfpfünder, ihre Bronzerohre ruhten auf schweren hölzernen Lafetten, die tiefrot gestrichen waren. Hinten am Ende des Achterdecks waren noch zwei achtpfündige Jagdgeschütze auf Drehzapfen montiert.

Fergus wandte sich um und ging die Backbordseite entlang. Der Bereich zwischen dem Besan und dem Fockmast wurde als Kuhl bezeichnet. Auf jeder Seite war ein schmaler Laufgang neben den Finknetzen. Über dem restlichen Bereich der Kuhl lagen Grätinge, auf denen die drei großen Ruderboote des Schiffes in ihren Knacken oder Klampen lagen, von denen das eine auch gesegelt werden konnte, außerdem waren dort auch diverse Reservespieren wie Rahen, Maststengen und Bäume gestaut. Zwei kleine Arbeitsboote hatte man auch noch dazwischen untergebracht und sicher festgelascht.

Während er weiter nach vorne wanderte, besah sich Fergus die Hängematten näher. Alle waren mit schwarzer Farbe mit dem Namen und der Rollennummer ihres Besitzers gekennzeichnet. Er wußte, daß bald auch seine Hängematte hier gestaut werden würde.

Der vordere Teil des Schiffs wurde als Back bezeichnet, auch hier standen zwei Achtpfünder. Fergus trat an die vordere Verschanzung und wollte über die Kante in die Galion hinuntergucken. Überrascht blickte er auf den Kopf und die Schultern eines Seemannes, der gerade wieder über die Verschanzung binnenbords auf die Back klettern wollte.

»Hallo«, begrüßte ihn Fergus.

Der Seemann grinste. »Komme gerade von einem Ausflug zum Donnerbalken zurück. Ich dachte, es könnte mir vielleicht jetzt gelingen, die Lady da unten zu bewässern, aber es hat nicht geklappt.«

»Du meinst, weil der Wind hier von vorne weht und nicht von der Seite oder von achtern, wie es auf See der Fall ist.«

Der Seemann blickte Fergus neugierig an. »Du bist wie eine Landratte angezogen, aber keine Landratte weiß so etwas.«

»Vielleicht bin ich keine Landratte«, erwiderte Fergus amüsiert wegen des erstaunten Tonfalls des Matrosen. »Oder ich werde jedenfalls nicht mehr lange eine sein.«

Sie wurden vom Klang einer Bootsmannspfeife unterbrochen. Fergus drehte sich um. Ein zappelndes Schaf in einer Schlinge wurde an Bord gehievt. Er sah zu, wie es in einer Luke gerade hinter der Back verschwand.

Der Matrose meinte: »Das wird unten in den Stall gebracht, wo schon fünf weitere Schafe und zwei fette Schweine warten.«

»Werden sie alle auf See verzehrt?«

»Sie reichen für ein paar Tage. Der Kommandant und die Offiziere bekommen die besten Stücke. Wir bekommen unseren Anteil gewöhnlich in der Suppe.«

Fergus bedachte die Rationen. »Bei dreihundert hungrigen Mäulern, die zu füttern sind, kommt man damit wahrlich nicht weit.« Er bedankte sich bei dem Matrosen und ging wieder nach achtern in den Bereich des Laufgangs. In der Nähe seines Gepäcks hielt er inne und blickte in Richtung des Kommandanten und Kittrelles. Sie standen nahe an der Reling, wo sie niemandem im Weg waren, und beobachteten sorgfältig die vorbeiziehende Parade aus Mannschaftsmitgliedern, Werftarbeitern und Stauern, die vor ihnen kreuz und quer endlos vorbeidefilierten und Ausrüstungsteile, Fässer und Kisten schleppten. Dabei setzten sie ihre Unterhaltung fort.

Fergus stellte fest, daß Kittrelle schnell das Kommando übernahm. Seine stechenden schwarzen Augen verfolgten die Arbeitsabteilungen, während er gleichzeitig weiter mit dem Kommandanten sprach. Nur hier und da hob er die Stimme und rief einem Unteroffizier etwas zu. Kittrelle schien die Namen aller Unteroffiziere im Kopf zu haben, obwohl er mehrere Wochen nicht an Bord, sondern im Hospital gewesen war.

Der Kapitän begann sich sichtbar zu entspannen, als ihm erleichtert bewußt wurde, daß ihm sein Erster Offizier die Bürde von den Schultern nahm. Fergus bemerkte, daß die Uniform des Kommandanten der des Ersten sehr ähnlich, nur daß sie aus besserem Tuch geschneidert war und daß er eine goldene Epaulette auf der Schulter hatte, die deutlich machte, daß er Kommandant eines Schiffes der Fünften Klasse war.

Schließlich beendete Kittrelle seine Unterredung mit Kapitän Burbage. Fergus schob sich vorsichtig näher an die beiden Offiziere heran und hörte, wie Kittrelle sagte: »Ich kann verstehen, daß Sie mich vermißt haben, daher werde ich jetzt mein Gepäck verstauen und mich dann gleich an die Arbeit machen. Aber vorher habe ich noch eine kleine Überraschung für Sie. Einen Rekruten, der zehn gepreßte

Männer wert ist. Er ist jung, stark, klug und ist schon zur See gefahren. Er möchte auf einem schnellen Schiff dienen. Darf ich ihn herüberrufen und ihn Ihnen vorstellen?«

Der Kommandant schaute an Kittrelles breiten Schultern vorbei und sah Fergus neben den Gepäckstücken warten. Seine Augenbrauen schossen in die Höhe, ob das aus Freude oder Ablehnung geschah, konnte Fergus nicht entscheiden.

Unverbindlich sagte Burbage: »Bringen Sie ihn auf alle Fälle her.«

Kittrelle drehte sich um und ging zu Fergus herüber, der ihm entgegenkam. Vor dem Kapitän nahm er Haltung an. Der Kommandant musterte ihn von Kopf bis Fuß, wechselte einen Blick mit Kittrelle, grinste und streckte dann seine Hand aus. Fergus, der in solchen Protokollfragen nicht sicher war, nahm die Hand des Kapitäns und schüttelte sie fest, aber kurz.

Der Kommandant bemerkte Fergus' Unsicherheit. »Junge, du wirst in Zukunft, nachdem du angemustert hast, nie wieder die Gelegenheit bekommen, mir die Hand zu schütteln, es sei denn anläßlich einer Beförderung.« Er wandte sich an Kittrelle: »Sir, ich akzeptiere ihn. Tragen Sie seinen Namen in die Musterrolle ein, und teilen Sie ihn in der Gefechtsrolle ein. Aber jetzt müssen wir wieder alle an die Arbeit.«

Kittrelle salutierte und drehte sich zackig auf dem Absatz um. Fergus tat es ihm nach, bevor er seinen Seesack aufnahm und Kittrelle folgte.

Am vorderen Niedergang des Achterdecks blieb Kittrelle stehen. »Nun, Junge, sobald ich deinen Namen in die Musterrolle aufgenommen habe, giltst du offiziell als Mannschaftsmitglied. Von diesem Zeitpunkt an gehörst du dem König und der Royal Navy, aber in erster Linie Kapitän Burbage und mir!«

Kittrelle blickte sich suchend um, als würde er jemanden vermissen. »In ein paar Minuten wirst du auch dem Segelmeister gehören. Aber zuerst laß mein Gepäck hier stehen. Mein Steward wird es holen. Nimm deinen Seesack mit, ich bringe dich jetzt hinunter zum Zahlmeister.«

Zwei Decks tiefer fand Kittrelle den Zahlmeister, einen rundlichen Mann mit einem Zweitagebart, der in seinem Lagerraum hofhielt, in dem sich Kleidung und Ausrüstungsgegenstände türmten. »Smollet, das ist unser neuster Zugang. Sorgen Sie dafür, daß er eine gute Grundausstattung bekommt, und betrügen Sie ihn nicht, sonst bekommen Sie es mit mir zu tun.«

Der Zahlmeister war ein kleiner, runder Mann, lispelte leicht und hatte einen faulig stinkenden Atem, was beides deutlich wurde, als er zu reden begann: »Sir, ich werde ihn wie jeden anderen auch behandeln, nämlich fair.«

Kittrelle schnaubte geringschätzig. »Wenn du hier fertig bist, wird dich Mister Smollet zum Profos bringen. Er haust auf der anderen Seite des Schiffes. Der wird dir deine Hängematte einschließlich der dazugehörigen Ausrüstung zuteilen und dir zeigen, wie sie korrekt im Marinestil zusammengelegt wird. Er wird dir auch den Platz anweisen, an dem du sie während des Tages aufbewahren mußt. Sag ihm, daß du der achtersten Steuerbordkanone und der dazugehörigen Messe zugeteilt bist. Smollet, übermitteln Sie dem Profos dasselbe, was ich Ihnen ans Herz gelegt habe. Eine neue Hängematte, keinen alten Lappen, mit der er sich schon die Schuhe abgeputzt hat.«

Smollet sah Kittrelle hinterher, bis er außer Sicht war, dann wandte er sich an Fergus. »Nun denn, Junge, dann wollen wir mal. Ich habe meine Segelorder bekommen und möchte dem da nicht vor den Bug laufen.«

Eine Stunde später war Fergus ausgerüstet und einquartiert. Er ging wieder auf das Achterdeck, wo Kittrelle tief in einem intensiven Gespräch mit einem älteren Mann versunken schien, den Fergus für einen Kaufmann gehalten hätte, wäre er nicht von seinem Großvater entsprechend vorgewarnt gewesen. Daher war er ziemlich sicher, daß der Mann in dem einfachen schwarzen Rock, den weißen Kniehosen und dem Dreispitz höchstwahrscheinlich der Segelmeister war.

Vor Kittrelle blieb Fergus stehen und salutierte. Kittrelle lächelte amüsiert. »Ah«, sagte er und musterte seine neuen Ausrüstungsstücke gründlich. »Wie ich sehe, hat mich der Zahlmeister verstanden. Für einen Mann, der noch nie auf einem Kriegsschiff in See war, siehst du, nun sagen wir mal, ganz akzeptabel aus.«

Fergus wollte lachen, wurde sich aber noch rechtzeitig klar darüber, daß ihre Beziehung jetzt auf einer streng dienstlichen Basis stand. Er schaffte es, ein ausdrucksloses Gesicht aufzusetzen. »Danke, Sir.«

Kittrelle wandte sich an den Segelmeister. »Mister Montgomery, das ist der junge Rekrut, von dem ich Ihnen erzählt habe. Ich übergebe ihn Ihnen als Hilfssteuermannsmaaten. Aber seine Aufgaben unter Ihrer Fuchtel dürfen seine Pflichten an der Kanone nicht beeinträchtigen.« Montgomery rieb sich seinen kurzen grauen Bart, musterte Fergus gründlich und war mit dem Ergebnis offensichtlich zufrieden. Er lächelte, wobei er zwei Zahnlücken im Oberkiefer offenbarte. »Nun, Kilburnie, wenn es stimmt, was Leutnant Kittrelle mir von deinen Kenntnissen in der Navigation erzählt hat, dann bist du mir sehr willkommen. Vielleicht kann ich dann auch mal ein Auge voll Schlaf nehmen, wenn wir draußen auf See sind.«

Kittrelle fragte: »Was ist mit Ihrem Maat und den Midshipmen?«

»Der Maat kann nicht addieren, und die Midshipmen können nicht sehr gut gucken.«

In der ersten Nacht an Bord riggte Fergus seine Hängematte an dem ihm zugeteilten Platz auf. Neben ihm, nur vierzehn Zoll entfernt, schwangen die Hängematten von anderen Mitgliedern seiner Geschützbesatzung. Er schlief tief und traumlos, als er vom schrillen Zwitschern einer Bootsmannspfeife und einer tiefen Stimme geweckt wurde, die tönte: »Reise, reise, nach alter Seemannsweise, jeder weckt den Nebenmann, daß der nicht länger schlafen kann!«

Fergus rollte sich heraus und schlüpfte in seine neuen Klamotten. Der Zahlmeister hatte ihm ein paar weiße Arbeitshosen gegeben, die bis auf seine schwarzen Halbschuhe hinunterreichten. Er fuhr in die Hosen und zog sich dann einen horizontal blau und weiß gestreiften Pullover über den Kopf. Ein schwarzer Hut mit einer schmalen Krempe vervollständigte seine Uniform. Andere Seeleute, die sich in seiner Nähe anzogen, trugen eine völlig andere Arbeitskleidung. Dann begann er seine Hängematte zusammenzulegen. Er rollte sie wie eine große Wurst zusammen und laschte sie mit einem Bändsel zu, das gerade so lang war, daß man damit sechs halbe Schläge – keinen mehr

– stecken konnte. Er löste zwei weitere Laschings, die sie an zwei eisernen Haken in den Decksbalken gehalten hatten. Fergus warf sich die gelaschte Hängematte über die Schulter und folgte seinen Messekumpels zum Niedergang und nach oben. Die Hängematte schlug mehrere Male oben an, bevor Fergus gelernt hatte, sich zu bücken und kleinzumachen. Die Decksbalken befanden sich nur fünfeinhalb Fuß über dem Deck. Sobald er an Deck war, staute er seine Hängematte in das Netz.

Sein Geschützführer, der dort schon stand, schaute auf die Hängematte und runzelte die Stirn. »Nicht besonders gut, Kilburnie. Heute abend werde ich dir zeigen, wie man es richtig macht. Ich lege sie heute unter die meine, denn wenn der Profos sie so zu sehen bekommen sollte, wird er dir eine Menge Ärger machen.«

Fergus nickte dankbar. Er sah sich den Geschützführer näher an, den er gestern erst spät kennengelernt hatte. Quantril war nicht ganz so groß wie Fergus, aber das waren ohnehin nur einige wenige in der gesamten Mannschaft. Sein Haar war rot und unbändig, sein Teint sehr hell, und er schien, wie Fergus bald herausfinden würde, ständig einen Sonnenbrand zu haben. Auf beiden Wangen und der Stirn waren bläuliche Pulververbrennungen zu erkennen. Quantril bemerkte, daß Fergus seine Narben musterte, und erklärte: »Habe ein paarmal in den alten Zeiten zu nahe am Zündloch gestanden, als wir noch mit den langsam brennenden Lunten gearbeitet haben.«

Fergus folgte Quantril auf das Geschützdeck, wo sich ihre Messe befand. Ein leichter Leinwandvorhang begrenzte beide Seiten der Fläche, um ihnen eine gewisse private Atmosphäre zu verschaffen. Fergus zog bei dem Geruch von stinkendem Fett die Nase kraus. Der Messekoch hatte die Back von der Decke heruntergefiert und wischte sie geschäftig mit einem schmutzigen weißen Lappen ab.

Verwundert erkundigte sich Fergus: »Was ist denn das?«

Der Messekoch hielt den Lappen triumphierend in die Höhe und warf einen amüsierten Blick in Richtung des Geschützführers. »Das ist ein Stück der Unaussprechlichen von Quantrils Eheweib.«

»Wie bitte? Ich dachte immer, Seeleute wären nicht verheiratet.«

Der Messekoch lachte schallend. »Das ist er auch nicht. Das heißt, nicht für immer und ewig. Wie alle Offiziere und Unteroffiziere nimmt er sich eine Frau an Bord, wenn wir im Hafen liegen. Die meisten britischen Kommandanten gestatten während der Liegezeit den Aufenthalt von Frauen an Bord. Damit alles pro forma seine rechtliche Ordnung hat, geben die meisten dieser Frauen an, daß sie die Ehefrau des Betreffenden wären.«

»Ich habe keine Frauen an Bord gesehen.«

»Das kannst du auch nicht. Der Alte hat den Profos vor zwei Tagen angewiesen, sie von Bord zu scheuchen. Das war vielleicht ein Aufstand. Diejenigen, die das Schiff nicht so zeitig verlassen wollten, wurden von Bord gejagt, entweder über das Fallreep – oder über die Kante ins Wasser.« Er mußte bei der Erinnerung lachen.

Fergus konnte nicht glauben, daß man mit Frauen so brutal umgehen konnte. »Mußten sie denn schwimmen?«

»Zwei. Beide waren betrunken, und sie konnten nicht schwimmen!« Nach einem Blick in das Gesicht des jungen Mannes fügte er hinzu. »Sie sind nicht ertrunken. Wir haben sie mit einem Draggen herausgefischt.«

»Sind sie dabei nicht verletzt worden?«

»Aber nein. Sie hatten eine Menge Klamotten an, und es war nur ein kleiner Draggen, extra für die Rettung eines über Bord Gefallenen.«

»Der Profos muß ein sehr brutaler Kerl sein.«

»Fiftal? O ja, das ist ein gemeines Schwein. Halt dich bloß gut frei von ihm.«

Fergus war nicht im geringsten überrascht. Er wußte, daß er nicht erwarten konnte, daß die gesamte Mannschaft so anständig wie Kittrelle sein würde, also wechselte er das Gesprächsthema. »Übrigens, ist unser Kommandant verheiratet?«

»Nein. Es gibt nicht allzu viele verheiratete Kommandanten in der Navy.«

»Kann er denn für seine Frau an Land nicht aufkommen?«

»Sicher, aber Kommandanten dürfen nicht an Land gehen.«

»Du willst sagen, daß der Kommandant das Schiff nicht verlassen darf?«

»Jedenfalls nicht in England. Nur wenn die Admiralität nach ihm schickt. Ich gehe jetzt zur Kombüse, um unsere Ration zu holen. Setz dich an die Back und wart ab.«

Ganz in der Nähe brach plötzlich ein Tumult aus. Als Fergus aufstand und um den Vorhang schielte, begrüßte ihn ein junger Midshipman mit einem Strom unflätiger Flüche. »Verschwinde hier mit deiner matschigen blöden Bauernbirne, oder ich verarbeite sie zu Kompott!«

Schnell zog Fergus seinen Kopf zurück und setzte sich wieder an die Back. Während er darauf wartete, daß der Messekoch zurückkam, stellte er fest, daß das Tuch schon die Spuren verschiedener Mahlzeiten aufwies. Der Gestank war fast unerträglich. Er nahm die Schüssel, den Löffel und Gabel, die er vom Zahlmeister bekommen hatte, vom Tisch herunter und staute sie auf seinem Schoß.

Nach ein paar Minuten kehrte der Messekoch mit einer dampfenden Terrine voller Haferschleim und einem Topf zurück, in dem eine undefinierbare Flüssigkeit schwappte, die wohl heißer Kaffee sein sollte, aber in Wirklichkeit aus heißem Wasser und gedörrtem Getreide bestand. Sobald die Terrine auf dem Tisch stand, erschienen wie auf ein geheimes Signal lachend und scherzend die anderen Mitglieder der Messe. Sie stießen ihre Gabeln in das »Tischtuch«, um sie von den Resten der letzten Mahlzeit zu reinigen und wischten ihre Löffel an den Rändern ab. Fergus, der am Ende der Back saß, beschloß einen anderen Weg zu finden, sein Besteck zu säubern, aber jetzt bekam er erst mal die Terrine als letzter. Er hatte Glück, daß noch eine halbe Schüssel Hafergrütze drin war, als sie bei ihm ankam.

Quantril bemerkte seine hochgezogenen Augenbrauen. »Nicht gerade üppig für ein Frühstück«, stellte er fest. »Du wirst schon schnell lernen, für dich zu sorgen.«

Fergus zuckte mit den Schultern und begann zu essen. »Nicht schlecht. Ein typisch schottisches Frühstück.« Als er gerade den letzten Bissen seiner mageren Mahlzeit vertilgt hatte, schrillte wieder die Bootsmannspfeife.

»Alle Mann mit Ausnahme der Freiwächter an Deck und an die Arbeit!«

Als Fergus das Oberdeck erreichte, schmerzte ihn das grelle Sonnenlicht, denn seine Augen hatten sich an das trübe Zwielicht des Zwischendecks gewöhnt. Er sah sich auf dem Deck um. Die Besatzung und die Arbeiter von Land waren genauso eifrig bei der Arbeit wie am Tag zuvor, aber jetzt konnte Fergus schon bei einigen Arbeiten den dahintersteckenden Sinn erkennen.

Kittrelle stand neben dem Kommandanten und brüllte Befehle. Als er sah, daß die Männer auf das Oberdeck strömten, befahl er dem neben ihm stehenden Leutnant: »Brashear, nehmen Sie sich vier Geschützbesatzungen und übernehmen Sie die restlichen Wasserfässer.«

Quantrils Truppe bekam die Aufgabe, die zwölfpfündigen eisernen schwarzen Kugeln über den Landgang hoch an Deck und dann hinunter in die Lagergestelle zu tragen. Das war nicht übermäßig anstrengend, obwohl der Stückmeister, der die Arbeit überwachte, ein gestrenger Herr zu sein schien.

Als alle Kugeln verstaut waren, wurde Fergus einer Gruppe zugeteilt, die Fässer mit eingepökeltem Rind- und Schweinefleisch verluden. Quantril verzog das Gesicht. »Daß wir dieses Zeug fressen müssen, ist schon schlimm genug, aber daß wir es auch noch selbst an Bord schleppen dürfen, ist die Härte!«

Danach luden sie Fässer mit Sauerkraut, Schiffszwieback und sogar ein paar Fäßchen mit Limonensaft. Anschließend folgten Hunderte große Fässer voller Wasser, Bier und Rum. Bei Einbruch der Dunkelheit war das Laden beendet, und im Schiff kursierte das Gerücht, daß man am nächsten Tag auslaufen würde.

Sehr früh am nächsten Morgen gelang es Fergus, seine Hängematte besser zu stauen, so daß sie die Kontrolle durch Quantrils kritische Augen bestehen konnte. Auch das Frühstück fiel besser aus. Fergus war früh in der Messe und setzte sich in die Mitte an die Back. Der Haferschleim war zwar die gleiche undefinierbare Masse wie am Vortag, aber er bekam wenigstens eine volle Schüssel ab.

Als Fergus den letzten Schluck von seinem sogenannten Kaffee hinunterschluckte, stolperte ein Melder durch das Halbdunkel. »Kilburnie?« fragte er laut und blickte sich suchend um.

»Hier!« meldete sich Fergus.

»Melde dich auf dem Achterdeck. Der Segelmeister möchte dich sprechen!«

Fergus stürmte den nächstgelegen Niedergang empor und eilte nach achtern. Segelmeister Montgomery stand direkt neben dem Kompaßhäuschen.

Fergus baute sich vor ihm auf und salutierte. »Hier, Sir!«

Aus der Nähe betrachtet, schien der Segelmeister älter zu sein, als Fergus angenommen hatte. Er hatte einen kurzen grauen Bart. Fergus vermutete, daß er jünger wirken würde, wenn er den Bart abnehmen würde. Der Navigator trug einen breiten weichen Hut und ein dunkelblaues Jakkett ohne jede Verzierung oder Abzeichen. Wie bei den anderen Offizieren vervollständigten eine weiße Kniebundhose, weiße Strümpfe und schwarze Halbschuhe seine Uniform.

Der Segelmeister antwortete lediglich mit einem Grunzen und drehte sich um, um die Inspektion des Kompaßhauses, des Kompasses und der langen Ferngläser und des Barometers, die drinnen auf dem Boden gelagert waren, zu beenden. Schließlich schien er zufrieden zu sein, und er wandte sich an Fergus: »Kilburnie, das Kompaßhaus sieht aus, als ob ein ganzer Vogelschwarm darin genistet hätte. Machen Sie es sauber.«

Fergus salutierte wieder. »Aye, aye, Sir.«

Eine Stunde Schrubben und Bürsten brachte das Kompaßhaus und den Kompaß wieder in einen Zustand, der den Segelmeister zufriedenstellte. Während seiner Reinigungsarbeiten stellte Fergus fest, daß die Kompaßrosen des Steuer- und des Peilkompasses mehr Verzierungen aufwies als die, nach der er auf dem alten Fischerboot gesteuert hatte – aber trotzdem waren sie leicht ablesbar. Als er fertig war, hörte er die Pfeife des Bootsmanns.

»Klar vorn und achtern! Alle Mann auf die Stationen zum Ablegen!«

Nackte Fußsohlen klatschten auf das Deck, als die Besatzung auf die zugewiesenen Stationen eilte, aber außer dem Ruf des Bootsmannes wurde kein Wort gesprochen. Fergus erinnerte sich, daß sein Platz am Ruder hinter dem Kompaßhaus war. Bald gesellte sich ein weiterer Hilfssteuermannsmaat zu ihm, der dienstälter als er war. Dieser reichte ihm die Hand und flüsterte: »Hallo. Ich heiße Poston. Du mußt auf der Backbordseite des Rades stehen.

Fergus schüttelte seine Hand und wollte etwas sagen, dann erinnerte er sich daran, daß er still sein mußte, und flüsterte lediglich leise: »Danke. Ich bin Kilburnie.« Er wechselte schnell auf die andere Seite des Rades.

Aufmerksam beobachtete Fergus, wie Kittrelle das Schiff darauf vorbereitete, seinen Liegeplatz an der Pier zu verlassen. Zuerst wurde eines der großen Boote zu Wasser gefiert, bemannt und unter den Bug gepullt, von der Back wurde eine Schleppleine heruntergelassen. Kittrelle wies dann den Bootsmann an, daß er der Bootsbesatzung befehlen solle, kräftig zu pullen, zur selben Zeit ließ er alle Festmacherleinen bis auf eine Achterleine einholen. Als sich die Ruderer mit aller Macht in die Riemen legten, begann der Bug des Schiffes langsam in die schwarzen, öligen Fluten der Themse hinauszudrehen. Dann erfaßte der schwache Strom den Bug, und das Schiff begann schneller zu drehen, wurde aber noch immer von der Achterspring festgehalten. Als der Segelmeister zustimmend nickte, ließ Kittrelle die Achterspring loswerfen und einholen. Das Boot kehrte zum Schiff zurück und wurde wieder eingesetzt.

Fergus wandte sich an Poston und flüsterte: »Ich habe mich schon gefragt, wie wir das Schiff in die Richtung flußabwärts bringen, wo es doch mit dem Bug in Richtung flußaufwärts lag und der Wind uns auf die Pier drückte.«

Poston nickte und erwiderte ebenfalls flüsternd: »Jetzt weißt du es. Der Segelmeister wird jetzt die Segel setzen lassen, und wir werden uns auf dem Steuerbordbug von der Pier entfernen und das Fahrwasser hinuntersegeln. Der Kommandant bevorzugt es, ihm bei den Manövern die Schiffsführung zu überlassen.«

Der Segelmeister öffnete den Mund in dem Gebüsch seines Bartes und spulte eine ganze Reihe von Befehlen ab, welche die Matrosen auf die Rahen und die Decksbauern unten an die Masten jagten, wo sie die Fallen und Schoten bemannten. Fergus war verwirrt. Einige der Befehle verstand er aus den Tagen seiner Zeit auf dem Fischerboot, aber die *Athena* trug wesentlich mehr Segel, und das Rigg war wesentlich komplizierter als auf dem kleinen Schoner.

Dann wandte sich Montgomery dem Ruder zu: »Kurs Süd-zu-West!«

Poston bestätigte laut: »Süd-zu-West, Sir!«

Er wirbelte mit Hilfe der großen Speichen das riesige Rad herum. Fergus wurde davon überrascht, weil er gerade auf die Kompaßrose geschaut und den Strich gesucht hatte, den der Segelmeister genannt hatte. Nachdem er einige weitere Befehle gehört hatte, war es ihm aber möglich, die Befehle für das Ruder aus dem Strom der für andere Stationen bestimmten auszusortieren. Bald konnte er sich auf die Rose konzentrieren und Poston beim Steuern unterstützen. Er stellte fest, daß er vor Anspannung heftig schwitzte, während Poston ganz kühl und trocken zu sein schien.

Poston grinste ihn an. »Du lernst schneller als die meisten anderen, die ich bis jetzt kennengelernt habe. Morgen wirst du schon als Rudergänger Seewache gehen und einen Matrosen befehligen können.«

Inzwischen glitt die *Athena* das gerade breite Fahrwasser hinunter, und Kittrelle befahl dem Bootsmann: »Die Backbordwache wegtreten!«

Poston informierte ihn: »Du bist in der Steuerbordwache. Ich gehe mal kurz unter Deck und bin in wenigen Minuten zurück. Dann bleibe ich hier, bis du dich eingewöhnt hast.«

»Du meinst, ich habe die Verantwortung für das Ruder?«

»Na sicher. Der Wachoffizier wird nicht viele Ruderkommandos geben. Wir laufen einen geraden Kurs das Fahrwasser hinunter, bis wir frei von Land sind, dann werden wir uns irgendwann morgen nach Süden wenden. Du wirst bei einem Wetter, wie wir es jetzt haben, ganz sicher keine Probleme bekommen.«

»Und wenn das Wetter schlechter wird?«

Poston hob die Schultern. »Du bist stärker als ich. Das Ruder wird dich nicht umwerfen. Du mußt nur genau auf die Ruderkommandos achtgeben und sie laut wiederholen. Benutze dabei genau die Worte, die du gehört hast.«

Am Ende seiner Wache wollte Fergus unter Deck gehen, aber die laute Stimme des Profos hielt ihn auf. Fergus hatte gesehen, daß Fiftal seine Hängematte inspiziert hatte. Bis jetzt hatte er es verstanden, Fiftals Aufmerksamkeit zu entgehen, und nach der Beschreibung, die der Messekoch ihm von dem Mann gegeben hatte, wollte er ihm auch so weit wie möglich aus dem Weg gehen.

Fiftals fleischiges, pockennarbiges Gesicht war zu einem mißgünstigen Grinsen verzerrt, als er Fergus direkt ins Gesicht blickte. »Kilburnie, du schottischer Dorftrottel, scher dich rüber an die Finknetze und lasche deine Hängematte neu. Sie sieht aus wie ein Rattennest, so wie wahrscheinlich dein Dunghaufen ausschaut, den du als dein Zuhause in Schottland bezeichnest. Du vertrottelter schottischer Bastard!«

Fergus ballte die Fäuste, bis sie schmerzten, aber er sagte kein Wort.

Fiftal bemerkte das wohl und trat noch näher an ihn heran. »Nur los, Kilburnie, nichts würde mir mehr Freude bereiten, als wenn du mich schlagen würdest ... Dann könnte selbst Leutnant Kittrelle nicht verhindern, daß der Kapitän dir den Rücken blutig peitschen läßt.«

Fergus öffnete die verkrampften Hände.

Wieder lächelte Fiftal freudlos. »Alle Schotten, ich betone, *alle* Schotten sind dreckige diebische Halunken. Sie taugen nur zum Aufhängen am Galgen«, schnarrte er. »Du machst dir etwas vor, wenn du denken solltest, daß du anders bist!« Er spuckte über die Kante und ging.

Den Rest des Tages dachte Fergus über seinen Zusammenstoß mit Fiftal nach. Er überlegte, ob er den Zwischenfall mit Quantril besprechen sollte, kam aber zu dem Schluß, daß ihm das als Schwäche ausgelegt werden konnte, daher beschloß er, den Mund zu halten. Er wußte, daß Fiftal ihn wieder und wieder reizen würde, um ihn zu einem Schlag zu verleiten. Und da hatte Fiftal völlig recht. In diesem Fall blieb dem Kommandanten gar nichts anders übrig, als ihn auspeitschen zu lassen, weil er einen Unteroffizier geschlagen hatte. Er würde die Provokationen ertragen müssen, aber eines Tages würde er die Rechnung ausgleichen.

In dieser Nacht hatte Fergus Wache am Ruder. Um vier Uhr, als er abgelöst wurde und gerade unter Deck gehen wollte, erschien Montgomery an Deck, strich sich den Bart und gähnte.

»Einen Augenblick, Kilburnie, wir wollen um fünf Uhr eine Nordsternbreite nehmen. Hol meinen Quadranten und den Chronometer. Geh vorsichtig damit um, und sag Poston, daß er mit an Deck kommen und dir beim Tragen helfen soll. Du wirst mit mir die Höhe nehmen, und Poston wird die Zeit notieren. Dann werden wir die Beobachtung auswerten und unsere Kurse und Distanzen in der Karte mitplotten, danach sollten wir in der Lage sein, unseren Kurs nach Süden frei von North Foreland abzusetzen, der östlichsten Ecke Englands – wie du ja sicher wissen wirst.«

Fergus seufzte und kämpfte gegen seine Müdigkeit und den Wunsch nach Schlaf an. »Aye, aye, Sir.«

Fergus purrte Poston, und mit dem brummenden Poston im Schlepp, der nur mühsam wach wurde, trugen sie den Quadranten und den Chronometer in seiner glänzenden Mahagonikiste auf das Achterdeck. Der Segelmeister stellte lakonisch fest: »Das ist noch nicht alles, was wir brauchen. Wir werden keine gute Arbeit abliefern, wenn wir nicht zuerst eine Tasse Kaffee getrunken haben. Geh nach vorne in die Kombüse und richte dem Koch aus, daß ich drei Muggen Kaffee nach achtern haben möchte.« Der Navigator lachte. »Und sag ihm, falls das Hug nicht heiß ist, teile ich ihn zum Wachdienst ein.«

Mit einer heißen Tasse Kaffee, dachte Fergus, könnte er vielleicht gerade bis zum Frühstück durchhalten.

Überall auf dem Achterdeck gesellten sich die Männer der Backbordwache zu denen der Steuerbordwache. Sie waren zu vier Uhr geweckt worden und schrubbten mit den Gebetbüchern[1] das Holzdeck. Fergus stieg über die großen Steine, und die Männer, die sie vor und zurück stießen und zogen, und machte sich auf den Weg nach vorne zur Kombüse.

Der Smutje, der schon mit seinen Töpfen beschäftigt war, sah ihn kommen und lachte. »Ja, ich weiß, der alte graue Bastard will seinen Kaffee. Nun, ich bin bereit. Trage die Muggen vorsichtig und bring sie zurück, oder es gibt morgen nichts mehr.«

Fergus nahm einen großen Schluck von der schwarzen Flüssigkeit aus einer der schweren Steingutmuggen und suchte sich wieder seinen Weg auf das Achterdeck, wo er die anderen beiden Muggen an den Segelmeister und Poston ablieferte.

[1] Gerätschaften, Ziegelsteine, zum Deckschrubben (Anm. d. Ü.).

Im zunehmenden grauen Tageslicht bemerkte er, daß der Kommandant mit drei der älteren Midshipmen an Deck gekommen war. Fergus blickte Poston an und zog fragend die Augenbraue in die Höhe.

Poston klärte ihn auf: »Der Kapitän unterrichtet die Midshipmen in der Navigation, weil wir keinen Lehrer an Bord haben. Sie nehmen die Höhen, werten sie in ihren Karten aus, und der Kommandant wird dann ihre Resultate mit dem Ergebnis des Segelmeisters vergleichen.«

Die Dämmerung brach herein, und der Nordstern – *Polaris* – war ziemlich deutlich an der Backbordseite zu erkennen. Er war der einzige Fixstern, den die Navigatoren der damaligen Zeit zu nutzen verstanden, weil er immer im Norden stand und annähernd in einer Höhe, die der Breite des Beobachtungsortes entsprach. Eine genaue Messung seiner Höhe verschaffte dem Navigator also die Breite seines Beobachtungsortes, nachdem er noch einige Berichtigungen angebracht hatte, die er Tafeln entnehmen konnte, die er vom Observatorium in Greenwich gestellt bekam.

Der Segelmeister ließ bedauernd seinen Blick über den klaren Himmel mit den vielen gut sichtbaren Sternen, die am Firmament funkelten, schweifen. »Zu schade«, murmelte er, »aber eines schönen Tages werden sie im Observatorium in Greenwich eine Methode entwickeln, damit wir mit all diesen schönen Sternen auf See navigieren können.«

Poston ließ sich vernehmen: »Sir, der Horizont wird im Norden sichtbar. Sind Sie bereit?«

Montgomery stellte seine Kaffeemugg zur Seite auf das Kompaßhäuschen, in dem sich der Magnetkompaß befand, und schaute zur Kimm, die nun als schwacher Streifen im

Dämmerlicht erkennbar war. »Kilburnie«, befahl er, »du nimmst die Nordsternbreite!«

Fergus wurde davon völlig überrascht, aber er hob den schweren Metallquadranten in Richtung Polaris, schaute durch das Okular, brachte den Stern durch Drehen der großen Schraube auf die Kimm und stellte mit der Feinjustierung den Wert genau ein. Als er zufrieden war, rief er Poston zu: »Achtung! Null!«, der daraufhin die Zeit und die Ablesung notierte. Danach übernahm Montgomery das Instrument.

Der Segelmeister las ebenfalls den gemessenen Wert ab und führte dann seine eigene Beobachtung durch. Am Ende rief auch er: »Achtung! Null!« Im heller werdenden Licht des frühen Morgens konnte Fergus erkennen, daß er seine Augenbrauen in die Höhe zog. »Nicht schlecht!« murmelte er halblaut. »Nur zwei Meilen Unterschied zu meiner Beobachtung. Nimm meine Höhe und diese Kladde hier, auf der alle Kurse und Distanzen der vergangenen Nacht notiert sind. Bring mit diesen Werten unseren Koppelort in der Karte.«

Unter Deck hing Poston über Fergus' Schulter und sah ihm zu, wie er die Kurse und Distanzen, die während der Nachtwachen von den Wachoffizieren und Steuermannsmaaten aufgezeichnet worden waren, durch Koppelrechnung und das zeichnerische Aneinandersetzen der abgelaufenen Kurse und Distanzen in die Karte brachte. Dann berechnete er die Standlinie der Nordsternbeobachtung. Gleichzeitig ergab sich aus der letzen Lotung eine zweite Standlinie. Wo sich diese Standlinien schnitten, machte er einen kleinen Kreis und schrieb die Zeit der Nordsternbreite daneben.

Poston sah sich das an und seufzte. »Sieht verdammt gut aus, ich muß wohl noch sehr viel lernen!«

Fergus nickte. »Ich werde dir gerne beibringen, was ich über die Navigation weiß. Du kannst mir bei vielen anderen Dingen behilflich sein, die ich über das Schiff wissen muß.«

Nach ein paar Minuten kam Montgomery herunter und betrachtete die Koppelung in der Seekarte, die Fergus gerade beendet hatte. Er nickte zustimmend, dann ging er wieder nach oben, um sich mit dem Kapitän zu besprechen. Bald hörte ihn Fergus den Männern auf den Rahen Befehle zurufen, und das Schiff legte sich etwas auf die Backbordbacke, als sie den Kurs nach Süden änderten.

Nachdem es wieder ruhig auf dem neuen Kurs lag und sich der Lärm oben gelegt hatte, meinte Poston: »Laß uns frühstücken gehen, bevor der Rest der Messe alles verdrückt hat.«

Nach dem Frühstück polierten Fergus und Poston das Holz des Kompaßhauses und säuberten den Bereich um das Ruderrad. Als sie mit dieser Aufgabe fertig waren, schrillte die Bootsmannspfeife, und der Bootsmann und seine Maate rannten über die ganze Länge des Schiffes, lehnten sich in alle Luken, bliesen auf ihren Pfeifen und gaben den Befehl weiter: »Alle Mann auf Gefechtsstationen zum Geschützdrill!«

Die meisten Geschützbedienungsmannschaften hatten ihre Messe in der Nähe ihrer Kanone und bewahrten das Zubehör entweder in Haken an der Decke oder an der Bordwand auf. Die Bedienungsmannschaften der Oberdeckgeschütze hatten ihre Messen unter Deck auf besonderen Flächen, die für sie reserviert waren, und bewahrten dort auch das Zubehör auf.

Fergus wußte, daß er Schwierigkeiten bekommen würde, falls er jetzt versuchen würde, unter Deck zu gelangen, weil er gegen den Strom der aus den engen Niedergängen quellenden Männer ankämpfen müßte, daher ging er direkt zu seinem Geschütz.

Bald erschienen auch Quantril und der Rest der Mannschaft. Einer hatte den Wurm geschultert, ein korkenzieherartig geformtes Gerät, das man benutzte, um das Rohr von Verbrennungsrückständen zu reinigen. Ein anderer trug den Rammer, ein acht Fuß langes Stück eines dicken Hanftaues, das steif genug war, um damit die Kartusche im Rohr festzurammen, aber gleichzeitig flexibel genug, daß man es vor der Mündung innerhalb der Geschützpforte biegen konnte, damit der Mann nicht dem feindlichen Feuer ausgesetzt war. Ein Ende des Rammers war nicht betakelt, wodurch sich die Kardeele aufgedreht hatten, daher konnte man dieses Ende auch zum feuchten Auswischen der Seele benutzen, um noch glühende Überreste der letzten Ladung abzulöschen.

Quantril hatte die Federkiele und einen Feuerstein bei sich. Wenn Schießübungen mit scharfer Munition angeordnet waren, würde ein kleiner Junge, der als Pulveräffchen bezeichnet wurde, kleine zylindrische Kartuschen mit Schwarzpulver in einem roten Flanellsack heranbringen, der zum Schutz in einer Ledertasche befördert wurde.

Quantril hatte die Gänsekiele in seinen Gürtel gesteckt, sie waren gefüllt mit besonders feinem Pulver und an einem Ende angespitzt. Nachdem der Pulversack in dem langen Rohr festgerammt worden war, folgte ein Ladepfropfen, dann die Kugel, dann noch ein Pfropfen. Vor dem Abschuß würde Quantril den Federkiel in das Zündloch stekken, die scharfe Spitze würde die Kartusche anritzen, dadurch war der Zugang zum Schwarzpulver hergestellt. Der Feuerstein im Schloß würde einen Funken reißen, der auf das Pulver im Federkiel überspringen und es entzünden würde. Fast augenblicklich darauf würde die Ladung erreicht, bei der folgenden Explosion würde die schwere Kugel aus der Rohrmündung geschleudert werden. Diesen theoretischen Ablauf kannte Fergus aus den Schilderungen seines Großvaters, aber er hatte noch nie erlebt, daß so eine große Kanone abgefeuert wurde.

Eine Sammelsurium leerer Kisten und Fässer war zusammengelascht worden und wurde von einem Stück zerrissenen Segeltuchs an einem zerbrochenen Riemen überragt. Das alles trieb nun verloren hinter dem Schiff, aber der Segelmeister war damit beschäftigt, es durch entsprechende Manöver wieder in einer Entfernung von ungefähr fünfhundert Yards querab zu bringen.

Während sich das Schiff in die gewünschte Position bewegte, besah sich Fergus die Taljen und Leinen, mit denen das Geschütz gerichtet, ausgerannt oder in Ruhelage gesichert werden konnte. Zwei lange dicke Tauenden, die Brooktaue, führten vom Bodenstück zu starken Augbolzen in der Bordwand. Zwei Taljen an den Seiten der hölzernen Lafette waren ebenfalls an Beschlägen an der Innenseite der Außenhaut angeschlagen. Sobald das Geschütz abgefeuert worden war, fingen die Brooktaue den Rückstoß auf, die Kanone kam dann mit der Mündung binnenbords zum Stehen.

Fergus wurde klar, daß jeder, der dem Rücklauf im Wege stand, zermalmt werden würde. Das wäre, als ob man von den Hufen eines wild auskeilenden Hengstes getroffen würde. Er beschloß, sich niemals genau hinter einem Geschütz aufzuhalten.

In dieser Position konnte dann die Seele gereinigt werden. Verbrannte Pulverreste und glühende Reste der Pfropfen wurden – wenn nötig – feucht ausgewischt und mit dem Wurm ausgekratzt. Nach dem erneuten Laden wurde die Kanone mit Hilfe der Taljen wieder durch die Geschützpforte ausgerannt. Der Geschützführer nahm die Höhenrichtung mit Hilfe kleiner Keile vor, die er zwischen dem Rohr und der Lafette einschlug oder entfernte. Kleine Änderungen der Seitenrichtung konnte man mit Hilfe eines Kuhfußes durchführen, so daß man die Lafette geringfügig drehen konnte. Wie alles andere auch, was mit der Kunst der Artillerie zu tun hatte, war der Prozeß des Zielens zeitaufwendig, schwierig und mit viel Arbeit verbunden. Ohne ständigen Drill ließ die Gefechtsbereitschaft eine Schiffes auf diesem Gebiet schnell nach – und ein im Feuerkampf uneffektives Kriegsschiff war praktisch nutzlos.

Kittrelle hatte die Anweisung ausgegeben, daß die Kanonen einzeln in der Reihenfolge von vorne nach achtern auf seinen Befehl hin feuern sollten. Der Wind kam von achtern und würde den Pulverqualm nach vorne blasen, was dem Kommandanten und Kittrelle die Gelegenheit verschaffen würde, das Abkommen jeder einzelnen Kanone überwachen zu können. Sie konnten sie sich also ein Urteil darüber bilden, wie gut die Geschützführer ihr Stück gerichtet und gezielt hatten.

Die erste Kanone, die feuerte, war das Jagdgeschütz am

Bug. Obwohl fast die gesamte Schiffslänge dazwischenlag, schmerzte Fergus der dröhnende Abschuß in den Ohren und ließ ihn zusammenfahren. Ganz in seiner Nähe wurde leise gelacht, und Fergus wurde rot. Als die anderen Stücke mit dem Beschuß fortfuhren, gewöhnte er sich an den Lärm und blieb ruhig.

Schließlich rief Kittrelle die Nummer ihres Geschützes – vierunddreißig. Die Kanone vierunddreißig war der achtere Zwölfpfünder an der Steuerbordseite, die Nummern fünfunddreißig und sechsunddreißig gehörten zu den Jagdgeschützen achtern. Quantril beugte sich ein letztes Mal über das Geschütz und zielte nochmals auf das auf und ab tanzende Ziel. Als er spürte, daß sich das Schiff in der Aufwärtsbewegung befand, trat er zur Seite und packte die Reißleine, um das Feuersteinschloß auszulösen. Es zischte, und ein schwarzer Ball aus Pulverqualm stieg in die Höhe, als das Feuer im Federkiel Feuer fing. Das Feuer raste durch das Zündloch und zündete die Kartusche. Es folgte ein donnernder Knall, und das schwarze Monstrum stieß eine gelblichweiße Rauchwolke aus. Die Lafette sprang zurück und kam ruckend in den Brooktauen zum Stehen.

Fergus war als neuer Mann der Steuerbordtalje zugeteilt worden, und so konnte er ungestört zusehen, wie das Rohr gesäubert und neu geladen wurde. Dann wies sie Quantril an, der Handzeichen benutzte, die Kanone wieder auszurennen, und die Männer an den Taljen zogen an den Leinen und bewegten das schwere Gerät Zoll für Zoll wieder durch die Geschützpforte in Feuerposition.

Wieder kam das Signal zum Feuern. Wieder donnerte das Stück, ruckte zurück, und wieder begann die Laderoutine. Nachdem jedes Geschütz drei Kugeln verschossen hatte, wurde das Feuer eingestellt, und die Männer standen abwartend neben ihren Kanonen.

»Wie haben wir abgeschnitten?« erkundigte sich Fergus neugierig bei Quantril.

Quantril hob ungewiß die Achseln in die Höhe. »Keine Ahnung, das Ziel ist zerstört worden, aber nur der Kapitän und Kittrelle wissen, welche Kanone getroffen hat.«

Während die Mannschaft das Stück säuberte, stellte Fergus fest, daß sein Hemdrücken naß von Schweiß war und daß ihm die Arme von der Anstrengung des Ziehens schmerzten. Schweiß brannte in seinen Augen, und in seinen Ohren klang noch immer das Echo der Abschüsse nach. Quantril sah, wie er den Kopf schüttelte, um den Druck auf den Ohren loszuwerden. »Sei froh, daß du nicht auf einer Slup oder einem Kutter bist.«

Fergus blickte ihn fragend an und rieb sich dabei die Ohren.

Quantril erklärte ihm: »Diese Schiffe tragen Sechs- und Vierpfünder, und wenn die losballern, gibt das so ein scharfes, unangenehmes Krachen, daß einem noch tagelang der Kopf weh tut.«

Der Geruch des verbrannten Pulvers umgab die Geschütze, als sie und die Ausrüstung gereinigt wurden. Über die Artillerie muß ich noch viel lernen, dachte Fergus, aber aus irgendeinem Grund erschien ihm das interessanter als die Navigation.

Nach dem Geschützdrill gingen Fergus und Poston hinunter in Montgomerys Kabine, um den Quadranten und den Chronometer zu holen, die sie auf das Achterdeck brachten, wo sich der Segelmeister mit Kittrelle unterhielt. Fergus wußte, daß der Navigator schon die ungefähre

Durchgangszeit der Sonne bei der Kulmination vorausberechnet hatte, das war der Zeitpunkt, zu dem die Sonne ihren höchsten Stand im Meridian des Ortes erreichte. Dann versegelte er die beiden Sonnenbeobachtungen des Vormittags zum Zeitpunkt der Kulmination. Der Schnittpunkt zwischen der Mittagsbreite und Länge ergab dann ihren genauen Standort, den sogenannten Fix oder beobachteten Ort.

Als der Chronometer anzeigte, daß es fünf Minuten vor der Zeit war, nickte Fergus dem Segelmeister zu, der entspannt an der Verschanzung lehnte und sich weiter mit Kittrelle unterhielt. Montgomery kam herüber, nahm ihm den Quadranten ab, zielte damit auf die Sonne und brachte ihren Unterrand durch das Verschieben der Alhidade auf die Kimm. Er betrachtete das Bild der Sonne mehrere Minuten lang, bis die Sonne wieder »nasse Füße« bekam, also ihr Unterrand wieder in das Wasser eintauchte. Damit hatte er den höchsten Sonnenstand des Tages festgestellt. Er rief Poston zu: »Achtung! Null!« Montgomery las den gemessenen Winkel ab und überreichte Fergus wieder das Instrument. Poston und er brachten die Geräte wieder unter Deck.

Als sie die Treppe hinuntergingen, bemerkte Fergus: »Ich habe mehrere Narben unter dem Bart des Segelmeisters entdeckt.«

Poston nickte. »Richtig. Ich habe herausbekommen, daß er ein Boxer mit bloßen Fäusten gewesen ist.«

»Ich dachte immer, alle Boxer kämpfen mit nackten Fäusten.«

»Das machen sie, wenn sie im Ring kämpfen, aber die echten Berufsboxer legen ihre Knöchel ins Salzwasser, um sie hart zu machen. Wenn sie dann trainieren, wickeln sie sich Lappen um die Knöchel, um ihre Sparringspartner nicht zu verletzen. Aber wenn sie dann mit den bloßen Fäusten kämpfen, können sie das Gesicht eines Mannes erheblich verletzen.«

»Hat er sich den Bart wachsen lassen, um seine Narben zu kaschieren?«

»Richtig. Der Kommandant hat ihm die Erlaubnis gegeben. Seine Knöchel sind auch schwer mitgenommen. Du kannst an den Schwellungen erkennen, daß er in ihnen Rheumatismus hat. Deshalb möchte er, daß du die Beobachtungen und das Koppeln übernimmst.«

»War er ein guter Kämpfer?«

»Das weiß ich nicht. Ich habe ihn nie an Land im Ring kämpfen sehen, aber ich weiß, daß er einen höllisch harten Schlag hat.«

»Wirklich?«

»Eines schönen Tages kam ihm ein Vortoppmann frech, als er die Wanten herunterkam, das war ein großer, muskulöser Kerl. Als der Vortoppsgast auf dem Deck stand, legte ihn Montgomery mit einem Schlag seiner Rechten flach. Ich habe noch nie jemanden härter oder schneller zuschlagen sehen. Der Vortoppmann war für fünf Minuten ausgezählt.«

»Hat der Kapitän nichts unternommen?«

»Aber sicher. Er hat sich umgedreht und zur anderen Seite geschaut.«

6
In der Schlacht

Drei lange Monate kreuzte die *Athena* gegen den Wind nach Westen auf. Ihre Befehle besagten, daß sie im Seegebiet vor Ushant patrouillieren sollte, um Handelsschiffe abzufangen, die, von Ost- oder Westindien kommend, nach Brest einlaufen wollten. Aber so weit im Norden zeigten sich nur wenige feindliche Schiffe.

Kapitän Burbage grummelte über die Dummheit seiner an Land sitzenden Vorgesetzten in der Admiralität, die sein Schiff auf diese Station geschickt hatten. »Die sollten mal hier draußen sein, dann würden sie schnell feststellen, daß wir hier unsere Zeit vergeuden.«

Die Wachen wurden alle vier Stunden an Deck gerufen, um eine Wende zu fahren, was immer mit einem neuerlichen Einstellen und Trimmen der riesigen Rahsegel verbunden war. Aber wenn diese Kursänderungen beim Wachwechsel vollzogen wurden, standen dem Segelmeister beide Wachen zur Verfügung, was das Manöver beschleunigte und die Besatzung am wenigsten ermüdete. Wie jeder wußte, wollte der Kommandant seine Leute so frisch wie nur möglich für ein mögliches Gefecht halten.

Fergus, der die Wachen am Ruder verbrachte, blieb die anstrengende Arbeit des Aufenterns in die Masten erspart. Wann immer es ihm möglich war, verbesserte er seine Navigationskenntnisse unter Anleitung des Segelmeisters. Er begann sich auch die Kommandos einzuprägen, die Montgomery bei den Segelmanövern benutzte, und er bekam langsam einen Überblick über die vielen Leinen, die zu den Ecken und Lieken der Segel führten und die benutzt wurden, um sie zu setzen und zu trimmen.

Bei den täglichen Geschützübungen bat Fergus Quantril um Erlaubnis, abwechselnd jeden Platz der Geschützmannschaft einzunehmen, einschließlich den des Rammers, der die Seele auswischte und die Kartusche, die Pfropfen und die Kugel im Lauf festrammte. Als er sicher war, daß er die Arbeit eines jeden Mannes hundertprozentig beherrschte, begann er Quantril Fragen über das Zielen und Richten zu stellen. Schließlich bat er ihn, ob er nicht bei Gelegenheit einmal seinen Platz einnehmen dürfe.

Quantril lachte. »Fergus, ich glaube, du willst mir meinen Job streitig machen!«

Fergus schüttelte den Kopf. »Nein, ich möchte nur in der Lage sein, deinen Platz oder den eines anderen einzunehmen, wenn irgendeiner von uns getötet wird.«

Quantril erklärte ihm den Gebrauch des Federkiels und die Funktion des Feuersteinschlosses und ließ ihn das Geschütz richten, in dem er ihn die entsprechenden Kommandos für das Einsetzen oder Entfernen der Keile geben ließ. Nach einem Monat meinte Quantril: »In Ordnung,

Kilburnie, du bist als Geschützführer qualifiziert. Aber jetzt belassen wir es mal dabei.«

Am Ende des dritten Monats beendete die *Athena* ihre erste Patrouille und sollte dann südlich der Breite von Gibraltar und tausend Meilen im Westen davon Station beziehen. Fergus, der am Ruder Wache hatte, hörte mit, wie sich Kittrelle mit dem Kapitän besprach.

»Sir, ich glaube nicht, daß wir uns davon entmutigen lassen sollten, weil wir nichts gesichtet haben. Schließlich waren wir genau dort, wo uns die Admiralität hingeschickt hat.«

Kapitän Burbage nickte. »Da stimme ich Ihnen zu. Ihre Geheimdienstinformationen können richtig sein, aber genauso oft erweisen sie sich als falsch. Jedenfalls wäre das die übliche Zeit für die französischen Handelsschiffe, die von Westindien ins Mittelmeer wollen, um hier aufzutauchen.«

Das war der erste Hinweis, den Fergus über den Auftrag des Schiffes bekam. Als er die Positionen der *Athena* in der Karte mitgekoppelt hatte, hatte er sich schon gefragt, warum sie soweit nach Osten segelten. Als er Quantril sein Wissen mitteilte, meinte der Geschützführer: »Keine Sorge! Wir werden bald etwas in Sicht bekommen.« Der alte Seemann lächelte und rieb sich die Hände voller Vorfreude. »Ich wäre gerne dabei, wenn wir ein oder zwei Prisen erobern könnten.«

»Ich will nur die Franzosen vernichtend schlagen!«

Quantril hob seine buschigen Augenbrauen. »Das ist ja schön und gut, mein Junge, aber ich fahre schon lange genug zur See, um etwas weiter darüber hinauszudenken, und aus diesem Grund will ich Prisengeld einsacken. Und darüber denken der Kommandant, Leutnant Kittrelle und sogar das Schwein Fiftal nicht anders. Gold in der Tasche geht noch über Vaterlandsliebe!«

Plötzlich entstand auf dem Oberdeck Unruhe. Aufgeregte Rufe und das Geräusch umherhastender Füße waren zu hören. Fergus folgte Quantril zur Treppe nach oben.

An Deck hielt Quantril einen vorbeihastenden Matrosen an. »Was ist denn los?«

»Der Ausguck hat ein Segel im Westen gesichtet. Mehr weiß ich auch nicht.«

Die Crew versammelte sich, wo immer es möglich war, an der Reling auf der Leeseite und suchte scharfäugig nach dem Segel in der Kimm.

»Verdammt!« knurrte ein grauhaariger Matrose. »Ich hoffe, daß es ein Froschfresser ist.«

»Aye«, sagte ein anderer, »möglichst ein hübscher, fetter Handelsmann und die Laderäume vollgestopft mit Gold aus den spanischen Besitzungen.«

Fergus riß seine Augen vom Horizont los und blickte zum Achterdeck hinüber. Dort hielten sich die meisten Offiziere auf und drängten sich um den Kommandanten. Ein Offizier, der sich ein Teleskop über die Schulter gehängt hatte, verließ die Gruppe und kletterte in das Rigg des Besanmasts. Es war Kittrelle, und so schnell wie er den Aufstieg bewältigte, war sich Fergus sicher, daß sein Bein jetzt völlig ausgeheilt war. Seine kräftigen Waden wölbten sich unter den sauberen weißen Strümpfen. Oder hat die Erregung des Augenblicks ihn die Schmerzen nur vergessen lassen, fragte sich Fergus. Kittrelle enterte bis zur Höhe der Saling auf, stützte sein Teleskop an einer Want ab und studierte das ferne Schiff.

An Deck flüsterte einer der Seeleute rauh, als ob er befürchtete, daß ein lautes Wort den Franzosen verscheuchen könnte. Fergus wandte sich wieder der Reling und der Kimm zu. Jetzt konnte er schon die Segel des sich nähernden Schiffes erkennen. Aber worum handelte es sich? War es ein Amerikaner, ein Franzose oder ein Brite? Wie um seine Frage zu beantworten, rief der Ausguck im Vortopp, der ein erfahrener Mann war: »Es ist ganz sicher ein Franzose. Der Schnitt der Toppsegel verrät ihn und auch die Farbe des Segeltuchs.«

Fergus schaute in die Toppsegel der *Athena*. Er konnte keinen Unterschied erkennen.

Die Stimme des Kommandanten, verstärkt durch ein Sprachrohr, übertönte das Stimmengewirr der Besatzung. »Mister Kittrelle, was können Sie ausmachen?«

»Es ist eine französische Fregatte, Sir. Es scheint ein 44er zu sein!« Kittrelle setzte das Glas wieder ans Auge. »Sir, die Franzmänner habe eben gerade ihren Kurs geändert und halten auf uns zu!«

Der Kapitän schaute zu dem sich nähernden Franzosen hinüber. Er schwieg, als müsse er diese Informationen erst verdauen. Dann setzte er die Flüstertüte wieder an den Mund. »Sehr gut, Mister Kittrelle! Sehr gut!«

Kittrelle schob sein langes Teleskop zusammen und machte sich gekonnt an den Abstieg. Er landete leichtfüßig auf dem Deck.

Unmittelbar nachdem die Crew Kittrelles Bericht vernommen hatte, begannen die Männer wieder wild durcheinanderzuschwatzen. Das Stimmengewirr umgab Fergus.

»Wir kneifen den Schwanz ein, denn der Franzose ist

größer als wir!« – »Kapitän Burbage ist auf einen Kampf aus, der kneift nicht!« – »Aye, Burbage wird rangehen, er ist scharf auf einen Kampf.« – »Wenn dem Franzosen die Sache nicht gefällt, dann kann er uns immer noch weglaufen!«

Fergus hatte seine eigene Meinung. Die Pfeife des Bootsmannes übertönte das allgemeine Gemurmel der Männer. »Alle Mann! Nach achtern auslegen!« Die Seeleute eilten von der Reling in Richtung des Achterdecks und drängten sich davor zusammen.

Kapitän Burbage trat einen Schritt nach vorn. »Männer, da drüben ist eine französische Fregatte«, tönte er mit seiner besten Kommandostimme. »Da sie auf uns zuhält«, bei diesen Worten drehten sich viele Köpfe unwillkürlich in Richtung des sich nähernden Segels, »hat es den Anschein, als ob ihr Kommandant sich mit uns anlegen will.« Er machte eine Pause und beugte sich vor. »Aber, bei Gott, die *Athena* wird ihm an die Kehle gehen!«

Bei diesen Worten brach die Besatzung in laute, begeisterte Jubelrufe aus, sie klangen sogar ziemlich wild. Fergus stimmte in die Rufe ein, das Herz klopfte heftig in seiner Brust. Die Gesichter um ihn herum waren gerötet, und die Augen blitzten voll animalischer Wildheit. Das sind Vollblüter, dachte Fergus, die Männer benehmen sich wie Vollblüter vor einem Rennen, die mit den Hufen stampfen, die Köpfe hin und her werfen, wild mit den Augen rollen und die Nüstern weit aufblähen, ungeduldig darauf wartend, endlich laufen zu dürfen.

Der Kapitän hob eine Hand, und die Männer schwiegen wieder erwartungsvoll und gespannt. »Mister Kittrelle!« rief er laut. »Klar Schiff zum Gefecht!«

Wildes Gebrüll brauste auf, in dem die ersten Worte von Kittrelles Befehlen verlorengingen.

»... zum Gefecht! Trommler, schlag den Generalmarsch!«

Der Trommler der Marineinfanteristen begann einen langen Trommelwirbel, aber die Männer hetzten bereits auf ihre Stationen, um das Schiff vorzubereiten. Fergus stand völlig paralysiert da, bis ihm Quantril eine Hand auf die Schulter legte. »Geh an das Geschütz, Junge. Macht es feuerbereit!«

Da rannte Fergus an die Kanone und begann die Talje loszuwerfen. Während er arbeitete, verfolgte er die Vorbereitungen auf das Gefecht um ihn herum. Pulveräffchen strömten aus den Niedergängen, in Ledertaschen trugen sie die Kartuschen zu den Geschützen. Ein paar Männer gingen die Decks entlang und bestreuten sie mit Sand, damit die Kämpfenden nicht auf dem Blut und den Leichenteilen ausrutschten. Über der Kuhl wurde ein Netz aufgeriggt, um die Männer vor herabfallenden Teilen der Spieren oder Blöcke zu schützen. Seesoldaten in ihren typischen roten Uniformröcken kletterten mit Musketen und Pützen voller Handgranaten in die Marsen hinauf. Andere Marines nahmen Aufstellung vor den Niedergängen, um zu verhindern, daß sich Männer unter Deck in Sicherheit brachten. Die restlichen bildeten in der Kuhl eine lose Schützenkette hinter den Finknetzen, bereit, Enterer zurückzuschlagen und den Feind mit Musketenfeuer zu überschütten.

Fergus konnte hören, wie die Schotte zwischen den Kabinen der Offiziere und im Wohnbereich des Kommandanten niedergelegt und unten im Laderaum verstaut wurden.

Aus dem Augenwinkel fiel ihm eine schnelle Bewegung auf, und als er sich umdrehte, sah er, daß die große Gefechtsflagge der *Athena* gesetzt wurde. Einen Augenblick lang hing sie schlaff herab, aber dann wurde sie vom Wind erfaßt und wehte stolz aus. Er strengte seine Augen an, um mehr von dem Franzosen zu erkennen, der jetzt schon näher gekommen war. Auch dort erschien jetzt ein roter Farbklecks, als die Trikolore vorgeheißt wurde. Die kraftvollen Farben waren eine trotzige Antwort auf die Herausforderung der *Athena*.

Schon bald kamen auch Quantril und der Rest der Geschützbedienung an Deck. Wie er es gelernt hatte, knotete sich Fergus ein Taschentuch um die Stirn, um zu verhindern, daß ihm der Schweiß störend in die Augen lief. Er war nackt bis zu den Hüften. Wie die meisten Mannschaftsmitglieder trug er nur selten Schuhe, um einen besseren Stand auf dem Deck zu haben.

Als er das Tuch an seinem Kopf festzog, blickte Fergus über das Achterdeck. Poston war am Ruder, neben ihm stand Davis, ein Mann aus Devon, der gerne von sich behauptete, daß er ein Nachfahre des Rudergängers von Sir Francis Drake wäre. Montgomery hatte etwas seitlich hinter dem Kommandanten Posten bezogen, seine Augen wanderten zwischen den Segeln, dem Kompaß und den Rudergängern hin und her. Er schien an den sich nähernden Feind keinen Gedanken zu verschwenden. Der Kapitän stand fast direkt hinter dem Kompaßhäuschen und war damit beschäftigt, sich seinen Degen umzuschnallen, während er mit Mister Kittrelle und Mister Kerry, dem Stückmeister, sprach. Kittrelle und Kerry traten einen Schritt zurück, salutierten und gingen auf ihre Posten. Der Stückmeister fing Fergus' Blick auf und schaute ihn drohend an, hielt dann inne und kam direkt auf Fergus zu.

Er war ein großer schwer gebauter Mann mit einem vorgewölbten Bauch, aber seine Arme und sein Brustkorb waren muskulös. Er verabscheute Fergus, weil er aus dessen Eifer, alles über die Artillerie lernen zu wollen, ableitete, daß Fergus ihn als Stückmeister verdrängen wollte. Die Tatsache, daß Kittrelle Kilburnie an Bord gebracht hatte, vertiefte nur seine Abneigung gegen den jungen Schotten.

»Hör mit dem Gaffen auf, Kilburnie, kümmere dich lieber um dein Geschütz«, zischte er scharf im besten Dubliner Straßenjargon. »Glaube bloß nicht, daß du nach unten rennen und dich dort verstecken kannst. Solltest du das versuchen, dann hoffe ich, daß dich ein Hummer[1] vor mir erwischt, denn wenn ich es sein sollte, dann ...«

»Verschwinde, Kerry«, schnappte Quantril.

Kerry grunzte abfällig. »Er ist ein Speichellecker, der mit einem Auge auf die Position eines Deckoffiziers schielt, aber keinen Mumm zum Kämpfen hat.« Der Ire deutete mit seinem dicken Finger auf die Brust von Fergus. »Hüte dich! Ein falscher Zug und du wirst an der Gräting hängen!« Er hielt inne und schob sein Gesicht dicht an das von Fergus heran. »Oder etwas noch Schlimmeres!« Kerry blickte Quantril finster an, dann drehte sich er auf dem Absatz um und kletterte über die Treppe hinunter in die Kuhl.

»So ein irischer Bastard«, murmelte Quantril wild. »In der Hölle soll er schmoren. Er ist schlimmer als Fiftal.« Er schaute Fergus an. »Auf diesem Schiff würden wohl nur

[1] So genannt wegen des roten Rockes: ein Seesoldat (Anm. d. Ü.).

wenige Männer trauern, wenn eine französische Kugel ihm den Kopf abreißen würde.«

Der Rest der Geschützbesatzung murmelte zustimmend.

Fergus zwang sich zu lachen. »Nun, jedenfalls würde immerhin eine Frau frohlocken.«

Quantril sah ihn verwundert an.

»Mrs. Kerry.«

Die Geschützmannschaft lachte, und Quantril schlug Fergus auf den Rücken. »Du siehst wohl auch immer nur die positive Seite.«

In weniger als zehn Minuten war die *Athena* klar zum Gefecht, eine Tatsache, die Kapitän Burbage erfreute. Er blickte lange Zeit auf die sich nähernde französische Fregatte und musterte prüfend die Segel. Dann rief er nach einem der Midshipmen: »Mister Nash!«

»Jawohl, Sir!« antwortete der Midshipman mit seiner sich vom Stimmbruch überschlagenden Stimme und zog grüßend seinen Hut.

»Geben Sie dem Zahlmeister den Befehl weiter, daß er Grog an die Leute ausgeben soll. Er soll an den Kanonen serviert werden. Die Sanitätsgasten können ihm beim Verteilen helfen.«

»Aye, aye, Sir«, wiederholte der Junge mit seiner piepsigen Stimme, dann drehte er sich rasch um, um seinen Auftrag auszuführen.

»Und Mister Nash«, fügte Burbage hinzu. Der Midshipman blieb wie angewurzelt stehen und wandte sich um, »mein Steward soll mir eine Flasche Wein heraufbringen, vom besten Burgunder.« Der Midshipman bestätigte den Befehl und sauste davon. Dann wandte sich Burbage an Kittrelle. »Sie wundern sich vielleicht, warum ich derartige Befehle gebe?« Kittrelle wurde eine Spur rot, denn der Kapitän hatte seine Gedanken perfekt erraten. »Der Wind hat etwas nachgelassen, daher wird es eine ganze Weile dauern, bis wir ins Gefecht kommen.«

Blad darauf kam ein Mann mit einer Pütz zum Geschütz von Fergus, die mit Grog gefüllt war, und maß für jeden Mann einen Becher aus. Doch Fergus zögerte. Sein Magen krampfte sich vor Aufregung zusammen, er wollte sich nicht übergeben müssen, wenn der Rum unten ankam.

»Mach schon«, drängte ihn Quantril, »das bringt Feuer in deinen Bauch.«

Fergus leerte den Becher und spürte, wie der verdünnte Rum seine Kehle hinunter in seinen Magen lief. So wie immer ließ ihn der Geschmack des Rums an seinen Großvater und seinen Onkel Jeris denken. Allerdings konnte er sich heute nur auf den leeren Ärmel und die schwarze Augenklappe seines Onkels konzentrieren. Würde er am Ende des Tages auch so aussehen? Würde sich der Schiffsarzt mit seiner Hakennase über ihn beugen und seine erhitzten Instrumente aus einem Topf nehmen, um in sein Fleisch zu schneiden oder die Knochen durchzusägen? Er erschauderte.

Quantril schlug ihm leicht auf die Schulter. »Ich habe dir doch gesagt, daß du davon Feuer in den Bauch bekommen würdest.«

Fergus lächelte schwach und war dankbar, daß Quantril nicht seine Gedanken lesen konnte.

Der Steward des Kommandanten wuselte vorbei. Er balancierte ein Tablett, auf dem eine Flasche und zwei Gläser standen.

»Wollen Sie sich auf einen Schluck zu mir gesellen, Mister Kittrelle?« fragte Burbage ruhig. Die Einladung des Kapitäns war als Befehl anzusehen. Der Steward goß vorsichtig den Wein ein und hielt das Tablett dem Kapitän hin. Dieser nahm sich ein Glas herunter, Kittrelle folgte seinem Beispiel. Burbage hob sein Glas ein wenig in die Höhe. »Auf den Erfolg der *Athena.*«

Kittrelle hob sein Glas ebenfalls. »Verdammt seien alle unsere Feinde.« Sie tranken und stellten die Gläser wieder auf dem Tablett ab. Sie wurden umgehend wieder gefüllt und den Offizieren offeriert.

»Bei Gott, dieser Burbage ist ein verdammt kaltschnäuziger Hund«, murmelte Franklin, der Rammer, und beobachtete das Ritual der beiden Offiziere. »Kittrelle aber auch.«

Fergus sah zu, wie Burbage und Kittrelle dort standen, ihren Wein tranken und sich leise unterhielten, als würden sie sich im Salon eines Gentlemans in London befinden. Er nickte zustimmend. Er erinnerte sich an die Geschichten seines Großvaters über Kommandanten, die während normaler Tage fünfeinhalb Fuß groß waren – aber in der Schlacht sechseinhalb Fuß. Als eine große französische Fregatte auf sie zuhielt, schien Burbage geistesabwesend zu sein, fast so, als ginge ihn das alles nichts an, während er mit Kittrelle plauderte. Fergus war sich seiner eigenen Aufgeregtheit wohl bewußt und fragte sich, woher Burbage die Kraft hatte, so distanziert zu sein. War es Selbstsicherheit? Nun, er war ein erfahrener Offizier und hatte schon viele Gefechte durchgestanden.

»Kilburnie!« Quantrils Stimme riß ihn aus seinen Gedanken. »Nimm dem Jungen die Kartusche ab!«

Fergus drehte sich um und sah ein kleines Pulveräffchen, das ihm einen roten Flanellsack mit Pulver hinstreckte. Der Junge war mager, hatte hagere Gesichtszüge und braune Augen, die irgendwie traurig dreinblickten und unstet hin und her huschten.

»Ich habe eine Schwester in deinem Alter«, lächelte ihn Fergus an, während er das Pulver abnahm.

Der Junge trat einen Schritt zurück und riß die Augen weit auf. »Ach du lieber Herr Jesus!« stieß er mit gespieltem Schrecken hervor. Sein Dialekt verriet, daß er direkt aus den Londoner Docks stammte. »Dieser Schotte will mich doch tatsächlich mit seiner Schwester verkuppeln.« Mit diesen Worten drehte er sich um und trampelte die Leiter hinunter. Fergus' Kumpels und die Männer an den benachbarten Kanonen lachten herzhaft, weil der Junge Fergus so geschickt geantwortet hatte.

Nachdem sich das Gelächter gelegt hatte, sagte Fergus ärgerlich zu Quantril: »Wenn der das nächste Mal vorbeikommt, haue ich ihm eins zwischen die Hörner.«

»Ach, sei nicht so hart zu dem Jungen«, beruhigte ihn Quantril. »Außerdem könnte ihn schon vorher eine französische Musketenkugel getötet haben.« Er fing Fergus' verwunderten Blick auf. »Ja, so ist das, Kilburnie, frag die Bullen, unsere Seesoldaten. Außer auf die Offiziere und die Maate zielen sie bevorzugt auf die Pulverträger. Wo kein Pulver ist, kann auch kein Schuß abgefeuert werden!« Er zuckte gleichmütig mit den Schultern. »Natürlich machen es die Franzosen genauso.«

Fergus schaute über das Achterdeck, wo ein anderes Pulveräffchen gerade eine Kartusche ablieferte. »Zu so einem Krieg gehört mehr, als Wein auf dem Achterdeck zu trinken, Kilburnie«, stieß Quantril plötzlich mit harter Stimme hervor. Fergus sah wieder seinen Geschützführer an, dessen blaue Augen sich zu einem eisigen Grau verwandelt hatten. Ihre Augen trafen sich. »Denk immer daran«, fügte Quantril hinzu, während sich ein sardonisches Lächeln auf seinem Gesicht ausbreitete. »Auf einem Seemannsgrab blühen keine Rosen.«

Bevor Fergus antworten konnte, meinte Kittrelle zum Kommandanten: »Der Franzose nähert sich.«

Fergus schaute auf und reckte seinen Hals über die Verschanzung. Die beiden Schiffe näherten sich einander wie zwei finster entschlossene Kampfhähne.

Kapitän Burbage hob sein langes Fernglas ans Auge. Nach einem Moment senkte er das Glas wieder und meinte: »Master, ändern Sie bitte den Kurs einen Strich nach Backbord. Ich möchte das Feuer mit der Steuerbordbatterie eröffnen.«

Fergus zischte Quantril zu: »Hast du das gehört, wir machen den Anfang!«

Quantril nickte. »Sei nicht so übereifrig. Es sind genug Franzosen für alle da.«

Die Entfernung nahm jetzt schnell ab, als die beiden Schiffe aufeinander zuhielten. Die Männer standen neben ihren Geschützen auf dem Sprung und überprüften ein letztes Mal die Ausrüstung. Außer dem Knarren des Rumpfes, der Spieren und Rahen sowie dem leisen Pfeifen des Windes im Rigg lag gespannte Stille über der *Athena*. Plötzlich wehten von mittschiffs die trillernden Töne einer Flöte zum Achterdeck hinüber. Bei den Klängen der Musik legte Fergus den Kopf schief. Die Melodie kam ihm bekannt vor, aber der Text wollte ihm nicht gleich einfallen.

Fragend blickte er seine Kumpels an, die breit grinsten. Plötzlich, als hätte jemand das Zeichen zum Einsatz gegeben, begann die gesamt Crew mitzusingen – und genauso plötzlich war Fergus auch klar, um welches Lied es sich handelte.

»Rule, Britannia! Britannia, rule the waves!
Britons never will be slaves!«

Ein Lichtblitz und eine Blume aus grauem Rauch erschienen über der französischen Fregatte, etwas später rollte ein dumpfer Knall über das Wasser. Sie hatte das Feuer mit ihrem Bugjagdgeschütz eröffnet. Drei weitere Schüsse folgten in kurzem Abstand, der Pulverqualm ballte sich an ihrem Bug zusammen und strich dann an der Bordwand entlang. Die Kugeln klatschten etwa zweihundert Yards zu kurz vor dem stampfenden Bug der *Athena* harmlos ins Wasser. Die Männer schienen das als Aufforderung aufzufassen, lauter zu singen, ihren Trotz herauszugrölen.

Fergus blickte nach achtern zu Kapitän Burbage, der mit weit gespreizten Beinen dastand, wie um sich gegen heftige Rollbewegungen des Schiffes auf den Beinen zu halten, dabei waren seine Augen fest auf den Gegner gerichtet. Fergus' Herz raste wie verrückt, er schluckte schwer und versuchte sich die Lippen zu lecken, aber sein Mund war zu trocken.

Wieder feuerte der Franzose. Drei Kugeln schlugen kurz vor dem Bug ein, eine durchschlug die vordere Verschanzung, zerfetzte mehrere Hängematten, um dann kraftlos über die Seite zu fallen. Das Singen hielt an, immer noch lauter.

»Einen Strich nach Backbord, Mister Montgomery, wenn es Ihnen recht ist!« kommandierte Burbage mit ruhiger Stimme.

Montgomery gab den entsprechenden Befehl an den Rudergänger weiter, dessen Bestätigung ging im rauhen Gesang unter.

»Der französische Bastard schießt uns in Stücke, bevor wir das Feuer eröffnen«, murmelte Fergus, als sich die Schiffe weiter annäherten.

»Ruhig, Junge!« schnappte Franklin. »Der Kapitän weiß, was er tut!«

Der Kommandant blickte Kittrelle an, und der nickte bestätigend. »Zeit für Ruhe im Schiff!«

Kittrelle wandte sich nach vorne und brüllte: »Ruhe im Schiff!«

Das Kommando verbreitete sich von Geschütz zu Geschütz nach vorne, und nur Sekunden später hörte das Singen auf, und es herrschte völlige Stille. Wieder konnte man das sanfte Singen des Windes im Rigg und das Klatschen der Wellen an der Luvseite deutlich hören.

Kittrelle sah Burbage an. Der Kapitän sagte: »Wir sind so weit!«

»Zwei Strich weiter nach Backbord, Mister Montgomery!« befahl der Kapitän, seine Stimme wirkte in der Stille überlaut. Als das Schiff ruhig auf dem neuen Kurs lief, drehte sich der Kommandant zu dem herumzappelnden Kittrelle um. »Mister Kittrelle, Sir!« Seine Stimme schien über das Deck zu schweben. »Dann wollen wir mal sehen, was unsere Steuerbordbatterie zu leisten vermag.«

Auf Kittrelles Gesicht zeigte sich der Ausdruck tiefer Erleichterung. Er eilte schnell an den vorderen Rand des Achterdecks. »Steuerbordbatterie! Achtung!« bellte er, das Megaphon verachtend. »Die Geschütze richten und von vorn mit dem Feuern beginnen! Feuer frei, wenn Ziel aufgefaßt!«

Ein wildes Gebrüll der Mannschaft antwortete ihm.

Burbages Manöver hatten die *Athena* in eine Position etwas vor dem Bug des Franzosen gebracht, die Kurslinien schnitten sich in einem spitzen Winkel. Der französische Kommandant konnte der *Athena* keine volle Breitseite verpassen, denn dann würde er im Wind stehen, alle Fahrt verlieren und ein perfektes Ziel abgeben. Er würde die ersten Breitseiten einstecken müssen und mußte sich danach bemühen, sein Schiff in eine bessere Position zu manövrieren.

Das erste Geschütz vorne feuerte. Da der Wind von achtern wehte, wurde der Pulverqualm glücklicherweise nach vorne von der *Athena* weggeweht, wodurch die Geschützführer einen ungestörten Ausblick auf das Ziel hatten. Fergus grinste. Das war ein weiterer Vorteil, den sie Burbages Klugheit verdankten, der die Luvposition behalten hatte. Die Abschüsse näherten sich Fergus' Kanone. Tief hinter dem Geschütz zusammengekauert, warf Quantril einen letzten Blick über das Rohr. Dann war er zufrieden, trat zur Seite und zog energisch an der Reißleine. Einen Augenblick lang war da nur ein Funken, aber dann zündete das Pulver zischend, fast im selben Augenblick folgte die dröhnende Explosion der Treibladung. Die Kanone spuckte Rauch aus und sprang in die Brooktaue zurück. Eifrig machten sich die Männer an ihre jeweiligen Aufgaben, die sie vorher so oft geübt hatten. Die Seele wurde ausgewischt, die Kartusche eingebracht, ein Pfropfen aufgesetzt, dann die Kugel eingerollt und schließlich noch ein Pfropfen festgerammt. Quantril stieß den Federkiel in das Zündloch, schüttete das Pulver aus seinem Pulverhorn hinein und spannte das Schloß. Fergus war so beschäftigt mit seinen Aufgaben, daß er keinen Blick über die Verschanzung werfen konnte, um festzustellen, was für einen Schaden ihr Schuß bei dem Franzosen angerichtet hatte. Nach dem dritten Schuß mußte er sich schon gewaltig anstrengen, um Quantrils Kommando: »Ausrennen!« Folge leisten zu können. Das Holen der schweren Hanfleinen war keine leichte Arbeit, außerdem waren sie durch den Schweiß schlüpfrig geworden.

Fergus war sich der Schmerzensschreie und Kommandorufe bewußt, die sich in das Donnern der Kanonen und Knattern der Musketen oben in den Marsen und an Deck mischten. Er spürte, wie das Deck unter seinen Füßen erzitterte, aber ob die Ursache dafür die Abschüsse der schweren Kanonen oder die einschlagenden feindlichen Kugeln waren, konnte er nicht beurteilen. Während er darauf wartete, daß sein Geschütz wieder feuerte, warf er einen schnellen Blick zum Vorschiff. Eine Kanone lag auf der Seite, um sie herum waren die Körper der Bedienungsmannschaft auf das Deck hingestreckt, einige rührten sich noch, andere lagen völlig bewegungslos da. Männer eilten dorthin und begannen die Verwundeten unter Deck ins Lazarett zu tragen, wo der Chirurg auf sie wartete. Seine Augen weiteten sich, als er sah, daß die schlaffen leblosen Körper einfach über die Kante geworfen wurden, während andere Männer sich schon bemühten, die Kanone wiederaufzurichten. Fergus spürte, daß ihm sein Mageninhalt in die Kehle stieg, ein erstickter Schrei würgte ihn. Er schluckte alles gewaltsam wieder runter. Auf dem

Grab eines Seemanns blühen keine Rosen, Quantrils Spruch schoß ihm wieder durch den Kopf. Ein roter Fleck fesselte seinen Blick, und er blickte hoch in das Rigg des Großmasts. Ein Marineinfanterist, tot oder lebendig, das konnte er nicht sehen, hing an einem Fuß kopfüber in den Leinen.

Über dem Seesoldaten hingen die Segel in Fetzen, Rahen und Leinen waren heruntergefallen. Am Großmast konnte man die Spuren einer französischen Kugel erkennen, die eine tiefe Narbe im Holz hinterlassen hatte, die Großmaststenge stand in einem unnatürlich schrägen Winkel zur Seite. Die Franzosen konzentrierten ihr Feuer auf die Takelage der *Athena*, um sie langsamer zu machen, was sie zu einem einfacheren Ziel machen würde.

»Fertig!« rief Quantril und hob die Hand. Fergus packte die holende Part der Talje, bereit zu ziehen. »Ausrennen!«

Fergus zog. Dann war da ein Geräusch wie ein tiefes lautes Stöhnen, dem ein lautes Krachen folgte, es war das lauteste Geräusch, das Fergus je gehört hatte. Er wurde mit dem Rücken voran auf das Deck geschleudert. Halb betäubt blieb er liegen, seine Ohren klingelten. Für ein paar Sekunden schienen die Geräusche der Schlacht weit entfernt zu sein. Er versuchte, seine Beine zu bewegen, aber das ging nicht. Etwas hielt sie fest. Er hob den Kopf und riß weit die Augen auf. Ein Mann lag ausgestreckt über Fergus' Knie und hatte ihm den Rücken zugewandt. »Verpiß dich, du ungeschickter Hundesohn!« rief Fergus und trat nach dem Mann. Der Körper bewegte sich nicht. »Verdammt! Ich habe gesagt, du sollst aufstehen!«

Wieder trat Fergus nach ihm, dieses Mal energischer und bekam schließlich seine Beine frei. Der Mann rollte schlaff auf den Rücken. Sein Gesicht war durch Splitter völlig pulverisiert worden und helles Blut strömte aus seinem Hals auf das Deck. Verstört stützte sich Fergus auf Knien und Händen ab und bewegte sich ein paar Fuß rückwärts.

»Quantril!« rief er entsetzt.

Keine Antwort. Fergus' rechte Hand faßte in etwas, das sich klebrig und feucht auf dem Deck ausbreitete. Er blickte hinunter. Seine Hand befand sich mitten in einem See von Blut. Er sprang auf die Füße und schaute nach unten. Was immer die *Athena* getroffen hatte, hatte auch Quantril den Kopf abgerissen. Sein Körper zuckte noch auf dem Deck und lag inmitten einer sich schnell vergrößernden Blutlache. Fergus atmete heftig, sein Magen krampfte sich zusammen. Er blickte auf seine blutbeschmierte Hand und dann auch um sich herum. Von seiner Geschützbesatzung waren zwei Kameraden gefallen, ein weiterer lag an Deck und krümmte sich vor Schmerzen, denn in seinem rechten Arm und den Beinen steckten lange Splitter. Nur Franklin war unverwundet, er stand neben dem Schandeck und blickte fassungslos auf das Blutbad. Die Kanone neben ihnen lag auf der Seite, drei Männer krochen an ihr herum und versuchten, sie mit Hilfe einer Handspake wiederaufzurichten. Der Rest der Geschützcrew war tot, hing schlaff über der Kanone oder war von ihr auf dem Deck zerquetscht worden.

Fergus spürte das Blut unter seinen Füßen und schaute auf Quantrils leblosen Körper hinunter. Der Anblick verursachte ihm einen plötzlichen scharfen, stechenden Schmerz. Eine Welle von Übelkeit überkam ihn, er sank auf die Knie und erbrach sich auf das Deck. Plötzlich war Franklin bei ihm.

»Kilburnie! Kilburnie!« rief er und schüttelte ihn. »Bist du verletzt?«

Fergus schüttelte den Kopf und blickte Franklin in die Augen, die weit aufgerissen und wild blickten, aber kein Anzeichen von Angst oder Schrecken erkennen ließen. Statt dessen sah er wilde Entschlossenheit, Franklin war wütend. Plötzlich spürte Fergus, wie dieselbe Wut auch in ihm emporstieg. Er stand auf und fühlte, wie eine seltsame Ruhe Besitz von ihm ergriff. Er atmete tief durch und sah Franklin an. »Danke, Franklin.«

Fergus untersuchte seine Kanone. In der schwarzen Farbe, die das Messing bedeckte, waren Riefen zu sehen, aber sie schien einsatzfähig zu sein. Fergus ging schnell zu der anderen Kanone hinüber. »Wo ist der Geschützführer?« rief er.

Einer der Männer deutete auf einen bärtigen Mann, der auf dem Rücken lag, seine Brust war aufgerissen, und die Augen schauten blicklos in den Himmel. Fergus schüttelte den Kopf, um ihn frei zu bekommen. »Wir sollten eine Kanone wieder einsatzfähig machen.«

Die Männer hielten mit ihren Bemühungen ein und blickten zuerst den blutverschmierten Kilburnie an, dann einander, aber sie bewegten sich zum Geschütz von Fergus hinüber.

Fergus schrie, um sich in dem Tollhaus verständlich zu machen: »Werft die Toten über die Seite!«

Die Männer beugten sich runter und begannen die Leichen von Fergus' Crew zur Verschanzung zu ziehen. Fergus und Franklin packten Quantrils Körper und hievten ihn über die Kante. Bevor sie ihn fallen ließen, meinte Franklin: »Er war ein guter Bursche, nicht wahr?«

Fergus nickte, hatte aber Schwierigkeiten, etwas zu sagen. Er drehte sich um, um seine neue Geschützbesatzung zu organisieren. »Du machst den Rammer!« teilte er einen drahtigen Burschen ein, der einen zottigen Bart und nur noch wenige Zähne im Mund hatte. »Franklin, du lädst!«

Franklin nickte. Dann fiel Fergus ein, daß die Kanone bereits geladen und noch nicht abgefeuert worden war. Die Reißleine lag an Deck in einer Blutlache. Wortlos nahm Fergus sie auf und visierte über das Rohr. Die französische Fregatte füllte den ganzen Raum der Geschützpforte aus. »Fertig!« schrie er und hob die Hand. Dann trat er einen Schritt von der Kanone weg, so wie es Quantril immer gemacht hatte. Fergus zog die Reißleine, die Kanone brüllte auf und sprang zurück, die Brooktaue stöhnten unter der Last.

Während sich die neue Crew an die Arbeit machte, kam ein Pulverträger herangerannt und übergab Fergus eine Kartusche. Es war derselbe kleine Schurke, der ihn vorhin ausgeschmiert hatte.

Der Junge blickte Fergus eine Sekunde lang an, dann fragte er: »Du bist doch der Schotte, der wollte, daß ich seine Schwester bumse? Jetzt hast du einen neuen Job.«

Obwohl er nicht wollte, mußte Fergus irgendwie über die dreiste Art des Jungen lächeln. Er hob die Hand, als wolle er ihm eine Ohrfeige verpassen, aber der Junge merkte natürlich, daß das nicht ernst gemeint war. Er wandte sich um und trottete zum Niedergang.

Fergus wandte sich wieder seine Aufgabe zu, stieß den Federkiel in das Zündloch und füllte es mit feinen Zündpulver aus Quantrils Pulverhorn, dabei vergewisserte er sich, daß auch genug am Schloß vorhanden war, um durch den Funken entzündet werden zu können. »Ausrennen!« brüllte er.

Die Männer schufteten an den Taljen, und die Kanone rollte vorwärts, bis ihre Mündung aus der Öffnung in der Verschanzung ragte. So ging es weiter und weiter, eine Ewigkeit lang. Die Männer führten ihre Aufgaben wie Maschinen aus, ihre schwitzenden Körper glänzten in der Sonne, die durch den dichten Pulverqualm abgeschwächt schien. Die Lungen waren voll mit ätzendem Rauch, die Ohren klingelten ihnen, die Augen brannten vom Schweiß und beißenden Qualm. Sie luden und feuerten und luden wieder. Gerade als Fergus zur Überzeugung kam, daß er seine Crew nicht mehr antreiben konnte, kam der Befehl: »Feuer einstellen! Feuer einstellen!« Die Bedienungsmannschaft war so erschöpft, daß sie sofort auf dem Deck zusammensank. Fergus stolperte an die Bordwand und blickte über die Verschanzung.

Die französische Fregatte hatte der *Athena* ihr Heck zugewandt, und die Entfernung vergrößerte sich langsam, aber stetig. Er konnte erkennen, daß das französische Schiff schwer beschädigt worden war. In der Heckgalerie waren viele Einschüsse, und die geschnitzte, mit Gold verzierte Reling war übel mitgenommen, stellenweise fehlte sie ganz. Die Segel wiesen ebenfalls viele Löcher auf, allerdings nicht so viele wie die der *Athena*. Dem Franzosen verblieb genug Segelfläche, um sich aus dem Staub machen zu können.

Fergus blickte auf das Achterdeck. Kapitän Burbage saß in seinem Stuhl, er hatte seinen Rock und den Hut abgelegt, seine Weste und Hose waren blutbespritzt. Sein rechter Ärmel war aufgerollt, und eine weitere Wunde war durch einen Riß in seiner Hose sichtbar. Der Arzt wuselte um ihn herum und zog mit einem glänzenden Instrument Splitter heraus. In unmittelbarer Nähe standen abwartend Kittrelle und Montgomery.

Noch während er das Gesicht wegen der Untersuchung des Chirurgen vor Schmerzen zu einer Grimasse verzog, wandte sich Burbage an Kittrelle: »Wir haben den Franzmann nicht versenkt, Kittrelle, und wir haben ihn auch nicht genommen.« Er biß die Zähne zusammen und blickte den Arzt böse an. »Aber wir haben ihn, verdammt noch mal, übel zusammengeschossen, obwohl er uns in der Feuerkraft weit überlegen war.« Er warf dem Chirurgen einen weiteren ärgerlichen Blick zu. »Verdammt! Ziehen Sie heraus, was Sie können, den Rest verbinden Sie einfach.« Er sah Montgomery an. »Wie lange wird es dauern, bevor wir wieder Fahrt aufnehmen können?«

Montgomery schaute unfroh in die Segel und das Rigg, die zu einem großen Teil in Fetzen herunterhingen, das Feuer des Franzosen hatte ganze Arbeit geleistet. »Wir werden mindestens sechs Stunden benötigen, Sir.« Er machte eine Pause und rieb sich nachdenklich das Kinn. »Vielleicht auch länger.«

Der Blick des Kommandanten wanderte weiter. »Kittrelle?«

Allem Anschein nach war Kittrelle nicht verwundet worden, aber Schweiß und Pulverqualm hatten seine Uniform stark verschmutzt. »Ich stimme Mister Montgomery zu. Mindestens sechs Stunden für die Reparatur der Segel. Außerdem gibt es noch viele andere Schäden.« Er machte eine Handbewegung in Richtung des wüsten Durcheinanders auf dem Vordeck. Nicht alle französischen Kugeln waren hoch gezielt gewesen!

Burbage blickte finster und schlug mit seiner Faust auf die Armlehne seines Sessels. »Verdammt!« stieß er scharf hervor. »Das bedeutet, daß er uns durch die Lappen geht!« Er schaute den Arzt an, der versuchte, ihm einen Verband am Arm anzulegen. »Verdammt, sind Sie denn immer noch nicht fertig?«

Ohne ein Wort richtete sich der Chirurg auf. »Jawohl, Sir, und ich muß sagen, daß ich schon Männern das Bein mit weniger Getue abgenommen habe.«

Burbage Augen weiteten sich leicht. Ein Lächeln kroch über sein Gesicht. »Das mag gut sein, Sir, aber das hier ist immer noch mein Arm.« Er machte eine entlassende Handbewegung. »Gehen Sie jetzt nach unten zu den Männern, die Ihrer mehr bedürfen.« Der Arzt packte seine Instrumente zusammen und kletterte den Niedergang hinunter.

Der Kapitän hievte sich aus dem Sessel. Er hob seinen Rock auf, als ob er ihn anziehen wollte, aber als er die Löcher und das Blut darauf bemerkte, ließ er ihn voller Abscheu wieder fallen. »Montgomery, kümmern Sie sich um die Reparaturen.«

Der Segelmaster zog grüßend seinen Hut und ging seinen Pflichten nach, seine Augen musterten bereits die Masten und das Rigg, als er sich entfernte.

»Kittrelle«, begann der Kapitän, aber er hielt inne, als er feststellte, daß irgend etwas fehlte. Dann blickte er an Kittrelle vorbei direkt in Fergus' Augen. Fergus wandte sich schnell wieder seinem Geschütz zu, wo Franklin das Säubern des Rohres überwachte. Nach einigen Minuten hörte Fergus' Schritte hinter sich.

Er drehte sich um. Es war Kittrelle. Fergus nahm Haltung an.

»Kilburnie«, sagte Kittrelle, »der Kommandant hat festgestellt, daß die Geschützbesatzungen heute hervorragende Arbeit geleistet haben.« Fergus nickte bestätigend, aber Kittrelle war noch nicht fertig. »Er hat auch erwähnt, daß du die Geschützbedienungen vereinigt hast, nachdem ...«, er machte eine Pause, »... viele Männer getötet worden waren. Der Kapitän hat befohlen, daß du ständig als Geschützführer einzuteilen bist.«

»Danke, Sir«, erwiderte Fergus.

Kittrelle lächelte. »Ich könnte mir vorstellen, daß Mister Kerry das gar nicht gut finden wird.« Fergus grinste. Kittrelle bemühte sich, sein Grinsen zu unterdrücken. »Aber er wird sich daran gewöhnen müssen. Geh jetzt wieder an die Arbeit!«

»Aye, Sir«, entgegnete Fergus und wandte sich wieder der Kanone zu.

»Oh, Kilburnie«, ließ sich Kittrelle nochmals vernehmen.

Fergus wirbelte herum. »Sir?«

»Der Kapitän hat noch etwas gesagt.« Über Kittrelles Gesicht zog ein breites Lächeln. »Er sagte, daß er bezweifeln würde, daß das Kilburnies letzte Beförderung war.«

»Aye, Sir. Vielen Dank, daß Sie mir das mitgeteilt haben.«

Kittrelle nickte und ging wieder zurück zum Kommandanten.

Die Stimme des Kapitäns bellte los: »Mister Nash!« Der Midshipman stand umgehend vor ihm. »Mister Nash, richten Sie dem Zahlmeister meine besten Empfehlungen aus, und weisen Sie ihn an, daß er heute die doppelte Ration Grog an die Crew ausgeben soll.« Nash salutierte und eilte davon, um seine Aufgabe zu erledigen. Der Kapitän rief hinter ihm her: »Und mit doppelter Stärke, denn heute haben die Männer gekämpft wie die Löwen! Wie die Löwen!«

Kittrelle blickte ruhig über das Oberdeck. »Das haben sie in der Tat, Sir!«

Weder Montgomery noch Kittrelle behielten recht. Die Reparatur des Riggs und der Austausch der zerfetzten Segel nahmen die ganze Nacht und noch einen guten Teil des nächsten Morgens in Anspruch. Zuerst mußten sie eine der Reservespieren, die über der Kuhl festgelascht lagen, an den entsprechenden Platz hieven, um einen Teil des Fockmasts zu ersetzen, der von einer Kugel erheblich beschädigt worden war. Die Auswechslung verschiedener Rahen ging dann schneller vonstatten, weil diese Spieren leichter zu handhaben und zu hieven waren, aber auch das kostete Zeit. Als das erledigt war, konnten sie mit dem Spleißen der Leinen und dem Ersetzen der Segel beginnen, die schon mit Flicken versehen worden waren.

Gleich nachdem das wie üblich magere Frühstück aus Porridge und Malzkaffee an die überlebenden Mitglieder der müden Besatzung verteilt worden war, kam der Schiffsarzt, Doktor Pollitt, unsicher die zwei Treppen aus dem Lazarett im Orlopdeck nach oben gestolpert. Er war ein schlanker, ergrauter Waliser, der innehielt, um wieder zu Atem zu kommen, bevor er weiter zum Achterdeck ging. Burbage sah, daß sein normalerweise weißes Hemd, die Hose und die Strümpfe blutgetränkt waren, seine Arme waren bis zu den Ellbogen rot. Burbage lehnte am Kompaßhäuschen. »Na, Sie alter Knochenflicker, wie sieht es aus?« meinte er müde.

Pollitt seufzte. »Ich habe die letzten Splitter gezogen, die letzten Nähte gelegt und das letzte Bein amputiert. Jetzt wird die Zeit heilen müssen. Ich habe meine Arbeit fürs erste beendet, und ich bin auch fast am Ende, aber, Herr Kapitän, als ich Sie versorgt habe, sagte ich Ihnen, daß Sie die nächsten zwei Tage in Ihrer Kabine bleiben und Ihr Bein entlasten sollten. Falls Sie das nicht tun, dann könnte es böse anschwellen und sich sogar infizieren, obwohl ich die Wunde gesäubert habe, so gut ich es vermochte.«

Burbage lächelte geduldig. »Ich weiß, aber ich kann nicht unten bleiben. Ich habe mir hier einen Sessel herstellen lassen. Wie viele Tote haben wir?«

»Zweiundzwanzig, Sir, sie sind alle mit einer Kugel zu ihren Füßen in ihre Hängematten eingenäht. Es waren lauter gute Männer, die nun wieder zu ihrem Schöpfer heimgekehrt sind. Ich vermute, daß Sie schon wissen, daß der junge Leutnant Brashear in einem frühen Stadium des Kampfes gefallen ist.«

Burbage nickte. »Danke, ja, das wußte ich. Wie ich hörte, hat er sich tapfer geschlagen.«

Kittrelle, der jetzt hinter Burbage stand, mischte sich ein: »Sehr gut, in der Tat.«

Wieder nickte Burbage und wandte sich an Kittrelle: »Wir wollen die Toten sofort beisetzen. Lassen Sie die Besatzung antreten, ich werde die Zeremonie leiten.«

Kittrelle antwortete: »Sofort, Sir. Das ist einer der wenigen Anlässe, da ich mir wünsche, daß uns die Admiralität einen Kaplan mit an Bord gegeben hätte.«

Der Kommandant hob die Achseln. »Es herrscht dieser Tage an vielem Mangel – an Pastoren, Lehrern und manchmal auch an Schiffen. Wir müssen das Beste daraus machen. Pollitt ist zu erschöpft, um einen Choral singen zu können. Meine Bibellesung muß ausreichen.«

Nach der kurzen, aber bewegenden Zeremonie meinte Burbage zu Kittrelle: »Wir haben alle unser Bestes gegeben. Jetzt wollen wir wieder in Fahrt kommen.«

Der Segelmeister begann seine Kommandos zu rufen, und die müde Besatzung enterte im Rigg auf, legte auf den Rahen aus und setzte die genähten Segel. Langsam nahm die *Athena* Fahrt auf, das Heckwasser sprudelte wieder sichtbar unter ihrem Heck hervor. Bald lief sie wieder so schnell, wie es der Segelmeister mit dem reparierten Rigg und den geflickten Segeln vertreten konnte. Er schüttelte den Kopf und meinte zum Kommandanten: »Sir, sie wird schneller werden, wenn der Segelmacher und der Zimmermann noch einige dauerhaftere Reparaturen durchgeführt haben.«

Burbage nickte. »Gönnen Sie den Männern erst mal etwas Ruhe. Für den Augenblick reicht es aus.«

Nach einem weiteren Monat im Osten traf die *Athena* eine andere britische Brigg, *HMS Arcturus*, die sich auf einer vergleichbaren Patrouille befand.

Über das Deck breitete sich wieder ein Wirbel von erregten Emotionen aus, als ihre Segel in Sicht kamen, aber nach einem Ausflug in den Vormast hatte Kittrelle schnell herausgefunden, daß es sich um ein britisches Schiff handelte. Burbage war offensichtlich enttäuscht. Er bemerkte zu dem Master, der in seiner Nähe stand: »Halten Sie drauf zu, mal sehen, ob es etwas Neues gibt.«

Kapitän Burbage war dienstälter als der Kommandant

des anderen Schiffes, daher befahl er der *Arcturus*, sich zu ihm zu gesellen. Beide Schiffe drehten bei und lagen ohne Fahrt im Atlantik.

Fergus beobachtete, wie in der Kommandantengig des anderen Schiffs der Kapitän zum Besuch bei Burbage herübergepullt wurde. Als die Gig sich näherte, blickte der Bootsmann die Seeleute, die auf dem Oberdeck herumlungerten, finster an und rief laut: »Achtung an Deck! Ehrenwache Aufstellung nehmen! Klar zum Seitepfeifen!«

Fergus, der Wache hatte und in der Nähe des Kompaßhäuschens stand, sah zu, wie Matrosen in ihren besten Uniformen zwei Reihen an der Eingangspforte bildeten, dabei handelte es sich um eine Tür in der Verschanzung, zu der einige Trittleisten von der Wasserlinie emporführten. Der Bootsmann schaute über die Seite auf die sich nähernde Gig und pfiff, als sie längsseits lag.

Als der andere Kapitän an der Bordwand emporkletterte und sein Kopf erschien, pfiff der Bootsmann wieder, und zwar so lange, bis der Mann die Ehrenwache abgeschritten hatte. Der Besucher trat auf die weißgescheuerten Eichenplanken des Achterdecks und salutierte grüßend vor dem Wachoffizier und der Flagge. Dann wandte er sich an Leutnant Essex, der die Wache hatte. »Bitte an Bord kommen zu dürfen, Sir!«

»Erlaubnis erteilt, Sir!«

Kapitän Burbage trat vor, um den Besucher zu begrüßen. »Ich bin Burbage«, stellte er sich vor, »willkommen an Bord. Bitte folgen Sie mir auf eine kleine Erfrischung unter Deck.«

Fergus, der während der kleinen Zeremonie auf dem

Achterdeck Leutnant Essex beobachtet hatte, fragte Poston, der neben ihm am Ruder stand: »Was hältst du von Leutnant Essex?«

Poston zuckte mit den Schultern. »Er macht auf mich ein wenig den Eindruck, daß er ein Bruder Leichtfuß ist. Er glaubt, daß er schon deshalb Leutnant ist, weil er Essex heißt und englischer Aristokrat ist. Ich habe gehört, daß er sein gesamtes Erbe mit Karten und Pferdewetten verspielt hat. Sein Vater ist seinetwegen hoch verschuldet und hat ihn zur See geschickt, um ihn loszuwerden. Er wurde schon seit sechs Jahren in den Musterbüchern eines Schiffes geführt, daher konnte er als Leutnant in die Marine eintreten. Ich glaube nicht, daß er viel Ahnung von der Marine und der klassischen Seemannschaft hat – außer von den traditionellen Formalitäten.«

»Er kommandiert doch aber die Backbordbatterie.«

»Genau und deshalb setzt der Kommandant immer die Steuerbordbatterie ein, wenn es möglich ist.«

Fergus kratzte sich nachdenklich am Kinn. »Irgendwie habe ich das Gefühl, daß er gar nicht so schlecht ist. Ich habe ihm schon oft zugehört, wenn er Wache hatte. Für gewöhnlich ließ der Segelmeister bei Wachwechsel eine Wende fahren. So konnten Essex und seine Ablösung Brashear ruhig daneben stehen und zuschauen, wie die Männer aufenterten. Essex stieß dann Brashear immer mit dem Ellenbogen in die Seite und überredete ihn zu einer Wette, welcher Mann als erster nach dem Reffen wieder von den Rahen an Deck sein würde.«

»Hat Brashear seine Wetten angenommen?«

»Nur sehr selten. Nur bei todsicheren Dingern.«

Poston lachte. »Essex wettet auf alles, und er verliert immer. Ich glaube nicht, daß er von seiner Heuer einen Penny übrigbehält.«

Fergus überlegte einen Augenblick lang. »Nun, wie dem auch sei, ich mag ihn, und ich mochte Brashear auch. Ich vermisse ihn.«

Eine halbe Stunde später kam der Kommandant der *Arcturus* wieder an Deck, verabschiedete sich, grüßte den auf Hochglanz polierten Essex und kletterte über die Seite hinunter in sein wartendes Boot. Nachdem die *Arcturus* ihre Gig wieder an Deck gehievt hatte, befahl Burbage dem Segelmeister: »Mister Montgomery, lassen Sie die Segel wieder setzen! Kurs West!«

Danach wandte sich Burbage an Kittrelle: »Verdoppeln Sie den Ausguck. Ich denke, daß wir bald einen Konvoi sichten werden. Kapitän Perry von der *Arcturus* hat mir berichtet, daß er gestern einen Neutralen angepreit hat, der ihm mitgeteilt hat, daß ein französischer Konvoi in dieser Richtung unterwegs ist, der Abstand beträgt ungefähr eine Tagesreise. Den wollen wir nicht verpassen!«

Zwei Tage später, im Morgengrauen, sang der Ausguck aus: »Viele Segel voraus!«

Kittrelle enterte mit seinem langen Teleskop auf, war aber bald wieder zurück an Deck und grinste über das ganze Gesicht. »Kapitän Perry hatte recht. Es handelt sich um einen Konvoi auf Ostkurs. Wir können ihn gar nicht verfehlen, und wir stehen in Luv.«

Kapitän Burbage grinste. »Es ist lange her, daß sich uns so eine Gelegenheit geboten hat. Jetzt müssen wir sie so schnell wie möglich wahrnehmen.« Er drehte sich zum Wachoffizier um. »Leutnant Essex, lassen Sie bitte folgendes Signal für die *Arcturus* setzen: Klar Schiff zum Gefecht!

Nehmen Sie das Schiff dort drüben an Steuerbord als unser Ziel.« Zu Kittrelle gewandt, befahl er: »Schiff klar zum Gefecht!«

Kittrelle wartete den Befehl des Kommandanten nicht ab. Er rief dem Bootsmann zu: »Alle Mann auf Gefechtsstationen! Trommler, den Generalmarsch!«

Fergus hörte den Befehl und war als erster an seinem Geschütz. In wenigen Minuten waren die Laschings gelöst, die Kanone geladen und feuerbereit. Die Bedienungsmannschaft schaute nervös zu dem sich nähernden Konvoi hinüber. Die Brise kam von achtern und strich durch Kilburnies kurze Haare. Er zog sich das Hemd aus und befahl den anderen Männern, dasselbe zu tun. Er schaute zu Poston hinüber, der jetzt das Ruder als Gefechtsrudergänger übernommen hatte. Poston grinste und winkte mit der Hand. Fergus winkte zurück.

Dann schaute er wieder nach vorne. Über der Verschanzung konnte er die Segel von mindestens zwanzig Schiffen ausmachen. Inzwischen konnte er die unterschiedliche Farbtönung der französischen und englischen Schiffe unterscheiden und wußte, daß es sich um feindliche Schiffe handelte. Er hörte, wie Kittrelle, der den Konvoi durch sein Fernglas beobachtete, zum Kapitän sagte: »Ich kann erkennen, daß vor dem Gros der Frachter zwei Fregatten das Geleit sichern. Sie haben jetzt in unsere Richtung gedreht. Ich würde sagen, daß es sich zumindest um 34er handelt. Das wird kein Honigschlecken werden!«

Auf Burbages Gesicht lag ein grimmiger Ausdruck. »Nein, das ist es nie! Wir ändern unseren Kurs nach Backbord und widmen uns der linken Fregatte. Ich habe der

Arcturus befohlen, die rechte anzugreifen. Die andere gehört uns. Wir eröffnen das Feuer, sobald sie in Reichweite ist!«

Essex bewegte sich schnell an die Reling und überwachte die Übermittlung der Signale.

Der Segelmeister Montgomery wartete gespannt, bis der Kapitän ihn ansprach: »Master, ändern Sie bitte den Kurs einen Strich nach Backbord. Wir werden wieder versuchen, das Gefecht mit der Steuerbordbatterie zu eröffnen.«

Fergus konnte die beiden französischen Schiffe sehen, sie hielten stetig auf sie zu wie zwei Schäferhunde, die ihre Schafe beschützen wollen. Dahinter änderte der Konvoi den Kurs nach Norden. Als sich die Entfernung auf zweitausend Yards verringert hatte, was gerade noch außerhalb des Feuerbereichs der Zwölfpfünder von achtzehnhundert Yards lag, eröffneten die Franzosen das Feuer mit ihren Jagdgeschützen am Bug.

Burbage murmelte: »Pulververschwendung.«

Nicht unerwartet, lagen die Schüsse zu kurz. Heute schien sogar Kittrelle zufrieden auszuschauen, als er die Wasserfontänen vor dem Bug aufsteigen sah.

Auch dieses Mal aber, wie es Fergus schien, ein wenig früher als beim letzten Gefecht befahl Burbage eine kleine Kursänderung nach Backbord. Als sich das Schiff auf dem neuen Kurs eingependelt hatte, konnte Fergus die riesigen Segelpyramiden des linken Schiffes über sein Geschützrohr anvisieren. Die Kanone war mit der größten Rohrerhöhung von etwa zwölf Grad angerichtet. Fergus spürte, wie sein Herz zum Zerbersten klopfte. Sein Mund war trocken, aber diesmal wußte er, was ihn erwartete. Seine Hand verkrampfte sich um die Reißleine, er war scharf darauf, den Kampf zu eröffnen.

Die nächste Salve des Franzosen lag deckend vor dem Bug, und er konnte das dumpfe Sausen hören, bevor die Kugeln in das Wasser klatschten.

Fergus drehte sich um und blickte zu Burbage hinüber. Der Kommandant hatte die Hände hinter dem Rücken verschränkt, er sah unbeeindruckt und ruhig aus und wippte leicht auf den Fußspitzen.

»Mr. Kittrelle«, meinte er schließlich gedehnt und machte eine Handbewegung in Richtung des Franzosen, »wenn Sie so weit sind?«

Kittrelle gab der Steuerbordbatterie den Befehl weiter, Leutnant Essex wies die Bedienungsmannschaften seiner Backbordbatterie an, in Bereitschaft zu stehen, falls sie gebraucht werden sollten.

Der rollende Donner der vorderen Kanonen beruhigte Fergus, er lehnte sich vor und überprüfte nochmals die Richtung des Geschützes. Es zeigte immer noch genau auf den Feind, und als das Geschütz Nummer siebenunddreißig an der Reihe war, zog er die Reißleine. In seinem Eifer hatte er etwas zu dicht am Zündloch gestanden, daher spürte er das Sengen des brennenden Pulvers auf seinen Wangen, als sich das Feuer seinen Weg durch das Zündloch hinunter in die Kartusche fraß. Die Kanone sprang wie ein wildes Tier auf ihn zurück. Er erinnerte sich an Quantrils verbrannte Wangen und nahm sich vor, in Zukunft etwas mehr Abstand zur Kanone einzuhalten.

Nach sechs oder sieben Salven liefen die Bewegungen der Geschützcrew fast automatisch ab. Mit jeder weiteren Salve wurden sie schneller und besser beim Auswischen,

Laden des ungefügen, schweren Monsters, aber zur gleichen Zeit wurden sie durch die zunehmende Erschöpfung auch wieder etwas langsamer beim Ausrennen.

Bei der nächsten Salve traf eine Kugel zwei Kanonen vorne, Körperteile flogen über Fergus und seine Männer hinweg. Fast ohne nachzudenken, warfen die Männer die Fleischteile über Bord. Alle, die die Bedienung der Kanone nicht behinderten, ließen sie auf Fergus' Anweisung einfach liegen. »Später«, schnaufte er, »jetzt müssen wir weiterschießen!«

Nur ein verwundeter Mann war von den beiden benachbarten Bedienungsmannschaften übriggeblieben. Fergus wies zwei seiner Leute an, ihn unter Deck ins Lazarett zu bringen. Ihre Aufgabe bestand darin, das Geschütz nach dem Laden auszurennen, Fergus mußte das jetzt selbst übernehmen. Nach dem Abfeuern der Kanone rannte er an die Talje, packte die holende Part, die durch Blut und Schweiß ganz glitschig war, und zog mit der Kraft zweier Männer, um das Geschütz wieder in Schußposition zu bringen. Sogar seine gut entwickelten Muskeln zitterten unter der Anstrengung an dem Tampen. Nach zwei Salven waren die beiden Männer wieder zurück und nahmen ihre Plätze ein. »Wie geht es dem Mann?« erkundigte sich Fergus.

»Nicht gut«, antwortete einer der Männer und schüttelte den Kopf.

Als das Schiff wendete, ergriff Fergus die Gelegenheit, sich die gegnerische Fregatte genauer anzuschauen. Seine Männer sanken erschöpft auf das Deck, ihnen war egal, was mit dem Feind los war. Fergus hatte den Eindruck, daß die französische Fregatte auf dem Zahnfleisch humpelte. Ihre

Rahen standen schräg, aber die Masten standen noch. Zerfetzte Leinen hingen wie schwarze Spaghetti in der Takelage. Ein paar Geschütze feuerten noch, aber nur noch sporadisch und nicht gezielt.

Dann hatte sich ihr Schiff auf dem neuen Kurs stabilisiert, und Fergus trieb seine Crew hoch, um das Gefecht fortzuführen. Mühsam standen sie auf, ganz offensichtlich waren sie erschöpft, aber sie luden das Geschütz wieder, rannten es schnaufend aus, und Fergus visierte die Fregatte sorgfältig an und feuerte.

Die nächste halbe Stunde bestand nur aus Lärm, Flammen, Blut und gefährlich vorbeisausenden Splittern aus Eichenholz. Er trieb seine Männer an, bis sie einen Punkt jenseits jeder Erschöpfung erreicht hatten. Teile des Riggs, Segel und Bruchstücke von Spieren fielen um sie herum auf das Deck. Fergus befahl seiner Crew, die Trümmer aus dem Weg zu räumen, und das Geschütz feuerte weiter.

Gerade als Fergus dachte, daß seine Geschützbesatzung die Grenzen ihrer Leistungsfähigkeit erreicht hätte, schien die ganze Welt zu explodieren. Ein intensiv strahlendes Licht stach Fergus in die Augen und betäubte seine Sinne. Alle Männer der Geschützcrew wurden nach hinten geworfen, sie rutschten über das Achterdeck in die achtere Verschanzung.

Als sich Fergus mühsam wieder vom Deck erhoben hatte, tastete er seinen Körper ab, um festzustellen, ob etwas gebrochen war. Aber alles schien in Ordnung zu sein, auch konnte er keine blutende Wunde ausmachen. Um ihn herum kamen seine Männer wieder langsam auf die Beine, auch sie schienen sich nichts gebrochen oder blutende Verletzungen erlitten zu haben. Er blickte nach vorne über den Bug. Dort, wo das französische Schiff gewesen war, lag jetzt nur noch eine kochende Wasserfläche voller Trümmerteile. Ein paar größere Stücke von Spieren und Ausrüstungsteilen wirbelten im schmutzigen Wasser herum. Von der Fregatte selbst waren keine größeren Teile mehr übrig. Nur eine Wolke aus gelbgrauem Rauch stieg langsam in die Höhe.

»Mein Gott!« rief Fergus aus. »Das verdammte Schiff ist einfach in die Luft geflogen.«

Burbage und Kittrelle erhoben sich auf dem Achterdeck ebenfalls wieder recht mühselig. Burbage blickte ungläubig auf die Wrackteile des französischen Schiffes. »Verfluchter Höllenhund! Das hatten wir nun eigentlich nicht vor. Das Pulvermagazin dieses Hundesohns ist explodiert. Jetzt können wir ihn nicht als Prise nehmen.«

Kittrelle blickte in die Ferne über die Reste der Fregatte hinweg. »Sir, jetzt sollten wir uns an die Fersen der Kauffahrteischiffe heften. Falls wir uns da einen dicken Brocken rauspicken, bringt der mehr ein als jede Fregatte.«

Burbage atmete tief durch, lehnte sich gegen das Kompaßhaus, um den Schmerz in seinem verwundeten Bein zu lindern. »Segelmeister, setzen Sie alle Segel, die uns geblieben sind, und lassen Sie uns eines der Handelsschiffe schnappen.« Er sagte dann zu einem Midshipman, der auf Wache war: »Wachoffizier, übermitteln Sie der *Arcturus* folgendes Signal: Manövrieren Sie unabhängig mit Ihrer Prise!«

Kittrelle lächelte. »Ich mache dem Segelmacher bei der Reparatur Beine.«

»Machen Sie das bitte. Wir können aus diesem Kampf

nicht mit leeren Händen herauskommen. Die Mannschaft hat dafür zu viel geleistet.«

Etwa in der Mitte des Nachmittags lief die *Athena* wieder unter vollen Segeln. Der nächste und größte Frachter stand im Osten mit dem Rumpf gerade unterhalb der Kimm. In seiner Ungeduld wollte der Kapitän auf dem Achterdeck herumlaufen, aber nach ein paar Schritten zwang ihn Kittrelles mißbilligender Blick wieder in seinen Sessel.

Kittrelle seufzte: »Sir, Sie müssen sich schonen. Wir verlassen uns alle auf Sie.«

Burbage rollte mit den Augen. »Schon recht, ich setze mich in den verdammten Sessel, aber wenn mir jemals etwas zustoßen sollte, dann werden Sie ein besserer Kapitän sein, als ich es jemals war.«

Kittrelle schüttelte den Kopf. »Nein, Sir, wir brauchen Sie.«

Langsam überholte die *Athena* den fliehenden Franzosen, und am späten Nachmittag war er im Feuerbereich der Jagdgeschütze am Bug.

Kittrelle blickte sich den Franzosen sorgfältig durch sein Glas an, das er dann plötzlich abrupt absetzte und den Kommandanten gespannt ansah. Burbage befahl: »Setzen Sie ihm einen Schuß vor dem Bug, mal sehen, ob er stoppt.«

Kittrelle gab den entsprechenden Befehl, und ein einzelner Schuß löste sich aus dem Jagdgeschütz.

Burbage beobachte das Schiff aufmerksam. Die zwölfpfündige Kugel ließ vor dem Bug des Franzosen eine hohe Wassersäule in den Himmel aufsteigen, aber das große Schiff behielt seinen Kurs bei.

Kittrelle studierte intensiv das Schiff, während sich die *Athena* weiter näherte. »Ich sehe außer den Seeleuten eine Menge Soldaten auf dem Deck. Wie alle französischen Handelsschiffe ist es aber nicht mit Kanonen bewaffnet.«

Burbage strich sich das Kinn und entlastete sein verwundetes Bein. »Kanonen oder nicht, die Soldaten an Deck machen das Entern zu einem verdammt harten Geschäft. Das Schiff muß Soldaten aus den französischen Garnisonen in Westindien an Bord haben.«

Kittrelle nickte: »Da stimme ich Ihnen zu. Soll ich versuchen, sie mit einer Salve der Jagdgeschütze zu verkrüppeln?«

Burbage hob die Achseln. »Jagen Sie ihm eine Salve aus vier Kugeln durch die Segel. Wir wollen sie zum Anhalten bringen, aber wir wollen das Schiff nicht zu sehr beschädigen. Schließlich müssen wir es nach Hause segeln. Es macht mir wahrlich nichts aus, wenn ein paar Kugeln tief abkommen und einigen der verdammten Soldaten die Köpfe absäbeln.«

Kittrelle grinste. »Ich verstehe, Sir. Die Segel können wir immer ersetzen oder reparieren.«

»Ja, aber verkürzen sie ihm nicht die Masten.«

Kittrelle gab seine Befehle, und die Jagdgeschütze unter dem Kommando von Essex brüllten auf. In den unteren Segeln des Franzosen erschienen Löcher – aber er hielt seinen Kurs bei.

Burbage schüttelte den Kopf. »Starrköpfiger Hundesohn. Wir müssen ihn trotz der Soldaten auf dem Deck entern. Segelmeister, legen Sie uns an seiner Steuerbordseite längsseits. Leutnant Kittrelle, weisen Sie Leutnant Essex an, das Kommando über die Entermannschaft zu übernehmen. Befehlen Sie dem Hauptmann der Seesoldaten, auf die Soldaten zu schießen und die Seeleute zu schonen. Sie können alle Soldaten abschießen, die Sie sehen, aber wenn ich einen Matrosen fallen sehe, lass' ich Ihnen das Fell abziehen, denn die brauchen wir dringend, um das Schiff nach Hause segeln zu können.«

Kittrelle ging nach vorne, um den Hauptmann der Marineinfanteristen und Leutnant Essex zu instruieren.

Fergus lehnte an seinem Geschütz und belauschte das Gespräch auf dem Achterdeck. Ihm wurde klar, daß sein Stück während des bevorstehenden Gefechts nicht eingesetzt werden, sondern als Reserve für die Männer der Backbordbatterie dienen würde, falls die Franzosen die Enterer zurückschlugen.

Schweigend bewaffnete er sich mit einem Entermesser und einer langen Pistole aus der Waffenkiste an der Steuerbordverschanzung. Andere Männer seiner Crew bewaffneten sich ebenfalls mit Entermessern, und einige packten dazu noch eine der sieben Fuß langen Piken.

Einer der Männer mit einer Pike fragte scherzhaft: »Was soll ich denn mit dieser komischen Mistgabel anfangen?«

Fergus lachte. »Du siehst wie ein Bauernjunge aus. Stell dir einfach vor, es wäre eine Mistgabel, und benutze sie entsprechend!«

Der Mann untersuchte das Ende der Pike. »Sie hat nur eine Spitze wie eine abgebrochene Forke.«

»Du hast Glück, gegen was du auch kämpfen mußt, es wird mindestens sieben Fuß von deinem Gesicht entfernt sein!«

Fergus stellte fest, daß sich der Abstand zwischen den beiden Schiffen schnell verringerte, als der Segelmeister seine präzisen Befehle an das Ruder und die Segeltrimmer gab. Als sie auf gleicher Höhe waren, scheuchte er seine Leute zurück auf ihre Plätze, um das Achterdeckpersonal zu beschützen.

Die Seesoldaten, die in den Marsen und hinter der Verschanzung stationiert waren, begannen auf die Soldaten zu schießen. Diese gingen ihrerseits schnell in Deckung hinter ihren Verschanzungen. Obwohl nicht viele von ihnen getroffen wurden, konnten sie doch nicht auf die Mannschaft der *Athena* feuern.

Der Segelmeister, der sich neben dem Kompaßhaus aufgebaut hatte, gab Poston, der am Ruder stand, noch einige zusätzliche Befehle, und die *Athena* überholte den Franzosen in genau dem richtigen Winkel, um bei ihm längsseits zu scheren. Als die *Athena* fast querab von dem Franzmann war, bewegte sich Montgomery zu Poston heran, und der Quartermaster wirbelte das große Rad nach Backbord. Das Musketenfeuer der Marines war so laut, daß der Segelmeister sich mit Handzeichen verständlich machen mußte.

Der Rumpf der *Athena* krachte gegen das französische Schiff. Kittrelle befahl, die Wurfdraggen hinüberzuschleudern, um die Schiffe längsseits zu halten. Sobald die Draggen sich verhakt hatten, holten die Matrosen an Deck die Leinen steif. Drüben auf dem Franzosen begannen Seeleute, die Tampen mit Äxten durchzuhacken. Die Marineinfanteristen, die sich an ihre Befehle hielten, schossen nicht auf die Matrosen. Zwei Leinen wurden durchgetrennt, aber da sprang Leutnant Essex auf die Verschanzung der *Athena*, rannte mit langen Sätzen darauf nach vorne und hieb mit seinem Entermesser auf die Arme der französischen Seeleute ein.

Erstaunt registrierte Fergus, daß Essex' Waffe ursprünglich ein Standardentermesser der Marine gewesen war, aber es war abgeschliffen worden, so daß es jetzt nur noch etwas breiter als ein Degen war. Anscheinend war es rasiermesserscharf, und zwar sowohl an der Spitze als auch an der Schneide. Flink lief Essex die ganze Länge der Verschanzung entlang und verwundete dabei mindestens sechs Franzosen schwer, die versucht hatten, die Leinenverbindung zu kappen. Die anderen traten schnell zurück, um der tödlich blitzenden Klinge zu entkommen. Die Leinenverbindung hielt. Die französischen Soldaten wurden durch das anhaltende Feuer der Marineinfanteristen gezwungen, in Deckung zu bleiben und nicht auf Essex zu schießen.

Essex drehte sich um und rannte wieder zur Mitte des Decks. Er winkte den Männern seiner Batterie zu, um ihnen das Zeichen zum Entern zu geben. Er brüllte irgendeinen Fluch, der nach Meinung von Fergus der Schlachtruf einer Schule sein mochte, den die Mannschaft aber nicht verstand. Die Männer brüllten aber begeistert und folgten ihm, als er auf das Deck des Franzosen hinübersprang. Die Seesoldaten versuchten die Soldaten abzuknipsen, die sich ihnen entgegenstellen wollten.

Fergus sah, wie Essex seine leichte Waffe benutzte, um drei französische Soldaten aufzuschlitzen und aufzuspießen, die aus der Deckung gekommen waren. Ein weiter Schlag des Entermessers köpfte den ersten, der zweite Soldat empfing einen tiefen Stich in die Brust, und der dritte verlor seinen Arm durch einen weiteren Schlag. Essex bewegte sich elegant auf dem Deck vorwärts, ihm auf den Fersen folgten seine Männer des Enterkommandos. Fergus vernahm laute Schreie voller Wut und das Stöhnen von Verwundeten, als die Schiffsbesatzungen mit Entermessern, Äxten und Piken aufeinander losgingen. Dann verlor Fergus im Durcheinander des Schlachtgetümmels Essex aus den Augen, überall drängten sich Männer auf dem blutigen Deck.

Eine kleine Gruppe von Franzosen, die sich hinter den Finknetzen verborgen gehalten hatte, erhob sich jetzt und kletterte auf das Deck der *Athena*. Fergus sah sie kommen und kam zu der Überzeugung, daß sie vorhatten, das Achterdeck im Handstreich zu besetzen, um den Kommandanten, den Segelmeister und alle anderen Männer darauf in ihre Gewalt zu bringen. Er zog seine Truppe nach achtern ab und bildete aus ihr einen Schutzschirm vor dem Ruder und dem Kommandanten. Die französischen Angreifer wurden von einem riesenhaften bärtigen Afrikaner angeführt, der einen schweren Säbel schwang. Die Enterer steuerten zielstrebig auf den Kapitän zu, und Fergus baute sich vor Burbage auf, der ohne jeden Zweifel als Kommandant zu erkennen war, und daher das Ziel sein würde. Die Geschützbedienung versammelte sich um ihn herum.

Der Afrikaner stieß einen obskuren Fluch aus und hob seine schwere Waffe. Fergus machte einen Ausfallschritt, wie es ihn sein Großvater gelehrt hatte, und stieß dem angreifenden Afrikaner das Entermesser tief in die Brust. Die Klinge des Afrikaners kam aber trotzdem herabgesaust, und Fergus wehrte sie mit seiner Pistole ab. Die Pistole zerbrach, nahm dem Schlag aber den größten Teil seiner urtümlichen Wucht. Die abgelenkte Klinge streifte Fergus' Schulter, und er fühlte, wie ihm dort ein dünnes Stück Fleisch abgesäbelt wurde.

Die Männer der Geschützbesatzung schafften es, dem Angriff der restlichen Enterer den Schwung zu nehmen, bald waren nur noch zwei Franzosen am Leben. Fergus wollte sich auf die Überlebenden stürzen, aber Burbage hinter ihm bremste ihn: »Kilburnie! Zur Seite, machen Sie mir Platz, damit ich meinen Degen schwingen kann. Der da ist meiner!«

Fergus wich zur Seite aus, und Burbage, krankes Bein hin oder her, erledigte den Franzosen. Ein Stich mit einer Pike tötete den letzten Angreifer.

Fergus bückte sich und streifte ein breites, dickes, goldenes Band vom Oberarm des Afrikaners ab, dann nahm er ihm eine dünne goldene Kette, verziert mit den Symbolen des Halbmonds und einem Stern, vom Hals. Er hielt sie dem Kapitän hin. »Für Sie, Sir.«

Burbage grinste. »Ich würde gerne die Kette mit dem Halbmond und dem Stern als Erinnerung behalten, aber Sie nehmen das Armband. Es besteht aus solidem Gold und ist eine Menge wert. Sie haben es sich verdient.«

Fergus blickte wieder nach vorn. Kittrelle stand auf der Verschanzung und schaute zu den französischen Schiff hinunter. »Verdammt, Essex. Ich hatte doch gesagt, daß die Seeleute geschont werden sollten!«

Essex brüllte zurück. »Sir, die Soldaten sind alle tot oder schwer verwundet. Der Kapitän und die Offiziere sind ebenfalls gefallen. Ich versuche, die verbleibenden Seeleute zusammenzutreiben und zur Aufgabe zu bringen.«

Kittrelle schien zufrieden, und er rief Essex zu: »Treiben Sie die Matrosen auf dem Achterdeck zusammen, stellen Sie sie dort unter Bewachung, dann melden Sie sich wieder an Bord zurück!«

Elegant sprang Kittrelle auf das Deck und kam zurück zum Achterdeck. »Sir«, rief er fröhlich, »ich darf Ihnen die Eroberung des französischen Schiffes *Mystique* melden.«

Burbage erwiderte seinen Gruß und lächelte breit. »Gut gemacht. Das Schiff scheint in einem recht guten Zustand zu sein. Jetzt müssen wir uns überlegen, was wir mit ihm anstellen.«

Kittrelle zog seine buschigen Augenbrauen zusammen und sah den Kapitän fragend an. »Sir, Sie machen sich sicher einen Scherz daraus. Wir wissen doch alle, was wir mit ihm anstellen werden. Es ist unsere Prise, und die bringen wir zurück nach England zum nächsten Prisengericht.«

Burbage seufzte. »Ich wollte nur die Spannung etwas lösen. Natürlich wissen wir, was zu tun ist, aber wie sollen wir es bewerkstelligen? Unser jüngster Leutnant wurde getötet. Es bleiben also nur Sie oder Leutnant Essex als Prisenkommandant übrig. Sie können nicht von Bord, und keinem meiner Midshipmen traue ich es zu, obwohl zwei von ihnen schon recht brauchbare Navigationskenntnisse haben.«

»Was ist mit Leutnant Essex? Er kann zwar nicht navigieren, aber er ist ein kompetenter Offizier.«

»Und ein höllisch guter Kämpfer. Ich schätze, daß er mindestens ein halbes Dutzend Franzosen in die ewigen Jagdgründe geschickt und dabei keinen einzigen Kratzer abbekommen hat. Er lief auf der Verschanzung auf und ab, als ob es eine Rennstrecke wäre.«

Kittrelle sah ein wenig verwirrt aus. »Sir, Sie belieben schon wieder zu scherzen.«

Burbage seufzte. »Ja, ja, das ist richtig. Aber ich bin der

Überzeugung, daß er sich wirklich hervorragend geschlagen hat.«

Kittrelle meinte zustimmend: »Wie man es auch betrachtet, er ist ein hervorragender Mann mit dem Entermesser.«

»Wieso mit dem Entermesser?«

»Ah, Sir, da ist Ihnen etwas entgangen. Ich stelle fest, daß Sie immer noch einen Degen im Gefecht benutzen.«

Burbage war verwundert. »Ja, stimmt.«

»Sie werden feststellen, daß wie alle zu den Entermessern greifen, wenn ein Gefecht bevorsteht. Der Degen ist nur etwas für zeremonielle Anlässe, aber er ist nicht schwer genug für das Handgemenge. Da braucht man eine schwere Waffe mit einer scharfen Schneide. Auch hat das Entermesser einen besseren Schutzkorb für die Hand.«

»Ich habe bemerkt, daß der junge Essex seine Waffe nachgeschliffen haben muß.«

»Ja. Vielleicht sogar ein wenig zuviel, aber er hatte Fechtstunden und ist mit dem Gewicht eines Floretts besser vertraut. Seine Klinge ist sowohl an der Schneide als auch an der Spitze sehr scharf, aber sie ist trotzdem stark genug, einen seitlichen Schlag aufzufangen.«

Burbage strich über seine wachsenden Bartstoppeln. »Bitten Sie den Stückmeister, mir eine Waffe wie die von Essex zu schleifen.« Er verbeugte sich. »O ja, das ist die erste Anforderung an jeden Marineoffizier – er muß ein Kämpfer sein. Rufen Sie ihn zurück, damit wir wieder in die Gänge kommen.«

Kittrelle holte Essex. Essex kam zurückgetrottet, sein Spezialentermesser klatschte gegen sein Bein. Er salutierte. »Sir?«

Kittrelle teilte ihm mit: »Der Kommandant hat beschlossen, Sie zum Prisenkommandanten auf dem Franzosen zu machen. Nehmen Sie sich den Midshipman Arlen, einen Steuermannsmaaten, einen Quartermaster, zwanzig Matrosen und sechs Seesoldaten. Mit denen gehen Sie an Bord und übernehmen dort das Kommando.«

Burbage, der aufmerksam zugehört hatte, mischte sich ein: »Sie haben sich gut geschlagen, Essex. Kompliment! Ich hoffe, Sie werden ihr Prisengeld für etwas anderes ausgeben als für Glücksspiele.«

Essex runzelte die Stirn und wurde etwas rot. »Ich glaube nicht, daß ich jemals wieder in meinem Leben spielen werde, Sir.«

Burbage blickte ihn zweifelnd an. »Wie und wann sind Sie zu dieser Überzeugung gekommen?«

»Mir ist klargeworden, daß das Riskieren von ein paar Pfund kein großer Nervenkitzel ist. Gerade eben habe ich mehrfach mein Leben riskiert und jedesmal gewonnen. Das ist das ultimative Spiel – und ich liebe es. Ich werde mich jetzt um meine Karriere kümmern. Ich beabsichtige, meinem Vater mein ganzes Prisengeld zu schicken, um ihm zu helfen, meine Schulden abzuzahlen. Die Marine wird von jetzt ab meine Heimat sein.«

Burbage streckte ihm die Hand entgegen, und Essex packte sie schnell. Burbage sagte: »Viel Glück, mein Junge. Wie werden ungeduldig darauf warten, Sie zurückzubekommen. Was immer Sie tun, bleiben Sie immer in Sichtkontakt mit uns. Sie brauchen uns zur Verteidigung gegen französische Seestreitkräfte. Wir sehen uns in einem Monat in Gravesend wieder.«

Essex salutierte und wandte sich zum Gehen. Burbages

Stimme hielt ihn nochmals zurück: »Oh, Essex! Übrigens schicke ich meinen besten Midshipman als Navigator zu Ihnen an Bord. Ich erwarte von Ihnen, daß Sie von ihm die Navigation auf dem Weg nach England erlernen.«

Nach einer Stunde waren die Segel der *Mystique* repariert, und dann machte sie wieder Fahrt. Burbage und Kittrelle sahen ihr nach, als sie nach Norden segelte.

Burbage seufzte: »Wir werden ein wachsames Auge auf sie haben müssen. Sie hat keine eigenen Verteidigungsmöglichkeiten.«

Kittrelle grinste. »Ich wäre nur sehr ungern der Franzose, der sie enterte und vor Essex' Waffe geräte.«

Plötzlich stöhnte Kittrelle auf: »Mein Gott! Wir haben außer meiner Wenigkeit keinen Leutnant mehr!«

Burbage lachte: »Das ist doch kein Problem, Sie gehen einfach vierundzwanzig Stunden Wache.«

Kittrelle kratzte sich seinen heftig sprießenden Bart, denn seit der Morgendämmerung hatte er sich nicht mehr rasiert. »Wir müssen wohl jemanden befördern. Halten Sie einen Ihrer Midshipmen für befähigt?«

Burbage stöhnte auf. »Ach du lieber Himmel, nein, bloß das nicht. Vielleicht bin ich kein besonders guter Lehrer, aber das Material, das ich unterrichtet habe, war auch nicht gerade vom Besten. Diese jungen Gentlemen, die wir als Midshipmen bekommen haben, sind nur hier an Bord, weil ihre Väter eine Menge Geld bezahlt haben, um sie zur See zu schicken.«

»Dann sind wir uns einig, Sir?«

»Worüber?«

»Kilburnie.«

Burbage lachte. »Natürlich. Wer sonst? Ich werde ihn

zum diensttuenden Leutnant befördern. Das ist alles, wozu ich ermächtigt bin. Wenn er sich gut hält, werde ich mein Bestes tun, um ihn zur Prüfung anzumelden, sobald wir zurück sind, damit die Beförderung permanent wird. Er kann sich dann an die Admiralität wenden. Wir könnten Ärger bekommen, weil er erst seit einem guten Jahr in der Marine ist.«

Kittrelle wollte etwas einwerfen: »Aber, Sir ...«

Burbage nickte nachdenklich und unterbrach ihn. »Sehen Sie sich Essex und viele andere in diesen Tagen an. Essex hat nicht mehr Erfahrung auf See als Kilburnie. Wie ich weiß, ist Kilburnie beinahe zweiundzwanzig Jahre alt und hat ein Jahr Dienstzeit.«

»Das ist nur zum Teil richtig, Sir, denn sein Onkel erzählte mir im Vertrauen, daß ein Kommandant Kilburnie schon fünf Jahre lang in seinen Büchern als Midshipman geführt hat.«

»Mein Gott!« rief Burbage aus. »Das ist die Lösung. Wenn er die Prüfung besteht, dann hat er es geschafft. Die Admiralität wird sicherlich meinen Vorschlag akzeptieren, der durch seine bisherigen hervorragenden Leistungen untermauert wird.«

Kittrelle nickte zufrieden. »Jetzt braucht die Marine alle guten Männer und Offiziere, die sie nur finden kann.«

Burbage blickte nachdenklich. »Darauf zähle ich. Er mag kein englischer Aristokrat sein wie Essex, aber er hat einen guten Freund an einer Stelle, wo es zählt.«

»Ja, den hat er.«

Burbage grinste wieder. »Ich habe gehört, daß Sie auch so einen haben.«

»Vielleicht, aber wenn ich mich richtig erinnere, war

Kommodore Nelson mit neunzehn Jahren Leutnant und mit nur zwanzig schon Kapitän zur See.«

Burbage zog erstaunt die Augenbrauen in die Höhe. »Sind Sie sicher?«

Kittrelle schürzte die Lippen. »Ganz sicher, aber ich glaube nicht, daß mir das helfen wird.«

»Nun, wir werden Kilburnie seine Chance geben. Wenn dieser Nelson mit seiner mickrigen Gestalt und schlechten Gesundheit es schafft, dann kann Kilburnie es erst recht. Ich habe noch nie einen stärkeren und gesünderen Mann gesehen. Sie waren auch so einer, als Sie noch jünger waren und bevor Sie verwundet wurden. Wenn ich Sie wäre, würde ich nicht so pessimistisch dreinschauen. Sie werden es schon schaffen.«

»Er wird ganz bestimmt seine Chance bekommen. Der Rest liegt dann an ihm.«

»Und an ein paar weiteren glücklichen Gelegenheiten ...«

»O ja, darin ist die Navy stark. Du kannst große potentielle Fähigkeiten haben, aber man braucht auch eine gehörige Portion Glück, damit sie entdeckt werden.«

»Und man muß seine Chance nutzen, wenn man sie bekommt.«

»Nun, Kilburnie tut das.«

Burbage blieb nachdenklich. »Genau wie Essex, aber ich kann ihn mir noch nicht als Kapitän auf einem eigenen Schiff vorstellen.«

Kittrelle hob die Schultern. »Zur Zeit haben wir eine Menge schlechtere kommandierende Offiziere in der Marine.«

7
Leutnant Kilburnie

Fergus überwachte das Reinigen des Rohräußeren und das Auswischen der Seele durch seine Geschützcrew. Dann ließ er das Blut vom Deck abspülen. Einer seiner Männer scheuerte mit seinem Schwabber heftig auf dem Deck hin und her, murrte dann aber: »Kilburnie, das funktioniert nicht. Es ist immer noch dunkelrot.«

Fergus schaute hinunter auf die Blutflecke und schüttelte den Kopf. »Du hast recht. Wir müssen damit bis morgen früh warten, bis das Deck mit Sand gescheuert wird.« Plötzlich wurde ihm bewußt, daß ihn Kittrelles Stimme rief. Er schaute nach achtern. Kittrelle stand mit dem Kommandanten zusammen auf dem Achterdeck und winkte ihn heran.

Kilburnie übertrug das Kommando einem anderen Mann seiner Crew, rannte nach achtern und salutierte. »Sir, entschuldigen Sie bitte meinen Aufzug, aber wir sind noch beim Aufklaren.«

Kittrelle blickte auf Fergus' pulvergeschwärzte und blutige Hose hinab. Dann entdeckte er die schmutzige Bandage an seiner Schulter, die durch das Hemd zu sehen war. »Nun, Sie werden diese Uniform nicht mehr benötigen. Ziehen Sie sie aus, säubern Sie sich und lassen Sie sich dann vom Zahlmeister eine neue Uniform geben.«

Fergus sah verwirrt aus. »Sir?«

Kittrelle lachte freundlich. »Sie sind vom Kommandanten soeben zum diensttuenden Leutnant befördert worden. Wenn Sie sich gut machen und wir alle diesen Einsatz überleben, könnte es sein, daß er sie zum Leutnantsexamen vorschlägt, damit Sie diesen Rang dauerhaft behalten.«

»Aber ich bin nicht qualifiziert, weil ich nur ein Dienstjahr in der Marine hinter mir habe.«

»Kilburnie, Sie sind für dieses Leben zu ehrlich. Hat Ihnen Ihr Onkel nicht erzählt, daß Sie in der Musterrolle eines Schiffes fünf Jahre lang als Midshipman geführt worden sind?«

»Er hat so etwas erwähnt.«

»Also, das wäre das. Damit haben Sie die sechs Dienstjahre voll und sind für die Beförderung geeignet.«

Kilburnie sah unglücklich drein. »Aber das wäre nicht ehrlich.«

Kittrelle zuckte mit den Schultern. »Das ist es vielleicht nicht, aber so wird es von allen gemacht.« Dann hob er seine schwarzen Augenbrauen. »Kilburnie, die Admiralität hat von Ihnen eine Akte als Midshipman, Sie wollen doch diese ehrenwerten Gentlemen nicht als Lügner dastehen lassen, oder doch?«

Kilburnie war jetzt total durch den Wind. »Würde ich dadurch Ärger bekommen?«

»Sie und viele hundert andere. Entspannen Sie sich. Lassen Sie Ihren Onkel nur machen, und lernen Sie eifrig für die Prüfung.«

Fergus grinste glücklich, jetzt war er überzeugt. »Ich werde Sie nicht enttäuschen, Sir. Vielen Dank für die Chance.«

Burbage, der bis jetzt ruhig zugehört hatte, mischte sich ein: »Ich bin überzeugt, Sie geben Ihr Bestes, mein Junge. Gehen Sie jetzt unter Deck und waschen Sie sich, werfen Sie diese Lumpen über Bord und schlüpfen Sie in die neue Uniform.«

Fergus salutierte und wollte nach vorn abgehen, als ihn Kittrelles Stimme nochmals festnagelte. »Was macht die Schulter?«

Bevor Fergus antworten konnte, stellte sich Burbage dicht neben Kittrelle und erklärte: »Er hat Glück gehabt, daß er nicht den ganzen Arm verloren hat, dieser Riese hatte einen verdammt scharfen Säbel. Ich bin froh, daß Fergus mit seinen Männern zur Stelle war. Er hat mir das Leben gerettet.«

Fergus räusperte sich verlegen. »Die Wunde ist nicht schlimm, es ist nur ein kleiner Kratzer, der mit einem Dutzend Stichen genäht werden mußte.«

Kittrelle sah überrascht aus, aber er bemerkte: »Kilburnie, davon wußte ich nichts. Entfernen Sie sich jetzt.« Als er außerhalb der Hörweite war, erkundigte sich Kittrelle: »Was war denn hier los, Sir?«

Burbage wurde wieder ernst. »Es war genauso, wie ich es gesagt habe. Er war schlau genug zu erahnen, was der Feind vorhatte, und bildete mit seiner Geschützbesatzung auf dem Achterdeck einen schützenden Kordon, um es zu verteidigen und damit natürlich auch mich zu beschützen.«

Kittrelle unterbrach ihn. »Daran hätte ich denken müssen. Ich vermute, daß ich zu sehr mit dem Fortgang des Enterns beschäftigt war.«

Burbage nickte. »Das waren Sie, und Sie haben ihre Pflicht getan. Ich hätte schon rechtzeitig die erforderlichen Kommandos gegeben, aber der junge Kilburnie schien zu wissen, was er tat, also ließ ich ihn gewähren.«

»Sie wurden angegriffen?«

»O ja, von einem riesigen Afrikaner mit einem gewaltigen Krummsäbel, der von einem Dutzend Franzosen begleitet wurde, die über die Verschanzung sprangen und nach achtern gestürmt kamen, als ob Napoleon höchstpersönlich sie nach vorn jagen würde. Kilburnies Mannschaft hat die meisten davon erledigt, aber bei dem Afrikaner nahm Kilburnie selbst Maß.«

»Ist er dabei verwundet worden?«

»Nun, der Afrikaner war groß und stark und wollte Kilburnie mit einem gewaltigen Schlag zweiteilen, der wiederum versuchte, den Hieb mit der Pistole abzublocken. Dann massakrierte er den Mann mit seinem Entermesser. Alles zusammengenommen ein mutiges und sauberes Stück Arbeit.«

»Ich verstehe.«

»Nachdem wir die restlichen Franzosen erledigt hatten, hat er dem Afrikaner ein schweres Armband und eine Halskette abgenommen und sie mir überreicht.« Burbage öffnete sein Hemd und zeigte Kittrelle die Goldkette mit dem Halbmond und dem Stern, die er darunter trug.

Kittrelle besah sie sich erstaunt und bekreuzigte sich

dann. »Sir, das ist ein heidnisches Symbol der Muslime. Sie sollten so etwas besser nicht tragen.«

Burbage lachte boshaft. »Ach, das ist schon in Ordnung solange der Pastor sie nicht sieht, falls wir je einen bekommen sollten. Da das wahrscheinlich nie der Fall sein wird, bin ich auf der sicheren Seite.«

Fergus blieb neben seinem Geschütz stehen und deutete auf den stämmigen Matrosen, dem er das Kommando übertragen hatte. »Wheeler, du bist von jetzt an hier der neue Geschützführer. Bring die Kanone wieder in die gebührende Form. Das Deck ist in Ordnung. Es ist wieder weiß.«

Wheeler blickte auf. »Wer sagt das?«

Fergus versuchte ernst zu bleiben: »Das sagt Leutnant Kilburnie.«

»Wie?«

»Ja, ich. Ich bin gerade befördert worden.«

Fergus ließ seine jubelnde Geschützbesatzung hinter sich und ging nach vorn, um eine Pütz Wasser aufzuschlagen, damit er sich den schmutzigen Körper waschen konnte. Auf dem Weg dorthin machte er Station am Quartier des Zahlmeisters. Der Zahlmeister sah ihn mit der Pütz Wasser ankommen und hielt sich die Nase zu. »Jesus, Kilburnie, du siehst schrecklich aus, und wahrscheinlich stinkst du noch schlimmer. Du brauchst bestimmt einen vollen Satz neuer Klamotten.«

Fergus grinste. »Korrekt, Zahlmeister, zwei weiße Hemden, zwei Kniebundhosen, zwei paar weiße Kniestrümpfe und den Rock eines Leutnants und eine Weste.«

Das Kinn des Zahlmeisters fiel herab. »Wie war das?«

Fergus lachte. »Genau so, wie ich es gesagt habe. Sie haben mich zum Leutnant gemacht.«

Der Zahlmeister schloß den Mund, nur um ihn sofort wieder zu öffnen. »Nun, ich will verdammt sein!« Dann fing er sich wieder und meinte nur noch kurz angebunden: »Kilburnie, waschen Sie sich. Ich bringe Ihre Sachen in Ihre Kammer.«

Jetzt war es an Fergus, überrascht zu sein. »Was meinen Sie mit Kammer?«

»Na sicher, die steht Ihnen jetzt zu. Da wir einen Leutnant verloren haben, steht eine leer. Übrigens brauchen Sie auch einen Dreispitz, es sei denn, daß Sie wollen, daß der Kapitän Ihnen das Fell über die Ohren zieht, wenn Sie oben ohne an Deck erscheinen.«

Fergus nickte und nahm wieder seine Pütz auf. »Danke für den Hinweis. Ich nehme den Dreispitz und alles, was Sie sonst noch für erforderlich halten. Wir kommt es, daß Sie alle diese Uniformteile in Ihrem Vorrat haben?«

»Das ist einfach. Im Grunde ist alles für die Offiziere und die Deckoffiziere dasselbe. Die Extras nähe ich auf, oder besser gesagt, ich gebe sie an den Segelmacher weiter, der sie annäht, dafür teilen wir uns den Gewinn. Sie werden nicht so schneidig aussehen wie Leutnant Kittrelle, aber wer schafft das schon? Eines Tages können Sie sich in einem Hafen von einem spezialisierten Schneider eine bessere Uniform bauen lassen. Die kommen sogar auf das Schiff, wenn Sie nicht an Land gehen können.«

Eine Stunde später versuchte Fergus in der Abgeschlossenheit seiner Kabine die neue Uniform korrekt anzulegen. Er überlegte, wie Leutnant Essex in seiner Uniform ausgesehen hatte. »Verdammt!« stieß er hervor, als er ungeschickt versuchte, die Knöpfe der Kniebundhosen über den Strümpfen zu schließen.

Seine Reserveuniform hing über ihm an einem Pflock. Ein zweites Paar Halbschuhe und etwas Unterwäsche belegten eine Ecke des sechs mal sechs Fuß großen Gelasses, dessen Wände aus dünnem Ahornholz bestanden und die dafür eingerichtet waren, im Falle der Gefechtsbereitschaft abgebaut und im Laderaum gestaut zu werden.

Fergus gelobte sich, eine Möglichkeit zu finden, wie er in dem beengten Raum eine Hängematte aufriggen konnte, anstatt die schmale Koje zu benutzen, auf der er jetzt saß. Sie war zwar auch halbkardanisch aufgehängt, aber er vermutete, daß der Aufenthalt in der Koje bei querlaufender See unangenehm sein würde. Außerdem hatte er sich an das Schlafen in der Hängematte gewöhnt. Vielleicht würde er damit in die Offiziersmesse ausweichen müssen.

Nach fünfzehn Minuten, die mit Ziehen und Richten angefüllt waren, war er der Meinung, daß er sein Bestes getan hatte, um Schuhe und Strümpfe in Form zu bringen. Er ging nach oben auf das Achterdeck. Als Kittrelle seinen Gruß ohne zu lächeln erwiderte, hatte er das Gefühl, daß der Sitz der Uniform akzeptabel sein mußte. Trotzdem fummelte er ständig an seinem Rock herum und zupfte an den Manschetten. Das Jackett war ihm über der Brust zu eng, und die Ärmel waren zu kurz. Er hoffte, daß der Segelmacher sie noch etwas länger machen konnte. Alle anderen Teile entsprachen der Einheitsgröße und paßten so einigermaßen.

Kittrelle wies ihn ein: »Sie, ich und Midshipman Paltrey werden ein Drei-Wachen-System gehen. Sie können mit Gewißheit damit rechnen, daß der Kapitän gelegentlich auf das Achterdeck kommen wird, wenn Sie oder Paltrey auf Wache sind, bis er sicher ist, daß Sie die Wache alleine gehen können. Ich glaube, daß es Ihnen nicht schwerfallen wird, sich entsprechend einzugewöhnen, wie es bei Paltrey laufen wird, kann ich nicht sagen.«

Fergus nickte und erinnerte sich an die vielen Stunden, die er damit zugebracht hatte, die Namen des stehenden und laufenden Gutes und die der Segel zu lernen und dazu die Kommandos, die erforderlich waren, um sie zu bedienen. Er war sich seiner navigatorischen Kenntnisse sicher und seiner Fähigkeiten, das Wetter und seine Kapriolen rechtzeitig zu erkennen. Er wußte, daß er die Wache besser gehen konnte, als er es bei Leutnant Essex gesehen hatte. Er atmete tief durch und sagte zuversichtlich: »Sir, ich bin sicher, daß ich mich schnell freischwimmen werde.«

Kittrelle lächelte und blickte wie zufällig auf Kilburnies kurze Hemdenmanschetten. »Das sehe ich auch so. Sonst hätte ich dem Kommandanten nicht vorgeschlagen, Sie zum Leutnant zu befördern. Gehen Sie jetzt über das Schiff und machen Sie sich mit Ihren neuen Verantwortlichkeiten vertraut, besonders mit der Backbordbatterie. Übrigens kann Ihnen der Segelmacher bei den Manschetten helfen.«

Der frisch beförderte Leutnant Kilburnie ging hinter den Geschützen der Backbordbatterie nach vorne, er blieb bei jedem Stück stehen und strich stolz über den runden Knopf des Bodenstücks und bewunderte die glänzenden roten Lafetten. Er sah sich jedes Stück genau an, um sicher zu sein, daß die Ausrüstung vollständig war. Einige Geschützbesatzungen säuberten ihre Kanonen, und ein paar der Männer blickten auf, als Kilburnie an ihnen vorbeiging. Inzwischen wußten natürlich alle, daß sie einen neuen Leutnant hatten. Einige lächelten ihn freundlich an, andere verzogen keine Miene, und einige wenige blickten zur Seite. Fergus zuckte mit den Schultern und zupfte an seinen Manschetten. Er wußte, daß er sich ihre Achtung erst erarbeiten mußte, bevor sie alle so funktionieren würden, wie er es wollte.

Als Kilburnie seine Inspektion beendet hatte, ging er zurück in seine Kabine, um sich eine Ruhepause zu gönnen. Als er gerade durch die Tür treten wollte, kam der Stückmeister Kerry aus seiner Kammer, die in unmittelbarer Nähe der seinen lag. Er sah Fergus finster drohend an.

»Kilburnie, auf ein Wort«, grollte er.

Kilburnie blieb stehen und sah, wie der Stückmeister seine untersetzte Gestalt an ihn heranschob. Er kam so nahe, daß Kilburnie die kleinen Falten um seine Augen sehen und seinen schlechten Atem riechen konnte. »Was wollen Sie?« erkundigte sich Kilburnie.

Der Stückmeister blickte ihn mürrisch an, sein fleischiges Gesicht verzog sich zu einer mißgünstigen Grimasse. »Wie ich hörte, hast du es geschafft, Kapitän Burbage und Leutnant Kittrelle wieder Honig um den Bart zu schmieren. Ich vermute, daß du jetzt glaubst, daß du mein Vorgesetzter bist.«

Kilburnie nickte. »So ist das nun mal, und ich hoffe, daß wir miteinander auskommen werden.«

»Ha!« schnaufte der Stückmeister. »Niemals! Ich nehme nicht an, daß du den Mumm hast, die Sache jetzt gleich und hier mit den Fäusten auszutragen.«

Kilburnie atmete tief durch. »Wenn es das ist, was Sie wollen, dann machen wir es doch. Aber lassen Sie mich erst diese Jacke, die Weste und das Oberhemd ausziehen. Es ist das einzig saubere, das ich besitze.«

Der Stückmeister lachte boshaft. »Nur zu, leg es nur ab, bevor ich dich und die Klamotten in Blut einlege!«

Der Bootsmann, der einzige andere Deckoffizier, der in diesem Bereich wohnte, schob seinen Kopf aus seiner Kammer. »Was soll dieser Krach?«

Kilburnie klärte ihn auf: »Der Stückmeister will mit mir kämpfen, und ich kann es ihm nicht ausreden. Würden Sie bitte den Schiedsrichter für uns machen? Auch denke ich, daß wir jeden anderen aus dem Raum heraushalten sollten, er ist nicht besonders groß.«

Kerry lachte höhnisch. »Ich vermute, daß du keinen Zeugen dafür haben willst, wie ich dich vermöbeln werde.«

»Nein, darum geht es nicht, aber die Sache ist nicht so ganz legal, und ich möchte nicht, daß der Kapitän davon erfährt.«

»Na, von mir ganz bestimmt nicht«, versicherte Kerry. »Nun mach dich auf eine schöne Tracht Prügel gefaßt!« Der Gunner[1] hob drohend seine Fäuste und bewegte sich auf Fergus zu.

Inzwischen hatte Kilburnie das Hemd abgestreift und wich dem Stückmeister aus, um genügend Platz in dem beengten Raum zu gewinnen. Der Mann stürmte auf ihn zu und schwang seine beiden Arme und Fäuste wie Windmühlenflügel. Kilburnie machte einen Schritt zur Seite und traf den Stückmeister mit einer ganzen Serie Schläge seiner linken Hand.

Kerry blinzelte und schaute finster, marschierte aber

[1] Übliche Bezeichnung für den Stückmeister; von *gun*, dt.: Kanone abgeleitet (Anm. d. Ü.)

weiter im Vorwärtsgang. »Komm her und stell dich zum Kampf, du aufgeblasener Prahlhans«, knurrte er zwischen seinen gebleckten Zähnen hervor.

Kilburnie blieb – so gut es auf diesem beengten Raum ging – immer in Bewegung, er beobachtete den Gunner intensiv und vermied dessen Einladung zum Nahkampf. Beim nächsten Schlagabtausch landete er eine harte Linke auf das anschwellende Auge seines Kontrahenten, dem dann noch eine Rechte in dessen weichen Bauch folgte. Aber der Schlag mit der rechten Faust zog schmerzhaft an der verwundeten Schulter, und er beschloß, in Zukunft nur noch seine Linke einzusetzen, wenn es möglich war.

Der Stückmeister keuchte, da wußte Kilburnie, daß er ihn da hatte, wo er ihn haben wollte. Nun hieß die Frage nur noch, wie er den größeren Mann auf das rechte Maß zusammenstutzen konnte.

Die Schläge Kerrys wurden schwächer, und sie verfehlten ihr Ziel um ein Vielfaches. Ein rechter Uppercut rutschte harmlos über Fergus' Unterarm und krachte oben gegen die niedrigen Deckenbalken. Der Gunner jaulte vor Schmerz auf, zog sich zurück und betrachtete seine blutigen Knöchel.

Fergus trat einen Schritt zurück. »Haben Sie genug?« fragte er.

Der Stückmeister nahm die Fäuste wieder hoch. »Zur Hölle, nein, du weinerlicher Feigling. Hör auf, herumzuspielen wie ein Hündchen, und kämpfe wie ein Mann.«

Fergus seufzte: »In Ordnung, Sie haben es nicht anders gewollt.«

Der Bootsmann versuchte sich einzumischen. »Gunny, du bekommst die Hucke voll, warum hörst du nicht auf.«

Der Stückmeister blickte den Bootsmann drohend an: »Halte dich da raus, oder ich nehme dich mir als nächsten vor!«

Fergus bedankte sich beim Bootsmann: »Danke, aber jetzt muß ich das hier zu Ende bringen.« Er wandte sich wieder Kerry zu und deckte ihn mit einer ganzen Serie von linken Geraden ein.

Die meisten von Kilburnies Schlägen verursachten entweder Schwellungen in dem fetten Gewebe oder hinterließen kleine klaffende Wunden im Gesicht des Gunners. Kilburnie mußte nur wenig einstecken, nur wenn er gelegentlich in eine Ecke gedrängt wurde. Wenn er in der Falle saß, duckte er sich weg und bewegte sich dann seitlich wieder heraus.

Kerry brüllte wieder: »Stell dich zum Kampf, du Feigling!« Aber er war schon so kurzatmig, daß seine Stimme breiig klang.

Nach fünfzehn weiteren Minuten pfiff der Stückmeister auf dem letzten Loch, schlug mit seinen Fäusten aber immer noch wild um sich.

Schon fast mitleidig machte Kilburnie einen Schritt nach links, täuschte zweimal an und erledigte ihn dann mit einer knallharten Rechten tief in den fetten Wanst. Der Schmerz fuhr wie ein glühendes Messer in Kilburnies Schulter, aber er war sicher, daß er seine rechte Faust nicht mehr einzusetzen brauchte. Der blutüberströmte Stückmeister fiel mit dem Gesicht voran auf das blutige Deck.

Der Bootsmann beugte sich über die erschöpfte Gestalt. »Nun, damit ist die Sache klargestellt. Kilburnie, falls er Sie nochmals belästigen sollte, sagen Sie es mir. Ich kann den Hundesohn auch nicht leiden.«

Es war kein Wasser verfügbar, aber der Bootsmann fand in einer Ecke eine Tasse mit kaltem Kaffee, die er über dem Kopf des Stückmeisters ausgoß. Dieser stöhnte und versuchte mühsam, sich aufzurichten, fiel aber wieder zurück auf das Deck, dabei atmete er schwer.

Der Bootsmann sagte zu Kilburnie: »Sie sollten sich besser reinigen. Ich kümmere mich schon um diesen Fettsack und garantiere Ihnen, daß er Sie nicht wieder belästigen wird. Er weiß ganz genau, was passiert, wenn ich herumerzähle, was hier passiert ist, und ich glaube nicht, daß er das ertragen könnte. Die Besatzung würde ihn über die ganze Länge des Schiffes hin auslachen und damit über die Kante treiben.«

Am nächsten Tag hatte Kilburnie die Morgenwache. Der Segelmeister kam mit Poston an Deck, der Kilburnie als Navigationsassistent ersetzt hatte. Montgomery schaute sich Kilburnie genau an und lächelte, wobei er erfolglos versuchte, es in seinem Bart zu verstecken. »Haben Sie sich mit einer stumpfen Klinge rasiert?«

Kilburnie grinste. »Ich bin gegen eine Deckstütze gerannt.«

Der Navigator spielte an seinem Bart und versuchte offensichtlich, nicht laut aufzulachen. »Das ist ja komisch, genau dasselbe hat der Stückmeister auch gesagt. Aber er muß gegen eine dickere gelaufen sein. Es muß neuerdings eine Menge unbekannter Deckstützen da unten geben.«

Nach dem Frühstück kam Kapitän Burbage an Deck und ging langsam auf dem Achterdeck spazieren, gelegentlich streckte er sein verletztes Bein. Als er einmal dicht an Fergus vorüberging, musterte er ihn zwar scharf, sagte aber nichts.

Genau um acht Uhr wurde das Stundenglas vom Quartermaster umgedreht, und der Kommandant wandte sich an den Segelmeister: »Master, setzen Sie den Kurs nach Portsmouth ab, meine Befehle sehen vor, daß ich die Patrouille heute um acht Uhr beenden soll.«

Montgomery nickte wissend. »Aye, aye, Sir. Wir waren lange genug draußen. Wir brauchen alle ein wenig Ruhe, und der Stückmeister benötigt davon mehr als die meisten anderen.«

Die beiden nächsten Jahre vergingen schnell, in denen Fergus Erfahrungen als Leutnant sammelte. Als die *Athena* am 15. Januar 1797 nach einem Routineeinsatz in Plymouth an der Küste von Devon einlief, begann sie sofort ihre Vorräte aufzufüllen und Munition zu laden.

Unter der Anleitung von Kittrelle war Fergus damit beschäftigt, den Nachschub zu bestellen, zu überprüfen und zu verstauen. Ein nicht enden wollender Strom von Kästen, großen Fässern, gefüllt mit Bier und Wasser, kleinen Fäßchen mit Limonensaft und Ausrüstungsgegenständen aller Art überschwemmten das Deck.

Am dritten Hafentag erschien ein Bote vom kommandierenden Offizier der im Hafen liegenden Schiffe, einem Kapitän zur See auf einem großen Linienschiff. Im Hafen herrschte emsige Geschäftigkeit, weil auch noch vier andere Fregatten ausgerüstet, munitioniert und verproviantiert wurden.

Burbage las den Brief und teilte Kittrelle mit: »Es ist eine Konferenz aller Kommandanten angesetzt. Ich gehe an Land, um festzustellen, worum es geht.«

Kittrelle sah ihm nach, als er die Pier entlangging, sein

Gang war wegen seiner alten Verwundung leicht schleppend, dann spornte er Fergus an: »Kilburnie, wir sollten uns mit der Übernahme des Proviants beeilen und möglichst fertig sein, bevor der Kapitän zurück ist. Ich habe das dumpfe Gefühl, daß wir hier bald auslaufen, und da möchte ich möglichst alles an Bord haben.«

»Wo wird es hingehen?« erkundigte sich Kilburnie neugierig. »Wieder auf Patrouille?«

»Woher sollte ich das wissen? Aber Sie können Ihren Bauernhof darauf verwetten, daß es sich um etwas handelt, womit uns die Franzosen und Spanier Schaden zufügen wollen. Das wird keine normale Patrouille, sondern ein Kriegsspiel im größeren Maßstab.«

Nach einer Stunde war der Kommandant zurück, sein Gesicht war sehr angespannt und ernst. Als er das Achterdeck überquerte, erblickte er Leutnant Kittrelle, und seine Miene entspannte sich etwas. »Kommen Sie mit nach unten. Ich werde Ihnen verklickern, was ansteht.«

Kittrelle öffnete den Mund, um etwas zu erwidern, aber schloß ihn dann wieder, ohne etwas gesagt zu haben, und folgte Burbage unter Deck. In der Kabine lud Burbage Kittrelle ein, Platz zu nehmen, dann befahl er seinem Steward eine Flasche seines besten Brandys mit zwei Gläsern zu bringen. »Ich habe das Gefühl, daß wir den nötig haben könnten.«

Burbage schickte den Steward fort, der ein wenig eingeschnappt schien, weil er verschwinden mußte (und daher nicht lauschen konnte). Nach einem ungewöhnlich großen Schluck von der braunen Flüssigkeit begann er schließlich: »Also, wir laufen so bald wie möglich aus. Ich hoffe, daß wir voll proviantiert und munitioniert sind?«

Kittrelle nickte bestätigend: »Ich habe mir schon so etwas gedacht und das Laden des Proviants beschleunigt. Der junge Kilburnie arbeitet gerade oben mit der Crew die Reste ab.«

Burbage nahm noch einen tiefen Zug. »Die Erklärung, warum wir so überstürzt wieder auslaufen, ist wesentlich schwieriger. Ich hatte nie eine hohe Meinung von unserem Geheimdienst, aber dieses Mal könnte er auf etwas Wichtiges gestoßen sein. Die Agenten behaupten, daß sie aus gutunterrichteten Kreisen erfahren haben, daß sich die spanische Flotte darauf vorbereitet, ihre Häfen zu verlassen, um durch die Straße von Gibraltar in den Atlantik durchzubrechen.«

Kittrelles Glas blieb mitten in der Luft hängen, erregt schaute er den Kapitän an. »Wozu soll denn das gut sein, Sir?«

»Die Franzosen und Spanier haben vor, ihre Flotten zu vereinigen, um in Irland eine Invasion durchzuführen.«

Kittrelle nahm einen großen Schluck. »Mein Gott! Was soll denn das für eine Farce werden? Mit einem derartigen Unternehmen werden sie nie erfolgreich sein. Außerdem arbeiten sie nie gut zusammen. Das hat noch nie geklappt. Sie werden sich mehr untereinander bekämpfen, als mit uns die Waffen zu kreuzen. Über wie viele Landungstruppen verfügen sie? Was für Waffen haben sie? Und herrscht in Irland die offene Rebellion?«

»Ich kenne die Antworten auf alle diese Fragen nicht, und es ist auch nicht meine Aufgabe, sie zu kennen. Ich stimme Ihnen zu, was die internen Schwierigkeiten angeht, aber die Admiralität will ihnen nicht die kleinste Chance einräumen. Admiral Jervis, der zur Zeit vor der Südküste

Portugals liegt, hat den Befehl, sich darauf vorzubereiten, die spanische Flotte abzufangen, bevor sie sich mit der französischen in den Häfen Frankreichs an der Atlantikküste vereinigen kann.«

»Aber wenn die Dons Jervis ein Schnippchen schlagen und ihre Kräfte vereinigen, dann wird er der vereinigten Flotte im Verhältnis zwei zu eins unterlegen sein.«

»Jervis wird alles daransetzen, sie separat zum Kampf zu stellen, bevor sie sich vereinigen können, obwohl ich manchmal denke, daß es einfacher wäre, erst zuzuschlagen, wenn sie zusammen sind. Sie würden sich dann gegenseitig schneller versenken, als wir das schaffen könnten. Aber Jervis möchte es anders – und da kommen wir ins Spiel. Sechs Schiffe werden sich aufmachen, um ihn zu verstärken. Nun bedeuten sechs Schiffe keine großartige Verstärkung seiner Flotte, aber fünf zusätzliche Fregatten schon. Er benötigt unsere Geschwindigkeit für die Aufklärung. Wir sollen die Spanier finden, bevor sie sich mit den Franzosen zusammengetan haben.

Die fünf Fregatten werden eine Suchkette bilden und den wahrscheinlichsten Kurs überwachen. Wir werden darüber hinaus zwei schnelle Slups dabei haben, die dem Admiral die Nachrichten von dem überbringen können, was wir herausgefunden haben. Es wird eine sehr wichtige Aufgabe sein, unser Erfolg oder Mißerfolg kann das gesamte Unternehmen ganz entscheidend beeinflussen. Wir sind die Augen und Ohren der Flotte.«

Kittrelle grinste breit. »Ich kann es kaum erwarten. Ich werde an Deck gehen und Kilburnie Feuer unterm Hintern machen.«

Am nächsten Morgen, es war der 19. Januar, führte das

Linienschiff das britische Geschwader aus der geschützten Einfahrt des Hafens. Da Burbage der dienstälteste Kapitän war, führte die *Athena* die Fregatten an und bildete draußen eine Marschsäule, die sich vor das massige, aber trotzdem elegant ausschauende Schlachtschiff setzte.

Burbage bedauerte die Schiffe, die während des nächsten Tages der *Athena* im Kielwasser folgten, daher befahl er ihnen, einen Aufklärungsschirm mit zwei Meilen seitlichem Abstand zwischen den einzelnen Schiffen zu bilden. Auf diese Weise konnten sie ihre Aufgabe als Aufklärer schon einüben. Außerdem war das Halten der Station in der Nacht einfacher und sicherer.

Der Wind wehte aus Westen, und die Schiffe liefen durchschnittlich sechs Knoten oder, anders ausgedrückt, knapp einhundertfünfzig Seemeilen in vierundzwanzig Stunden. Die eintausend Meilen von England bis zur Südspitze Portugals legten sie in acht Tagen zurück. Am neunten Tag meldete der Ausguck: »Viele Segel voraus!«

Nach wenigen Stunden lag Jervis' beeindruckende Flotte vor ihnen. Es war das erste Mal, daß Fergus so viele Kriegsschiffe an einem Ort vereinigt sah. Aber er wußte, daß die französischen und spanischen Schiffe genauso groß wie die britischen waren und in einigen Fällen sogar noch größer. Den entscheidenden Unterschied in der Schlacht würden die Männer machen, die die Geschütze bemannten. Bisher waren die englischen Seeleute von diesen Gegnern noch nie geschlagen worden. Wenn sie schlechte Karten hatten, schienen sie nur um so verbissener zu kämpfen.

Auf den britischen Schiffen waren nur wenige Segel gesetzt, weil der Admiral offensichtlich seine geographische Position halten wollte, während er seine Aufklärer in Richtung Gibraltar ausschwärmen ließ. Die Linienschiffe hatten nur genug Fahrt im Schiff, um ihre Positionen im Verband halten zu können. Als die Verstärkung eintraf, stieg eine ganze Reihe von Flaggensignalen in die Höhe, die kurz auswehten, um dann schnell wieder niedergeholt zu werden. Dem Linienschiff wurde befohlen, sich in die Schlachtlinie einzuordnen, Burbage als dienstältester Fregattenkommandant wurde an Bord des Flaggschiffs befohlen.

Der Segelmeister brachte die *Athena* dicht unter die Leeseite der *Victory*, dem Flaggschiff von Admiral John Jervis, und ging dann auf Parallelkurs. Beide Schiffe drehten bei, um die Fahrt aus dem Schiff zu nehmen, damit es einfacher war, das Beiboot ins Wasser zu setzen. Bald darauf saß Burbage in seiner Gig und ließ sich zu dem wartenden Flaggschiff hinüberpullen.

Während er fort war, kam Kilburnie an Deck und bewunderte die lange Linie der Schlachtschiffe. Ihre offenen Geschützpforten strotzten vor Kanonenmündungen, die deutlich zu sehen waren. Sie bildeten, wie es sein Großvater ausgedrückt hatte, das Rückgrat der Marine. »Feuere immer in der Aufwärtsbewegung«, hatte ihn sein Großvater gelehrt, »das verursacht die meisten Schäden im Rigg und den Segeln.«

»Warum?« hatte Fergus gefragt.

»Wir wollen doch keine Kugeln an ihren massiven Rümpfen verschwenden. Das bringt sie nicht zur Aufgabe. Schieß ihnen das Rigg kaputt, dann können wir sie überholen, entern und erobern.«

»Machen das die Franzosen denn so anders?«

»Ja, sie feuern aus der Horizontalen. Das bringt mehr Treffer im Rumpf, aber darum kümmern wir uns nicht, nur die Männer auf den unteren Decks haben unter den Splittern zu leiden. Zusammengefaßt kann man sagen, sie segeln schneller, aber wir schießen besser.«

Eine Stunde später kam Burbage zurück. Kittrelle empfing ihn an der Relingspforte. Er salutierte und marschierte dann durch die Reihen der Ehrenwache nach achtern.

Burbage wirkte nachdenklich. »Kommen Sie mit unter Deck«, befahl er nüchtern. Als sie in der Kabine waren, diesmal zusammen mit den anderen Offizieren, erläuterte ihnen der Kommandant, worum es ging: »Ich führe die fünf Fregatten in Richtung der Straße von Gibraltar und bilde mit ihnen einen Aufklärungsschirm, um die spanische Flotte ausfindig zu machen. Ich werde zweimal am Tag eine schnelle Slup zu unserer Flotte schicken, falls notwendig auch eine Fregatte, um den Admiral auf dem laufenden zu halten.«

»Für den Fall, daß wir die spanische Flotte finden?«

»Und auch, wenn wir es nicht tun. Auch negative Nachrichten sind wertvoll. Allerdings scheint der Admiral davon überzeugt zu sein, daß sich die Dons hier draußen rumtreiben.« Er machte eine Pause, und über sein Gesicht huschte ein verkniffenes Lächeln. »Nennen Sie es die Intuition eines Admirals.«

»So geschärft wie die einer Lady?« erkundigte sich Essex.

Die Offiziere lachten.

»Ich verstehe, was Sie meinen«, gluckste Burbage. Er

erhob sich und kicherte. »Aye, und genauso wankelmütig, darauf möchte ich wetten.«

Das Gelächter wurde noch lauter.

»Die Gig muß inzwischen schon wieder eingesetzt sein. Wir sollten auf das Achterdeck gehen. Sobald die Fregatten bereit sind und ihre Position in der Suchlinie eingenommen haben, werden wir einen südöstlichen Kurs steuern. Ich möchte so weit nach Osten vorankommen wie möglich.«

Einen Tag danach war das Überwachungsnetz ausgeworfen und ein zwanzig Meilen breiter Streifen östlich der Flotte abgesucht worden. Burbage hatte sich die nördlichste Position reserviert, weil er der Meinung war, daß dies der wahrscheinlichste Punkt war, wo man auf den Gegner treffen würde. Bis zum 13. schickte Burbage zweimal am Tag entweder eine Slup oder eine Fregatte zurück zu Admiral Jervis, um ihn davon zu unterrichten, daß sie keinen Feindkontakt hergestellt hatten.

Am 12. Februar legte sich dichter Nebel über das Seegebiet, und die benachbarten Schiffe in der Suchlinie verschwanden in der grauen feuchten Waschküche. Burbage verstärkte seinen ohnehin verdoppelten Ausguck, aber in der undurchdringlichen trübnassen Wand wurde nichts gesichtet. Der Kapitän marschierte ärgerlich über sein Achterdeck, gelegentlich fuchtelte er wild mit den Armen, als wollte er den Nebel vertreiben. Mit dem Nebel breitete sich eine unheimliche Stille aus, in der alle Geräusche der *Athena* seltsam verstärkt wurden: das Knarren im Rigg und auch das Plätschern der Bugwelle. Die Männer bewegten sich langsam und unterhielten sich mit gedämpften Stimmen, als befürchteten sie, einen Zauber zu brechen.

Fergus starrte in das Dämmerlicht und spitzte die Ohren, um alles aufzufangen, was auf die Anwesenheit eines Schiffes voraus hinweisen konnte. Er wußte, daß die Mannschaft durch den Nebel verwirrt werden konnte, und obwohl er wußte, daß es keine Gefahr durch Untiefen und Felsen gab, war ihm der Gedanke an eine mögliche Kollision keineswegs angenehm.

Kittrelle trat neben ihn, die Feuchtigkeit lag glänzend auf seiner Uniform und dem Hut. »Verdammt soll dieses Wetter sein!« murmelte er verbittert und verhielt sich, als ob der Bug sich selbst in diesem Nebel auflösen würde. »Wir könnten gerade durch die spanische Flotte hindurchsegeln und würden sie nicht bemerken!«

»Glauben Sie, daß sie da sind?« fragte ihn Fergus.

»Es spielt überhaupt keine Rolle, was ich glaube, Kilburnie. Aber der Kapitän ist der Meinung, daß die Spanier in der Nähe sind.« Er schüttelte den Kopf. »Verflucht will ich sein, aber er benimmt sich jeden Tag mehr wie ein verdammter Admiral.«

Fergus blickte wieder scharf nach vorne. »Werden wir bald umkehren?«

Kittrelle fixierte ihn scharf. »Kilburnie, wir kehren um, wenn der Kapitän meint, daß es dafür an der Zeit ist. Stellen Sie nicht so dämliche Fragen.«

Bevor Fergus antworten konnte, hörten sie das Rollen eines Kanonenschusses. Niemand konnte mit Sicherheit sagen, aus welcher Richtung er kam.

Die Männer begannen aufgeregt zu schwatzen. Einer sagte: »Jemand hat die Spanier gefunden! Vielleicht sitzt ein Schiff auf einem Felsen? Das war ein Notsignal!«

»Ruhe!« brüllte der Kommandant vom Achterdeck.

»Der nächste, der einen Piep von sich gibt, wird ausgepeitscht, bis ihm das rohe Fleisch vom Rücken hängt!«

Das Durcheinander erstarb sofort, und bald waren nur die Geräusche der Takelage und der Wellen zu vernehmen. Ein paar Sekunden vergingen. Dann Minuten. Nichts! Dann wieder ein Schuß, aber auch diesmal konnte man keine Peilung nehmen. Ein summendes Geflüster setzte ein.

»Ruhe, verdammt noch mal!« schnappte Kittrelle.

»Sir«, flüsterte Fergus heiser, »könnten das Signale innerhalb der spanischen Flotte sein?«

Kittrelles Augenbrauen schossen verblüfft in die Höhe. »Genau!« Er schlug sich mit der Faust in die offene Handfläche. »Die Dons feuern Signalschüsse im Nebel ab.« Er klopfte Kilburnie auf die Schulter. »Gehen Sie und berichten Sie es dem Kapitän.«

Fergus überquerte schnell das Achterdeck und berührte grüßend seinen Hut. »Sir, Mister Kittrelle meint, daß die Schüsse Signale der Spanier sind, Sir.«

Der Kommandant verschränkte die Arme hinter dem Rücken und senkte einen Augenblick lang den Kopf. »Hmmm«, brummte er und blickte dann wieder Fergus an. »Damit könnte er recht haben, Kilburnie, und wenn es so ist, dann sind die Dons verdammt nahe. Sagen Sie ihm, daß er das Schiff klar zum Gefecht machen soll. Ich möchte nicht in die Spanier hineinlaufen, ohne daß meine Kanonen geladen und bereit sind.« Er hob warnend den Zeigefinger in die Höhe. »Aber er soll die Vorbereitungen in aller Stille treffen. Ich möchte nicht, daß die *Furias* in Panik geraten und auf mich schießen.«

Die Mannschaft eilte auf die Gefechtsstationen. Kilburnie wanderte hinter seiner Batterie auf und ab, kontrollierte das Laden der Stücke und besprach sich leise mit den Geschützbesatzungen.

»Glauben Sie, daß es die Spanier sind?« fragte einer der Geschützführer.

Fergus hob nur die Achseln.

Die *Athena* kroch langsam vorwärts, alle Männer starrten in die dicke Suppe. Wieder krachte ein Schuß, diesmal hatte man den Eindruck, als ob er recht voraus abgefeuert worden wäre. Aber wie groß der Abstand war, blieb im Dunkeln. Er schaute auf den Kommandanten, der ungerührt auf dem Achterdeck stand und sich leise mit Kittrelle unterhielt.

Plötzlich fiel der Wind von vorne ein, genauso plötzlich hob sich der Nebel, und Burbages Herz sank. Recht voraus etwa fünfhundert Yards entfernt lag die spanische Schlachtflotte. Die Linienschiffe glänzten im Sonnenlicht, das durch die Löcher in der grauen Wolkendecke fiel. Unter vollen Segeln hielten sie nach Nordwesten. Die Besatzungen befanden sich nicht auf den Gefechtsstationen, die Seeleute schienen sich auf den Decks herumzuflegeln. Mindestens fünf große Schiffe hatte die *Athena* problemlos in ihrem Feuerbereich.

Burbage erwachte wieder zum Leben. »Großer Gott! Klar zur Halse!« brüllte er mit überschlagender Stimme. »Feuer frei!«

Montgomery grölte seine Befehle. »Beeilung, verdammt noch mal!«

Die Besatzung raste wie verrückt an die Masten und auf die Rahen. Überall wurde wie wild an den Leinen und Schoten gerissen. Die Geschützbesatzungen verließen ihre

Stationen, um sich um die Segel und die dazugehörigen Schoten zu kümmern.

Die verbliebenen Männer drängten sich heran, um die Geschütze zu richten, und als das Schiff herumzuschwingen begann, eröffnete die Steuerbordbatterie das Feuer mit einer ungleichmäßigen Salve. Aber es war zu spät und blieb vergebene Liebesmüh. Es gab einfach zu viele Ziele.

Fergus versuchte sich die spanischen Schiffe auszugucken, die ihnen am gefährlichsten werden konnten, und die Feuergeschwindigkeit erhöhte sich, als er hinter der Batterie auf und ab lief und den Männern Befehle und Aufmunterungen zurief. Er wies ihnen bestimmte Ziele zu, die er für besonders gefährlich hielt.

Sie hatten einige Minuten Aufschub, in denen die überraschten Spanier an ihre Geschütze rannten. Aber bald begannen die spanischen Schiffe, das Feuer der weit unterlegenen *Athena* zu erwidern. Kugeln heulten über ihren Köpfen durch das Rigg und die Segel. Zweiunddreißigpfündige Kugeln krachten in die massiven Eichenplanken, aber ihnen Widerstand zu leisten, dafür war eine Fregatte nun überhaupt nicht gebaut. Einige durchschlugen ganz einfach die verhältnismäßig dünne Bordwand. Ein Treffer in Höhe der Wasserlinie schepperte in den Rumpf und krachte lautstark gegen das Schott. Eine andere Kugel pfiff über das Achterdeck.

Fergus wurde auf das Deck geworfen, er betrachtete die Szenerie, die sich vor seinen Augen entfaltete, mit einem seltsamen Gefühl der Abgehobenheit, während sich die Drehung der *Athena* langsam beschleunigte. Vielleicht kommen wir ja doch noch einmal ungeschoren davon, um dem Admiral Meldung machen zu können, dachte er. Rufe und Schreie erhoben sich um ihn herum. Er hörte, wie Burbage Montgomery zurief: »Reichen Sie mir eine Hand!« Dann hörte er, daß Kittrelle seinen Namen rief.

Er drehte sich zum Achterdeck um, wo Kittrelle brüllte: »Weiterschießen, um Himmels willen!«

Fergus schaute auf seine Batterie und dann auf die spanischen Schiffe. Seine Batterie konnte sie immer noch eindecken, und sie würde auch ganz sicher etwas treffen. »Jetzt!« schrie er. »Feuer!«

Die Kanonen spuckten Feuer und Rauch, und der Gestank des verbrannten Pulvers legte sich über das Deck. Als er wieder klar sehen konnte, erkannte Fergus, daß die *Athena* ihre Drehung fast vollendet hatte. Alles, was sie jetzt noch brauchte, war eine kurze Verschnaufpause. Aber ihm wurde auch klar, daß sich ihre Glückssträhne dem Ende zuneigte. Die Männer um ihn herum hielten inne, um auf die Spanier zu schauen, während sie ihre Kanonen luden.

Plötzlich war eine Art flatternde Bewegung an der Bordwand des am nächsten stehenden Spaniers zu erkennen. Seine Geschützpforten wurden hochgeklappt. Einen Augenblick lang starrten die Männer in die klaffenden Löcher an der Seite, dann schoben sich die Mündungen der Geschütze langsam hindurch, als die hart schuftenden Geschützbedienungen sie hinauszogen. Alle wußten, was jetzt folgen würde. Ein Mann neben Fergus begann zu beten, und ein katholischer Seemann bekreuzigte sich. Wieder ein anderer spie in Richtung des Spaniers aus und fluchte laut.

Dann folgten ein greller Blitz und dichte Qualmwolken. Als das Metall durch die dicke feuchte Luft in Richtung des hilflosen Schiffes flog, stöhnte die Besatzung gequält unisono auf.

Und dann, so erschien es Fergus, fiel ihm der Himmel auf den Kopf.

8

Nachwirkungen

Die *Athena* erschauderte unter dem Hagel der zweiunddreißig Pfund schweren Kugeln, die sie erbarmungslos trafen. Fergus taumelte und wurde auf das Deck geschleudert, das unter ihm erzitterte und sich schüttelte, als ob das Schiff ein lebendiges Wesen wäre. In das Krachen und Splittern der Einschläge mischten sich Schmerzensschreie und Flüche, als sich das Metall durch Holz, Hanf und Fleisch bohrte. Zuerst hatte es den Anschein, als ob die *Athena* im Todeskampf liegen würde, aber genauso schnell, wie der Kugelhagel begonnen hatte, ebbte er auch wieder ab, als sich der Nebel wieder mitleidig auf sie herabsenkte.

Fergus erhob sich zitternd und schaute nach oben. Die Segel und das Rigg waren ein einziges Tohuwabohu, und alles hing in Fetzen herunter. Die meisten Segel hatten Risse und Löcher, und viele Fallen und Schoten waren durchschossen worden und wehten im Wind aus. Das Oberdeck glich einem Schlachthaus, in dem Tote und Verwundete herumlagen. Mindestens die Hälfte der Kanonen auf dem Vor- und Achterdeck war schwer beschädigt oder umgeworfen worden. Das Schiff drehte noch immer in Befolgung von Burbages letztem Befehl zum Halsen. Jetzt zeigte das Heck in Richtung der spanischen Schlachtlinie.

Die nächste Salve kam durch ein Loch in der Nebelwand geflogen und verursachte weitere Schäden. Vorne kam eine Rah von oben und riß das Segel mit sich herunter. Weitere Männer fielen. Wunderbarerweise überlebte Fergus auch diesmal. Er schaute nach vorne, um zu sehen, wo die Nebelbank lag, und zum ersten Mal seit vielen Jahren betete er inbrünstig, daß die *Athena* vollständig darin verschwunden sein mochte, bevor die Spanier wieder nachgeladen hatten. Irgendwie schien sein Gebet tatsächlich erhört worden zu sein, und das Bild der bedrohlichen spanischen Flotte verblaßte langsam, als sich die *Athena* langsam in den dichten Nebel verkroch. Ein paar verirrte Kugeln folgten nach ein paar Sekunden, aber sie produzierten nur haushohe Salzwasserfontänen, die harmlos im Nebel aufstiegen.

Fergus blickte nach hinten zum Achterdeck. Zu seinem namenlosen Entsetzen erschien es ihm, als ob dort niemand das Blutbad überlebt hätte. Er machte sich auf den Weg nach achtern. Er stolperte über den Körper eines Seesoldaten, dem beide Beine zu einer blutigen Masse zusammengeschossen worden waren. Als er über ihn hinwegsteigen wollte, öffneten sich flatternd die Augen des Mannes, und er packte Fergus' Beine. Er versuchte ihm eine Botschaft zuzuflüstern, aber als er den Mund öffnete, brachen seine Augen und seine Hände fielen kraftlos zu Boden.

Fergus taumelte zum Ruder. Überall standen blutige

Pfützen und lagen Körperteile herum. Ich muß den Kapitän finden, dachte er. Der wird wissen, was zu tun ist.

Aber sobald er Burbage sah, wußte er, daß der Kommandant tot war. Sein Körper war in einem grotesken Winkel verkrümmt, und seine Augen schauten blicklos.

Eine Welle von Übelkeit überschwemmte Fergus. Es waren nicht nur all das Blut und die Körperteile, sondern auch die tiefe Trauer um seinen Kapitän. Er sackte am Ruderrad zusammen und versuchte sich zu übergeben.

»Kilburnie!« erklang eine schmerzverzerrte Stimme ganz in seiner Nähe.

Fergus blickte sich wild um.

»Hier bin ich! Kilburnie!«

Fergus starrte den Leichnam des toten Rudergängers an, der sich etwas zu bewegen schien.

»Verdammt, Kilburnie! Kommen Sie her!«

Plötzlich rollte der leblose Körper des Rudergängers zur Seite, und endlich konnte Kilburnie sehen, daß Kittrelle ihn zur Seite geschoben hatte.

Fergus sprang dem offensichtlich verwundeten Leutnant zur Seite. Er versuchte Kittrelle hoch auf die Füße zu ziehen, aber Kittrelle wurde ohnmächtig, und Fergus ließ den Körper zurück auf das blutige Deck gleiten. Kittrelles Bein stand in einem widernatürlichen Winkel vom Körper ab. Sobald er wieder zu sich kam, stellte Fergus fest: »Es ist Ihr Bein, Sir!«

Kittrelle stützte sich auf seine Ellenbogen und blickte nach unten. »Verdammt!« stöhnte er. »Das ist ja schlimmer, als die Pocken zu bekommen.«

Als Fergus versuchte, sein Bein geradezurichten, verzog sich Kittrelles Gesicht in eine unnatürliche Maske aus

Schmerzen. »Mein Gott!« rief er und ballte die Fäuste, bis die Knöchel weiß hervortraten. Ein gutturaler tierischer Schrei entrang sich ihm zwischen den zusammengebissenen Zähnen. »Das Schiff!« schluchzte er unterdrückt. »Das Schiff!«

Zuerst verstand ihn Fergus nicht. Dann wurde ihm klar, daß niemand am Ruder stand. Wenn sie nicht bald etwas unternahmen, konnten sie wieder völlig unbedarft mitten zwischen die Spanier segeln. Er ging ans Ruder und wirbelte es herum. Als er den Widerstand spürte, wußte er, daß zumindest das Ruder in Ordnung war.

»Ich übernehme!« sagte Poston, der sich aus einem Berg von Leichen herausgearbeitet hatte.

Als er den überraschten Gesichtsausdruck von Fergus sah, grinste Poston: »Mich hat nur der Sog der Kugel umgehauen.« Er nahm seine Position am Ruder ein.

»Kurs Nordwest!« befahl ihm Fergus. Als Poston den Befehl nicht wiederholte, blickte ihn Fergus forschend an.

Poston konnte noch nicht wieder hören, aber er nickte und drehte am schweren Ruderrad.

Fergus ging über das Oberdeck und sah sich die schweren Beschädigungen an. Er schätzte, daß das Schiff noch ein paar Knoten machen konnte, wenn man die beschädigten Segel losschnitt. Der Wind wehte aus Südwesten und würde die Belastung der reparierten Teile in Grenzen halten, denn an den Masten und dem Rigg mußten sie mit Sicherheit umfangreiche Reparaturen durchführen. Weiter vorne rannte er in den Segelmacher, der bereits eine Gruppe von unverletzten Matrosen einteilte, die Leinen spleißen und Ersatzsegel aufriggen sollten. Männer von den Geschützen in der Kuhl kamen jetzt nach oben auf das

Deck. Die Geschützbedienungsmannschaften unter Deck waren verhältnismäßig ungeschoren davongekommen.

Fergus fragte einen Geschützführer, der den Niedergang heraufkam: »Wie sieht es da unten aus?«

»Sir, wir haben zwei Kugeln in die Bordwand bekommen, aber die haben nicht viel Schaden angerichtet. Aber immerhin haben wir vier Männer verloren.«

Fergus befragte den Segelmacher: »Was können Sie unternehmen, damit wir ein paar Knoten Fahrt machen, um hier wegzukommen?«

Der Segelmacher sah verdrießlich drein. »Ich kann nicht allzuviel machen. Der Großmast ist nicht mehr zu reparieren. Der Fock- und der Besanmast sollten zwar halten, aber wir sind mit Reserverahen knapp dran. Was immer wir machen, es wird ein Provisorium sein. Ich kann uns nach Hause bringen, aber wir können keinesfalls wieder kämpfen, bevor wir eine gründliche Reparatur in einer großen Werft hinter uns haben.«

Der Zimmermann kam von unten herauf und gesellte sich zu Fergus und dem Segelmacher. Fergus wollte sofort von ihm wissen: »Wie sieht es unten aus, Timmy?«

Der Zimmermann schüttelte trübsinnig den Kopf. »Wir haben von den zweiunddreißiger Kugeln sechs Lecks im Rumpf, jedes hat einen Durchmesser von zwei Fuß. Ich kann sie temporär abdichten, aber der gesamte Rumpf ist geschwächt, weil die Kugeln beim Herumspringen eine Menge interner Schäden verursacht haben. Der größte Schaden ist eine große Leckage in der Wasserlinie. Der Stückmeister hat einen Trupp breitschultriger Seesoldaten an die Pumpen beordert. Meine Leute versuchen das Loch abzudichten, obwohl das Wasser stark hereindrückt.«

Fergus schüttelte den Kopf. »Ich habe einen der Geschützführer gefragt, ob die Treffer, die wir einstecken mußten, unten große Schäden angerichtet hätten. Er hat das verneint.«

Der Zimmermann schnaubt verächtlich. »Er muß die Leckagen ja auch nicht abdichten. Glauben Sie mir, es sieht schlimm aus.«

»Wieviel Wasser haben wir gezogen?«

»Ungefähr drei Fuß. Wir können es nicht schnell genug lenzen, ehe wir die Leckagen abgedichtet haben. Das Üble daran ist, es wird bis zum Pulvermagazin steigen, bevor wir den Wassereinbruch unter Kontrolle haben. Aber ohne trockenes Pulver sind wir nicht in der Lage, auch nur einen Schuß abzugeben.«

Fergus überlegte düster. »Nun, Sie haben mich überzeugt, wir müssen zurück nach England.«

Zweifelnd schüttelte der Zimmermann den Kopf. »Nicht einfach nur nach England, wir müssen in eine der großen Reparaturwerften an der Themse. Portsmouth nützt uns gar nichts.«

Fergus ging nach unten, um sich selbst ein Bild davon zu machen, wie die Dinge standen. Nach dem falschen Report des Geschützführers wollte er kein Risiko mehr eingehen. Außerdem mußte er Essex finden, der der ranghöchste Offizier nach Kittrelle war.

Er hielt einen vorbeihastenden Sanitäter an. »Hast du Leutnant Essex gesehen?«

Der Mann nickte. »Er ist beim Arzt.«

»Geht es ihm gut?«

»Er könnte einen Arm verlieren.«

Verdammt, dachte Fergus. Ich kann das alles nicht alleine schaffen. Er schob den Sanitäter zur Seite und machte sich auf den Weg zum Lazarett ins Orlopdeck.

Als er das Geschützdeck durchquerte, stellte er fest, daß es hier nicht so schlimm aussah wie auf dem Oberdeck. Sonnenlicht fiel hell durch einige Schußlöcher herein und beleuchtete die umgestürzten Kanonen. Trotz des Blutes standen die Männer nicht vom Schock gelähmt herum. Einige der Geschützführer versuchten ihre Stücke wiederaufzurichten und kleine Reparaturen auszuführen. Die toten Körper wurden zusammengetragen. Aber alle Männer machten immer noch einen besorgten Eindruck, und das war auch verständlich. Das Schiff leckte wie ein Sieb, das Pulver war naß. Fergus versuchte die Männer aufzumuntern, während er weiter in Richtung des Orlopdecks nach unten ging. Vor dem Lazarett lagen die Toten, Sterbenden und Verwundeten herum, die auf die Behandlung durch den überlasteten Chirurgen warteten.

Pollitt stand mit dem Rücken zu Fergus, er beugte sich über den Operationstisch. Der Mann, der darauf ausgestreckt lag, litt offensichtlich unter großen Schmerzen. Seine Augenlider hatte er fest zusammengepreßt, die Muskelstränge an seinen Unterarmen traten weit hervor, während er die Tischplatte umklammerte. Seine Lippen hatten sich von den Zähnen zurückgezogen, aber außer dem scharfen Einziehen der Luft gab er keinen weiteren Laut von sich.

»Halt still!« schnappte Pollitt scharf, der flink arbeitete. Er packte eine Lanzette und begann zu suchen.

»Aah!« schrie der Patient, bevor er das Bewußtsein verlor.

»Schnell! Nimm, was du bekommen kannst!« Einer von Pollitts Assistenten zog etwas hervor und warf es auf das blutige Deck. Fergus bewegte sich um sie herum, um zu sehen, was vor sich ging. Was er sah, ließ ihm den Mageninhalt in die Kehle steigen. Das Bein des Seemanns war eine einzige blutige Masse, die aus dem blutigen Hosenbein ragte. Der Chirurg war damit beschäftigt, sechs Zoll lange Splitter herauszureißen. Sie waren so zackig, daß jedesmal auch Fleischfasern dranhingen.

»Hallo, Kilburnie«, begrüßte ihn der Arzt, ohne von seiner grausigen Arbeit aufzublicken.

Fergus war über seine Ruhe erstaunt. »Wo ist Mister Essex?« erkundigte sich Fergus und riß seine Augen von der Arbeit des Doktors los. »Ein Mann sagte mir, daß er vielleicht einen Arm verlieren könne.«

»O nein. Mister Essex geht es gut.« Das Bein begann zu zittern. »Verdammt! Er kommt zu sich.« Pollitt packte mit einer großen Pinzette zu und extrahierte einen langen Splitter. Er kam mit einem abgebrochenen Ende heraus. Er wandte sich an Fergus. »Halten Sie die Wunde offen, während ich das hier rausziehe.«

Fergus schluckte schwer und langte nach dem Bein.

»Nein, nein«, wies ihn Pollitt an. »Gehen Sie auf die andere Seite.«

Die Schürze des Chirurgen war mit Blut bedeckt, das sich in den verschiedenen Stadien der Trocknung befand, und seine Hände waren hellrot. Seine scharfen Gesichtszüge schienen in einem seltsamen Widerspruch zu seinem jungen Gesicht zu stehen. Er war tatsächlich in demselben Alter wie Fergus.

»Nein«, sagte der Arzt und machte eine Geste mit den Händen, »spreizen Sie die Haut so!« Er machte eine Bewegung parallel zum Körper des Mannes.

Behutsam griff Fergus nach unten.

»Nun machen Sie schon, Kilburnie, ziehen Sie sie für mich auseinander.« Er suchte zwei Finger von Kilburnies Hand aus und stieß sie in die Wunde.

Der Mann stöhnte, und seine Augen öffneten sich flatternd. Der Doktor befahl dem Assistenten, den Patienten festzuhalten, und plazierte seine Zange in dem Loch.

Ein unterdrückter Schrei entrang sich dem Verletzten. »Nehmt mir nicht das Bein ab!«

»Drück ihn runter!« Pollitt starrte seinen Assistenten drohend an, dann warf er Fergus einen Blick zu. »Denken Sie nicht mal im Traum daran, daß Sie jetzt irgendwo hingehen können.« Er stocherte tiefer in der Wunde herum. Der Mann schluchzte vor Schmerzen. »Sei ruhig!« befahl Pollitt. Schließlich legte sich ein zufriedener Ausdruck auf sein Gesicht, als er die Spitze des abgebrochenen Splitters herauszog. »Da ist er!« Er lächelte und ließ ihn auf den Boden fallen. Dann nickte er seinem Assistenten zu, der eine Pütz mit Wasser hervorholte und etwas über der Wunde verspritzte.

Der Mann schrie wieder.

Pollitt betrachtete die heftig blutende Wunde. »Verdammt!« grunzte er. »Sie blutet zu stark!« Er drehte sich zu einem Kohlenbecken mit glühenden Holzkohlen um, das in der Nähe des Tisches stand. Mit einem Tuch, das seine Hand schützen sollte, fischte er ein Eisen heraus, dessen Ende kirschrot glühte. Er legte es zurück und zog ein anderes heraus, dessen Spitze orange leuchtete. »Das ist besser«, stellte er sachlich fest. »Kilburnie, nehmen Sie Ihre Hände weg.«

Sobald Kilburnie seine Finger in Sicherheit gebracht

hatte, zog Pollitt die Wunde leicht auseinander und stieß das Eisen hinein. Sofort war die Luft von dem Gestank nach verbrannten Blut, Haaren und Fleisch erfüllt – es war derselbe Übelkeit erregende Gestank, der Kilburnie vorhin beim Eintreten begrüßt hatte. Das Geräusch verschmorenden Fleisches und die Schreie des Mannes erfüllten das Lazarett. Kilburnie wurde kalkweiß, und der Chirurg starrte ihn an. »Kilburnie, nun reißen Sie sich mal zusammen! Ich wette, daß Sie auf Ihrem Bauernhof Schlimmeres gesehen haben.«

Pollitt schob das Eisen wieder in das Feuer. »Hier, bringt den weg und verbindet ihn.« Er langte unter den Tisch und zog eine Flasche hervor. Nach einem langen Zug sagte er: »Sie sind auf der Suche nach Essex?« Er deutete mit einem blutigen Finger in eine Ecke. »Dort drüben.«

Fergus fand den auf einer umgekehrten Pütz sitzenden Essex, dessen Kopf von einem Mann bandagiert wurde. Er hatte seinen Hut in der einen und eine Blechtasse in der anderen Hand. Es war kein Zeichen einer Verwundung zu sehen. Er blickte Fergus an und lächelte: »In einem Augenblick rannte ich noch zu meiner Batterie, und im nächsten traf mich etwas am Kopf, und ich fand mich unter einem Haufen toter Männer wieder.« Er nahm einen Schluck aus dem Becher. »Was gibt es, Kilburnie?«

Fergus starrte ihn an. »Ihr Arm. Jemand hat mir gesagt, daß Sie ihn verlieren könnten.«

Essex lachte. »Machen Sie sich keine Sorgen. Mir geht es gut.« Er blickte Fergus scharf an. »Aber nun raus mit der Sprache, Kilburnie, was ist los?«

»Der Kapitän ist gefallen«, murmelte Fergus mit schmerzerfüllter Stimme.

Essex' Augen weiteten sich erschrocken. »Was ist mit Kittrelle?«

»Er ist verwundet«, Kilburnies Stimme war voller Emotionen. »Sein Bein sieht nicht gut aus.«

»Guter Gott, Kilburnie!« rief Essex aus. Er fauchte den Mann, der seinen Kopf bandagierte, an: »Nun mach schon! Schnell, schnell!«

»Jawohl, Mister Essex, ich bin fertig.«

Essex sprang auf die Füße. »Kommen Sie, Kilburnie, mir nach!«

Sie bahnten sich ihren Weg durch eine Gruppe Männer, die sich um den Niedergang drängten, und kletterten auf das Achterdeck, wo Montgomery neben Poston am Ruder stand.

»Montgomery«, rief Essex, »wo sind die Spanier?«

Der Segelmeister deutete über das Heck. »Irgendwo da achtern. Wie weit sie entfernt sind, kann ich beim besten Willen nicht sagen.«

Essex rieb sich die Hände. »Gut, Montgomery«, stieß er aufgeregt hervor, »steuern Sie den entgegengesetzten Kurs, mit dem wir in die Dons hineingelaufen sind.« Er warf einen Blick in die Takelage. »Sobald wir mehr Segel setzen und wieder manövrieren können.«

Montgomery ging fort und rief den Männern, die am Besanmast arbeiteten, zu: »Haut rein – oder ihr bekommt den Tampen zu spüren!«

Als die Nacht hereinbrach, waren die Leckagen abgedichtet, und die erschöpften Marineinfanteristen hatten es geschafft, das Wasser im Schiff auf zwei Fuß zu senken. Oben am Vor- und Besanmast hatte man an hastig reparierte Rahen neue Segel angeschlagen.

Essex ließ einen der Midshipmen die Logge auswerfen. »Drei Knoten!« meldete der Midshipman.

Wieder meldeten die Ausgucksgasten, daß in der Ferne einzelne Kanonen abgefeuert wurden. Fergus lauschte sorgfältig auf die Explosionen und ihre Schallreflexionen und befahl dann eine Kursänderung um einen Strich nach Steuerbord. Als Poston meldete, daß der neue Kurs anlag, bemerkte Fergus zu Essex: »Wir sollten den Kontakt aufrechterhalten. Wir können weiter aufklären, auch wenn wir nicht mehr kämpfen können.«

Essex wandte sich an den ältesten Midshipman. »Rufen Sie die Slup längsseits und weisen Sie den Kommandanten an, Admiral Jervis zu finden und ihm zu melden, daß sich die spanische Flotte auf dem Weg zum Kap St. Vincent befindet. Weiter soll er berichten, daß die *Athena* unabsichtlich in ein Gefecht mit der spanischen Flotte verwickelt wurde, wobei ihr Kommandant getötet worden ist. Sie ist schwer beschädigt, aber noch in der Lage, ihren Auftrag ohne Hilfe auszuführen.«

In der Morgendämmerung hob sich der wirbelnde graue Nebelvorhang plötzlich. Wo eben noch eine dicke graue Decke gelegen hatte, schien nun die Sonne durch eine hohe Stratusbewölkung.

Der Ausguck rief es hinunter, und auch auf dem Deck konnten sie das einzelne Schiff sehen, das unter vollen Segeln auf sie zuhielt.

Essex hieb mit der Faust auf die Reling. »Dieses verdammte Licht! Ich kann es nicht erkennen. Mister Montgomery, können Sie mehr ausmachen?«

Montgomery trat mit Essex' Fernglas an die Verschanzung. Nach einem Augenblick meinte er nachdenklich:

»Sieht aus wie eine britische Slup.« Er ließ das Glas sinken. »Vielleicht eine der unseren, die man ausgeschickt hat, um nach uns zu suchen.«

Das sich nähernde Schiff feuerte eine Kanone nach Luv ab und setzte die weiße Kriegsflagge. Die Crew an Deck brach in Freudenrufe aus, sie entsprangen mehr dem Gefühl der Erleichterung als der Freude. Fergus stieß den Atem aus.

»Nun, wie es scheint, werden wir wenigstens nicht unser Leben auf einer spanischen Gefangenenhulk fristen müssen.«

Poston grinste. »Mister Kilburnie, Sie werden auf keine modrige Hulk abgeschoben. Sie sind jetzt ein Offizier. Ich dagegen werde elendig am Fieber verrecken, während Sie frei wie ein Vogel sind und gegen Ehrenwort überall herumspazieren können.«

Die Slup näherte sich und drehte hinter *Athenas* Spiegel auf.

»Hallo, *Athena*!« rief der Kommandant der *Lively*.

»Hallo, *Lively*!« erwiderte Essex.

»Habe ich die Ehre, mit Kapitän Burbage zu sprechen?«

»Nein, Sir. Kapitän Burbage ist gefallen, und der Erste Leutnant ist verwundet, daher bin ich der diensttuende Kommandant.«

Es folgte eine Pause. »Es tut mir leid, das zu hören, Sir«, entgegnete der andere Kommandant flach. Er schien von der Neuigkeit berührt zu sein. »Wie ist der Zustand Ihres Schiffes, Sir?«

»Wir haben Leckagen, die nur mit Pflöcken abgedichtet sind. Der Großmast ist weg, Vor- und Besanmast können nur eine reduzierte Segelfläche tragen. Mehr als die Hälfte unserer Kanonen ist unbrauchbar, unser gesamtes Pulver ist naß, mit Ausnahme von dem, das sich in den Patronen der Seesoldaten und den Pistolen der Offiziere befindet.« Essex lachte kurz und bitter auf. »Unser Zustand, Sir? Hervorragend! Wir legen uns mit allen an, die *Santissimo Trinidad* eingeschlossen. Wir benutzen einfach Piken und Entermesser. Geben Sie ihr nur Zeit, uns einzuholen.«

Die Mannschaft der *Athena* lachte und rief dann laut: »Hurra!«

Die Besatzung der *Lively* erwiderte den Gruß, und Fergus hörte, daß zumindest ein Mann sagte: »Die gute alte *Athena*!«

Der Kapitän der *Lively* zog seinen Hut und verbeugte sich tief.

Essex erwiderte die Geste, und beide Besatzungen übertrafen sich mit Hochrufen. Fergus spürte, daß ihm die Kehle eng wurde, weil er an Kapitän Burbage denken mußte und auch, weil er so stolz auf sein Schiff war.

Der Kommandant der *Lively* war ein etwa vierzigjähriger Leutnant mit wahrscheinlich dreißig Dienstjahren auf dem Buckel. Sein Name war Hanson. »Wir bleiben in Ihrer Nähe«, versicherte er.

Hanson ließ sich mit seiner Gig zur *Athena* hinüberpullen. In seiner Begleitung befanden sich zwei Flaschen seines besten Portweins. Später an diesem Abend saßen Essex, Fergus und Hanson gemütlich zusammen, jedenfalls so gemütlich, wie das vor einer bevorstehenden Seeschlacht zwischen zwei großen Flotten möglich war. Sie hatten sich dafür die große Staatskabine ausgesucht, die immer noch die Beschädigungen aufwies, welche die spanischen Kanonenkugeln hervorgerufen hatten, die durch die Fenster des

Spiegels eingedrungen und dann weiter nach vorne geflogen waren, wo sie auf dem Geschützdeck große Verwüstungen angerichtet hatten.

»Das war wirklich ein verdammtes Pech, so in den spanischen Dreidecker hinzulaufen, wie Ihnen das widerfahren ist«, bemerkte Hanson und schlürfte seinen Port aus einem der wenigen nicht zerbrochenen Gläser, die in der Kabine noch aufzufinden gewesen waren.

Essex nickte kurz. »In der Tat«, lautete seine knappe Erwiderung. Seine Aufmerksamkeit war auf die Kanonenschüsse in der Ferne gerichtet, wie Fergus feststellte.

»Sie sind also ein Schotte, Kilburnie.«

»Ja«, antwortete Kilburnie gereizt. »Ich hoffe, daß jetzt darüber keine Witze auf meine Kosten gemacht werden.«

Hanson hob eine Hand und kicherte. »Bleib ganz ruhig, mein Junge. Es war nur eine Feststellung. Oh, dieser aufbrausende keltische Stolz!« Er lachte, zwar hart im Ton, aber es war herzlich gemeint. »Ich sage das nur, Kilburnie, weil Sie vielleicht bald gegen einen Landsmann kämpfen müssen. Vielleicht hat einer heute morgen auf Sie geschossen.« Hanson grinste breit über das ganze Gesicht und blickte Essex an. »Der junge Mann versteht mich nicht.«

Essex lächelte zurück. »Ich muß leider zugeben, daß es mir genauso geht.«

Hanson griff nach dem Port und goß sich ein weiteres Glas ein. »Nun, es geht natürlich um die Stuarts.« Er blickte die beiden Offiziere an, aber nachdem er auf ihren Gesichtern nur Verwirrung ablesen konnte, bequemte er sich zu einer Erklärung. »Ein paar der jakobinischen Offiziere, überwiegend Schotten und Iren, aber auch ein paar Engländer dienen noch immer der spanischen Krone. Sind sowohl dem

Papst als auch ihrem Thronprätendenten der englischen Krone treu.« Er goß sich einen großen Schluck des Portweins in den Rachen, offensichtlich machte es ihm Spaß, den Schulmeister zu spielen. »Viele kommandieren Schiffe in der spanischen Marine. In der Tat hat Kommodore Nelson erst kürzlich ein Schiff aufgebracht, das sich herausgewagt hatte, und der Name des Kommandanten lautete Stuart. Er war tatsächlich ein Verwandter der Thronanwärter.«

Essex zwinkerte Kilburnie zu und beugte sich vor. »Sie sprachen da gerade von Nelson. Was ist mit ihm? Mir scheint, daß ich seinen Namen in letzter Zeit etwas zu oft höre.«

Hanson schwieg einen Moment und rieb sich gedankenverloren mit der Hand über das Kinn. An seinen Augen konnte man die erhebliche Menge Portwein ablesen, die er konsumiert hatte. »Er hat gute Beziehungen«, fuhr er dann fort, »es handelt sich da wohl um einen Onkel von der Seite seiner Mutter. Wie ich gehört habe, ist sein Vater nur Pastor auf dem flachen Land.«

Er leerte sein Glas und griff wieder nach der Flasche. »Mit neunzehn Jahren war er Leutnant, mit zwanzig Kapitän zur See und jetzt Kommodore.« Er blickte auf seine Uniform herunter und schnaubte. »Er ist klein und zierlich, fast wie eine Frau.« Er goß sich den Inhalt des Glases in einem Zug hinter die Binde und schlug dann mit der flachen Hand auf den hastig reparierten Tisch, was die Gläser in die Höhe springen ließ. »Aber er kämpft wie ein Löwe! Wie ein Löwe!« Hansons Augen blitzten. »Verdammt!« knurrte er, »Jervis und er werden es den Dons besorgen!«

Während er in das Glas in seiner Hand schaute, erzitterte die Luft wieder von einem fernen Kanonenschuß, was die Offiziere veranlaßte, zu den Fenstern am Spiegel zu schauen.

»Wird es jemals Tag werden?« meinte Essex ruhig.

»Was?« fragte Hanson umnebelt, bei dem der Portwein jetzt doch Wirkung zeigte.

Essex lächelte und machte eine wegwischende Handbewegung. »Ach, nichts, Sir, das war nur ein Zitat von Shakespeare aus *Heinrich V.*«

»Ich verstehe«, murmelte Hanson, der aber ganz offensichtlich nichts verstanden hatte.

Später, als Fergus neben Essex stand und zusah, wie Hanson zurück zur *Lively* gepullt wurde, stellte er fest: »Das ist wahrlich ein geselliger fröhlicher Typ.«

»Ja, das ist er wirklich«, kicherte Essex. »Er ist eine wundervolle Kombination, er steckt voller Klatschgeschichten und ist bereit, die auch bereitwillig zum besten zu geben – und seinen ausgezeichneten Port noch dazu.«

Kilburnie seufzte. »Ja, in der Tat. Ich hoffe, daß er detachiert wird, um uns nach Hause zu begleiten, dann könnten wir ausprobieren, was er noch an Trinkbarem zu bieten hat. Der Chirurg hat alles, was wir haben, für seine Patienten eingesackt.«

Weit in der Ferne krachte eine Signalkanone. Der Nebel hüllte sie wieder ein. Fergus sah, wie sich Essex' Kinnladen zusammenpreßten, aber dann wieder entspannten. Essex begann auf der Reling zu trommeln. »Kilburnie.«

»Ja?«

»Das ist frustrierend. Ich würde jetzt lieber auf einem der Schlachtschiffe sein und mich auf den Kampf gegen die Dons vorbereiten.« Einen Augenblick lang erwog Fergus diesen Gedanken, aber bevor er sich dazu äußern konnte, nämlich wie sehr er dieses Schiff liebte, fuhr Essex schon fort: »Aber natürlich ist das etwas, worauf wir keinen Einfluß haben. Glück, Einfluß und der unerforschliche Ratschluß Ihrer Lordschaften bestimmen unser Schicksal.« Mit der geballten Faust hieb Essex leicht auf die Reling. »Lauschen Sie meinen goldenen Worten, denn ich bin ein anerkannter Philosoph. Aber der Portwein war wirklich gut.«

Fergus stieß sanft auf und seufzte.

Essex sagte: »Kilburnie, Sie sollten sich jetzt ausruhen. Morgen wird ein anstrengender Tag werden.«

Fergus ging in seine Kammer, holte sich eine Kerze und ging, ohne anzuklopfen, in Kittrelles Kabine. Sobald er die Tür geschlossen hatte, ertönte Kittrelles Stimme, sie war ganz klar und keineswegs vom Schlaf umwölkt. »Wer ist da?« erklang es von der Koje herüber.

»Kilburnie, Sir«, antwortete Fergus, der etwas überrascht war, Kittrelle wach vorzufinden.

»Also, jetzt ist Hanson endlich weg.«

»Jawohl, Sir«, bestätigte Fergus zögernd.

»Kommen Sie ruhig näher, Kilburnie, ich beiße nicht.«

Fergus trat so nahe an die Koje, bis er direkt auf Kittrelle hinunterblicken konnte. Der Schiffsarzt hatte das Bein nicht amputieren müssen. Er hatte diagnostiziert, daß es »nur« gebrochen war, und hatte es gerichtet. Natürlich hatte Kittrelle noch große Schmerzen, wie Kilburnie leicht im flackernden Kerzenlicht feststellen konnte.

»Verdammt, Kilburnie, wandern Sie nicht herum, setzen Sie sich hin. Ich kann es nicht vertragen, wenn Sie vor mir so aufragen.«

Fergus setzte sich auf einen Stuhl und stellte die Kerze auf ein Brett.

Kittrelle drehte sich etwas um und stöhnte dabei auf. »Verdammt!« Damit sank er aufseufzend in die Kissen zurück. »Also, was gibt es Neues, und wo sind die Dons?«

»Nun, Sir, das Schiff ist für einen Kampf nicht einzusetzen, aber ich denke, daß wir es nach Hause schaukeln können.« Kittrelle knurrte zustimmend, dann fuhr Kilburnie fort: »Die Spanier sind irgendwo in der Nähe.«

»Ich bin noch nicht taub, Kilburnie.«

»Ja, Sir.« Fergus vermutete, daß Kittrelle weitere Einzelheiten wissen wollte. »Sie scheinen irgendwo im Nordosten zu stehen.«

»Na, dann wollen wir hoffen, daß Admiral Jervis sie nicht verpaßt hat.«

»Leutnant Hanson scheint der Meinung zu sein, daß sie bald aufeinandertreffen werden, vielleicht morgen früh.« Fergus schwieg einen Moment. »Können Jervis' fünfzehn Linienschiffe die spanische Flotte mit dreiundzwanzig Schiffen schlagen?«

»Warum machen Sie sich darüber Gedanken?«

»Es ist das Kräfteverhältnis. Auf einen von uns kommen beinahe zwei von ihnen.«

Kittrelle schnitt ihm kurz das Wort ab. »Das macht bei unserer Marine keinen Unterschied. Die spanische Linie, die wir gesichtet haben, wenn auch nur kurz, war ein einziges Durcheinander. Wenn Jervis eine geschlossene Formation beibehält und energisch auf die Spanier zuhält, wird er sie zerstreuen. Sogar wenn es die Dons schaffen, sich in einer einigermaßen vernünftigen Linie zu formieren, wird er sie aufbrechen.«

»Aber wenn er es nicht schaffen sollte?«

»Der Mann ist kein Narr!«

Kilburnie seufzte: »Ich erinnere mich an Kapitän Burbages Mut und seine Kühnheit, wenn es gegen die Franzosen und gegen einen stärkeren Gegner ging.«

»Dann ist es gut. Schenken Sie mir jetzt einen ordentlichen Streifen Rum ein. Pollitt meinte, daß mein Bein wie der Teufel schmerzen würde. Ich hasse es, zugeben zu müssen, daß er verdammt recht gehabt hat.«

Fergus goß ihm einen großen Schluck Rum in ein Glas und reichte es ihm. Nachdem Kittrelle es ausgetrunken hatte, seufzte und lächelte er. »Ach, das tut schrecklich gut, immerhin lindert es meine höllischen Schmerzen für eine Weile. Aber jetzt muß ich schlafen, oder die alte Glucke Pollitt zetert mit mir.«

»Sir, haben Sie noch irgendwelche Botschaften für Essex?«

»Nein, ich bin erst mal nur ein Passagier, und das wird wohl während der gesamten Heimreise so bleiben. Jedenfalls ist er erst mal unser aller Kommandant.« Kittrelle packte Kilburnies Arm. »Ruhen Sie sich jetzt auch aus, morgen wird es heiße Arbeit geben.«

Früh am Morgen des 14. hob sich der Nebel, und die Sonne schien durch eine hohe Stratusbewölkung über einem dunstigen Horizont. Der Horizont war leer. Eine lange Dünung beanspruchte die ächzenden Planken und überdehnten Leinen. Unter Deck trieb Kerry eine neue Schicht an, das Wasser, das sich in den Bilgen und sonstwo angesammelt hatte, außenbords zu pumpen.

Die *Lively* tollte um sie herum und versuchte, in der Nähe zu bleiben.

Fergus ging nach unten, um sich zu rasieren und seine

Uniform zu richten. Er war gerade damit beschäftigt, einer besonders widerspenstigen Ecke seines Bartes zuleibe zurücken, als er einen lauten Ruf vernahm, dem eiliges Fußgetrappel und ein heftiges Stimmengewirr folgten. Er zog sich schnell an und rannte auf das Achterdeck. Was er sah, verblüffte ihn, denn es war zugleich furchtbar und spektakulär.

Zwei Meilen an Steuerbord, gerade außerhalb des Feuerbereichs, segelte die spanische Flotte nach Nordosten. Im Nebel war sie etwas durcheinandergeraten, aber sie stellte immer noch eine schlagkräftige Streitmacht dar. Ein oder zwei Schiffe hinkten etwas achteraus hinterher.

Fergus blickte nach vorne über den Bug. Da kam Admiral Jervis' Flotte unter vollen Segeln herangebraust.

Fergus keuchte. Er würde in wenigen Minuten Zeuge einer ausgewachsenen Seeschlacht werden. Der Ausgang würde darüber entscheiden, wer den Atlantischen Ozean beherrschte. Jervis hatte eine schwere Aufgabe vor sich. Sollte er verlieren, dann würde Großbritannien erheblich leiden. Vielleicht würde dann sogar Irland besetzt werden. Hatte er Erfolg, dann würde Großbritannien auch in den kommenden Jahrzehnten die See beherrschen.

Während er zusah, wie sich die beiden Flotten auf die Schlacht vorbereiteten, zählte Fergus die Anzahl der Schiffe in der jeweiligen Formation. Admiral Jervis konnte lediglich fünfzehn Großkampfschiffe aufbieten, und nur zwei davon trugen einhundert Kanonen. Dagegen konnte Fergus zweiundzwanzig spanische Linienschiffe sehen. Sieben waren riesige Dreidecker und eins, die *Santissimo Trinidad*, war ein Vierdecker und hatte einhundertunddreißig Geschütze an Bord. Sie war das größte Kriegsschiff der Welt.

Jervis behielt seinen südwestlichen Kurs unbeirrt weiter bei. Fergus bewunderte seinen Mut und die Zweckmäßigkeit seines Handelns, als sich seine Schiffe vor und hinter seinem Flaggschiff, der *Victory* mit einhundert Kanonen, zu einer Linie formierten. Die spanische Flotte bemühte sich, ihre beiden Abteilungen zu konzentrieren. Fünf im Osten von Jervis – also in Lee von ihm – und siebzehn im Westen seiner Flotte. Admiral Jervis hatte den schwachen Punkt in ihrer Schlachtlinie erkannt, allem Anschein nach befürchtete er nicht, zwischen den beiden Flottenteilen aufgerieben zu werden. Bald war er in die Lücke hineingestoßen, und die schweren Schlachtschiffe beider Seiten begannen, aufeinander zu feuern. Lange Flammenzungen zuckten aus den Bordwänden, und Wolken aus schmuddeligem Rauch waberten über das Wasser und stiegen in den Himmel, dazu dröhnte der rollende Donner der Abschüsse. Kurz bevor die Schiffe das Feuer eröffneten, konnte Fergus noch laute begeisterte Rufe von den großen Schiffen herüberschallen hören. Bald darauf verschwanden die Umrisse der Kämpfenden im Pulverqualm, aber Fergus konnte die schweren Schäden erkennen, die besonders auf den spanischen Schiffen verursacht wurden, die sich am hinteren Ende des Gros als Nachhut aufhielten.

Nachdem alle britischen Schiffe das Ende der Nachhut passiert hatten, ließ Jervis den Kurs ändern, so daß ein Schiff nach dem anderen wendete und auf einen nördlichen Kurs parallel zu den Spaniern ging. Kilburnie, der sein langes Fernglas wie festgeschraubt auf das Geschehen hielt, las laut die Signale ab, und Poston schlug deren Bedeutung im Signalbuch nach. Wieder schlugen die britischen Breitseiten in die spanischen Schiffe ein, allerdings jetzt von beiden

Seiten, denn die Vorhut der Briten stand jetzt in Lee des Feindes, während das Gros unter Jervis der Vorhut nicht gefolgt war und in Luv der Spanier stand.

Plötzlich sah Fergus, daß eines der kleineren britischen Schiffe aus der Schlachtlinie ausscherte und einem der großen spanischen Schiffe vor den Bug lief. »Heiliger Himmel!« murmelte er, »er verstößt gegen die *Ständigen Gefechtsanweisungen*! Dafür wird er in der Hölle schmoren müssen!«

Hypnotisiert von dem heftigen Gefecht, packte er wieder sein langes Teleskop und versuchte festzustellen, wer der Übeltäter war. Auch andere sahen es. »Verdammt, das ist Nelson!« schrie Essex. Es handelte sich um die *Captain*, Kommodore Nelsons Flaggschiff. Er zuckte mit den Achseln. »Was immer er tut, es scheint immer gut auszugehen. Sein Ruf hat sich schon in der gesamten britischen Flotte rumgesprochen.«

Nelson hatte gesehen, daß die schon schwer gezeichnete *Santissima Trinidad* nach Lee abtrieb, er hatte daraus geschlossen, daß der spanische Admiral versuchen wollte, sein Gros um die Nachhut der Breiten herumzuführen. Um das zu verhindern, stürzte er sich auf das monströse Flaggschiff. Andere Schiffe folgten ihm unverzüglich und schnitten einige Schiffe der Spanier vom größten Teil des Gros und der Vorhut ab.

Diese Position wurde mit einem furchtbaren Preis bezahlt, denn die großen Schiffe, einschließlich der *Santissima Trinidad*, überschütteten die kleinere *Captain* mit einem wahren Kugelhagel. Fergus schüttelte sich bei dem Gedanken an die Bestrafung, die Nelson und seine Besatzung jetzt erdulden mußten.

Als sich der Pulverdampf lichtete, konnte Fergus erkennen, daß die *Captain* versuchte, bei einem der Linienschiffe längsseits zu gehen. Die *Captain* feuerte aus allen Rohren, aber die Spanier hatten mehr Kanonen mit einem größeren Kaliber zur Verfügung und nahmen die *Captain* förmlich auseinander und verwüsteten ihr Oberdeck. Trotzdem versuchte Nelsons Flaggkapitän das Schiff längsseits zu bringen. Kilburnie beobachtete angestrengt das Geschehen. Er konnte den Namen des Spaniers ausmachen: *San Nicolas.*

Zwischen den sechs Schlachtschiffen der spanischen Nachhut einschließlich des Flaggschiffs und den überlegenen britischen Kräften entbrannte ein heftiges Feuergefecht. Die Schiffe bildeten ein unübersichtliches Durcheinander. Es gelang dem spanischen Admiral offensichtlich nicht, seiner Vorhut und dem Gros zu signalisieren, daß sie ihm zu Hilfe kommen sollten. Das lag sicher zum Teil an dem dichten Pulverqualm, zum anderen daran, daß die Stengen seines Schiffes von oben gekommen waren, was es schwermachte, die Signalflaggen hoch genug zu setzen. Überall auf den Spaniern stürzten Masten um, fielen Stenge und Rahen an Deck und flogen Teile der Takelage in alle Richtungen davon. Teilweise bedeckten Segel die Bordwände einiger Spanier, die deshalb ihre Kanonen zeitweise wegen der Brandgefahr nicht mehr benutzen konnten.

»Dieser Nelson ist verrückt!« schrie Essex und lenkte die Aufmerksamkeit von Fergus wieder auf die *Captain*. Er suchte das Oberdeck des Flaggschiffs mit dem Teleskop ab. Der Vormast war umgestürzt, und kein Segel war mehr an seinem Platz, aber Nelson hatte es geschafft, sein Vorschiff unter das Heck der *San Nicolas* zu manövrieren. Aber der

Spanier war noch nicht geschlagen, er bestrich das Oberdeck und zerschmetterte das Ruderrad.

Aber Kommodore Nelson und sein Flaggkapitän waren noch am Leben. Kilburnie sah, daß der Flaggkapitän den Befehl gab, Wurfanker festzumachen. Die beiden Schiffe verkeilten sich ineinander, und zwei Offiziere führten eine Entermannschaft über das Heck auf das spanische Schiff und schlugen die Fenster im Spiegel ein. Die Entermesser funkelten gefährlich im milden Sonnenlicht. Andere Briten stürmten über die Seite auf das Deck.

Als die Schiffe dicht aneinandergedrängt drehten, konnte Kilburnie auf das Achterdeck der *San Nicolas* sehen. Kommodore Nelson kam aus dem achteren Aufbau geschossen und stürmte auf das Achterdeck, dort gab es ein kurzes Handgemenge mit den dort noch anwesenden Spaniern. Dann war alles vorüber, und der gegnerische Kommandant überreichte Nelson seinen Degen.

Ein zweites Schiff, die *San José*, die fast genauso viele Zerstörungen aufwies wie die *Captain*, trieb manövrierunfähig in die *San Nicolas*. Fergus verfolgte, wie Nelson und die Entermannschaft auf das Achterdeck der *San José* hinübersprangen, auch hier war alles schnell vorbei, und der Kommandant kapitulierte.

»Allmächtiger Gott!« stöhnte er. »Er hat beide Schiffe erobert.«

Der Midshipman, der neben Fergus stand, wandte spöttisch ungläubig ein: »Unmöglich! Sogar Kommodore Nelson kann unmöglich beide erobert haben.«

»Da bin ich ganz sicher. Er hat es geschafft.«

Die verbliebenen spanischen Schiffe trieben ziellos durcheinander und beachteten die Signale ihres Admirals nicht. Die britischen Schiffe unter der Führung von Jervis und Nelson verwandelten die Nachhut der Spanier aus einem geordneten militärischen Verband in eine Ansammlung einzelner Schiffe, die panisch der Vernichtung zu entgehen suchten.

Nach einer weiteren Stunde war die Schlacht beendet. Um 17.45 Uhr brach Jervis das Gefecht ab, um die blutig eroberten Prisen vor Einbruch der Dunkelheit zu sichern. Der spanische Admiral konnte mit den restlichen Schiffen nach Cadiz ablaufen. Der Kurswechsel brachte die *Victory* in die Nähe der sich abmühenden *Athena*.

Plötzlich rief Poston, der aufmerksam die Schlacht beobachtet hatte: »Das Flaggschiff hat unser Erkennungssignal vorgeheißt!«

»Antworten Sie!« befahl Essex gelassen.

Poston rannte an den Flaggensack und steckte ihr Erkennungssignal, Nummer sechsundfünfzig, als Antwort an eine Flaggenleine an. Dann schnappte er sich wieder ein langes Fernglas. Er begann eine Reihe von Zahlen abzulesen. Fergus prägte sie sich ein, dann zog er das mit Blei beschwerte Signalbuch aus dem Kompaßhäuschen. Seine Finger blätterten die Seiten durch, bis er die richtige Stelle gefunden hatte. »Gut gemacht!« las er laut vor.

Poston lachte fröhlich. »Dann bedeutet das Signal eigentlich: Gut gemacht, *Athena*!«

Mit leichter Verwunderung in der Stimme, ordnete Essex an: »Bestätigen!«

Die *Victory* und die ihr folgenden Schiffe hielten ihren Kurs bei und liefen vor dem Bug der *Athena* vorbei. Fergus bewunderte die großartigen, wenn auch zum Teil schwer beschädigten Schiffe. Als Fazit blieb: Großbritannien war wieder für mehrere Jahre im unangefochtenen Besitz der Seeherrschaft, und Irland war sicher.

Eine Stunde später erhielt die *Athena* den Befehl, die Flotte zu verlassen. Nachdenklich überlegte Fergus, wie sehr sich Burbage über das lobende Signal gefreut hätte. Schließlich war er es gewesen, der für die Erfüllung von *Athenas* Aufgaben verantwortlich gewesen war.

Poston spürte, worüber er nachgrübelte. »Sir, er wird es wissen, wo auch immer er jetzt sein wird. Allerdings sollten Sie Leutnant Kittrelle von dem Signal erzählen.«

Fergus wurde klar, wie gedankenlos es gewesen war, daß er nicht einmal flüchtig in Erwägung gezogen hatte, Kittrelle zu informieren. Er drehte sich um und sah Poston an. Zum ersten Mal bemerkte er, daß Postons Hemd blutverschmiert war. »Mein Gott, Sie sind verwundet. Warum haben Sie nichts gesagt?«

Poston zuckte mit den Schultern und bewegte seinen Arm. »Ich kann das Ruder doch noch bewegen.«

»Ich übernehme das Ruder. Gehen Sie nach unten zum Chirurgen. Berichten Sie dabei auch gleich Leutnant Kittrelle alles, was vorgefallen ist.«

Poston verschwand, und Fergus übernahm das Ruder. Nach ein paar Minuten wurde ihm klar, daß er jetzt andere Aufgaben hatte und sich von diesen durch das Steuern nicht ablenken lassen durfte.

Essex schaute ihn an und schüttelte den Kopf. »Lassen Sie sich von einem Matrosen ablösen.«

Kilburnie rief einen ziemlich jung aussehenden Seemann von einer der benachbarten Geschützcrews heran, die damit beschäftigt war, die umgestürzte Kanone wiederaufzurichten. »Wie heißt du?« fragte er ihn.

»Spicer, Sir.«

»Kennst du dich mit dem Steuern von Schiffen aus?«

»Nein, Sir.«

»Nun, dann wirst du es lernen. Nimm das Ruderrad. Wenn ich möchte, daß du das Ruder drehst, dann halte ich meine Hand in die Höhe. Bei der linken Hand drehst du nach Backbord, bei der rechten nach Steuerbord. Ein Finger, eine Speiche, drei Finger, drei Speichen und so weiter.«

Spicer brach der kalte Schweiß aus, aber nach einiger Zeit schien er die erste Lektion verstanden zu haben, und Fergus stellte sich hinter ihn. »Siehst du den kleinen schwarzen Strich am Kompaßkessel vor der Rose? Das ist der sogenannte Steuerstrich. Der ist fest und zeigt immer die Vorausrichtung des Schiffes an, er dreht sich also, wenn sich das Schiff dreht. Die Kompaßrose mit der Nordrichtung ist eigentlich das, was fixiert ist, obwohl man den Eindruck hat, daß sie sich bei der Kursänderung dreht. Kannst du lesen?«

»Jawohl, Sir. Ich sehe große Buchstaben auf der Kompaßrose: N, SE und so weiter.«

»Das sind die Kompaßstriche. Wenn ich dir sage, daß du einen davon steuern sollst, dann mußt du das Rad so lange drehen, bis der besagte Strich mit dem Steuerstrich in Dekkung ist. Sobald das der Fall ist, legst du das Ruder wieder mittschiffs.«

»Sir, wie erkenne ich, daß das Ruder mittschiffs liegt?«

»An einer der Speichen befindet sich ein türkischer Bund. Wenn der oben ist, liegt das Ruder mittschiffs.«

Spicer lächelte. »Sir das hört sich nicht allzu schwierig an. Ich denke, daß ich das hinkriege.«

»Wenn du möchtest, dann spreche ich mit Mister Montgomery, um dich zum Quartermaster zu machen.«

Spicer grinste noch breiter. »Und das würde bedeuten, daß ich kein Deck mehr scheuern muß?«

»Das ist richtig.«

»Sir, dann bin ich dabei.«

Zehn lange Tage schleppte sich die *Athena* nach Norden in Richtung England. Die Besatzung und ganz besonders der Segelmacher und der Zimmermann mit ihren Maaten waren völlig damit beschäftigt, Reparaturen auszuführen, aber die Aufgabe war ernüchternd. Fergus, der wußte, daß sie bald in eine Werft gehen würden, trieb sie nicht unnötig an. Sie waren durch die Hölle gelaufen und brauchten etwas Abwechslung von der täglichen Routine. Gelegentlich sichteten sie Segel. Die meisten davon gehörten viel kleineren Schiffen, die schleunigst vor der großen gefährlichen Fregatte, wie sie meinten, Reißaus nahmen.

Fergus sah ihnen wehmütig nach und bedauerte, daß er nicht in der Lage war, sie zu jagen und zu stellen.

Am 1. März segelte die *Athena* langsam den Solent hinauf, sie überquerte die Reede von St. Helen's und passierte den Horse Tail. Vor Spithead ankerten sie.

»Ich hoffe, daß der Befehlshaber der Forts nicht ärgerlich sein wird, weil wir keinen Salut geschossen haben«, grinste Essex und ließ sein Teleskop über die Befestigungen wie beispielsweise Monkton Fort, Southsea Castle und Cumberland Fort gleiten.

Sobald der Anker im Grund gefaßt hatte, kam eine Pinasse längsseits, und ein Werftinspektor kletterte an Bord. Er stand oben auf der letzten Stufe der Seeleiter und blickte sich mit großen weit aufgerissenen Augen um, dann schüttelte er seinen Kopf.

»Ein verdammt höllisches Durcheinander!« stellte er trübsinnig fest.

9
Die Prüfung

Nachdem der Werftinspektor seinen Rundgang über die *Athena* beendet hatte, wandte er sich an Essex und stellte trübe fest: »Es ist so, wie ich schon vermutet hatte, als ich die Geschichten über das Schiff gehört hatte: Wir müssen es sofort längsseits an die Pier bringen.« Nach diesen Worten tippte er an seinen Hut und rutschte fast die Stufen außenbords ins Boot hinunter.

Es dauerte gar nicht lange, da näherte sich über die Wellen hüpfend ein kleines Boot. Essex gab dem Insassen die Erlaubnis, an Bord kommen zu dürfen, und ein kleiner schwarzgekleideter Mann mit scharf geschnittenen Gesichtszügen kam die Leiter emporgeklettert. Er schritt auf Essex zu und streckte ihm zielstrebig die Hand entgegen.

»Good ist mein Name«, stellte er sich kurz und knapp vor, »ich bin der Lotse. Ich werde Ihr Schiff hineinbringen.« Er schüttelte Essex einmal kräftig die Hand, dann ging er zum Ruderrad hinüber, das er zunächst nur leicht berührte. Dann packte er es fest und wirbelte es ein paarmal herum. Er legte den Kopf nachdenklich auf die Seite. »Hm, hatten Sie auch einen Ruderschaden?«

Poston zuckte bei dieser Unterstellung ärgerlich zusammen, nahm aber auf die Meinung des Experten Rücksicht. »Das Schiff steuert gut«, stellte er so gleichmütig klar, wie er nur konnte.

Der Lotse schürzte die Lippen. »Wenn Sie das sagen.« Dann drehte er sich zu Essex um. »Sir, lassen Sie bitte alles zum Hieven des Ankers klarmachen und geben Sie mir etwas Segelfläche.«

»Mister Montgomery wird Ihnen zur Seite stehen«, erklärte Essex und deutete auf den Segelmeister, der neben dem Kompaßhaus stand.

»Ich wünsche Ihnen einen guten Tag«, grinste Good in seinem abgehackten Tonfall. »Wir werden das Schiff gemeinsam hineinbringen?«

Montgomery nickte und begann seine Befehle an die Besatzung auszugeben. Bald war alles bereit, und Good begann mit seiner Arbeit.

Sobald der Anker vorgehievt war, fing das Schiff an, unter dem Einfluß der sanften Brise auf die Schiffe zuzugleiten, die auf der linken Seite des Great Basin von Portsmouth lagen. Mit fast unmerklichen Bewegungen des Ruders brachte Good die waidwunde Fregatte um die zahlreichen Molen in eine Slippbahn. An der Pier warteten ein paar Männer auf die Festmachertrossen, die von der Back weggefiert werden sollten.

Good rief einige weitere Kommandos, dann ließ er die Vorleinen übergeben. Nach einigem Ziehen und Hieven lag die *Athena* sicher an ihrem Liegeplatz.

Innerhalb einer Stunde waren die Verwundeten von

Bord gebracht und auf dem Weg ins Marinehospital von Haslar. Essex befahl den Männern, mit den Reparaturarbeiten am Schiff fortzufahren, mit denen sie bereits begonnen hatten. »Je schneller wir das Schiff wieder gerichtet kriegen, desto schneller können wir es in die Obhut der Werft geben und desto schneller können wir auch wieder in See gehen«, erklärte er. Fergus teilte er noch einen weiteren Hintergedanken mit: »Je schneller wir wieder auf See sind, desto weniger Leute können desertieren. Außerdem ist dann die Gefahr nicht so groß, daß unsere Männer auf andere Schiffe verteilt werden.«

Aber es sollte ganz anders kommen, denn bald kamen neue Befehle an Bord. Essex und Kilburnie wurden zur Admiralität einbestellt, und die Crew wurde auf das Wohnschiff verlegt, um von dort aus die Besatzungen anderer Schiffe zu ergänzen. Wie Fergus vermutet hatte, waren bei der Musterung, als man den Männern ihr weiteres Schicksal bekanntgeben wollte, bereits eine große Anzahl abgängig. Zu seinem großen Erstaunen schien das Essex seltsam unberührt zu lassen.

»Die meisten wollen sich lieber ein Schiff ihrer Wahl ausgucken, als das Risiko einzugehen, auf eine schwimmende Hölle zu geraten. Einige werden sicher auch versuchen, nach Hause zu gelangen. Aber wegen der Preßgangs werden die meisten nicht über Portsdown Hill hinauskommen. Ich bin sicher, der König wird nicht mehr als eine Handvoll für den Dienst verlieren.«

Am Tage, als die Besatzung auf das Wohnschiff marschierte und sich die Offiziere, Deckoffiziere und Midshipmen verstreuten, schüttelten viele Männer Kilburnie die Hand und drückten dabei die Hoffnung aus, wieder einmal unter ihm dienen zu können. Als Fergus zum letzten Mal den Landgang hinunterschritt, drehte er sich um, um einen Abschiedsblick auf das Schiff zu werfen. Essex, der als letzter die *Athena* verließ, schlenderte langsam die Gangway hinunter, unter den Arm hatte er ein Päckchen gepreßt. Er gesellte sich zu Fergus, und gemeinsam schauten sie sich die *Athena* an. Nach einer Minute bedrückten Schweigens schlug er Fergus auf die Schulter.

»Los, komm, Kilburnie, auf nach London.«

Seine Fröhlichkeit klang gekünstelt. Nach diesen Worten wandten sich die beiden Offiziere ab und ließen das Schiff in den mitleidig heilenden Händen der Werftarbeiter zurück.

Wie erwartet, verlief die Kutschfahrt nach London holprig, naß und unbequem, aber der Empfang im Hause seines Onkels war für Fergus warmherzig und liebevoll.

Seine Tante bedeckte ihn mit Küssen, dann stand sie lange Zeit vor ihm und bewunderte ihn in seiner Uniform, gelegentlich betupfte sie sich die Augen mit einem Taschentuch und wiederholte immer wieder: »Was für ein Bild von einem Mann!«

Sie schickte einen Diener los, um Jeris von Fergus' Rückkehr zu informieren, dann eilte sie in die Küche, um die Vorbereitungen für ein riesiges Festtagsessen zu überwachen. Fergus hatte kaum Zeit, sein Hemd zu wechseln, als er hörte, wie unten die Tür aufflog und der Onkel seinen Namen rief.

Fergus eilte die Treppe hinunter und wäre beinahe mit dem Onkel kollidiert.

»Nun, sieh an«, brummte Jeris stolz, »*Leutnant* Kilburnie!« Die Befriedigung in seiner Stimme war nicht zu überhören, ebenso spiegelte sie sich auf seinem Gesicht wider. Fergus wollte protestierend einwenden, daß es sich schließlich nur um zeitweise Beförderung handelte, aber sein Onkel zog ihn bereits in den Salon. »Kein Gespräch, bevor wir uns anständig zugeprostet haben.« Jeris goß zwei doppelstöckige Brandys ein und schob einen in Fergus' Hand. »Hier, mein Junge.« Er hob sein Glas. »Auf dich!«

Fergus lächelte ein wenig bedrückt: »Auf Kapitän Burbage.«

Nach einem von Tante Marthas großen Abendessen, angefüllt mit enormen Mengen der verschiedenartigsten Speisen und blutrünstigen Geschichten über Seeschlachten, zogen sich Jeris und Fergus in den Salon zurück, um ihre Drinks zu genießen.

Tief im Sessel vor dem warmen Kaminfeuer versunken, wurde Fergus nachdenklich. »Auf die *Athena*«, murmelte er feierlich vor sich hin.

»Aye«, erwiderte sein Onkel leise, »und auf das Andenken deines guten Kommandanten.«

Eine Zeitlang tranken beide still vor sich hin, beide hingen ihren privaten Gedanken nach.

Jeris brach die beinahe meditative Stille. »Nun, mein Junge, wie war die Reise von Portsmouth?«

»Nicht viel besser als die von Schottland, aber glücklicherweise dauerte sie nur zwei Tage. Aber eigentlich«, er nippte an seinem Rum, »hat mich das Schaukeln und Rumpeln gar nicht so sehr gestört, ich war viel zu sehr damit beschäftigt, mir das Land anzuschauen, um auf diese Unbequemlichkeiten zu achten.«

»Das Land?« fragte Jeris erstaunt.

»Ja, ich konnte die Augen gar nicht von den Feldern,

den Bäumen und den grünen Wiesen lassen – und ich konnte mich gar nicht an dem Gesang der Vögel satt hören, von richtigen Vögeln meine ich, nicht diese verdammten Möwen und Seeschwalben. Alles sah so schön aus, ich vergaß für einen Moment sogar, daß es nicht Schottland war.«

Jeris lächelte wissend. »Das war gesprochen wie von einem echten Seemann!« Fergus warf ihm einen forschenden Blick zu, der Jeris nur noch breiter grinsen ließ. »Verdammt will ich sein, Junge, aber jeder echte Seemann sehnt sich nach dem Land, wenn er auf See ist. Denn warum, meinst du, ist es so, daß sich jeder reiche Admiral oder Kapitän ein Haus auf dem Lande kauft und sich mit fettem Vieh, schnellen Pferden und saftigen Feldern umgibt? Auf der *Fervent* konnte ich mit meinem Kommandanten über nichts anderes reden als über seine fetten Schweine in Irland im County Meath.« Er gluckste bei dem Gedanken vor sich hin. »Die See ist eine weglose Wüste, aber sie ist nun mal unser Beruf.« Er blickte auf seinen leeren Ärmel. »Und es ist obendrein ein verdammt harter Beruf!« Er nahm einen langen Schluck vom Rum und spitzte dann die Lippen. »Verdammt hart. Aber bis jetzt bist du ohne große Verletzung durchgekommen, nicht wahr?«

»Ja, Onkel«, antwortete Fergus und fuhr mit den Fingerspitzen leicht über die Narbe auf der Stirn. »Jedenfalls habe ich keine allzu großen bleibenden Schäden davongetragen.« Dann wechselte er das Thema zu dem Punkt, der ihn am allermeisten interessierte. »Onkel, was wird aus der *Athena*? Was gibt es für Neuigkeiten?«

»Da weißt du mehr als ich, Fergus«, erwiderte sein Onkel und blickte betont unbeteiligt in das Feuer.

Fergus hatte das Gefühl, platzen zu müssen. »Onkel Jeris, was ist mit der Schlacht?«

Jeris lächelte verschmitzt und lehnte sich bequem in seinem Sessel zurück. »Nun, Admiral Jervis, der, wie ich gehört habe, zum Peer oder Earl erhoben werden wird, hat dein Schiff in seinem Bericht erwähnt. Nichts Tolles, wie du dir denken kannst, aber er war doch davon beeindruckt, daß ihr es gerettet habt, nachdem es in die Klauen von ein paar spanischen Dreideckern gefallen war.«

»Oh«, grunzte Fergus leicht enttäuscht.

»Hast du auch mit dem Titel eines Earls gerechnet?«

Fergus wurde vor Verlegenheit rot. »Nein, natürlich nicht, aber ...«

»Komm, mein Junge, das war unser größter Sieg seit '94«, fuhr Jeris fort und bezog sich damit auf Lord Howes Sieg über die Franzosen im Juni 1794. »Und weiß Gott, dieses Land hat einen Sieg dringend gebraucht. Fühle dich nicht brüskiert, weil Jervis zum Earl erhoben wird und dieser Heißsporn Nelson der Held der Stunde ist. Für diese beiden werden Loblieder auf den Straßen verfaßt und gesungen, außerdem benennt man von Aberdeen über Belfast bis Plymouth Kneipen nach ihnen.«

»Aber Nelson verdient es! Ich habe gesehen, wie er zwei Schiffe erobert hat.«

»Gewiß, aber was ist mit Collingwood, der Nelson gefolgt ist und die Spitze der spanischen Linie beharkt hat? Oder mit Troubridge auf der *Culloden*, der so brillant gewendet hat? Auch sie wurden in Jervis Bericht erwähnt, natürlich, aber ich habe große Zweifel, ob irgendein Gassenjunge Blätter mit Lobliedern über diese beiden tapferen Männer verteilt.« Er hob ironisch eine Augenbraue. »Wie verhält es sich nun mit dem bloßen Überleben der *Athena* im Vergleich zum mutigen und kämpferischen Einsatz der *Excellent* und der *Culloden*?«

Niedergeschlagen starrte Fergus in das Feuer. »Das war dagegen nichts Besonderes.«

Onkel Jeris lehnt sich wieder in seinem Sessel zurück. »Ambitionen zu haben ist gut und völlig in Ordnung, Fergus, aber um sie realisieren zu können, bedarf es zweierlei: nämlich Können und Glück. An jenem denkwürdigen Tag entsprach Nelsons Können wohl dem jedes anderen durchschnittlichen Kommandanten – aber er hatte einfach mehr Angriffsgeist und Glück als die meisten.« Während Fergus noch über die Einsichten seines Onkels nachsann, erhob sich Jeris und goß sich ein weiteres Glas Rum ein. »Nun, wie sind denn deine Pläne?«

»Ich verstehe dich nicht ganz, Onkel. Meine Pläne für was?«

»Für die Marine. Du bist diensttuender Leutnant oder genauer gesagt, das bist du gewesen. Aber wenn ich dich so reden höre, dann würde es dir offensichtlich nichts ausmachen, diesen Rock auch in Zukunft wieder zu tragen.«

»Da hast du natürlich recht, Onkel, aber du kennst die Bestimmungen besser als jeder andere. Wenn ich das Leutnantspatent machen will, muß ich, da ich auf dem Mannschaftsdeck angefangen habe, erst als Steuermannsmaat fahren. Das gilt sogar, wenn ich vorher fünf oder sechs Jahre als Midshipman geführt worden bin ...«

»Bevor du zur Leutnantsprüfung zugelassen wirst.« Jeris hob abwehrend eine Hand. »Danke, aber das weiß ich in der Tat alles. Wie es scheint, hast du vergessen, daß ich ein ziemlich altgedienter Sekretär in der Admiralität bin.

Glaubst du nicht, daß ich mir das alles vorher überlegt habe?« Er beugte sich verschwörerisch vor. »Denk nur dran, was ich zusammen mit deinem Großvater angeleiert habe, als du alt genug warst, um als Midshipman geführt werden zu können, damit du später nach einem Jahr im Dienst zur Prüfung gehen könntest. Außerdem haben wir jetzt Krieg, und ich glaube, daß es sich die Navy zur Zeit nicht leisten kann, bei der Auswahl ihrer Offiziere so wählerisch zu sein wie in Friedenszeiten.« Jetzt breitete sich auf seinem Gesicht ein zufriedenes Lächeln aus. »Besonders, wenn diese Männer schriftliche Beweise über ihre Tapferkeit vor dem Feind vorweisen können.« Als er den überraschten Gesichtsausdruck seines Neffen sah, fuhr er fort: »Ja, Fergus, Burbage hat mir von deinen Heldentaten gegen das französische Enterkommando geschrieben.«

Obwohl ihn diese Information erfreute, hatte Fergus weitere Bedenken. »Aber was ist mit der Prüfung? An der komme ich keinesfalls vorbei.«

»In der Tat, daher wirst du den nächsten Monat hier dafür büffeln – hier in meinem Haus. Ich werde, wenn nötig, dein Tutor sein.«

»Warum im nächsten Monat?« Fergus wurde ganz schwindelig von der unerwartet schnellen Veränderung der Dinge.

»Weil du, mein Junge, in einem Monat vom morgigen Tag an gerechnet zur Prüfung gehen wirst.«

Fergus war für einen Moment wie vom Donner gerührt, fand aber schnell seine Sprache wieder und protestierte abwehrend: »Bis dahin kann ich gar nicht ausreichend vorbereitet sein.«

»Quatsch! Dafür werde ich schon sorgen.« Er leerte sein

Glas. »Nun etwas anderes, Fergus. Wann hast du das letzte Mal einen Brief an deine Familie geschrieben?«

Fergus räusperte sich nervös. »Nun ja, ich ...«

Jeris schnalzte mit der Zunge. »Das habe ich mir doch gedacht. Bevor du dein müdes Haupt auf das weiche Kopfkissen sinken läßt, wirst du noch ein paar Zeilen an deine Familie schreiben und ihr mitteilen, wie du dich entschieden hast.« Er stand auf und klopfte seinen Rock ab. »Wir sehen uns morgen früh.«

Als Fergus am nächsten Morgen nach unten kam, warteten auf ihn ein riesiges Frühstück, ein Berg dicker Lehrbücher und dazu ein ernster Brief von Onkel Jeris, der ihn ermahnte, hart zu arbeiten und nicht herumzutrödeln. Als er auf den hohen Bücherstapel starrte, überlegte Fergus, ob es nicht klüger gewesen wäre, zur Armee zu gehen.

Ein Tag verging, dann eine Woche, dann zwei und Fergus saß über seinen Büchern und lernte den lieben langen Tag über, bis ihm der Kopf rauchte, und am Abend wurde er von Onkel Jeris abgehört, gedrillt und belehrt. Allerdings war nicht alles Arbeit, er nahm sich auch die Zeit, in London herumzuspazieren, er bewunderte die Ansichten und spürte die gewaltige Energie, die dieser großen Stadt innewohnte. An den Abenden gab Onkel Jeris die neuesten Klatschgeschichten aus der Admiralität zum besten, manchmal kamen auch Gäste – Offiziere oder Landsleute aus Schottland –, die ihren eigenen Vorrat an Geschichten mitbrachten.

Am Dienstag der dritten Woche, als Fergus wieder über den Büchern saß und büffelte, klopfte es an der Wohnungstür. Fergus hörte, daß das Hausmädchen mit jemandem sprach – so wie es klang, handelte es sich um einem

Mann –, und gleich darauf klopfte es vorsichtig an der Tür zur Bibliothek.

Fergus öffnete.

»Da ist ein Mann, der Sie sprechen möchte, Sir«, meldete das Hausmädchen, um dann beeindruckt mit einem lauten Flüstern hinzuzufügen: »Er trägt eine Livree.«

Fasziniert von dem Gedanken, daß ihn ein livrierter Diener aufsuchte, ging Fergus hinüber in die Halle. Dort stand ein Dienstbote in einem flaschengrünen Rock, der rot abgesetzt und mit silbernen Knöpfen und Litzen verziert war. Der Mann streckte ihm eine Hand entgegen, in der er einen Brief hielt, der mit einem roten Wachssiegel verschlossen war.

»Danke sehr«, sagte Fergus und nahm ihm den Brief ab.

»Ich bin angewiesen, Ihre Antwort abzuwarten, Sir«, verkündete der Diener.

Fergus nickte bestätigend und öffnete den Brief. Seine Augen suchten sofort nach der Unterschrift. Er war von Essex!

Kilburnie,
ich hoffe sehr, daß Sie dieser Brief bei guter Gesundheit erreicht. Ich wohne zur Zeit im Haus meiner Familie in London, weil ich auf meine Befehle warte. Ich habe die Hoffnung, daß man mir ein eigenes Kommando überträgt, vielleicht einen Kutter, aber – wie wir alle wissen – hängt das bekanntlich vom unergründlichen Ratschluß Ihrer Lordschaften ab.
Ich möchte Sie bitten, morgen mit mir zu dinieren. Meine Kutsche wird Sie um zwei Uhr abholen.
Essex

»Richten Sie bitte Leutnant Essex aus, daß ich seine Einladung sehr gerne annehme.« Er hoffte, daß sein Ton nicht zu herablassend klang.

»Jawohl, Sir«, erwiderte der Diener ungerührt. Mit diesen Worten – und keinem einzigen mehr – verschwand er.

Am nächsten Tag warf sich Fergus in den schlichten blauen Anzug, den er sich auf Anweisung seines Onkels hatte schneidern lassen und den Jeris auch bezahlt hatte. Das Hemd war makellos, und seine schwarzen Schuhe glänzten frisch poliert.

Punkt zwei Uhr klopfte es an der Tür, und derselbe Diener stand vor ihm, genauso teilnahmslos wie am Tag zuvor. »Mister Kilburnie, Sir?« fragte er und verbeugte sich dabei kaum merklich.

Du weißt ganz genau, wer ich bin, dachte Fergus, aber er spielte brav seine Rolle. »Ja.«

»Sehr schön, Sir, bitte folgen Sie mir.« Er geleitete Fergus zu der wartenden Kutsche. Dabei handelte es sich um ein tolles Gefährt aus dunklem poliertem Holz mit auf Hochglanz polierten Metallbeschlägen. Die Pferde stammten ganz offensichtlich aus einer guten Zucht. Es waren Rappen, die man nach Gestalt und Größe aufeinander abgestimmt hatte. Natürlich war deren Zaumzeug ebenfalls blitzblank gewienert worden.

Der Diener öffnete den Schlag und murmelte: »Erlauben Sir, Sir.«

Fergus kletterte hinein. Er fand sich in einer reich ausgestatteten Umgebung wieder, in der es stark nach Tabakrauch roch, in den sich wiederum verführerische Parfumdüfte mischten. Dann wurde er durch die Straßen von London kutschiert, bis sie schließlich vor einem beeindruckenden Haus hielten, das offensichtlich in einer teuren Umgebung lag.

Fergus stieg aus und hielt dabei seinen Hut fest. Er wollte an die Tür klopfen, aber ehe er dazu kam, schwang diese geräuschlos weit auf, und ein weiterer livrierter Diener begrüßte ihn. »Mister Kilburnie, Sir?«

Wieder war die Rolle zu spielen. »Ja.«

»Folgen Sie mir bitte, Sir. Seine Lordschaft und Mister Essex erwarten Sie.«

Fergus betrat eine Halle, in welcher der größte Teil des Bauernhofes seiner Familie in Schottland Platz gefunden hätte. Die Wände waren in einem leicht gebrochenen Blauton gestrichen, der ihn an die Farbe von Rotkehlcheneiern erinnerte. Stuck und anderer Zierat verschönten die Decke und die Wände. Am Ende der Eingangshalle schwebte eine breite Treppe in die Höhe, die sich dann teilte und ein großes Fenster einfaßte, durch das helles Licht hereinfiel. Gemälde und Skulpturen waren überreichlich vorhanden, hoch über Fergus' Kopf hing ein riesiger, aber trotzdem leicht wirkender Kronleuchter aus Glas. Fergus folgte dem Diener in einen hohen Raum, der in einem lebhaften Rot gehalten war. Als einzige Beleuchtung dienten ein paar Kerzen und ein lustig flackerndes Kaminfeuer.

»Ah, Fergus«, rief Essex und erhob sich aus einem bequemen Sessel. Er kam ihm mit ausgestreckten Händen entgegen. Sie schüttelten sich die Hände. »Wie schön, daß Sie kommen konnten, und das trotz der kurzen Vorwarnzeit.« Er packte fest den Arm von Fergus und steuerte mit ihm in Richtung des Kamins. Dort saß in einem anderen Sessel der Mann, so vermutete Fergus, den der Diener mit »Seine Lordschaft« gemeint hatte.

In der Art, die Menschen eigen ist, die es gewöhnt sind, daß andere auf sie warten, erhob sich Seine Lordschaft. Er war ein großer, schwergewichtiger Mann, der einen gewiß sehr teuren, weinroten Anzug trug, welcher aber nicht extravagant wirkte. Das rötliche Gesicht schien offen und freundlich zu sein, aber um den Mund und die Augen waren scharfe Falten eingeätzt, die auf nicht geringe Sorgen schließen ließen. Sein Haar war dunkel, aber mit vielen grauen Strähnen durchsetzt. Unter den dunklen Augenbrauen funkelten scharfe blaue Augen, die – weder freundlich noch feindselig – Fergus schnell von Kopf bis Fuß musterten.

»Vater, darf ich dir Mister Fergus Kilburnie aus Schottland vorstellen. Er war ein Bordkamerad von mir auf Seiner Majestät Schiff *Athena.*« Essex' Vorstellung wirkte etwas übertrieben steif. »Fergus, mein Vater, der Earl of Satterfield.«

Fergus verbeugte sich. »Mylord«, sagte er und hoffte inständig, daß man seiner Stimme nicht die Nervosität anmerkte.

Der Earl of Satterfield hielt offensichtlich nicht viel von einem reservierten Benehmen, denn er brach wie Sommergewitter über den jungen Schotten herein. »Kilburnie!« lärmte er. »Es ist mir eine Freude, Sir, eine Freude!« Er schüttelte Fergus' Hand kräftig. Fergus für sein Teil war erstaunt, daß er Schwielen auf der Handfläche des Lords zu fühlen vermeinte. »Mein Sohn hat mir viel über Sie erzählt, und alles war gut.« Er lachte herzlich tief drinnen in seinem großen Brustkasten. »Nicht, daß ich ihm glauben würde, denken Sie das ja nicht. Er macht immer aus allem eine große Geschichte. Der typische Seemann, der sein Garn spinnt, äh?« Essex wurde rot und lächelte etwas verlegen. »Ich war in der Armee. Während des amerikanischen Krieges. Und so hat man es in meiner Familie bis jetzt immer gehalten, bis auf diesen jungen Tunichtgut.« Zu Essex' offensichtlicher Verlegenheit strich er über das Haar seines Sohnes. »Er kam einfach an und eröffnete mir, daß er zur Marine wollte.« Er blickte seinen Sohn liebevoll an. »Ha! Geschieht mir ganz recht, warum habe ich ihn diesen ganzen verdammten griechischen Kram über das Mittelmeer lesen lassen, in dem sie nach einem verdammten Schafsfell suchen.«

»Vater, es war deine Schule«, protestierte Essex milde.

»Ja, aber als ich zur Schule ging, habe ich meine Zeit damit verbracht, wirklich nützliche Dinge zu lernen, anstatt irgendeinem Lehrer zuzuhören, der etwas auf griechisch brabbelt.«

»Was war das, Sir?« erkundigte sich Fergus, der sehr begierig darauf war zu erfahren, was ein Edelmann für nützlich erachtete.

»Wie? Nützlich, meinen Sie?« entgegnete Lord Satterfield. Fergus nickte. »Na, Prügeleien und Rattenfang, Sir«, meinte der Earl fest. »Wie man sich herzhaft prügelt und Ratten fängt.«

In diesem Augenblick erschien der Diener scheinbar aus dem Nichts in der Tür und verkündete, daß das Dinner serviert sei.

»Wird auch Zeit«, grummelte Lord Satterfield, »ich bin verdammt hungrig – und ich habe heute noch eine Sitzung.« Fergus warf Essex einen fragenden Blick zu, den Lord Satterfield auffing. »Sitzung«, schnaufte Seine Lordschaft, »bei den Lords.«

Fergus meinte, wieder auf der Höhe des Geschehens zu sein. »Im Oberhaus, Sir?«

»Guter Gott, ja, dem House of Lords! Was glauben Sie denn, was ich gemeint haben könnte?«

Essex unterbrach ihn. »Vater, vielleicht ist Fergus etwas verwirrt. Ein schottischer Peer könnte auch im Unterhaus sitzen.«

»Na, das ist ja eine verdammt seltsame Sache«, brummte sein Vater.

»In der Tat, Vater, in der Tat.«

Die Erklärung seines Sohnes hatte ihn anscheinend zufriedengestellt, daher wandte sich der Earl jetzt wieder unpolitischen Themen zu. »Ich hoffe, daß Ihnen der Appetit durch Ihren Zwangsaufenthalt in London, dieser von Gott verdammten Stadt, nicht vergangen ist, Kilburnie. Das flache Land ist der richtige Platz für einen Mann, fern von Anwälten, Aktienmaklern, dem aufrührerischen Mob und Bankiers. Alles Schufte, alle, wie sie da sind! Nein, laßt mich aufs Land, nach Berkshire, bei uns gibt es hart arbeitende Pächter, tatkräftige freie Bauern, ehrliche Handwerker und gesellige Kirchenmänner.«

Fergus bekam große Augen, als ihn Lord Satterfield in einen großartigen Speisesaal mit mehreren Anrichten und einer Tafel führte, die sich unter dem Gewicht des feinen Geschirrs und edlem Kristall bog. Wenn man von solchem Luxus umgeben war, dachte Fergus, dann mochte man das Leben in dieser »von Gott verdammten Stadt« gerade noch so ertragen können.

Drei Diener geleiteten die drei Männer zu Stühlen am Kopfende des auf Hochglanz polierten Tisches. Kaum, daß sie Platz genommen hatten, wurde der erste Gang serviert:

ein Dutzend Austern pro Mann, neben jedem wurde ein silberner Becher plaziert.

»Ah!« seufzte der Earl erfreut und hieb rein. Nachdem er drei Austern verzehrt hatte, gönnte er sich einen langen Zug aus seinem Becher. »Kilburnie«, erklärte er, »es gibt zu Austern nichts Besseres als Porter.«

Fergus hätte ihm gerne zugestimmt, wenn er nicht so mit dem Essen beschäftigt gewesen wäre.

Als nächsten Gang gab es eine cremige Suppe, in der große Hummerstücke schwammen, dazu wurde Sherry gereicht. »Es gibt Leute, die Hummer für wertlos halten, Kilburnie«, dozierte Seine Lordschaft mit einer Spur von Triumph in der Stimme, »aber mein Koch vermag damit Wunder zu vollbringen!«

Auch dieser Gang wurde ansonsten schweigend eingenommen, nur das Klappern der Löffel am Porzellan und das Gluckern des Sherrys beim Nachschenken durch die Dienerschaft war zu hören. Nachdem die Suppenterrine abgeräumt war, wurde vor jeden ein Teller mit zwei Fleischstücken gestellt, die wie kleine Enten aussahen.

»Enten, na prächtig«, seufzte Satterfield zufrieden, als er sein Messer ergriff und energisch die Vögel attackierte. »Enten von der Küste Norfolks, verdammt lecker.« Jetzt wurde ein roter Wein in die Gläser gegossen. Der Earl erhob seines und nahm einen großen Schluck. »Burgunder«, stellte er ohne Angst vor Widerspruch und mit erheblichem Vergnügen fest.

Essex war zu sehr mit dem Zerlegen seiner Enten beschäftigt, um widersprechen zu können, aber an der Art, wie er mit durstigen Zügen das Getränk in sich aufsog, wurde deutlich, daß er die Vorliebe seines Vaters für den

Wein durchaus teilte. Fergus hob sein Glas versuchsweise an die Lippen, das Bouquet überzeugte ihn. Als der Wein über seine Zunge rollte, war er von den komplexen Aromen begeistert. Sein nächster Schluck war dann auch in der Tat ein langer Zug, den Lord Satterfield mit einer leichten, zustimmenden Verbeugung goutierte.

Als die Männer mit den Enten fertig waren, trat ein Lakai ein, der eine große Platte trug, auf der ein großer Rinderbraten ruhte. Sie wurde vor dem Lord abgesetzt, und der Diener begann dicke Fleischscheiben abzuschneiden.

»Ausgezeichnet!« rief Seine Lordschaft, als das rosafarbene, fast noch rote Innere sichtbar wurde. Er sah mit unverhohlener Genugtuung zu, als der Diener ihm mehrere dicke Scheiben vorlegte. Fergus sah erstaunt zu, wie sich auch Essex' Teller mit einem saftigen Berg Rindfleisch füllte. Nach ein paar Augenblicken wurde auch er mit wahren Fleischhaufen eingedeckt. Andere Bedienstete traten mit Schüsseln ein, in denen sich die unterschiedlichsten Gemüse befanden. Fergus folgte dem Beispiel von Lord Satterfield und Essex und nahm von allem, was ihm angeboten wurde. Als er auf seinen Teller herunterblickte, auf dem sich das Essen türmte, fragte er sich, ob er das jemals aufessen konnte. Aber bald stellte er fest, daß er ganz gut mit seinen beiden Speisekumpanen mithalten konnte, was die Menge des getrunkenen Weins und des vertilgten Essens anging. Lord Satterfield lächelte über Fergus' heroische Anstrengungen, alles zu verdrücken, was ihm vorgesetzt wurde. Es war klar, daß er sich über jeden ihm wesensverwandten Gourmand freute.

Nachdem man sich noch mehrfach mit »Nachschlag« vom Roastbeef und mehreren Gläsern Burgunder versorgt hatte, ließ sich Seine Lordschaft auf den Stuhl zurücksinken und wischte sich den Mund mit einer riesigen Serviette ab.

»Hervorragend«, stöhnte er zufrieden. »Jetzt sollten wir noch etwas Käse probieren.«

Ein Lakai räumte die Teller und Gläser ab, während ein anderer ein riesiges Rad Stiltonkäse auf die Tafel zauberte. Ein weiterer stellte eine Schale mit Äpfeln ab und wieder ein anderer eine Schüssel mit Nüssen. Den Abschluß bildete eine geschliffene Karaffe, die mit dunkelrotem Portwein gefüllt war.

Lord Satterfield meißelte sich ein gewaltiges Stück Käse aus dem Rad und plazierte es auf seinem Teller. Dann suchte er sich einen Apfel aus, den er geschickt schälte und in Stücke schnitt. Der Port wurde eingeschenkt, dann nach links weitergegeben, und schon bald waren die drei Männer zufrieden am Mümmeln. Nachdem er ein paar Bissen des Käses eingeschoben hatte, war Seine Lordschaft offensichtlich der Meinung, daß es jetzt an der Zeit war, die Konversation zu eröffnen, denn er begann Fergus persönliche Fragen zu stellen.

»Na, Kilburnie, wie wird es mit Ihnen und der Navy weitergehen? Mein Sohn weigert sich, seinen Abschied zu nehmen, im Gegenteil, er behauptet, daß er den Dienst mehr denn je mag.«

Essex lächelte etwas verkniffen.

»Nun, Sir«, antwortete Fergus, »um ehrlich zu sein, plane auch ich, in der Marine zu bleiben. Mein Onkel hat es so eingerichtet, daß ich nächste Woche zur Leutnantsprüfung gehen kann.«

Lord Satterfield knackte eine Walnuß und kratzte den

Kern heraus. »Leutnant? Nächste Woche?« Er machte eine kurze Pause, der Kern schwebte dicht vor seinem Mund. »Wenn alles wahr ist, was mein Sohn über Sie berichtet hat, dann dürfte das doch kein Problem für Sie sein.« Er warf sich die Nuß in den Mund.

Fergus fühlte sich beinahe bemüßigt, den Earl zu fragen, wie er das gemeint habe, aber er entschied sich dann doch dafür, dieses Thema nicht weiterzuverfolgen.

Lord Satterfield war mit seinen Fragen noch nicht durch. »Sagen Sie, Kilburnie, kümmern Sie sich viel um die Politik?«

»Nein, Sir«, antwortete ihm der Schotte aufrichtig. »Nun, immer wenn es wieder mal an der Zeit ist, zur Wahl zu gehen, kriege ich davon etwas mit, weil es immer ein großer Spaß zu sein scheint – mit den ganzen Reden und dem vielen Trinken –, und in Irland ist es immer ein guter Grund, sich zu prügeln. Aber ansonsten scheint mir die Politik eher ein Betätigungsfeld für Gentlemen zu sein. Ich bin der Sohn eines Bauern.«

»Nun, bei den Wahlen in England kommt es auch immer zu Schlägereien. Die Iren haben darauf keine Exklusivrechte.« In Satterfilelds Augen nistete sich ein melancholischer Ausdruck ein.

Fergus verstand jetzt sofort, warum Seine Lordschaft das Herumprügeln als ein so überaus nützliches Studienfach für einen jungen Mann bezeichnet hatte. Es hatte ihn gut auf die oft doch sehr gewalttätigen englischen Wahlkämpfe vorbereitet.

»Die Leute scheinen es zu mögen, wenn eine Wahl ein harter Kampf ist, weil sie daran den Mut ihrer Führer ablesen können«, fuhr Satterfield fort. »In diesem Sinne ist es wie ein Sport. Allerdings ist es auch ein verdammt teurer Sport. Es hat mich in der letzten Wahlperiode mehr gekostet, meine beiden Söhne, die sich für Politik interessieren, im Parlament zu halten«, er hob seine Stimme leicht an und warf Essex einen kurzen düsteren Blick zu, »als ich für meinen gesamten Reitstall das letzte Jahr ausspucken mußte.«

Bei der Erwähnung von Pferden leuchteten Fergus' Augen auf. Als Essex das bemerkte, ergriff er die günstige Gelegenheit, von der Politik abzulenken und seinen Vater über Fergus' reichhaltige Erfahrungen mit Rennpferden zu informieren.

»Verdammt, Junge«, schimpfte Satterfield seinen Sohn aus, »warum hast du mir das nicht gleich gesagt?« Er bombardierte Fergus mit Fragen über die Pferderennen in Irland. Bald unterhielten sich die drei Männer entspannt über alle möglichen Fragen des Pferdesports. Alles lief gut, bis sich Satterfield erkundigte, wem der Rennstall gehört habe, bei dem Fergus seine Erfahrungen gesammelt hatte.

»Lord Inver, Sir.«

»Hm ... ich glaube, den kenne ich. Er ist ein irischer Peer, aber seine Familie stammt ursprünglich aus, lassen Sie mich überlegen, Nottinghamshire? Oder war es Lincolnshire?«

»Ich dachte immer, er wäre ein waschechter Ire«, wunderte sich Fergus.

»Oh, das ist er verdammt noch mal auch. Seine Vorfahren sind während der Regierungszeit von James I. rübergegangen und haben sich ein schönes Stück aus dem Kuchen, genannt irisches Land, herausgeschnitten. Daher hat er nach ein paar Jahrhunderten wohl nicht mehr allzuviel englisches Blut in den Adern. Ich hoffe, er prahlt nicht überall damit herum, daß er es hätte.« Er lachte polternd und nippte an seinem Port. »Jetzt, da ich darüber nachdenke, fällt mir ein, daß er seine Tochter gut verheiratet hat. Ja, das hat Ihr Lord Inver geschafft.«

Ob es die Überraschung war, plötzlich von ihr zu hören, oder ob es daran lag, daß er ein gewisses Quantum Porter, Sherry, Burgunder und Portwein getrunken hatte, wußte Fergus selbst nicht zu sagen, aber er platzte mit der Frage heraus: »Shannon! Geht es ihr gut?«

Lord Satterfield brach fast augenblicklich in ein schallendes Gelächter aus, Essex starrte ihn wegen dieses Ausbruchs fassungslos an.

Fergus spürte, daß er puterrot wurde. »Ich habe sie nur ..., äh, ich kannte ...«, stammelte er verlegen. Er räusperte sich und sagte so nonchalant, wie es nur möglich war: »Sie ist verheiratet, haben Sie gesagt, Sir?«

Das hatte jedoch keineswegs den Erfolg, den sich Fergus gewünscht hatte, denn Lord Satterfield lachte wieder glucksend, diesmal stimmte auch Essex mit ein.

Als sich die beiden so weit beruhigt hatten, daß sie wieder sprechen konnten, klopfte Lord Satterfield Fergus auf den Arm. »Es tut mir leid, Sir, aber so ein leidenschaftlicher Ausbruch, nun ja ...« Er lächelte Fergus freundlich an. »Ich verstehe Ihre Reaktion vollständig. Lady Malin beeindruckt alle Männer, die mit ihr zusammentreffen.« Er trank einen Schluck Portwein. »Ja, Sie ist mit Lord Malin verheiratet, das ist auch ein irischer Peer, der aber weitaus mehr Land und Geld besitzt als Lord Inver. Er hat auch weitgespannte Interessen in England. Wie es aussieht, könnte er in der Tat einen englischen Adelstitel erlangen, wenn er mit seiner Unterstützung der Regierung so fortfährt. Der war für, ahem, ›Shannon‹ und ihren Vater eine fette Beute.« Satterfield hob warnend den Zeigefinger. »Aber er muß aufpassen. Es hält sich hartnäckig das Gerücht, daß er die Gleichstellung der Katholiken unterstützt, und das kommt bei unserem jetzigen König gar nicht gut an.«

Für Fergus waren das quälende Neuigkeiten. Er wollte wissen, wie es Shannon ging, aber wenn er eine zu große Neugierde zur Schau stellte, dann mochte das als unziemlich aufgefaßt werden. Er brachte das Gespräch wieder auf das Thema Pferde zurück, was auch von Lord Satterfield und seinem Sohn sehr gerne wiederaufgenommen wurde.

Als das Tageslicht anzeigte, daß es schon später Nachmittag geworden war, erschien der Butler in der Tür. »Mylord, dürfte ich darauf hinweisen, daß es an der Zeit sein dürfte, sich ins Oberhaus zu begeben?«

»Verdammt!« murmelte Satterfield und hievte sich schwerfällig auf die Füße. »Das Vaterland ruft.« Mit einem bedauernden Gesichtsausdruck streckte er Fergus die Hand hin. »Es war mir ein großes Vergnügen, Sie kennengelernt zu haben, Kilburnie. Bitte akzeptieren Sie meine besten Wünsche für das erfolgreiche Bestehen Ihres Examens.«

Fergus verbeugte sich. »Vielen Dank, Mylord.«

Satterfield machte eine Handbewegung in Richtung seines Sohnes. »Bring mich hinaus zur Kutsche, mein Junge. Ich sehe dich jetzt ja so selten.«

Essex nickte, und die beiden Männer ließen Fergus für eine kurze Zeit alleine zurück.

Als Essex zurückkehrte, hatte er einen nachdenklichen

Gesichtsausdruck. »Vater läßt Ihnen ausrichten, daß Sie selbstverständlich so lange bleiben können, wie Sie möchten, aber«, er hob in derselben Art und Weise wie sein Vater warnend den Zeigfinger, »er meinte auch, daß Sie vielleicht zum Lernen nach Hause zurückmüssen.«

So gerne er noch ein wenig bei seinem Freund geblieben wäre, um mit ihm über das großartige Haus zu reden, so mußte Fergus sich doch eingestehen, daß es Zeit war zu gehen.

»Nun, wenn das so ist«, erwiderte Essex, »dann werde ich Sie in der Kutsche begleiten, denn Vater und ich treffen uns später in seinem Club.«

Während sie zu Jeris' Haus zurückrollten, fragte Fergus, ob Essex schon etwas Neues über seine nächste Verwendung wüßte.

»Nein, aber ich fürchte, daß ich den Kutter, den ich haben wollte, nicht bekommen werde. Statt dessen wird es wohl ein Einsatz als Erster Leutnant auf einer Slup oder einer Brigg werden. Wahrscheinlich werde ich damit auch in das eine oder andere Gefecht kommen und so die Chance zum Aufstieg erhalten. Folglich werde ich wohl in ein paar Jahren entweder tot oder Commander sein.« Er lächelte seinen Freund an. »Und wie steht's mit Ihren Hoffnungen, Fergus?«

»Zuerst muß ich mal das Leutnantsexamen bestehen. Danach würde ich gerne auf die *Athena* zurück.«

Essex schüttelte energisch den Kopf. »Nein, Fergus, das geht nicht. Da gibt es Männer wie Kerry, wie Sie wissen, die Ihnen die Beförderung neiden, und das schließt auch Männer aus dem Zwischendeck ein. Denken Sie auch die anscheinend harmlosen Geschichten über Sie, die Sie zum

Gespött für die Mannschaft machen können. Außerdem können Ihnen die anderen Offiziere vorwerfen, daß Sie mit Ihren alten Freunden eine Günstlingswirtschaft betreiben. Nein, Sie müssen auf ein anderes Schiff.«

Fergus war ziemlich verwundert, wie scharfsinnig der Freund seine Situation analysiert hatte. »Jetzt bin ich aber neugierig, Essex, haben Sie sich über meine Zukunft so viele Gedanken gemacht?«

»Nein«, gab Essex zu, »aber genau das hat mir mein Vater gesagt, bevor er abgefahren ist.«

Fergus sank in den Sessel zurück. Es war klar, Lord Satterfield war klug, fast so klug wie Onkel Jeris. Vielleicht, dachte Fergus, sogar noch scharfsinniger.

Nach all dem Lernen und Üben kam der Tag der Prüfung für Fergus. Trotz der Warnung seines Onkels, daß er einen langen Tag vor sich haben würde, und dem üblichen Drängen der Tante, doch ordentlich zuzugreifen, konnte Fergus nur lustlos an einer Tasse Tee nippen und an einer Scheibe Toast knabbern.

»Komm, komm, Fergus«, versuchte ihn seine Tante zu überreden, »nun iß doch noch etwas, Junge.«

»O nein, Tante Martha, mein Magen ist zu nervös.«

»Nun mach schon, Fergus«, beschwichtigte ihn Onkel Jeris, »du bist bestimmt nicht nervöser, als ich es damals war, als ich mein Examen abgelegt habe, und ich habe an jenem Morgen wie ein Wolf gefuttert. Es macht keinen guten Eindruck, wenn dein Magen mitten in der Prüfung anfängt zu brummen wie ein hungriger Bär.«

Fergus versuchte, sich noch etwas von den leckeren Spezialitäten einzuverleiben, aber er schaffte nur ein paar Bissen, dann gab er auf und begnügte sich damit, seinen Tee zu trinken.

Zur verabredeten Zeit begleitete Onkel Jeris Fergus aus der Tür zur wartenden Kutsche. Während der Fahrt zur Admiralität schwieg Fergus, er starrte nur blicklos aus dem Fenster.

Am Eingang zur Admiralität stieg Onkel Jeris aus, und Fergus folgte ihm. Der Türsteher tippte für Jeris grüßend an seinen Hut, der gleich darauf seinen Neffen durch die Hallen des Gebäudes navigierte. Als sie vor der Tür des Prüfungszimmers ankamen, blickte Onkel Jeris Fergus in die Augen und gab ihm einen leichten Klaps auf die Schulter. »So, mein Junge, der Vorsitzende der Prüfungskommission ist Kapitän James Fallows. Man nennt ihn Black Jim, du wirst bald sehen, warum. Er ist ein harter Mann, aber nicht unfair. Ich weiß nicht, welche Offiziere als Beisitzer fungieren, aber du kannst dich darauf verlassen, daß sie jede deiner Äußerungen und Bewegungen genau registrieren werden. Werde nicht zappelig. Verfalle nicht in Panik, falls du eine Frage nicht sofort beantworten kannst – wichtig ist die richtige Antwort. Aber schwafele auch nicht herum.« Fergus nickte kurz. »Und halte dein Temperament im Zaum.«

Fergus sah seinen Onkel mit ungespieltem Erstaunen an. »Aye, Kapitän Burbage erwähnte neben deinem Mut auch deine Schwachstellen.« Jeris schaute schnell über Fergus Schulter, dann wieder in seine Augen. Er senkte seine Stimme zu einem Flüstern. »Du hast schon Schlimmeres durchgestanden als das, was dich in diesem Zimmer erwartet. Franzosen, die über die Verschanzung geklettert kamen, feuernde spanische Dreidecker, den Tod deines

Kommandanten, von der See selbst ganz zu schweigen. Du wirst dich gut halten, da bin ich mir ganz sicher.« Er packte seinen Neffen fest an den Schultern. »Jetzt gib mir einen Kuß, Junge, und dann verschwinde ich.«

Fergus tat, wie ihn der Onkel geheißen, und nachdem Jeris verschwunden war, setzte er sich auf einen der Stühle vor dem Prüfungsraum. Außer Fergus warteten da noch sechs andere Männer, alles Midshipmen, die aber alle älter als Fergus aussahen, bis auf einen. Als ebendieser seinen Kopf zur Seite drehte, fiel das Sonnenlicht auf graue Strähnen in seinem Haar.

Plötzlich schwang die Tür zum Prüfungszimmer weit auf, und ein rotgesichtiger Schreiber in einem zerknautschten Anzug kam aus dem Raum gestampft. Durch eine Brille, die auf einer enormen, fast purpurroten Nase klemmte, musterte er mit hervortretenden braunen Augen und kaum verborgener Geringschätzung die Wartenden. Er räusperte sich, dann rief er: »Midshipman Brush! Mi ...«

Der Schreiber hatte die erste Silbe kaum ausgesprochen, als einer der Midshipmen von seinem Stuhl aufsprang. »Hier!« rief der junge Mann mit scharf geschnittenen Gesichtszügen, der Anfang Zwanzig sein mochte. Er klemmte sich seinen Hut unter den Arm und marschierte schnurstracks auf die Tür zu, wobei er immer schneller wurde. Hätte der Schreiber ihm nicht den Weg versperrt, würde der Midshipman das Examinationszimmer wohl im Sprint erreicht haben.

Der Schreiber blickte den Mister Midshipman Brush düster an. »Sie sind ziemlich eifrig, Mister Brush, nicht wahr?«

Brush sank etwas in sich zusammen.

Der Schreiber seufzte. »Folgen Sie mir jetzt.« Er drehte sich um und geleitete den jungen Mann in das Zimmer. Dort meldete er ihn an und schloß anschließend fest die Tür.

Nach einer halben Ewigkeit, jedenfalls erschien es den Wartenden so, öffnete sich die Tür wieder, und Brush erschien mit einem Ausdruck nur schlecht verborgener Freude auf dem Gesicht.

Der Schreiber rief einen anderen Namen auf: »Mister Carleton!«

Ein hübscher junger Mann mit sandfarbenem Haar stand auf und durchquerte das Wartezimmer. Er lächelte den Schreiber lässig an und sagte leise: »Ich bin Mister Carleton.«

Der Schreiber, dem die unbekümmerte Art des Mannes ganz klar gegen den Strich ging, sagte nichts als direkte Antwort, aber die kurze, knappe Art, wie er Carleton ankündigte, sprach Bände.

Fergus studierte seine wartenden Leidensgenossen, die wie er dazu verdammt waren, auf ihre bürokratische Aburteilung zu harren. Einer der Männer fummelte an seiner Uniform herum. Er schnippte imaginäre Staubkörnchen von seinem Hut, dem Uniformrock, den Kniebundhosen, immer in dieser Reihenfolge und wieder und wieder. Ein anderer mit einem grimmigen Funkeln in den Augen und einem energischen Kinn starrte die ihm gegenüberliegende Wand an, dabei schlug er mit den Fäusten sanft auf seine Schenkel. Der Mann mit dem grauen Haar – Fergus hatte richtig gesehen – schien entspannt, ja fast resigniert zu sein, er flegelte auf seinem Stuhl und hatte den Hut über die Augen gezogen. Ein junger, untersetzter Mann marschierte auf und ab, dabei hatte er die Hände hinter dem Rücken verschränkt. Seine Nervosität war fast mit den Händen zu greifen. Während er hin und her ging, murmelte er ständig etwas vor sich hin. Ein Gebet? Vielleicht war es aber auch eine Definition, von der er befürchtete, daß er sie vergessen könnte.

Die Tür schwang weit auf, und alle Köpfe wandten sich ihr zu. Carleton erschien wieder, seine unbesorgte, gelassene Art schien noch intakt zu sein, so als ob alles, was drinnen geschehen war, wie erwartet und sogar wie geplant abgelaufen wäre. Dem Sekretär warf er ein offenes, ja, fast mitleidiges Lächeln zu, den anderen Männern ein verschwörerisches Grinsen. Dann ging er die Halle hinunter.

Ganz offensichtlich gereizt durch Carletons Nonchalance, zischte der Schreiber den nächsten Namen, auf den der untersetzte Mann reagierte. Er wurde brüsk in das Zimmer gezerrt, und die Tür wurde mit mehr als dem erforderlichen Kraftaufwand lautstark geschlossen. Der grauhaarige Mann regte sich lange genug, um seinen Hut anzulüften, zur Tür zu schielen und etwas über die Rücksichtslosigkeit gewisser Leute zu brummen, dann verfiel er wieder in seine Ruhestellung.

Nach kurzer Zeit hörte Fergus Gelächter, das nach einer kurzen Pause noch lauter wurde. Er hoffte, daß sich der junge Mann nicht einen so gravierenden Fehler erlaubt hatte, daß dieser den Heiterkeitsausbruch verursacht hatte. Dann senkte sich wieder Stille auf den Raum herab, die anhielt, bis die Tür aufflog und der Midshipman mit dem Hut unter dem Arm herauskam. Er hatte die Lippen fest zusammengekniffen – aber nur einen Augenblick lang. Als Fergus Augenkontakt mit ihm hatte, blinzelte er ihm zu und grinste breit. Beim Weggehen begann er laut zu pfeifen und hüpfte beinahe kindlich verspielt durch die Halle.

So ging es weiter, nach dem Stand der Sonne schätzte Fergus, bis zum frühen Nachmittag. Schließlich wurde der grauhaarige Midshipman aufgerufen. Als er auf den Schreiber zuging, murmelte er an keinen Bestimmten gewandt: »Wollen wir hoffen, daß es klappt.« Die Zeit, die er hinter der verschlossenen Tür zubrachte, schien eine Ewigkeit zu dauern. Fergus versuchte zu lauschen, aber die Stimmen waren gedämpft, allerdings konnte er von Zeit zu Zeit in einigen von ihnen eine gewisse Schärfe heraushören. Als der Midshipman gefolgt von dem Schreiber herauskam, stand Fergus schnell auf.

»Nein, noch nicht«, wies ihn der Schreiber energisch zurecht und hob abwehrend eine Hand. Dann kehrte er in das Zimmer zurück und schloß die Tür hinter sich.

Der grauhaarige Mann blickte zuerst Fergus an, dann auf die geschlossene Tür, um dann mit einer hochgezogenen Augenbraue wieder Fergus anzuschauen. »Hmmm«, brummte er und richtete dann sein Augenmerk auf seinen Hut.

»Was denken Sie, was machen die jetzt da drinnen?« erkundigte sich Fergus, den die Abweichung von der Routine ängstlich machte.

»Das weiß ich nicht«, erwiderte der Mann lakonisch, »aber ich möchte annehmen, daß Sie es bald genug erfahren werden.«

Fergus Augen musterten schnell die Tür. »Wie haben Sie abgeschnitten?« forschte er, mehr aus Interesse an einer nützlichen Mitteilung, als aus schierer Neugierde.

»Recht gut, denke ich«, meinte der Mann unverbindlich. Er klemmte sich den Hut unter den Arm. »Ist schon eine komische Sache mit diesem Krieg.«

»Wie bitte?«

»Der ist ein hartes Geschäft und fügt der langen Liste der Ursachen, die einen Mann auf See töten können, ein paar weitere hinzu. Er tut wahre Wunder für die Beförderung.« Mit dieser vielsagenden Bemerkung hellte sich sein Gesicht auf, er zwinkerte Fergus zu und machte sich mit einem fröhlichen »Viel Glück!« auf den Weg.

Jetzt war Fergus völlig verwirrt und sah dem Midshipman nach, wie er die Halle hinunterschritt. Was war hier bloß los? Das Knarren des Türknopfes ließ Fergus zusammenfahren. Er hatte kaum Zeit, einen Ausdruck ernster Erwartung aufzusetzen, als sich die Tür auch schon öffnete.

Der Schreiber musterte ihn kühl. »Kommen Sie!« bellte er, und Fergus folgte der Aufforderung.

Das Prüfungszimmer war spartanisch eingerichtet. An einem langen Tisch, dessen Breitseite zur Tür wies, saßen vier Offiziere, alles Kapitäne zur See. Auf einem kleineren Tisch zur Linken stapelte sich ein Berg Papiere. Ein Tintenfaß und mehrere Schreibfedern markierten das Reich des Schreibers. Exakt vor der Mitte des langen Tisches und etwa sechs Fuß davor stand ein einsamer Stuhl.

»Mister Kilburnie«, meldete der Schreiber mit spürbarem Widerwillen.

Nachdem sich der Schreiber niedergelassen hatte, sagte ein schwarzhaariger Offizier, es war der zweite an Kilburnies rechter Seite: »Bitte, setzen Sie sich, Mister Kilburnie.«

Das mußte Black Jim sein. Er hatte einen dunklen, fast olivenfarbenen Teint, der ihm das Aussehen eines Spaniers verlieh, und seine braunen Augen waren fast schwarz. Rechts von Black Jim saß ein stattlicher Mann mit einem geröteten Gesicht, dessen Farbe, so vermutete Fergus, von seiner Vorliebe für guten Rotwein und Portwein stammte und nicht von einer kürzlichen physischen Anstrengung. Die Tatsache, daß er fast aus seiner Uniform zu platzen drohte, schien Fergus' Verdacht nur zu bestätigen. Aber seine Augen blickten nicht berauscht, sondern so kalt und grau wie die winterliche Nordsee, sie verrieten Schärfe und vielleicht auch eine gewisse Rücksichtslosigkeit.

Der Offizier, der am weitesten rechts von Kapitän Fallows seinen Platz hatte, war kahlköpfig, sein Kopf war eine riesige Fläche aus glänzender rosa Haut, an deren Rand kleine weiße Haarbüschel wucherten. Wäßrige blaue Augen, die dicht an einer Hakennase saßen, musterten Fergus unverhohlen. Links von Fallows saß ein Mann mit wettergegerbtem Gesicht und ungebändigtem braunem Haar, das an den Schläfen grau wurde. Seine haselnußbraunen Augen schienen freundlich zu blicken. Tatsächlich ging von diesem Mann ein Gefühl herzlichen guten Willens aus, das Fergus sehr ermutigend fand.

Fallows räusperte sich lautstark. »Mister Kilburnie, Sie konfrontieren uns mit einem interessanten Fall.« Er blickte auf seine gefalteten Hände hinunter. »Sie wurden vom verstorbenen Kapitän Burbage zum diensttuenden Leutnant befördert. Vorher sind Sie als was gefahren?«

»Als Hilfssteuermannsmaat und Geschützführer, Sir.«

»Ah, richtig«, antwortete Fallows und blickte Fergus

scharf an. »Nun sind Beförderungen aus dem Zwischendeck in die Offizierslaufbahn durchaus nicht unmöglich ...«

»Brotfrucht-Bligh«, erklärte der Kahlkopf, »ein ausgemachter Idiot. Hat eine Meuterei verursacht und sein Schiff verloren.«

»Cook«, hielt der Mann mit dem wettergegerbten Gesicht dagegen, »ein verdammt guter Mann. Der beste Navigator, den wir je hatten. Hatte drei Schiffe, keines davon hat er verloren.«

Der fette Kapitän hatte nichts dazu zu sagen, schüttelte aber müde seinen Kopf.

»Danke, Gentlemen«, schnarrte Fallows gereizt. Er kehrte wieder zu dem eigentlichen Punkt zurück. »Wie ich schon ausführte, ist so etwas nicht ausgesprochen unmöglich, aber es kommt immerhin doch so selten vor, daß wir einen Mann, der auf eine derartige Beförderung reflektiert, einer genauen Prüfung unterziehen müssen.« Er machte eine Pause und sah Fergus bedeutungsschwer an. »Haben Sie mich verstanden, Kilburnie?«

»Jawohl, Sir. Ich verstehe vollkommen, Sir.«

»Gut. Diese Herren hier, Kilburnie«, er deutete mit der Hand in beide Richtungen des Tisches, »werden Ihnen Fragen stellen, die sich auf Ihre Fachkenntnisse und andere Eigenschaften beziehen, die für einen Marineoffizier von entscheidender Bedeutung sind.« Er faltete wieder die Hände. »Kapitän Gilbert, wenn Sie bitte beginnen wollen.«

Der kahlköpfige Mann beugte sich vor, was Fergus an einen Adler erinnerte, der auf seine Beute herabstößt. »Kilburnie, wenden Sie Ihr Schiff!«

Der verschwendet keine Zeit mit langen Vorreden, dachte Fergus. Sofort versuchte er in seinem Gehirn die richtige Reihenfolge der Befehle für ein derartiges Manöver auszugraben. Zuerst kam ... was? Aber halt! Etwas fehlte bei der Frage! Gilbert hatte ihm eine Falle gestellt, und er wäre beinahe hineingefallen. Er blickte Gilbert so unschuldig wie möglich an und fragte höflich: »Bitte, Sir, aus welcher Richtung kommt der Wind?«

»Ha! Er hat Ihren Trick erkannt, Gilbert!« brach es fröhlich aus dem Offizier heraus, der links neben Fallows saß, dabei schlug er kräftig mit der flachen Hand auf den Tisch. »Das ist ein Pluspunkt für Sie, mein Junge!«

»Kapitän Howell! Bitte, mäßigen Sie sich, Sir!« bellte Fallows.

Howell sagte nichts mehr, aber sein Gesichtsausdruck blieb vergnügt.

Falls Gilberts Auslassung beabsichtigt gewesen war, ließ er sich nichts anmerken. »Von Backbord, Sir!« ergänzte er trocken, dann lehnte er seine Fingerspitzen aneinander und legte die Zeigefinger an die Unterlippe.

Fergus dachte einen Augenblick lang nach, dabei schloß er die Augen, um sich die *Athena* und Montgomerys Kommandos vorzustellen. Er öffnete die Augen, sah Gilbert an und begann mit einer Stimme, die, wie er hoffte, selbstsicher klingen sollte: »Sir, das erste Kommando lautet: Klar zur Wende!, dann folgt: Ruder in Lee!, was bedeutet, daß das Manöver jetzt durchgeführt wird.« Er leckte sich die Lippen. »Jetzt folgt: Vorschoten los! und Besan mittschiffs! Als nächstes muß das Großsegel gebraßt werden, daher lautet das Kommando »Auf Halsen!« Dadurch kommt die Fock an Backbord, und sobald das

Luvliek des Großsegels einfällt, wird nach dem Kommando: Rund achtern! die Großsegelrah herumgebraßt.« Fergus packte fest die Armlehnen seines Stuhls. »Jetzt folgt das Kommando: Vor- und Stagsegel über!, gleichzeitig wird für den Kreuzmast angeordnet: Besan auffieren! Hat das Schiff durch den Wind gedreht und liegt auf dem neuen Bug – und haben die Hauptsegel den Wind wieder eingefangen –, werden nach: Rund vorne! die Vorrahen gebraßt, und dann werden schließlich alle Rahen nach dem Befehl: Hol dicht! mit Hilfe der Halsen und/oder Schoten getrimmt. Sir, ich glaube, daß mein Schiff gewendet hat.«

Gilbert nahm die Finger von seinem Mund. »Das glaube ich auch, Sir.«

»Noch weitere Fragen, Mister Gilbert?« fragte Fallows. Er erhielt als Antwort ein leichtes Kopfschütteln. »Kapitän Hall, Sir, sind Sie bereit, Mister Kilburnie zu examinieren?«

»Versuchen Sie keine blöden Tricks wie Gilbert, der Dummkopf«, krächzte Kapitän Howell. »Dieser Kilburnie ist clever.«

Fallows rollte mit den Augen, und Gilbert, dessen Gesicht rot anlief, blickte drohend zu Howell hinüber. Fergus stellte fest, daß Hall offensichtlich entschieden hatte, Howells Provokation nicht zur Kenntnis zu nehmen, wahrscheinlich weil er wußte, daß nicht er, sondern Gilbert das Ziel gewesen war. »Danke, Kapitän Fallows, ich bin bereit.« Er rückte sich auf seinem Stuhl zurecht und faltete die Hände vor seinem umfänglichen Mittelteil. »Sir, informieren Sie mich bitte über die richtige Reihenfolge der Kommandos beim Laden eines Geschützes.« Die Andeutung eines Lächelns spielte um seinen Mund. »Es spielt keine Rolle, von welcher Seite der Wind kommt.« Howell kicherte vernehmlich, und Gilbert lief hochrot an.

Fergus rasselte die notwendigen Kommandos herunter.

Ein leichtes Nicken von Kapitän Hall belohnte ihn. »Lassen Sie das Stück sturmsicher laschen!«

Wieder erfolgte die Antwort umgehend und auch das entsprechende Nicken. »In Ordnung, Sir, bitte sagen Sie mir jetzt, wie viele Pfund Pulver Sie für einen Zweiunddreißigpfünder benötigen?«

Fergus hatte auf der *Athena* naturgemäß noch nie einen Zweiunddreißigpfünder abgefeuert, und Kerry, der eifersüchtig über seine Position wachte, hatte ihn darüber nie aufgeklärt. Folglich versuchte er sich daran zu erinnern, wieviel Pulver bei den kleineren Kanonen verwendet wurde, um dann das Ergebnis zu extrapolieren. »Nun, nach bestem Wissen und Gewissen würde ich meinen, daß die Pulverladung für einen Zweiunddreißigpfünder ungefähr fünfzehn Pfund betragen müßte.«

Hall nickte wieder kaum merklich, dann machte er eine abschließende Handbewegung. »Ich habe keine weiteren Fragen mehr.«

Fallows blickte den Tisch entlang auf den letzten Prüfer. »Kapitän Howell«, sagte er mit einiger Erleichterung.

Howell beugte sich vor. »Kilburnie, hier kommt eine ganz entscheidende Frage. Wie stellt man den richtigen Grog her – mit fünf oder mit drei Teilen Wasser?«

Fergus wußte, daß es einige Kommandanten vorzogen, ein Teil Rum mit fünf Teilen Wasser zu versetzen, aber er erinnerte sich deutlich, daß auf der *Athena* die Drei-zueins-Mischung üblich gewesen war. Die Besatzung war einstimmig der Meinung gewesen, daß ein Grog mit fünf Teilen Wasser wie ein Baumwollhemd war, zu dünn, um die Kälte fernzuhalten.

»Drei Teile Wasser, Sir«, antwortete er fest.

Howell grinste breit, neue Falten bildeten sich in seinem zerfurchten Gesicht in den Augenwinkeln und um den Mund. »Jetzt nehmen wir einmal an, Sie haben das Kommando auf einem bewaffneten Transporter, und eine französische Brigg schließt dicht auf und verlangt von Ihnen die Kapitulation. Was würden Sie tun, Sir?« Howell sprang auf die Füße, seine Hände ruhten schwer auf der Tischplatte vor ihm. »Nun mal los, Sir! Ihnen bleiben nur Sekunden für Ihre Entscheidung!«

Fergus blickte auf die anderen Männer. Auf Gilberts Gesicht lag ein Ausdruck milden Amüsements. Fallows starrte ihn intensiv an. Howell verzog keine Miene, obwohl er die Andeutung eines Lächelns zu erkennen glaubte.

Fergus blickte Howell grade in die Augen. »Ich würde warten, bis der Franzose nahe genug heran wäre, dann würde ich ihn mit allem, was ich zur Verfügung hätte, unter Feuer nehmen und dann Wurfanker hinüberschleudern lassen. Mein nächstes Kommando würde sein: Entern! Ich würde das Schiff mit der blanken Waffe in der Faust erobern.«

Howell lachte kurz und bellend auf, dann trieb er ihn weiter in die Enge: »Aber Sie sind in der Unterzahl, Sir. Warum streichen Sie nicht lieber die Flagge, anstatt den Gegner zu entern?«

»Ich vertraue auf das Überraschungsmoment, Sir. Ich mache das Unerwartete.«

»Es bleibt ein Risiko!«

»Besser ein Risiko eingehen, als sicher auf einer französischen Gefangenenhulk zu vermodern!« stieß Fergus ungestüm hervor.

Howell schwieg einen Augenblick lang, er klopfte nur leise mit seinen Fäusten auf die Tischplatte. Dann setzte er sich langsam, öffnete die Fäuste und legte die Handflächen nebeneinander flach auf die hochglanzpolierte Tischplatte. Er drehte sein Gesicht zu Kapitän Fallows. »Der hat bestanden!« erklärte er laut.

Fallows schien durch diese Erklärung genervt. »Bitte, Sir«, seufzte er ruhig, aber fest. »Wir dürfen hier über unseren Eindruck, den der Midship ..., äh, Mister Kilburnie auf uns gemacht hat, nicht diskutieren, solange dieser hier anwesend ist.«

Howell zuckte mit den Schultern. Fallows blickte den Tisch nochmals entlang und fragte, ob noch jemand eine Frage zu stellen wünschte. Niemand äußerte einen entsprechenden Wunsch.

Fallows kam wieder auf Fergus zurück. »Mister Kilburnie, wie ich schon am Anfang dieser Prüfung ausgeführt habe, ist die Beförderung aus dem Mannschaftsdienstgrad in den Offiziersrang eine seltene Sache bei der Marine. Diese Prüfungskommission könnte die unangenehme Pflicht haben, zu empfehlen, daß Sie als Steuermannsmaat dienen sollen, oder, daß Sie, falls Sie das wünschen sollten, gänzlich aus dem Dienst entlassen werden. Verstehen Sie das?«

Fergus unterdrückte den Wunsch, ungestüm aufzuspringen und herauszubrüllen, daß sein Wunsch der Dienst in der Navy war – oder gar nichts. Glücklicherweise fiel ihm noch rechtzeitig der Rat seines Onkels ein, so hielt er seinen Mund und antwortete nur: »Jawohl, Sir.«

Fallows nickte: »Dann sind Sie damit entlassen, Kilburnie.« Er wandte sich an den Schreiber. »Mister Bartholomew, geleiten Sie bitte Mister Kilburnie hinaus.«

Fergus erhob sich und schritt zur Tür, die der Schreiber für ihn öffnete – das war die einzige höfliche Geste, die der Mann während des gesamten Tages für irgend jemanden gemacht hatte. Als er in den Vorraum hinaustrat, spürte er, daß er nicht das Selbstbewußtsein ausstrahlte, das die anderen Männer gezeigt hatten. Es war alles ziemlich verwirrend. Kapitän Howell schien erfreut gewesen zu sein, daß er alle Fragen zufriedenstellend beantwortet hatte. Aber warum war Kapitän Fallows so bemüht gewesen, seine Hoffnungen zu dämpfen? Während er zu Onkel Jeris Büro schritt, kam ihm ein weiterer Gedanke: Die Fragen waren überhaupt nicht schwierig gewesen, und Kapitän Fallows hatte nicht eine einzige gestellt. Was war da los gewesen? Er brütete immer noch über das ganze Geschehen nach, als er an der Bürotür seines Onkels klopfte.

»Ja!« rief sein Onkel, und Fergus trat ein. Jeris war über ein umfangreiches Dokument gebeugt und machte sich mit einer Feder Notizen. Ein fröhliches Feuer brannte im Kamin und kämpfte gegen die feuchte Kälte des Zimmers an. Als er seinen Neffen sah, legte er die Feder zur Seite und stand auf. »Nun, wie ist es gelaufen?«

»Es war seltsam, Onkel. Ich dachte die Prüfung würde Stunden dauern, aber sie gaben mir insgesamt nur sechs Fragen, und nur eine hat mir gewisse Schwierigkeiten bereitet. Einer der Offiziere – ein gewisser Kapitän Howell –

hat sogar gesagt: ›Er hat bestanden!‹, nachdem ich geantwortet hatte. Aber am Ende und am Anfang hat mich Kapitän Fallows belehrt, daß es sehr selten ist, daß sich Offiziere aus dem Zwischendeck rekrutieren. Dann führte er noch aus, daß die Prüfungskommission verlangen könnte, daß ich als Steuermannsmaat eingesetzt werde oder die Marine verlassen muß.« Er ließ sich auf einen Stuhl fallen. »Was soll ich davon halten?« stöhnte er mit einer Mischung aus Ärger und zunehmender Verzweiflung.

Jeris stand auf und ging zum Fenster. Dort blickte er eine Weile schweigend hinaus und rieb sich gedankenverloren seinen Armstumpf. »Junge, wir müssen uns damit abfinden, daß nicht immer alle unsere Pläne so enden, wie wir uns das vorgestellt haben. Die Karriere deines Großvaters in der Marine wurde durch eine Friedensperiode beendet – und durch das blinde Vorurteil eines Mannes. Eine französische Kanonenkugel beendete die meine im amerikanischen Krieg. Wenn die Entscheidung so lauten sollte, daß du dem König am besten als Steuermannsmaat dienen kannst, dann ist das dein Schicksal.« Sein Ton wurde wieder kräftiger. »Du mußt dein Schicksal auf dich nehmen, bis es an der Zeit ist, es zu ändern.« Er wandte sich vom Fenster ab und bohrte seinen Blick in Fergus' Augen. »Hast du mich verstanden?«

»Ja, Onkel, das habe ich«, erwiderte ein niedergeschlagener Fergus.

»Sogar für den Fall, daß du die Marine verlassen solltest, beginnt dein Leben ja erst. Du verstehst eine Menge von Pferden, das ist ein Talent, das vielen Männern eine Menge Geld wert ist. Wenn du möchtest, könnte ich dir auch eine Arbeit auf einer Werft der Admiralität besorgen. Gott weiß, daß wir auf diesen Posten dringend ehrliche Männer benötigen. Falls du weiter zur See fahren willst, so ist es wahrlich keine Schande, auf einem schnellen Postsegler oder einem Zollkutter zu fahren, gar nicht zu reden von den Schiffen der Ehrenwerten Ostindischen Kompanie oder jedem anderen Frachtensegler.«

»Ich verstehe, was du mir sagen willst, Onkel Jeris. Selbst wenn mein Offizierspatent verloren sein sollte, so ist doch nicht alles verloren. Aber noch befindet sich mein Land im Krieg, und ich möchte ihm dort dienen, wo ich es am besten kann, und das ist meiner Meinung nach in der Marine.«

»Deine Auffassung ist bewunderungswürdig, mein Junge, aber sogar der patriotische Eifer kann die Gewohnheiten aus Friedenszeiten nicht über Nacht außer Kraft setzen.« Jeris blickte auf seinen Schreibtisch und verzog das Gesicht. »Ich habe genug davon«, schnarrte er abschließend. »Laß uns in eine mir bekannte Taverne gehen und uns bei einem deftigen Drink wieder erholen.«

Während des Rests der Woche wartete Fergus auf eine Nachricht bezüglich des Ergebnisses seiner Prüfung. Jeden Abend, wenn Onkel Jeris nach Hause kam, erwartete ihn Fergus schon lauernd in der Tür. Jeris machte dann ein bekümmertes Gesicht, schüttelte den Kopf und sagte: »Nichts Neues, Junge.« Diese enervierende Routine setzte sich auch in der darauffolgenden Woche fort. Onkel Jeris' ermunternde Worte verfehlten mehr und mehr ihre Wirkung.

Fergus machte sich klar, daß er ganz offensichtlich die Marine verlassen und sich nach einer neuen Karriere würde umsehen müssen. Vielleicht war es auch gar nicht so schlecht, Schmuggler zu jagen, überlegte er. Da gab es immer die Chance, daß man sich mit einem oder auch zwei französischen Freibeutern herumschlagen konnte.

In der dritten Woche kam Fergus schon nicht mehr die Treppe herunter, um seinen Onkel zu begrüßen. Er wartete einfach ab und redete mit ihm erst am Abend. An diesem Mittwoch, es war ein besonders mieser Tag, schrieb Fergus gerade einen Brief an seine Eltern, als er hörte, daß die Tür wuchtig zugeknallt wurde, und ihn sein Onkel mit seiner besten Kommandostimme rief: »Fergus! Fergus! Verdammt, Junge, wo steckst du denn?«

Der Ton war so dringlich, daß Fergus aus seinem Zimmer schoß und die Treppe hinuntereilte, wo er beinahe mit seinem Onkel kollidiert wäre, der zu ihm hinaufwollte. Der Rest des kleinen Haushalts hatte die Ankunft von Jeris mitbekommen und drängte sich schon in der Eingangshalle, auf allen Gesichtern zeichnete sich sowohl Neugierde als auch Besorgnis ab.

»Jeris Fairlie!« schimpfte Tante Martha. »Was soll das bedeuten?«

Jeris zerrte Fergus in die Halle hinunter und zog dann ein zusammengefaltetes Dokument aus seiner Tasche und wedelte damit durch die Luft. »Was das bedeutet?« dröhnte er lauthals. »Ach du lieber mein Gott, Frau! Worauf hat denn Fergus während der vergangenen drei Wochen gewartet?«

Fergus begriff immer noch nicht, wovon sein Onkel sprach.

»Ihre Bestallung, Leutnant Kilburnie!«

Tante Martha, das Hausmädchen und die Köchin verstanden als erste, was der exakte Inhalt von Jeris Nachricht war.

»O wie schön«, meinte Tante Martha, der Tränen in die Augen stiegen.

»Oh, Sir«, sagten die anderen beiden Frauen unisono und tupften sich ergriffen die Augen mit den Ecken ihrer Schürzen.

Plötzlich hatte auch Fergus verstanden. Er umarmte seinen Onkel auf der Stelle und wischte ihm dabei den Hut vom Kopf. »Was? Wann?« Die Worte sprudelten ungeordnet aus ihm heraus. »Bestallung!«

Jeris wand sich in der Umarmung seines Neffen. »Laß mich los, Junge!«

Fergus gab ihn frei und grapschte nach dem Papier, das ihm Jeris reichte.

»Es ist alles in der blumigen Sprache der Admiralität verfaßt«, erläuterte Jeris, »aber der Kernpunkt ist, daß du und Dutzende anderer Männer wegen Tapferkeit vor dem Feind in der Gazette als Leutnants der Royal Navy veröffentlicht worden seid.«

Plötzlich fühlte sich Fergus beschwingt und setzte sich auf die Stufen der Treppe. »So, das war es dann wohl?«

»Nein, das war es nicht«, entgegnete Onkel Jeris fest. »Du mußt jetzt noch ein gutes Schiff finden.«

»Ich möchte auf die *Athena* zurück«, schlug Fergus wehmütig vor.

»Nein, das kommt gar nicht in Frage. Du solltest dir besser ein kleineres Schiff aussuchen, einen Kutter oder eine Brigg. Da besteht immer die Möglichkeit in ein Gefecht verwickelt zu werden – bei Spezialaufträgen, bei der Jagd nach Freibeutern oder französischen Handelsstörern

– und genau das ist es, was du brauchst, um von der Admiralität bemerkt zu werden. Das Glück ist mit den Tapferen. Schau dir nur diesen Nelson an, er wurde für diese verdammt närrische Aktion vor Kap Vincent zum Ritter geschlagen. Jetzt ist er schon Admiral und im Gespräch für ein selbständiges Oberkommando im Mittelmeer.« Jeris schlug mit der Hand auf den Handläufer der Treppe. »Guter Gott! Wir haben noch gar nicht auf dein Glück angestoßen.«

Einige Minuten später schob Onkel Jeris alle in den Salon. Obwohl er wollte, daß alle Rum tranken, lehnte Tante Martha das rundweg ab und bestand darauf, daß sie und die Dienerschaft Sherry bekamen.

Fergus bedankte sich: »Onkel Jeris, Tante Martha, ich schulde euch beiden so viel.«

»Quatsch, mein Junge«, erwiderte Jeris mit gespielter Ernsthaftigkeit. Er hob sein Glas. »Auf Leutnant Fergus Kilburnie, Royal Navy.« Fergus hob das Glas an die Lippen. »Nein, nein, Junge, das darfst du niemals machen!«

»Was machen?«

»Auf dich selbst trinken. Verdammt, ich muß es auf mich nehmen und dir das richtige Benehmen in der Offiziersmesse beibringen, bevor du dich in Verlegenheit bringst.« Er schüttelte den Kopf. »Jetzt werden Tante Martha, meine Wenigkeit und die Mädchen dir zuprosten, danach kannst du die Flasche leer trinken, wenn du möchtest.« Nach Beendigung der kleinen Zeremonie scheuchte Tante Martha die Angestellten aus dem Zimmer und entschuldigte sich selbst mit hausfraulichen Pflichten in der Küche.

Allein gelassen machten es sich Jeris und Fergus in den

Sesseln vor dem Feuer bequem. »Fergus, du mußt wissen, daß du einen großen Teil deines Erfolgs anderen Leuten als mir verdankst. Als Sekretär der Admiralität habe ich ein gewisses Maß an Einfluß, aber das ist winzig verglichen mit dem anderer Männer. Ich kann nicht die Vorteile bieten, welche die enge Verbindung zu den wirklich mächtigen Männern mit sich bringt. Ich kann nur bestimmte Dinge bei ihnen zur Sprache bringen und dann hoffen, daß das genügt. Oft ist das nicht der Fall. Es gibt Dutzende, wenn nicht Hunderte von Männern, die selbst meine sehr sorgfältig in Szene gesetzten Pläne ruinieren können.«

»Das bedeutet?«

»Das bedeutet, daß du mehr Gönner hast, als du selbst weißt.« Er schwieg einen Augenblick. »Sehr wichtig! Essex und sein Vater, Lord Satterfield.«

»Aber sie haben nichts zu mir gesagt«, protestierte Fergus.

Jeris rollte mit den Augen. »Hölle und Verdammnis, Junge, wie meinst du, bist du zu so einer leichten und kurzen Prüfung gekommen? Fallows hat gute Beziehungen zu Lord Satterfield, und er hat sichergestellt, daß Offiziere ausgesucht wurden, die dir in ihrer Mehrheit gut gesinnt waren. Er hat dich als letzten hereingerufen, weil er wußte, daß Kapitän Hall langsam hungrig werden und daß Kapitän Howell sich den lieben langen Tag über mit Kapitän Gilbert gnadenlos ärgern würde. Die beiden sind bekanntermaßen Rivalen. Es hat mich überrascht, daß sie nicht im Prüfungszimmer die Degen gekreuzt haben. Er wußte also, daß die anderen Prüfer scharf darauf waren, schnell zu gehen.« Jeris stand auf und goß sich einen weiteren ordentlichen Kanten Rum in sein Glas ein. »Außerdem war deine soziale Herkunft, Sohn eines schottischen Gutsverwalters, nun, jetzt eines schottischen Großbauern, der Grund für einige Einwände gegen deine Beförderung. Lord Satterfields Name war für die Widerstrebenden Grund genug, die Sache in einem anderen Licht zu sehen.«

Fergus grübelte ein paar Minuten still vor sich hin. »Onkel, weißt du, warum sich Lord Satterfield entschlossen hat, mir zu helfen?«

»Na klar, mein Junge. Du kannst dich bei Essex dafür bedanken. Er ist in die Admiralität gekommen und hat mit mir gesprochen und mich gefragt, was er für dich tun kann. Da ich den Status seines Vaters kannte, habe ich ihm sofort gesagt, daß du einen sehr viel einflußreicheren Gönner brauchst, als ich es sein kann, wenn du als armer schottischer Schlucker in der Navy Karriere machen willst. Also hat Essex seinen Vater überredet, dich kennenzulernen, und hat das Dinner arrangiert. Er hat seinen Vater gebeten, dich zu protegieren, wenn du nach seinem Geschmack wärst.«

»Ich nehme an, daß ich Lord Satterfields Geschmack entsprochen habe.«

»O ja, vollständig. Essex hat mir erzählt, daß sein Vater deinen Appetit bewundert hat, deine Liebe zum Burgunder, die Fachkenntnisse über Pferde und das mangelnde Interesse an Politik.«

Fergus lachte. »Vielleicht sollte ich Essex und seinem Vater schreiben und mich bedanken.«

»Umgehend«, stimmte ihm Jeris zu. »Allerdings könnte es sein, daß du von Leutnant Essex so schnell keine Antwort bekommen wirst.«

Fergus bemerkte, daß sein Onkel versuchte, ein Lächeln zu unterdrücken. »Und warum sollte das so sein, Onkel Jeris?«

»Weil dein Freund sich zur Zeit auf dem Weg nach Plymouth befindet, wo er das Kommando auf Seiner Majestät Kutter *Hardy* übernehmen wird. Das ist ein schneidiges kleines Schiffchen, wie man mir sagte.«

»Hattest du dabei deine Finger im Spiel?« fragte Fergus. Er wußte sofort, daß diese Frage überflüssig gewesen war, denn eine tiefe Befriedigung stand seinem Onkel deutlich ins Gesicht geschrieben. Jeris lächelte verschmitzt in sein Glas. »Drücken wir es mal so aus: Lord Satterfield weiß jetzt, daß unsere ehrenwerte Familie durchaus in der Lage ist, ihre Schulden zu bezahlen.«

Für Fergus waren die nächsten Wochen mit hektischer Aktivität angefüllt. Es mußten Uniformen angeschafft werden und dazu Dutzende anderer Sachen, von denen Onkel Jeris steif und fest behauptete, daß sie notwendig wären. Fergus versuchte seine Ausgaben unter Kontrolle zu halten, aber die Preise der unerläßlichsten Dinge ließen ihn schwindlig werden. »Onkel, diese Preise«, stöhnte er eines Tages am Rande der Verzweiflung. »Ich bin ruiniert.«

»Keine Angst«, erwiderte Jeris. »Dein Anteil an dem Prisengeld für die französische Fregatte wird bald ausgezahlt werden, dann hast du genug Geld. Sollte es nicht überwiesen werden, nun, mein Junge, ich habe noch von keinem Mann gehört, der auf See in den Schuldturm gesperrt worden wäre.«

Aber mehr als über die Ausgaben für seine persönliche Ausrüstung machte sich Fergus sorgenvolle Gedanken über sein nächstes Schiff. Er hatte zu viele Offiziere gesehen, die vergeblich bei der Admiralität um ein Bordkommando gebeten hatten, und wußte von anderen, die in den Tavernen von Plymouth, Portsmouth, Dover oder wo immer Schiffe des Königs lagen, in der Hoffnung herumlungerten, einen Kommandanten zu treffen, der einen Offizier suchte. Trotzdem hoffte er, daß er nicht das erstbeste Schiff würde nehmen müssen. Die Aussicht, Offizier auf einem riesigen zackigen Linienschiff mit hundert Kanonen zu sein, das wie ein Hund an der Leine des Flaggschiffs des Admirals hing, und auf die große Seeschlacht zu hoffen, die vielleicht niemals kommen würde, war für ihn keine verlockende Aussicht. Dann gab es da aber auch noch die andere Seite der Medaille, nämlich den Einsatz auf einem von der Navy gecharterten Schiff, auf dem er sich jahrelang im verborgenen an den nervtötenden Routinearbeiten aufreiben konnte. Nein, sein Wunsch war es, auf eine Fregatte oder ein kleineres Schiff zu kommen. Allerdings hatte sich dieses Problem bald erledigt, und wie es wohl nicht anders zu erwarten gewesen war, durch die guten Dienste von Onkel Jeris.

Sein Onkel erklärte ihm: »Erinnerst du dich an den irischen Kapitän, von dem ich dir erzählt habe, der Mann, der die *Fervent* kommandierte? Nun, wie es scheint, hat sein Neffe, ein Fitzjames, einen seiner Freunde, den Commander Morris, zu mir geschickt, um sich von mir beraten zu lassen. Morris scheint ein guter Mann zu sein und hat auch schon ein gerüttelt Maß an Gefechtserfahrung. Er war bei Kap St. Vincent auf Troubridges *Culloden* dabei. Jedenfalls hat mir dieser Morris erzählt, daß er für sein Schiff einen Offizier braucht. Es handelt sich um eine Slup aus Plymouth, die *Swallow* mit vierzehn Kanonen. Es ist ein kleines, aber gutes Schiff, und er fragte mich, ob ich einen guten jungen Leutnant kennen würde, der bereit wäre, mit ihm zu segeln. Nicht schlecht für die Arbeit einer halben Stunde, nicht wahr?«

»Wer ist der Erste Offizier?«

»Du, Fergus.«

Fergus war – gelinde gesagt – ziemlich überrascht, weil er wußte, daß ein frisch gebackener Leutnant damit rechnen mußte, daß jeder andere Leutnant dienstälter war. »Wie hast du das hinbekommen, Onkel Jeris, oder verdanke ich das wieder Lord Satterfield?«

»Dafür brauchst du dich bei niemand bedanken, Junge. Der Grund für diesen Dienstrang ist einfach der, daß du der einzige Leutnant auf der *Swallow* bist.«

Onkel Jeris sah seinen Neffen fragend an. »Ja, der einzige.« Seine Stimme bekam einen verärgerten Klang. »Ich habe dir doch gesagt, daß sie vierzehn Kanonen hat. Du hast doch wohl nicht erwartet, daß du da einer Offiziersmesse voll mit dich bewundernden Leutnants und einem Gunroom mit einem Dutzend Midshipmen vorsitzen wirst?«

Fergus brachte mühsam ein selbstbewußtes Lachen zustande. »Nein, ich glaube nicht, aber ...«

»Nichts aber, sei froh, daß du einen Segelmeister an Bord hast, sonst müßtet ihr, nämlich du und Morris, auch noch die Navigation alleine auf die Reihe bringen.«

Fergus räusperte sich umständlich, dann sah er seinen Onkel an. »Onkel Jeris, bist du sicher, daß ich für so einen Posten schon reif bin? Ich will sagen ...«

Ein skeptischer Ausdruck nistete sich auf Jeris' Gesicht

ein. »Nun ja, allem Anschein nach willst du damit zum Ausdruck bringen, daß du lieber auf ein besseres Schiff warten möchtest. Es gibt eine Menge guter Männer, die viel mehr Erfahrung haben und die an Land auf Halbsold vergammeln und ihre Seele für eine derartige Chance verkaufen würden! Du willst also nicht?«

Eine Welle von Scham schlug über Fergus zusammen, als er den Ärger seines Onkels wachsen sah. »Onkel«, protestierte er, »ich will nicht undankbar erscheinen. Ich bin nur überrascht, daß ich sobald so viel Verantwortung übernehmen soll.«

»Fergus, die Marine befindet sich im Krieg und kann es sich nicht leisten, eine Schule für junge Leutnants zu unterhalten. Dadurch, daß du dich in der Lage gesehen hast, zur Leutnantsprüfung anzutreten, hast du mir – und damit auch dem Rest der Navy – zu verstehen gegeben, daß du dich für alle Aufgaben, welche es auch sein mögen, fit fühlst. Ich habe dich da doch wohl nicht falsch verstanden, oder?«

»Nein, Onkel, das hast du nicht. Ich muß nur erst alles verdauen.«

»Es wird dir erst richtig klarwerden, wenn du der einzige überlebende Offizier auf einer entmasteten Hulk bist und das Glas schnell fällt.« Jeris seufzte tief auf. »Fergus, wenn du mir sagst, daß du dir das nicht zutraust, dann setze ich dich auf die Liste mit Halbsold. Das ist nichts Unehrenhaftes. Es ist mir lieber, daß du in irgendeinem Stall Mist produzierst und glücklich darüber bist, bis zu den Knien im Pferdemist zu stehen, als daß du dich auf einem Achterdeck zum Esel machst. Es gibt, dank des Ämterkaufs, in der Marine schon genug Trottel. Ich will nicht wissentlich einen weiteren in eine Offiziersuniform pressen.«

Fergus sprang auf die Füße. »Ich bin bereit, Onkel«, rief er so kraftvoll, wie er es nur vermochte. »Ich werde dir und der Familie alle Ehre machen!«

Jeris nickte bedächtig. »Tu dein Bestes.«

10
Die *Swallow*

Eine Woche später saß Fergus in einem kleinen Versetzboot und ließ sich durch den Hafen von Plymouth und über die Reede zu seiner Majestät Slup *Swallow* rudern. Wenn er um sein Gepäck herumschielte, konnte er das Schiff sehen. Auf den ersten Blick sah es ziemlich normal aus, es war als Brigg getakelt und trug vierzehn Kanonen. Es schien kein ausgeprägtes Achterdeck zu geben, aber das war auf Schiffen dieser Größe durchaus üblich.

Auf den zweiten Blick – und mehr war wirklich nicht nötig – konnte Fergus den Unterschied sehen. Sie schien schwerelos auf dem Wasser zu schweben, als ob nur der Anker verhindern würde, daß sie sich in den Himmel erhob und davonflog. Die Masten hatten einen leichten, aber sichtbaren Fall nach achtern. Sie ist graziös, dachte er, ja, das ist das richtige Wort – graziös.

Als sich sein Boot näherte, konnte er Männer sehen, die sich auf dem Deck bewegten, einige warfen einen Blick in seine Richtung. Ein Mann in der Nähe des Hecks schaute scharf zu ihm hinüber und rief dann etwas, was Fergus für Befehle hielt. Die Worte waren zwar unverständlich, aber der Ton war eindeutig.

Als die Jolle längsseits dumpf gegen die Bordwand bumste, grummelte der Bootsführer: »Da sind wir.« Er war offensichtlich nervös, sich in der unmittelbaren Nähe eines Kriegsschiffs zu befinden.

Fergus schaute sich das Gesicht des alten Mannes genau an. Vielleicht, dachte er, waren dessen Bedenken bezüglich des Pressens auch nicht völlig unbegründet. Die Marine hatte einen unersättlichen Appetit auf Männer und jeder, der nur ein wenig nach einem Seemann ausschaute, konnte sich der unwillkommenen Aufmerksamkeit der gefürchteten Preßgangs sicher sein.

»Wollen Sie an Bord kommen, Sir?« rief eine laute Stimme von oben.[1] Fergus blickte verwundert auf und sah einen hageren Mann in einem schlichten blauen Rock der Deckoffiziere, wahrscheinlich handelte es sich um den Segelmeister.

Fergus nickte und kletterte an der Bordwand empor. Zwei Männer bildeten die Ehrenwache, und die Bootsmannspfeife trillerte.

Der Segelmeister berührte seinen Hut. »Willkommen an Bord, Sir.«

Fergus erwiderte den Gruß. »Danke.« Er streckte seine Hand aus. »Sie sind ...?«

Der Mann schüttelte Fergus' Hand kurz, aber kräftig.

[1] Bei der Annäherung wäre eigentlich normalerweise das Boot angerufen worden, der Bootsführer hätte mit »Aye, aye!« geantwortet, um anzuzeigen, daß sich ein Offizier an Bord befand, dementsprechend wären die Vorbereitungen an Bord getroffen worden. (Anm. d. Ü.).

»Peck, Sir, Segelmeister.« Er ließ seine Hand über den Rock gleiten. »Aber das ist wohl offensichtlich.«

Dann ging er auf einen stämmigen Mann zu, der auch den Rock eines Deckoffiziers trug und am Besanmast stand. Der Mann kam mit schweren Schritten heran und salutierte halbherzig mit einem leichten Tippen des Fingers an den Hut.

»Das ist Jones, unser Bootsmann«, stellte ihn Peck vor.

»Wie geht es Ihnen, Mister Jones?« erkundigte sich Fergus in einem, wie er hoffte, freundlichen Ton und reichte ihm die Hand.

Jones' Augen weiteten sich etwas, und er warf Peck einen schnellen Blick zu, der Überraschung verriet, aber was ihn verwirrt hatte, konnte Fergus nicht erahnen. Er hoffte, daß der Grund sein freundlicher Tonfall war und nicht sein schottischer Akzent.

Jones riesige schwielige Pranke umschloß Fergus' nicht gerade kleine Hand. »Mir geht es gut, Sir.« Das war waschechter Waliser Dialekt.

»Gut«, entgegnete Fergus.

Jones begann unruhig von einem Fuß auf den anderen zu treten.

»Was gibt es, Jones?«

»Ach, nichts, Sir.«

Fergus spürte, daß sich Jones in seiner Gegenwart unbehaglich fühlte. »Jones, kümmern Sie sich bitte um mein Gepäck. Der Bootsführer hat Angst, daß er gepreßt werden könnte, und möchte zweifellos, so schnell es geht, wieder ablegen.«

Das Gesicht des Walisers entspannte sich etwas, aber er lächelte nicht. »An Bord der *Swallow* haben wir keinen einzigen gepreßten Mann«, protestierte er stolz. Peck verpaßte ihm einen energischen Stoß in die Rippen. »Aye, aye, Sir.« Jones stampfte davon.

»Nun gut, Mister Peck, wollen wir durch das Schiff gehen?«

Peck machte mit der rechten Hand eine Bewegung in Richtung des Bugs. »Jawohl, Sir, vom Vorsteven bis zum Spiegel.«

Lautes Gelächter war von unten zu hören. Es stammte eindeutig von weiblichen Personen.

»Sind Frauen an Bord, Peck?«

»Natürlich, Sir. Wir sind schließlich im Hafen«, erklärte Peck. »Es sind die Ehefrauen von Besatzungsmitgliedern, zumindest behaupten sie das, und dann gibt es da noch ein paar Dockschwalben. Aber die meisten fahren abends zurück an Land.«

»Die meisten?«

»Gibt es da ein Problem, Sir?«

»Nein, ich bin nur neugierig. Wo bleiben die nur auf einem so kleinen Schiff?«

Peck legte einen Finger an die Seite seiner Nase. »In den Hängematten ist jede Menge Platz für sie.«

Ein paar Stunden später stand Fergus neben Peck am Kompaßhäuschen und kam zu dem Schluß, daß er mit dem zufrieden war, was er gesehen hatte. Zwar waren die Unterkünfte vorne sehr beengt, aber das war bei achtzig Seeleuten und zwanzig Marineinfanteristen zu erwarten gewesen, wobei die drei Deckoffiziere, der Leutnant der Seesoldaten, der Schiffsarzt, Fergus und der Kommandant noch nicht mitgezählt waren. Trotzdem schien nichts überflüssig oder fehl am Platz zu sein.

Dann war da noch die *Swallow* selbst.

»Sie gleicht keiner anderen Briggslup, die ich früher gesehen habe«, bemerkte Fergus zu Peck.

»Sie ist schon etwas Besonderes, das ist richtig. Jedenfalls in unserer Marine«, erwiderte der Segelmeister. »Das liegt daran, daß sie ein französischer Bau ist.« Er klopfte liebevoll auf die Verschanzung und lächelte, als ob er in seinem Inneren schönen Gedanken nachhing. »Sie wurde in Toulon aus bester adriatischer Eiche erbaut. Das ist wirklich das Beste, was die Froschfresser auftreiben können.«

»Wann wurde sie erobert?«

»Vor etwas mehr als drei Jahren im Kanal. Sie war aus Brest ausgelaufen, lief dort aber genau vor die Kanonen von zwei Fregatten und mußte kapitulieren.«

»Wie segelt sie?«

»Einfach großartig, Sir. Bei leichtem Wind gleitet sie dahin, wo andere Schiffe noch bekalmt liegen würden. Bei einem guten Wind von achtern – sogar bei Starkwind – galoppiert sie los wie ein Vollblut. Und am Ruder braucht sie nur eine leichte Hand.«

Auch von den Männern war Fergus positiv überrascht. Sie schienen mit sich selbst und dem Schiff im Einklang zu sein. Wenn man Jones Glauben schenkte, dann waren alle Freiwillige. Das sprach für sich, überlegte er. Aber immer, wenn Fergus näher zu einem der Männer herantrat, spürte er eine gewisse Vorsicht, eine Zurückhaltung.

Ein anderer bemerkenswerter Punkt war die große Anzahl von Schwarzen in der Mannschaft. Natürlich hatte es davon auch auf der *Athena* eine ganze Reihe gegeben, wie auf jedem anderen großen Schiff der Navy auch, aber wenn man den Stückmeister, der Jamaika Sam genannt wurde, nicht mitzählte, waren es hier zehn Männer, gemessen an der Mannschaftsstärke von achtzig Seeleuten, waren das ungewöhnlich viele.

Als Fergus diese Beobachtung Peck mitteilte, lächelte der Segelmaster verschmitzt. »Nun, Sir, bis vor etwa einem Jahr war die *Swallow* in Westindien eingesetzt und eine Gegend, in der es mehr Fieber und andere tödliche Krankheiten gibt, können Sie sich nicht vorstellen. Wir verloren mehr als nur ein paar Männer. Also kamen wir auf die Idee, daß uns Jamaika Sam in Kingston ein paar neue Leute besorgen könnte.«

Ein erschreckender Gedanke schoß sofort durch Fergus' Kopf. »Haben Sie etwa Sklaven in den Dienst gepreßt?«

»Um Himmels willen, nein, Sir. Man hat ihnen die Gelegenheit gegeben, freiwillig auf einem guten Schiff anzumustern, um das Leben eines Seemannes zu führen – und sie haben zugegriffen.«

»Ich bin nicht sicher, ob ich ganz richtig verstanden habe, was Sie meinen.«

»Nun, Sir, Jamaika Sam ging an Land, dort traf er ein paar Männer, die mit Arbeiten mit oder an Booten zu tun hatten. Erfolgversprechendes Rekrutierungspotential, könnte man sagen. Sie stimmten zu, das Handgeld des Königs zu nehmen. Dann kamen sie mit den Booten hinausgerudert, so als ob sie Lebensmittel liefern würden, und im Handumdrehen hatten wir neue Bordkameraden.« Er räusperte sich bedeutungsvoll. »Natürlich mußten sie sich für eine gewisse Zeit unter Deck aufhalten, bis wir am nächsten Morgen frei von Kingston waren.«

»Also waren es Sklaven.«

»Nun, es *könnten* Sklaven gewesen sein, Sir, aber der

Kommandant hat nicht viele Fragen gestellt. Jetzt sind sie so frei wie jeder andere Seemann auf einem britischen Kriegsschiff.«

Fergus fragte sich, ob der Plantagenbesitzer in Westindien zu demselben Schluß kommen würde, aber er behielt seine Zweifel für sich.

»Ich kümmere mich um ihr Gepäck, Sir.« Peck salutierte und verschwand.

Fast im selben Augenblick hörte Fergus, wie sich die schweren Schritte von Jones näherten. »Guten Tag, Sir«, trompetete Jones fröhlich. »Ist die *Swallow* nach Ihrem Geschmack?«

»Ja, Jones, das ist sie. Sie hat etwas von meinem letzten Schiff.«

»Und was für ein Schiff war das?«

»Die *Athena*, eine Fregatte mit sechsunddreißig Kanonen.«

»Ein gutes Schiff?«

»Ja, das kann man sagen. Aber was ich damit sagen wollte, ist, daß die *Swallow* zwar viel kleiner als die *Athena* ist und viel weniger Besatzung hat, aber trotzdem hat man das Gefühl, daß hier mehr Leute herumwuseln. Die *Athena* war ein gutes Schiff.« Fergus entschied, den Bootsmann nun seinerseits ein wenig auszuhorchen. »Und wie ist das mit der *Swallow*, mögen *Sie* das Schiff?«

»Es ist ein gutes Zuhause, und man könnte sagen, daß es ein glückliches Schiff ist. Wir haben eine kleine Besatzung, die schon lange zusammen ist, seit ungefähr drei Jahren. Ich, nur mal als Beispiel, war damals schon bei dem Prisenkommando.« Er stieß eine große Rauchwolke aus seiner Pfeife hervor. »Ich sage Ihnen jetzt mal etwas, Sir, und Sie können es auffassen, wie Sie wollen: Seeleute unterscheiden sich nicht viel von anderen Männern, wenn es um ihr Zuhause geht – sie mögen keine Veränderungen.«

Fergus verstand sofort. »Jones, Sie wissen genau, daß es nicht in meiner Macht liegt, ob Veränderungen durchgeführt werden oder nicht. Das wird die Entscheidung von Kapitän Morris sein, und alles, was ich über den weiß, ist, daß er einen guten Ruf hat und mit Troubridge auf der *Culloden* bei Kap St. Vincent gekämpft hat.«

»Ah, ein Dickschiffmann«, unzufrieden schüttelte Jones den Kopf.

Wurde auch eine Fregatte mit sechsunddreißig Kanonen als ein Dickschiff angesehen? Fergus entschied, das Thema zu wechseln. »Übrigens, Jones, welche Aufgaben hat die *Swallow*?«

»Wissen Sie das nicht?« Jones klang überrascht, von Fergus' Unwissenheit fast verletzt. »Es ist unsere Aufgabe, französische Freibeuter zu jagen, ›die Wölfe des Kanals‹, wie sie sich selbst nennen.«

»Haben Sie dabei großen Erfolg?«

»Einigen. Wir haben zwei Kutter aus Brest aufgebracht, einen *chasse-marée* aus Lorient und zwei weitere Kutter mit demselben Heimathafen.« Er lächelte und rollte auf seinen Ballen auf und ab. »Es ist, als ob man selbst ein Freibeuter wäre, Sir, besonders wenn man bedenkt, daß das Prisengeld zwischen so wenigen Männern aufgeteilt wird. Jamaika Sam rechnet damit, daß er bald genug Geld zusammenhat, um eine Kneipe aufzumachen. Peck fabuliert immer davon, einem alten Onkel bei dem Betrieb einer Brauerei zu helfen, und was mich angeht, so werde ich zurück nach

Milford Haven gehen, wo ich mich als Schiffshändler niederlassen und außerdem ein paar Anteile im Walfanggeschäft zeichnen werde.« Jones seufzte zufrieden. »O ja, die *Swallow* ist nicht nur ein gutes Zuhause, sondern sorgt auch gut für uns.«

Derartig informiert, überließ Fergus Jones seinen Träumen von Milford Haven und ging hinunter, um nach seinem Gepäck zu sehen. Er fand Peck vor, der einen schwarzen Matrosen anwies, wie Fergus' Seekiste und seinen sonstigen Trödel in den kleinen Raum zu stauen war.

»Sir, Sie sind gut ausgerüstet an Bord gekommen«, murmelte Peck.

»Danke, Peck«, erwiderte Fergus fröhlich.

Peck warf ihm einen Blick mit so offensichtlicher Verzweiflung zu, daß Fergus beinahe laut aufgelacht hätte. Aber er entschied, daß er seinen Spaß gehabt hatte, und informierte Peck, daß er sein Zeug selbst verstauen würde.

»Viel Glück, Sir«, murmelte ein erleichterter Peck und wollte schon dem Matrosen folgen.

»Peck, wie ist der Name dieses Mannes?« erkundigte Fergus sich, als sich der Schwarze an ihm vorbeidrückte.

»Von dem? Oh, das ist Ben Coffee.«

»Hallo, Coffee.«

Der Mann sah ihm grade in die Augen und musterte ihn abschätzend. »Hallo, Sir«, erwiderte er mit einem besonderen Akzent, das »Sir« klang eher wie »Sah« oder »Suhr«.

Fergus hielt dem Blick des Mannes eine lange Zeit stand. »Danke, Coffee, daß du dich um mein Gepäck gekümmert hast.«

Coffee blinzelte und schaute zu Peck hinüber. »Jawohl, Sir.«

»Nun, einen guten Tag noch, Coffee.«

»Jawohl, Sir.«

»Komm schon, Ben«, trieb ihn Peck an, und die beiden gingen den Gang hinunter.

Während Fergus sein Gepäck auspackte und verstaute, schätzte er seine Situation ein: Er hatte ein gutes Schiff, das stark gebaut war und eine vorzeigbare Vergangenheit hatte – und eine gute Besatzung.

Es war ganz klar, daß die Besatzung der *Swallow* kein zusammengewürfelter Haufen war. In dieser Beziehung erinnerten sie ihn an die Fischer, mit denen er gefahren war. Sie liebten ihre Unabhängigkeit, konnten die Gedanken des anderen lesen und fast jeden Befehl vorausahnen, außerdem waren sie erfahren genug, um die Notwendigkeit sofortigen Gehorsams einzusehen. Sie waren hart und motiviert, in einem Gefecht würden sie hart und entschlossen vorgehen. Jetzt, dachte er, verstehe ich Jones' Besorgnis bezüglich eines Dickschiffmannes. Er und wahrscheinlich alle Männer der Crew fürchteten die Art von Disziplin, die man auf einem Linienschiff erwarten durfte – despotisch und rücksichtslos. Diese Art von Disziplin hatte auf diesem Schiff so viel zu suchen wie auf einer Fischereismack aus Aberdeen.

Irgendwo begann eine Fiedel zu spielen. Fergus hielt inne, um zuzuhören. Eine zweite Fiedel fiel ein. Er erkannte es sofort: *»The Last Time I Came O'er the Moor«*. Jemand kannte schottische Volkslieder, also befanden sich höchstwahrscheinlich auch Schotten in der Besatzung. Vielleicht sogar Fischer, die ich kenne, überlegte er. Eine helle, klare Frauenstimme gesellte sich zu den Fiedeln. Fergus begann mitzusummen, während er sein Zeug verstaute. Onkel Jeris schien ihn auf ein gutes Schiff geschickt zu haben. Mit diesen Männern und einem guten Kommandanten, wie Morris einer war, würde die *Swallow* ein ausgezeichneter Platz sein, um das Handwerk eines Ersten Offiziers zu erlernen.

Der nächste Morgen war hell und klar und gab damit genau Fergus' Stimmung wieder. Auch die Mannschaft schien fröhlich. Die Männer wissen, daß wir bald auslaufen werden, dachte er. So war das immer bei den Seeleuten, sie liebten den Abschied mindestens genauso wie das Heimkommen.

»Mister Kilburnie, Sir!« Eine Stimme störte Fergus in seinen Gedanken.

Fergus drehte sich um und vor ihm stand ... verdammt! Der Name war ihm entfallen. »Äh, ja, was gibt es, äh ...«

»Green, Sir, Vollmatrose«, half ihm der bärtige Mann auf die Sprünge.

»O ja, Green.« Fergus spürte, daß er errötete. War seine Miene so leicht zu durchschauen? »Ja, Green, was gibt es?«

»Ein Boot nähert sich, Sir. Sieht nach etwas Offiziellem aus, meint Mister Jones.«

Fergus blickte über die Reling. Ganz klar näherte sich da ein Boot, es wurde von zwei Ruderern gepullt und hatte einen säuerlich dreinblickenden Zivilisten an Bord. Fergus entließ Green und begab sich an die Relingspforte.

Nach wenigen Minuten stieß das Boot gegen die Bordwand, und der Zivilist enterte die Leiter empor. Er kam direkt auf Fergus zu. »Sind Sie hier der Verantwortliche?« fragte er kurz angebunden. Als Fergus dem zustimmte, drückte ihm der Mann ein Päckchen Briefe in die Hand. »Die sind für das Schiff, und einer ist für Mister Kilburnie.«

Bevor Fergus dem Mann danken konnte, war der Zivilist bereits wieder die Leiter hinunter, und das Boot entfernte sich.

Fergus blickte auf die Briefe hinab. Einer trug den Namen des Schiffes und die Worte »Verantwortlicher Offizier« in sauberer Handschrift auf der Vorderseite, der andere stammte von einer ihm bekannten Hand, nämlich von Onkel Jeris. Er ging zurück zum Kompaßhaus, wo er hastig den Brief seines Onkels aufriß. Er war nur kurz, aber der Inhalt war gewichtig.

Fergus:
Mich haben traurige Nachrichten erreicht. Dein Kommandant – Morris – hat in der letzten Woche in einem dämlichen Nest in Surrey an einem Querfeldeinritt teilgenommen. Sein Pferd hat einen Zaun nicht genommen und Morris abgeworfen, der sich ein Bein gebrochen hat. Daher wird er einige Zeit nicht fit für den Dienst sein. Das wiederum bedeutet, daß die Swallow *einen anderen Kommandanten bekommen wird. Bedauerlicherweise liegt die Angelegenheit jetzt in den Händen des örtlichen Admirals, und ich habe keine Ahnung, wen er auswählen wird. Wer auch immer der Kapitän werden wird, Du mußt immer daran denken, daß es Deine Pflicht ist, ihn zu unterstützen.*

Viel Glück, mein Junge
Onkel Jeris

Fergus hörte Schritte hinter sich.

»Schlechte Nachrichten, Sir?« fragte Peck.

»Das könnte sein, Peck, aber ich weiß es nicht ...« Als er

sein Gesicht Peck zugewendet hatte, sah er, daß sich die Besatzung in kleinen Grüppchen auf dem Deck versammelt hatte. Offensichtlich war ihnen die mögliche Wichtigkeit des Briefes klar. Fergus räusperte sich und fuhr fort: »Mir ist gerade in einem persönlichen Schreiben mitgeteilt worden, daß Commander Morris einen Unfall hatte, folglich wird die *Swallow* einen anderen Kommandanten bekommen.« Peck sah ihn fragend an. »Aber ich weiß nicht, wer das sein wird«, beantwortete Fergus diesen Blick.

»Äh, Sir, vielleicht beantwortet uns der andere Brief diese Frage«, erwiderte der Segelmeister und deutete auf das andere Dokument, das Fergus in der Hand hielt.

Ohne weiter darauf einzugehen, brach Fergus das Siegel und überflog schnell den Brief. Auch er war kurz, abgefaßt im knappen, aber leicht blumigen Stil, den die Marineschreiber favorisierten. Peck hatte recht: Er enthielt Neuigkeiten bezüglich ihres Kommandanten.

Peck«, befahl Fergus, ohne aufzuschauen, »lassen Sie bitte die Besatzung achtern antreten.«

Peck wirbelte herum. »Alle Mann nach achtern!«

Auf einem kleinen Schiff wie der *Swallow* dauerte es nur ein paar Sekunden, bis die Crew achtern in der Nähe des Kompaßhäuschens versammelt war, wo sich Fergus aufgebaut hatte.

»Nach diesem Schreiben hier, Männer, wird unser neuer Kommandant morgen hier eintreffen.« Er blickte auf den Brief. »Er heißt James Waterbury.« Fergus schaute wieder auf die Besatzung, konnte aber kein Anzeichen dafür feststellen, daß der Name jemandem bekannt vorkam. Fergus ließ den Brief sinken. »Wenn der Kommandant morgen an Bord kommt, dann werden wir ihn mit allen ihm zustehenden Ehren empfangen, wie es unsere Pflicht ist. Er wird ein sauber aufgeklartes Schiff mit einer ordentlichen Besatzung erwarten.« Er fing den Blick auf, den Peck und Jones wechselten. »Aber nach dem, was ich gestern gesehen habe, wird da nicht viel zu tun übrigbleiben, nicht wahr, Mister Jones?«

Jones blies freudig die Backen auf. »Das ist korrekt, Mister Kilburnie, Sir.«

Peck lächelte ebenfalls.

»Gut, dann ist alles geklärt«, stellte Fergus fest. »Lassen Sie die Männer wegtreten, Mister Peck!«

Peck befahl den Leuten, wieder an die Arbeit zu gehen. Sofort begann das Summen der Gespräche.

»Peck«, rief Fergus unterdrückt.

»Sir?«

»Ich denke, daß es auch an der Zeit ist, die Frauen zu verabschieden. Ich glaube nicht, daß der neue Kommandant ihr Gekicher hören möchte, wenn er an Bord kommt – und es könnte durchaus sein, daß er uns im ersten Morgenlicht überrascht.«

Peck rieb sich nachdenklich das Kinn. »Aye, das könnte durchaus sein. Ich werde sie sofort an Land schicken lassen, Sir.«

»Und Peck«, setzte Fergus noch hinzu, bevor sich der Segelmeister entfernen konnte, um seinen Pflichten nachzukommen.

»Sir?«

»Keine langen Abschiedsszenen.«

Peck kniff ein Auge zusammen. »Ich verstehe, Sir.«

Den ganzen Tag über arbeiten die Männer am Schiff, um es für den neuen Kommandanten präsentabel zu machen. Aber wie Fergus schon richtig bemerkt hatte, war dafür auf diesem Schiff, das gut in Schuß war, nicht viel Aufwand nötig. Fergus selbst war damit beschäftigt, die Lagerräume, das Magazin und die Kugellast zu inspizieren, danach dann auch noch die Navigationsinstrumente. Nach der Grogausgabe und dem Mittagessen arbeiteten die Männer weiter, aber Fergus war bald klar, daß die *Swallow* in ihrem jetzigen Zustand auch die Inspektion durch einen Admiral bestehen würde. Um drei Uhr rief er deshalb Jones zu sich heran.

»Jones, pfeifen Sie die Männer zum Putz- und Flickdienst.«

»Aye, aye, Sir.« Jones war sichtlich erfreut über diesen Befehl, der zwar offiziell den Männern aufgab, sich um ihre Kleidung zu kümmern, ihnen aber tatsächlich erlaubte, das zu tun, was sie wollten. Sobald der Pfiff verklungen war, wurde alles Werkzeug verstaut, und es herrschte Ruhe auf dem Schiff. Nur ein paar Seeleute hingen in kleinen Grüppchen an Deck herum, die meisten rauchten, einige spielten Karten, wieder andere nähten an ihren Kleidungsstücken. Das leise Gemurmel wurde manchmal von Gelächter übertönt, der einem Witz galt oder der spöttischen Antwort auf eine behauptete seemännische oder sexuelle Leistung.

Während Fergus entspannt auf dieses friedliche Bild eines glücklichen Schiffes mit einer guten Besatzung blickte, erkannte er, daß er sich stolz fühlen sollte. Aber ihm war klar, daß er noch immer ein Fremder auf der *Swallow* war, und er würde auch in diese festgefügte Gemeinschaft nicht als gleichberechtigtes Mitglied aufgenommen werden, solange er nicht seinen Wert bewiesen hatte. Außerdem war ihm, bevor er seine Fuß auf dieses Schiff gesetzt hatte, der Abstand nicht klar gewesen, der zwischen den Offizieren und Matrosen existierte – notwendigerweise. Und wenn er sich auch noch sehr wünschte, sich zwischen die Seeleute zu setzen, so wußte er doch, daß das unmöglich war.

Statt dessen gesellte er sich zu Jones, Peck und Jamaika Sam, die rauchend am Kompaßhaus standen und über die Reling nach Plymouth hinüberblickten. Alle drei tippten lässig an ihre Hüte, als er sich näherte. Mit einem »Einen schönen Nachmittag, Sir« begrüßten sie ihn im Chor.

»Ebenfalls einen schönen Nachmittag.« Fergus bemerkte, daß die Männer ihn vorsichtig beäugten. Nun, dachte er, es ist mein erster voller Tag an Bord, und morgen kommt ein neuer Kommandant. »Wir müssen sicherstellen, daß sich die Männer heute nacht gut ausruhen können.«

Allgemeines zustimmendes Nicken und gedämpftes Grunzen, was wohl »Aye, Sir!« heißen sollte, waren die einzige Antwort. »Nun, äh ...« Er merkte, daß er sich zu sehr bemühte, Konversation zu machen. Ich lebe zwar mit ihnen in der Offiziersmesse, aber ich gehöre noch nicht dazu. Er wollte die Unterhaltung abbrechen, aber er schaffte es nicht. Es war ein Akt der Barmherzigkeit, was die drei Deckoffiziere dann machten. »Ich muß mich noch um die Boote kümmern, Sir«, brummte Jones mit der zwischen die Zähne geklemmten Pfeife.

»Natürlich, Jones«, entließ Fergus ihn dankbar.

Weg war Jones.

»Ich muß mich auch entschuldigen, Sir«, meldete sich Peck ab. »Ich habe Jamaika Sam versprochen, ihn beim Cribbage zu schlagen.«

»Selbstverständlich.« Und auch Peck und Sam verschwanden.

Fergus war allein, aber er fühlte sich nicht mehr ganz so einsam.

Früh am nächsten Morgen erschienen der Leutnant der Seesoldaten und der Schiffsarzt, die dasselbe Boot benutzten, an Bord. Der Royal Marine nahm die Begrüßung beiläufig entgegen, dabei schätzten seine Augen schon Fergus ab. Er ging auf ihn zu und streckte ihm die Hand entgegen. »Aha, der neue Leutnant, nicht wahr? Willkommen auf unserem glücklichen Schiffchen. Ich bin Malcolm Browne, Browne mit einem *e* am Ende. Genau gesagt Malcolm Pelham Browne von den Royal Marines. Ich bin hier, um sie vor den Piraten zu schützen, aus der diese Mannschaft besteht – besonders vor diesen Schurken Peck und Jones.« Er lachte kurz und bellend auf.

Fergus stellte sich vor.

»Oh, ein Schotte, nicht wahr? Nun, dann werden Sie enttäuscht sein, der Koch hat keine Ahnung, wie man Haggis macht, aber sein Plumpudding ist ganz passabel, das dürfte eine kleine Entschädigung für Sie sein.« Er schwieg und fixierte Fergus mit einem hoffnungsvollen Blick. »Hmm, vielleicht haben Sie etwas Gutes aus der Heimat mitgebracht, Whisky aus den Highlands? Ach, nein, ich kann es Ihrem Blick entnehmen. Nun, zum Glück habe ich genug Rotwein und Port gebunkert.«

Während Browne weiterplapperte, hatte Fergus Zeit, seinen Offizierskameraden in Ruhe zu betrachten. Sein Haar war fast völlig grau, aber sein breites, rundes Gesicht war glatt und faltenlos. Große blaue Augen unter schläfrig herabhängenden Augenlidern saßen beiderseits einer scharfen, ziemlich langen Nase. Der Mund war dünnlippig, ohne dabei bösartig zu wirken. Browne hatte einen breiten Körper, der seltsam taumelig über seinen dünnen Beinen schwebte. Seine Arme schienen für den Körper ein wenig zu kurz, und seine Hände waren klein. Aber was Fergus am meisten auffiel, war sein Akzent, der war irisch – wahrscheinlich mit Dubliner Einschlag.

»Sie sind Ire?« platzte Fergus heraus, bevor er sich überlegt hatte, was er sagte, und nachdem es passiert war, wurde er verlegen rot.

Browne lachte herzlich. »Ah, der junge Herr Leutnant wird mich also nicht für einen Franzosen halten. Ich sehe das als einen wichtigen Beitrag für meine persönliche Sicherheit an, wenn wir ein feindliches Schiff entern sollten.« Er grinste breit, offensichtlich hatte er es ihm nicht übelgenommen. »Nun, es kommt sogar noch schlimmer. Ich bin nicht nur Ire, sondern stamme auch noch aus Dublin, allerdings hat meine Familie einen Landsitz im King's County.« Er blickte Fergus scharf an. »Kennen Sie Irland, Kilburnie?«

»Ich, na ja, meine Familie hat einige Zeit in Ulster gelebt.«

»Zwischen Ihrer Sippschaft und den Geistesverwandten, die die Plantagen für den alten King Billy gegen die Stuarts und die Papisten verteidigen.« Es war in einem durchaus freundlichen Ton gesagt, aber Fergus spürte die unterschwellige Schärfe.

»Nein, eigentlich nicht. Mein Vater führt, ich müßte besser sagen: führte, das Gut von Lord Inver.«

»Ah, also in Donegal«, stellte Browne fest. »Dort habe ich Cousins, verstehen Sie«, erklärte er. »Ein gutes Pferdeland. Ich habe ausgezeichnete Jagdpferde gesehen, die von dort kamen. Ein paar habe ich auch schon geritten. Aber eigentlich ist die Jagd mein bevorzugter Sport. In Irland kann man hervorragend jagen, nicht wahr?«

Fergus brachte Brownes Redefluß etwas durcheinander. »Wie bitte?«

»Jagen und schießen. Haben Sie das schon mal gemacht?«

»Nicht in Irland. Lediglich auf See und dann nur Franzosen.«

»Oh, das war gut gesprochen! Unser neuer Leutnant ist ein Feuerfresser. ›Nur Franzosen‹, sehr schön!« Browne lachte glucksend über den Witz. Er schlug Fergus leicht auf den Rücken. »Es wird Zeit für mich, mich um mein Gepäck zu kümmern, außerdem muß ich nach dem faulen Haufen gucken, den man als meine Männer bezeichnet.« Er lächelte wieder. »Aber zuerst stelle ich Sie unserem genialen Chirurgen vor.«

Mit diesen Worten wandte sich Browne dem dünnen Mann zu, der neben der Verschanzung stand und die Übernahme verschiedener Gepäckstücke überwachte. »Bailey, die Männer können mit Ihren Rotweinpullen umgehen, ohne sie gleich zu zerbrechen!« rief er. »Kommen Sie her und lernen Sie unseren neuen Leutnant kennen.«

Bailey drehte sich um, aber nicht bevor er den versammelten Matrosen eingeschärft hatte, »verdammt vorsichtig zu sein!« Bailey war jünger, als Fergus gedacht hatte, in der Tat schien er nicht viel älter als Essex zu sein. Er hatte ein ovales Gesicht, aus dem eine lange Nase herausragte, die man wohlwollend als Adlernase bezeichnen konnte, weniger wohlmeinende Menschen würden sie schlicht eine Hakennase nennen. Er hatte dunkles, fast schwarzes Haar, dazu haselnußbraune Augen und einen schmalen Mund mit vollen Lippen. Alles zusammengenommen, konnte man ihn zierlich nennen.

»Ah«, meinte er freundlich und streckte eine kleine Hand mit schlanken langen Fingern aus, »willkommen auf unserem glücklichen Zuhause.«

Fergus murmelte seine Erwiderung, bei der sich Baileys Miene weiter erhellte.

»Oh, Sie sind Schotte. Wie schön, diesen Akzent wieder mal zu hören«, flötete er glücklich. »Ich habe meine medizinische Ausbildung in Edinburgh gemacht, und ich muß sagen, daß ich es über alle Maßen genossen habe.« Er stieß einen langen, sehnsuchtsvollen Seufzer aus. »Eine wunderschöne Stadt, das Athen Britanniens.«

»Nun, leider muß ich gestehen, daß ich von Edinburgh nur sehr wenig weiß, außer, daß ich dort ein paar Cousins habe und mir meine Eltern oft von ihren Träumen erzählt haben, daß ich die dortige Universität besuchen sollte.«

Bailey kicherte. »Aber dann kam der übermächtige Ruf der See dazwischen, nicht wahr?«

»Nun ja, etwas in der Art«, gab Fergus zu, erleichtert darüber, daß Bailey es ihm leicht gemacht hatte, seine Odyssee von Irland auf die *Swallow* zu erklären.

»Was mich angeht, so habe ich mir, als der Krieg ausbrach, überlegt, daß man mich, wenn ich in die Armee eintreten würde, bei meinem sprichwörtlichen Glück bestimmt nach Westindien geschickt hätte, wo ich auf einer dieser verdammten Fieberinseln elendig verrotten würde.« Bevor sich Fergus dazu äußern konnte, fuhr Bailey fort: »Es wird Zeit, mein Gepäck in diese überdimensionierte

Hutschachtel zu stauen, die sich meine Kammer nennt, bevor unser neuer Kommandant hier auftaucht.« Mit diesen Worten verließ er Fergus.

Browne blickte dem Schiffsarzt lächelnd hinterher. »Sie werden feststellen, daß er die Stimmung in der Offiziersmesse erfreulich aufheitert. Allerdings macht er die Besatzung mit seinen fortschrittlichen Ideen verrückt. Er hält die Leute immer dazu an, das Schiff sauberzuhalten und viel frische Luft hineinzulassen.« Er schüttelte den Kopf. »Er vertritt die seltsame Auffassung, daß der Aderlaß nicht die beste Behandlung gegen Gelbfieber ist.« Browne hob die Schultern. »Allerdings ist er ziemlich geschickt beim Einrichten gebrochener Glieder, schon das macht ihn zu einem guten Schiffsarzt.« Er berührte seinen Hut. »Ich kümmere mich jetzt um meine Männer. Mein Sergeant muß unter Deck sein, entweder betrinkt er sich oder bescheißt eine arme Teerjacke um sein Tabaksgeld.« Er kniff ein Auge zusammen und verschwand nach unten.

Fergus hielt wieder in Richtung Küste Ausschau. Aber noch immer war kein Anzeichen ihres neuen Kommandanten zu sehen.

Am frühen Nachmittag, nicht lange nachdem die Männer ihren Grog eingenommen hatten, ertönte der Ruf: »Boote nähern sich!«

Fergus richtete das lange Fernglas auf das Wasserfahrzeug. Es waren zwei. Im ersten befanden sich zwei Männer, im Heck thronte ein Mann in der Uniform eines Commanders. Er hatte die Arme vor der Brust gekreuzt und das Kinn energisch vorgeschoben – der neue Herr und Meister der *Swallow*. Weiter zur Mitte hin saß ein zweiter größerer Mann, der wie ein Matrose aussah. Ohne Zweifel der Bootssteurer des Kapitäns, dachte Fergus.

Das zweite Boot hinkte hinterher. Es war mit allen möglichen Seekisten, Kartons und Kästen beladen, dazwischen saß ein Mann, der sich augenscheinlich außerordentlich unwohl auf so einem kleinen Boot fühlte. Um die Sache noch schlimmer zu machen, fummelte der Mann ständig an den Gepäckstücken herum, nahm hier und da kleine und kleinste Veränderungen vor, rückte die Sachen vor und zurück. Jedesmal, wenn er das machte, hörte der Jollenführer auf zu rudern und schüttelte drohend die Faust in Richtung des Mannes.

Fergus fragte sich, ob Peck, Jones und die restliche Besatzung der *Swallow* die Attitüde des sich nähernden Kapitäns als eine typische Dickschiffmacke einschätzten oder für einen Kommandanten als normal empfanden. Ihm blieb nicht viel Zeit, sich zu wundern, denn Kapitän Waterburys Boot, leicht beladen, wie es war, näherte sich schnell der *Swallow*.

Fergus schob das lange Fernglas zusammen, klemmte es sich unter den Arm und wandte sich dem Deck zu. Die Männer, die zuerst alle lange Hälse gemacht hatten, um einen Blick auf ihren neuen Kommandanten zu werfen, hatten sich dann über den überaus langsamen Fortschritt des Dieners in Richtung des Schiffes amüsiert. Einige lachten unterdrückt, andere schüttelten mit einem schiefen Lächeln den Kopf. Andere gaben bereitwillig ihre Meinung über die neuen Bordkameraden zum Besten.

»Verdammt, der ist verrückter als eine gebadete Henne!« – »Aye, kein Seemann würde ein Boot so zum Schaukeln bringen.« – »Ich will verdammt sein, wenn der Bootsführer ihn nicht noch aus dem Boot wirft.«

Fergus war sofort klar, daß der Diener des Kapitäns alsbald die bevorzugte Zielscheibe des Spotts auf der *Swallow* sein würde. Aber jetzt war erst mal die Empfangszeremonie korrekt abzuwickeln.

»Ehrenwache antreten! Die Mannschaft klar zur Musterung!«

Die Bootsmannspfeifen trillerten, und die Männer nahmen an ihren vorbestimmten Plätzen Aufstellung, um ihren neuen Kommandanten zu begrüßen. Kapitän Waterburys Boot stieß an die Bordwand, er kletterte die Leiter empor und erschien gleich darauf über der Verschanzung. Die Pfeifen schrillten wieder, die Jungs salutierten, die Marineinfanteristen präsentierten die Musketen, und die Offiziere zogen grüßend ihre Hüte.

Kapitän Waterbury nahm seinen Hut in Erwiderung des Saluts ab und ging an der Reihe der Ehrenwache entlang, an deren Ende ihn Fergus erwartete. Als er bei ihm anlangte, war sein Gesicht, das von schütter werdendem schwarzem Haar eingerahmt wurde, völlig ausdruckslos, obwohl die Augen ständig in Bewegung waren. Er blieb vor Fergus stehen und drückte sich den Hut wieder auf den Kopf. Er hatte ziemlich scharf geschnittene Gesichtszüge, seine Adlernase und das lange, vorspringende Kinn schienen sich in einem Punkt zu treffen. Der Mund war klein, die Lippen dünn und fast farblos. Immerhin verriet seine Gesichtsfarbe, daß er einige Zeit auf See zugebracht hatte, denn sie war faltig und wies noch eine schwache Bräune auf. Seine Augen waren tiefblau, die Haut um sie herum wies tief eingeätzte Falten auf, was auf das lange

Starren auf das hell glitzernde Wasser zurückzuführen war.

»Willkommen auf der *Swallow,* Sir.«

»Ja«, war die tonlose Antwort. »Ja, danke.« Waterbury sah sich langsam um, dann zog er die Nase voller Widerwillen kraus. Er zog ein Taschentuch aus seinem Aufschlag und schnüffelte daran. Eine Duftwelle von Eau de Cologne schwappte über das Achterdeck.

Fergus, der noch immer strammstand, sah sich auf dem Deck um, weil er herausfinden wollte, welcher Geruch den Kommandanten so irritierte.

»Irgend etwas stimmt auf diesem Schiff nicht«, mäkelte Waterbury heiser flüsternd. »Dieses Schiff stinkt zum Himmel. Lassen Sie diesen Schweinestall gefälligst gründlich reinigen – und wenn es bis Mitternacht dauern sollte!«

Kilburnie wollte das Thema wechseln. »Wollen Sie jetzt die Besatzung inspizieren, Sir?«

Wieder antwortete diese flache, ausdruckslose Stimme, die weder erfreut noch verärgert klang: »Ja, Kilburnie, und bleiben Sie in Lee von mir.«

»Jawohl, Sir«, bestätigte Fergus und machte eine Handbewegung in Richtung der Besatzung.

Ohne ein weiteres Wort wandte sich Waterbury der Mannschaft zu. Mit Fergus im Schlepptau schritt er langsam durch die Reihen der Seeleute. Er musterte jeden Mann sorgfältig von oben bis unten. Der einzige Mann, den er ansprach, war Ben Coffee. »Woher stammst du?« fragte er forschend.

»Kingston, Sah!« war Coffees freudige Antwort.

Als er Coffees Akzent hörte, weiteten sich seine Augen augenblicklich. Er sah Fergus mit einer hochgezogenen

Augenbraue fragend an. Fergus sagte nichts, er gedachte, ihm dazu später ein paar erklärende Worte zu sagen, sobald sie in der Kajüte des Kapitäns unter sich waren.

Nachdem er die Männer inspiziert hatte, befahl Waterbury Fergus, die Männer achtern antreten zu lassen. Dort, neben dem Kompaßhäuschen stehend, zog er die offiziellen Befehle der Admiralität aus der Tasche, die ihn anwiesen, die Position eines »Master and Commander« auf der HMS *Swallow* einzunehmen. Er las die Bestallung laut vor. Danach war James Waterbury der unumstrittene Herr und Meister eines Schiffes, eines Leutnants, dreier Deckoffiziere, von vierzehn Kanonen und achtzig Mann.

Waterbury befahl anschließend Fergus: »Kilburnie, mein Diener folgt mir in einem weiteren Boot mit meinem Gepäck und Lebensmitteln. Sorgen Sie dafür, daß diese in meine Kabine gebracht werden, nachdem sie an Bord genommen worden sind.«

Er ignorierte Kilburnies Gruß und schritt zum Niedergang, der zu seiner Kabine führte.

Fergus folgte ihm auf den Fersen. »Sir, darf ich Sie in Ihre Kabine geleiten?«

Waterbury drehte sich abrupt um, dabei rümpfte er wieder die Nase. »Sie riechen wie das Schiff.«

11
Enttäuschungen

Wie Fergus sofort feststellen mußte, war Kapitän Waterbury ein Kleinigkeitskrämer. Nachdem er seine Kabine besucht hatte, ließ er die Besatzung auf ihren Stationen antreten und begab sich auf eine ausgedehnte Inspektionstour, dabei arbeitete er sich über die ganze Schiffslänge vor und zurück.

Damit nicht zufrieden, kletterte Waterbury auch auf die Masten. Anschließend verschwand er in den Tiefen des Unterdecks, wo er seine lange Nase in jedes noch so kleine Schapp steckte. Überall, wo er auftauchte, stellte er Fragen und schien verärgert, wenn die Antworten nicht umgehend erfolgten.

Als er fertig war, meinte er zu Fergus: »Sie sollten heute abend mit mir zusammen speisen.« Er sah ihm scharf in die Augen. »Wir haben viel zu besprechen«, sagte er bedeutungsschwer.

Zur verabredeten Zeit ging Fergus zur Kabine des Kommandanten. Der Seesoldat, der vor der Tür Wache hielt, meldete ihn lautstark an.

»Ja?« antwortete eine Stimme, es war nicht die des Kapitäns.

»Leutnant Kilburnie«, wiederholte der Mann.

Der Diener des Kapitäns, sein Name war Alden, öffnete die Tür. In den wenigen Stunden, die er jetzt an Bord der *Swallow* war, hatte sich Alden schon zu einer nie versagenden Zielscheibe für Scherze gemacht. Zu dem Zeitpunkt, als er das Deck betrat, hatte er seinen Streit mit dem Bootsführer beendet und begann fast sofort einen neuen mit Jones und Jamaika Sam, weil er ständig deren Männer herumkommandierte. Die beiden Männer hatten ihn höflich, aber mit durchaus eindeutigen Worten darüber informiert, daß ihnen nur der Kapitän und Mister Kilburnie Befehle zu geben hätten. Widerstrebend hatten sie Männer abgestellt, die ihm halfen, das Gepäck des Kommandanten zu verstauen. Alden war um sie herumgegluckt und -geflattert, bis alles so untergebracht war, wie er es als angemessen und richtig erachtete. Einige der Männer hatten sich schon angewöhnt, ihn die »Mutterglucke« zu nennen. Andere begnügten sich damit, gackernde Geräusche zu machen, sobald er sich näherte. Von diesem Empfang noch immer deutlich gezeichnet, warf Alden Fergus einen so offensichtlich mißbilligenden Blick zu, daß Fergus ihm beinahe wegen Respektlosigkeit eine geschmiert hätte.

»Leutnant Kilburnie ist hier, Sir«, kündigte er mit lauter Stimme an.

Fergus war darüber verwundert, weil der Kapitän weniger als zehn Fuß von ihm entfernt saß und ihm genau ins Gesicht blickte.

»Kommen Sie rein, Kilburnie«, forderte ihn Waterbury auf. Er deutete auf einen Stuhl gegenüber von seinem

Platz. »Bitte, setzen Sie sich doch.« Fergus tat wie geheißen. »Wein?« Fergus nickte, und Alden schenkte ein.

Fergus wartete ab, bis der Kapitän trank, dann griff auch er nach seinem Glas. Es war Rotwein, die Farbe erinnerte ihn an Lord Satterfields exzellenten Burgunder, aber auf der Zunge erreichte er bei weitem nicht dessen Bouquet. »Sehr gut, Sir«, stellte er fest. Nun, er war gut, und da es seine zweite Begegnung mit Burgunderweinen war, wollte er nicht so tun, als ob er der große Weinkenner wäre, denn wenn man daraufhin seine Kenntnisse geprüft hätte, wäre bald zutage getreten, daß er darüber gar nichts wußte. Alden wuselte von seiner Wichtigkeit überzeugt herum, füllte die Gläser nach und erkundigte sich, ob der Kapitän sonst noch irgendwelche Wünsche hätte.

»Nein, danke, Alden, du kannst dich um das Essen kümmern«, erwiderte Waterbury energisch.

Alden stellte die Flasche auf den Tisch, vielleicht etwas zu laut, und griff sich einen Korb, bevor er die Kabine verließ, um in die Kombüse zu gehen.

»Alden ist schon seit vielen Jahren bei mir im Dienst«, erklärte Waterbury nebenbei, »aber ich glaube nicht, daß er sich jemals an das Leben in der Marine gewöhnt hat.« Er schüttelte den Kopf. »Nun denn, Kilburnie, da wir die beiden einzigen bestallten Marineoffiziere auf diesem Schiff sind, dachte ich, daß es angenehm wäre, zusammen zu speisen und dabei die Angelegenheiten der *Swallow* zu besprechen.«

Und für eine gewisse Zeit war es das auch. Alden erschien bald mit einem exzellenten Essen, das aus Ente in einer Weinsauce mit Gemüse bestand. Zwischen den Bissen und gelegentlichem Nippen am Wein unterhielten sich die beiden Offiziere über dies und das. Waterbury beherrschte das Gespräch, er sprach über die Theaterstücke, die er gesehen, und die Spielkasinos, die er besucht hatte, und außerdem über seine Reise nach Plymouth und die Schwierigkeiten, die er gehabt hatte, um sich mit angemessenem Proviant für die Reise zu versorgen. Fergus sagte nicht viel, obwohl ihm die Frage nach ihren Befehlen auf den Lippen brannte.

Nachdem Alden die Teller abgeräumt hatte, stellte er eine Karaffe mit Portwein und zwei Gläser auf den Tisch. Waterbury goß zuerst Fergus einen ordentlichen Streifen ein, dann füllte er sein Glas. Dann hob er es und zog eine Augenbraue in die Höhe. »Kilburnie?«

Obwohl klar war, daß etwas von ihm erwartet wurde, wußte Fergus zuerst nicht, war es war, aber dann erinnerte er sich an Onkel Jeris' Lektionen über die Messeetikette. Er hob sein Glas. »Seine Majestät der König«, stieß er feierlich hervor.

»Der König«, wiederholte Waterbury.

Dann tranken sie beide.

Waterbury lehnte sich auf seinem Stuhl zurück. »Kilburnie, bevor wir über die *Swallow* sprechen, möchte ich gerne etwas mehr über Sie wissen. Wann haben Sie Ihre Bestallung bekommen?«

»Nun, Sir, Sie könnten mich als frischgebackenen Leutnant bezeichnen.«

»Aha, aber Sie waren davor schon einige Zeit in der Marine?«

»Jawohl, Sir. Ich bin mehrere Jahre auf der *Athena* mit Kapitän Burbage gefahren.«

»Als Midshipman?«

Fergus räusperte sich und spürte, daß seine Wangen heiß wurden. »Nein, Sir, ich habe als ...« Er räusperte sich nochmals. »Ich habe als Matrose angefangen«, erklärte er flach.

Einen langen Augenblick sagte Waterbury nichts. Dann zog er eine Ecke seines Mundes in die Höhe, dabei wurde Fergus klar, daß er das natürlich alles schon längst gewußt hatte. »Wirklich?« meinte der Kapitän mit offensichtlicher Befriedigung, daß die Falle zugeschnappt war. »Nun, das ist ja nichts, dessen man sich schämen müßte«, schnurrte er mit irgendwie entwaffnender Freundlichkeit.

»Das vermute ich auch, Sir«, entgegnete Fergus leicht nervös.

»Und dann sind Sie so schnell Leutnant geworden? Wie haben Sie denn das geschafft?« erkundigte sich Waterbury geschmeidig.

»Nun, ich bin von Kapitän Burbage zum Steuermannsmaaten gemacht worden, und als wir Offiziere brauchen, wurde ich zum diensttuenden Leutnant befördert. Die anderen waren gefallen oder verwundet, Sir.«

»Ja, das scheint auf der *Athena* häufiger zu passieren. Leute werden getötet, und das Schiff wird in Stücke geschossen.« Schwang da mehr als nur eine Spur von Überheblichkeit mit? Sollte Fergus zu unbedachten Äußerungen verleitet werden?

»Wir sind in einige Gefechte verwickelt worden, Sir«, versuchte Fergus zu erklären.

»Ja, ja.« Waterbury machte eine abschließende Handbewegung. »Wir sind nicht hier, um über unsere alten Schiffe zu sprechen, sondern über das gegenwärtige, die *Swallow*.« Er nahm einen Schluck. »Nun, Kilburnie, was halten Sie von ihr?«

Erleichtert darüber, endlich ein Thema zu haben, an dem beide ein gleiches Interesse haben mußten, begann Fergus schnell zu plappern. »Nun, Sir, ich bin auch erst seit gestern an Bord, aber das Schiff ist eine echte Schönheit. Mister Peck hat mir berichtet, daß sie sich hervorragend manövrieren läßt.«

Fergus hielt mitten im Satz inne, weil der Kommandant abwehrend eine Hand in die Höhe hob.

»Bitte, Kilburnie, ich kann die Eigenschaften des Schiffes leicht selbst erkennen, schließlich habe ich schon auf mehr als einem Schiff gedient.« Er lächelte. »Sie wird sich in fast jedem Wetter gut halten. Wir können jedes andere Schiff jagen, und wenn wir herausfinden, daß es zu groß für uns ist, nun denn, dann spielen wir ›Fang-mich-doch‹ mit ihm.« Er beugte sich vor und senkte vertraulich die Stimme. »Was mich interessiert, ist die Besatzung.«

Fergus war erstaunt über dieses plötzliche intime Gehabe von Waterbury. »Die Mannschaft, Sir?« Um etwas Zeit zu gewinnen, nahm er erst mal einen ordentlichen Schluck Port. »Nun, Sir, Mister Peck, Mister Jones und Jamaika Sam scheinen ihr Geschäft gut zu verstehen. Das Schiff ist sauber und ordentlich, nirgends gibt es lose Enden oder klappernde Falle. Die Mannschaftsdienstgrade ... nun ja, Sir, sie scheinen mehr eine Familie zu bilden, obwohl das sicherlich ein zu starkes Wort ist, als einfach nur eine Crew. Sie lieben ihr Schiff und seine Art, anscheinend mögen sie die Vorstellung nicht, daß es in eine Miniaturausgabe eines Flaggschiffs verwandelt werden könnte.«

Mit einem Schlag wurden Waterburys Augen stahlgrau und musterten Fergus kalt. Sofort war Fergus klar, daß er den Mund zu weit aufgemacht hatte. Als Waterbury zu reden begann, drückte seine Stimme einen kaum unterdrückten Ärger aus. »Wie es scheint, Mister Kilburnie, habe ich eine Menge Arbeit vor mir – und Sie haben viel zu lernen.« Er schlug mit der Faust auf den Tisch. »Ich werde mir von niemandem vorschreiben lassen, wie ich mein Schiff zu führen habe, weder von Ihnen noch von Mister Peck, Mister Jones oder Jamaika Sam.« Er erhob seine Stimme. »Verdammt noch mal, ich bin der Kommandant, und ich werde der *Swallow* meinen Stempel aufdrücken.« Er kippte sich einen großen Schluck Portwein hinter die Binde. »Sir, Sie sind jung, und das merkt man. Sie werden nur zu bald die wahre Natur der Leute kennenlernen, die unter Ihnen dienen. Nur ein schwacher Kapitän läßt den Männern ihren Willen, und nur ein Narr wird ihren Worten in irgendeiner Hinsicht trauen.«

Fergus wurde schmerzlich bewußt, daß er eben zweimal beleidigt worden war – vielleicht unwissentlich, vielleicht aber auch nicht, aber er hielt seine Zunge im Zaum. Er meinte lediglich ruhig: »Ich verstehe, Sir.«

Waterbury lächelte höhnisch: »Das bezweifele ich doch sehr, Kilburnie, Sie sind noch von Ihrer neuen Uniform geblendet. Aber eine Woche auf See, und Sie werden merken, was ich damit gemeint habe, daß ich der *Swallow* meinen Stempel aufdrücken werde.« Er trank seinen Port aus. »Das war für heute alles, Mister Kilburnie. Ich möchte mit der Ebbe am Morgen auslaufen.«

Fergus erhob sich. »Jawohl, Sir. Guten Abend, Sir.«

»Guten Abend, Kilburnie.« Fergus wandte sich zum Gehen, aber Waterburys Stimme hielt ihn zurück: »Kilburnie.«

»Ja, Sir?«

Waterburys Ton wurde genauso schnell wieder umgänglich, wie er vorher scharf geworden war. »Wenn Sie das, was ich eben gesagt habe – bezüglich der Mannschaft – überrascht hat, dann kann ich das verstehen. Jeder junge Offizier hat noch viel zu lernen«, fuhr er beschwichtigend fort. »Da Sie aus dem Zwischendeck kommen, müssen Sie sich auch daran gewöhnen, die Dinge aus einer anderen Perspektive zu sehen.«

»Jawohl, Sir.«

»Ich kann Sie viel lehren, Kilburnie, aber Sie müssen auch bereit sein zu lernen.«

»Das bin ich, Sir«, antwortete Fergus wahrheitsgemäß.

Waterbury warf ihm ein schnelles Lächeln zu. »Gut, gut. Nun, je schneller wir auf See sind, desto besser werden wir miteinander auskommen.«

»Jawohl, Sir. Guten Abend, Sir.«

Waterbury entließ ihn mit einer lässigen Handbewegung und gönnte ihm ein weiteres Lächeln. »Einen guten Abend auch für Sie, Kilburnie.«

Ein paar Minuten später in seiner Kabine grübelte Fergus über sein Abendessen mit Kapitän Waterbury nach. Einerseits schätzte er es gar nicht, wenn man mit ihm wie mit einem Haustier sprach, wie hatte es Waterbury ausgedrückt? »Die Leute, die unter Ihnen dienen.« Anderseits konnte er auch nicht glauben, daß der frühere Kommandant der *Swallow* führungsschwach gewesen war. Wer auch immer dieser Kapitän gewesen war, er hatte die Seeleute zu einer fähigen Crew zusammengeschweißt, die ihr Schiff liebte.

Aber, so sagte er zu sich selbst, vielleicht hatte Kapitän Waterbury recht. Schließlich war Fergus nur ein paar Stunden länger auf der *Swallow* als der Kapitän. Es war durchaus möglich, daß Peck, Jones und Jamaika Sam ihn, den frischgebackenen Leutnant, ausgetrickst hatten und sich hinter seinem Rücken über ihn krummlachten. Dann war sein Gefühl, daß man ihn ausschloß, keine Einbildung gewesen. Wollten sie einen Narren aus ihm machen? Waterbury hatte Erfahrung, und er erweckte den Eindruck, als ob er es gut mit ihm meinte. Nun gut, er war zwar ein wenig schroff und schien ein aufbrausendes Temperament zu haben, aber das war bei vielen Offizieren der Fall. Er mußte an seinen Großvater, Onkel Jeris und Kapitän Burbage denken. Schließlich hatte ihm Onkel Jeris geschrieben, daß »es deine Pflicht ist, jedweden Kommandanten zu unterstützen«. Nun, damit war die Sache klar, er mußte sehen, wie er mit den Schrullen des Kapitäns klarkam, und mußte das Beste hoffen. Vielleicht drückte ja auch die *Swallow* Kapitän Waterbury ihren Stempel auf und nicht umgekehrt.

Am nächsten Tag ging die Sonne an einem milchigen Himmel auf, und während des gesamten Morgens wurde es immer dunkler und dunkler. Als dann die Ebbe einsetzte, wurden die tiefen, dunkelgrauen Wolken vom Wind vorwärtsgepeitscht, und der Wind wehte steif aus Nordwesten.

Kapitän Waterbury stand den ganzen Morgen über ruhig am Heck und sah bei den Vorbereitungen zum Auslaufen zu. Seine Augen wanderten ruhelos herum, nie verweilten sie länger bei einer der Aktivitäten. Als Fergus an diesem Morgen über das Deck ging, war er sich bewußt, daß Waterburys Augen immer mal wieder auf ihm ruhten, aber er versuchte, nicht daran zu denken. Auch versuchte er, sich nicht bei Peck oder Jones einzumischen, die beide ihr Geschäft verstanden und offensichtlich seine Hilfe nicht benötigten, um das Schiff seeklar zu machen. Er befand sich in einer unangenehmen Situation. Falls er seine Nase in die Angelegenheiten des Segelmeisters oder des Bootsmanns steckte, mußte er mit Ablehnung rechnen, spielte er aber nur den unbeteiligten Zuschauer, würde Kapitän Waterbury geringschätzig von ihm denken.

Daher war er schließlich froh, als ihm Peck das Schiff bereit zum Auslaufen meldete. Endlich hatte er etwas zu tun, wenn es sich im wesentlichen auch nur um eine Formalität handelte. Er marschierte auf Kapitän Waterbury zu und berührte grüßend seinen Hut. »Sir, die *Swallow* ist bereit zum Auslaufen.«

Waterbury nickte. »Danke, Mister Kilburnie.« Er sah sich auf dem Deck um und nach oben in die Masten. »Zeit auszulaufen«, kündigte er an. Er trat nach vorne an das Kompaßhaus. »Rudergänger!« bellte Waterbury.

»Aye, Sir«, erwiderte Packer ruhig, ein erfahrener früherer Fischer aus Hull.

»Ich werde dir alle Befehle direkt geben. Hast du das verstanden, Packer?«

Packer zog die Augenbrauen in die Höhe und wechselte einen Blick mit Peck und Jones, bevor er milde antwortete: »Aye, Sir.«

Falls Kapitän Waterbury das kurze Zögern bemerkt hatte, ging er darauf nicht ein. Statt dessen wandte er sich an den Segelmeister und den Bootsmann, die dicht neben ihm standen: »Mister Peck und Mister Jones!« zischte er scharf.

»Aye, Sir?« erklang es im Chor.

»Ich habe die Angewohnheit, Befehle schnell zu geben, und erwarte, daß sie ebenso schnell und exakt ausgeführt werden.« Der Kommandant fixierte sie mit einem eisigen Blick. »Wie jede andere Crew dürfte auch die der *Swallow* in der Hafenzeit etwas eingerostet sein. Heute werden wir sehen, ob wir sie wieder für die Seefahrt fit machen können.« Er blickte in den dunklen Himmel, aus dem jetzt einige kalte, vom Wind getriebene Regentropfen fielen. »Und was für ein besseres Wetter könnten wir uns für diesen Zweck wünschen.« Waterbury lächelte freudlos. »Mister Kilburnie!«

»Aye, Sir.«

»Sie, Sir, stellen sich dicht neben mich. Ich möchte, daß Sie sich alles genau anschauen«, Waterbury machte eine effektvolle Pause, »und lernen.«

»Jawohl, Sir.«

»Gut.« Er wandte seine Aufmerksamkeit wieder Peck und Jones zu. »Dann wollen wir in die Gänge kommen.«

Jones' Pfeife zwitscherte, und Peck begann Befehle zu brüllen. Bald war der Anker der *Swallow* eingehievt, und sie bewegte sich über die Reede, den leichten Ruderbewegungen Packers folgend. Wie Peck Fergus erzählt hatte, nahm das Schiff bei achterlichem Wind schnell Fahrt auf und schoß bald mit hoher Geschwindigkeit über die Reede. Als sich das Deck unter seinen Füßen auf die Seite legte, spreizte Fergus die Beine, um das Gleichgewicht zu halten.

Bald lag der Hafen hinter ihnen, und der Kanal breitete sich vor ihnen aus, er machte mit den von weißen Schaumkronen bedeckten Wogen einen wilden Eindruck. Der Wind pfiff im Rigg. Als die *Swallow* durch eine hohe Welle schoß, stieg eine große Gischtwolke auf, die bis nach achtern über das Deck getrieben wurde. Fergus schaute auf Waterbury, der mit verschränkten Armen und einem Ausdruck grimmiger Befriedigung auf dem Gesicht dastand. Gelegentlich ließ er den Blick über das Schiff und nach oben durch die Takelage gleiten, dann gab er Packer einen ruhigen Befehl, der daraufhin das Ruder legte. Von Zeit zu Zeit rief er Peck einen Befehl zu, der ihn an Jones weitergab, welcher wiederum die Matrosen in das Rigg jagte. Währenddessen blieben die Füße des Kommandanten wie angeschraubt fest auf dem Deck verankert, allerdings federte er instinktiv mit den Knien die Schiffsbewegungen ab.

Was die *Swallow* anging, so ritt sie die Wellen gut ab, allerdings warf sie mehr und mehr Gischtwolken auf. Ihre Verbände quietschten, die Masten stöhnten, aber im großen und ganzen schien sie es – sagen wir mal – spielerisch zu nehmen. Fergus war mit dem Gefühl zufrieden, welches ihm das Schiff sogar in diesem schweren Wetter vermittelte.

Stunden später, als sie schon längst weit draußen im Kanal standen, klarte das Wetter etwas auf. Die Wolkendecke wurde so dünn, daß Sonnenstrahlen auf die Wasseroberfläche fielen, was die grauen Wellen glitzern ließ, die vom Wind gepeitscht wurden. Als der Wind dann etwas nachließ, wurden auch die Wellen niedriger, aber man konnte noch keineswegs von einer durchgreifenden Beruhigung sprechen.

Der Kommandant rief Fergus an seine Seite. »Mister Kilburnie! Ich werde jetzt feststellen, wie gut die Crew wirklich auf meine Kommandos reagiert.« Er lächelt verkniffen. »Wie ich schon sagte, schauen Sie zu und lernen Sie!«

Für die Besatzung bedeuteten die nächsten Stunden

ständige Bewegung. Waterbury wendete das Schiff, halste, ließ Segel setzen, bis das Schiff in dem immer noch starken Wind alarmierend weit auf der Backe lag, dann ließ er stark runterreffen, nur um gleich darauf wieder Vollzeug setzen zu lassen. Anschließend halste er, um gleich darauf eine Folge von Wenden zu fahren, danach wurde wieder gehalst. Die ganze Zeit stand er fast bewegungslos neben dem Kompaßhäuschen. Sein Kopf schien das einzige zu sein, was sich bewegte, wenn er Segelstellung, Windrichtung, See, Mannschaft und Himmel in sich aufnahm.

Der Himmel wurde schnell dunkler, als Kapitän Waterbury die Arbeit des Tages beendete und Fergus befahl, die Abendwachen einzuteilen. Er ließ sich zu keiner weiteren Bemerkung hinreißen, außer der einen, die er knurrig hervorstieß: »Wir werden sehen, wie weit uns die *Swallow* heute nacht bringt«, dann verschwand er unter Deck.

Fergus versammelte Peck und Jones an seiner Seite. Auf ihre fragenden Blicke hin konnte er nur die abschließenden Worte des Kommandanten wiederholen.

Peck murmelte unterdrückt vor sich hin: »Entschuldigen Sie, Sir, aber war das alles, was er gesagt hat?« Fergus nickte, daraufhin schüttelte Peck den Kopf. »Verdammt seltsam, das.«

Jones nickte zustimmend, und sein Gesicht bekam einen verdutzen Ausdruck. »Er ist ein guter Seemann, das muß man sagen.« Sein Blick wurde wieder etwas weicher. »Er hat die *Swallow* verflixt schnell im Griff gehabt.«

»Hm, aye«, stimmte ihm Peck ein wenig halbherzig zu, »das hat er wohl.«

Fergus fehlten die Worte. Es war ziemlich überrascht darüber, daß der Kapitän sich nicht lobend geäußert hatte, um die Besatzung aufzumuntern oder doch zumindest Peck und Jones. Kapitän Burbage hätte etwas gesagt und wahrscheinlich zusätzlich eine Sonderration Rum ausgeben lassen, überlegte er. Trotzdem blieb Fergus stumm, da er nichts verlautbaren wollte, was man als Kritik am Kommandanten auslegen konnte.

Peck und Jones machten nichtssagende Geräusche und verdrückten sich. So blieb Fergus allein zurück und konnte über Waterburys Worte nachsinnen: »zuschauen und lernen«.

Der nächste Tag verlief ziemlich ähnlich wie der vorangegangene. Als die *Swallow* die ersten Atlantikroller zu spüren bekam, jagte Waterbury sie und die Besatzung durch dasselbe anspruchsvolle Programm: Wende, Halse, Segel setzen, Segel bergen, Halse, Wende und noch weitere Wenden. Mittags war die Besatzung todmüde, aber falls Waterbury dies bemerkte, ließ er sich das keineswegs anmerken.

Bevor Fergus zum Mittagessen in die kleine Offiziersmesse hinunterging, rief ihn Waterbury zu sich. »Sobald Sie mit dem Essen fertig sind und das Mittagsbesteck berechnet haben«, er blickte zum Himmel empor, »melden Sie sich wieder bei mir. Ich möchte dann mit dem Geschützdrill beginnen.«

Einen Augenblick lang überlegte Fergus, ob er erwähnen sollte, daß die Besatzung wie wild seit dem Frühstück geschuftet hatte, verwarf diesen Gedanken aber sofort wieder. Kapitän Waterbury ist nicht Kapitän Burbage, dachte er. Und wenn er das Schiff effizient macht, habe ich da einen Grund, mich zu beschweren? »Jawohl, Sir. Soll ich das auch Jamaika Sam mitteilen?«

»Mister Kilburnie, Sie sollen Jamaika Sam überhaupt nichts sagen«, zischte Waterbury scharf.

»Sir?« Fergus konnte seine Überraschung nicht verbergen.

Waterburys Gesicht lief etwas rot an. »Ich möchte sehen, wie die Besatzung auf Überraschungen reagiert. Sie glauben doch nicht, daß uns eine französische Fregatte eine lange Vorwarnzeit läßt.«

»Nein, Sir. Natürlich nicht, Sir.«

»Na also, Kilburnie. Nicht ein Wort.« Waterburys Stimme klang wieder weniger barsch. »Gehen Sie jetzt zum Essen, aber machen Sie nicht zu lange.«

Fergus zog sich zurück und ging schnell in die kleine Messe. Peck, Jones und Jamaika Sam waren schon dort, schlangen ihr Essen hinunter und spülten mit langen Zügen aus ihren Bierkrügen nach. Die Stimmung war nicht gerade angenehm.

»Verdammt will ich sein, Kilburnie«, murrte Peck, »aber den ganzen Vormittag rauf und runter mit den Plünnen und wenden und halsen. Und was sagt er dann dazu? Nichts! Nicht ein Wort, daß es ihm gefallen hat – oder auch, daß er nicht zufrieden war! Nein – nicht ein verdammtes Wort!« Peck griff nach einem Glas Rum und leerte es fast mit einem Zug. »Verdammt!« murmelte er nochmals.

Jones und Jamaika Sam murmelten zustimmend in ihre Bierkrüge.

Fergus fühlte sich verpflichtet, etwas zur Verteidigung des Kommandanten zu sagen. »Vielleicht wartet er ab, bis er ein paar Tage an Bord hinter sich und ein Gefühl für das Schiff und die Männer bekommen hat, bevor er sich äußert. Er sagt zu mir immer: ›Schauen Sie zu und lernen Sie!‹«

Als Antwort rollte Jones mit den Augen. Peck schnaubte und trank den Rum aus. »Es ist so klar wie der hellichte Tag, daß die *Swallow* ein gutes Schiff mit einer erstklassigen Crew ist, und ein Mann, der das nicht sofort erkennen kann, ist ein Dumm ...« Peck bekam in letzter Sekunde die Kurve, bevor er etwas aussprach, aus dem man eine Respektlosigkeit gegenüber dem Kommandanten konstruieren konnte. Er runzelte die Stirn. »Na, immerhin scheint er zumindest mit einem zu reden.« Er erhob sich von seinem Platz und schlurfte mit einem gemurmelten »Wir sehen uns an Deck!« hinaus.

Dann meldete sich Jamaika Sam zu Wort: »Mister Kilburnie, was sagt er über die Geschütze? Vielleicht will er uns auch daran bald bei der Arbeit sehen. Vielleicht löst das seine Zunge.«

Fergus antwortete nicht sofort, sondern griff schnell nach seinem Bier. Er hoffte, daß ihn sein Gesichtsausdruck nicht verriet. Er trank, dann meinte er ruhig mit so viel Überzeugung, wie er nur aufbringen konnte: »Nun, Sam, die Entscheidung darüber liegt ganz allein beim Kapitän.«

Sam zog eine Augenbraue in die Höhe und sah zu Jones hinüber, der als Antwort nur die Achseln zuckte. Plötzlich breitete sich auf Sams Gesicht ein breites Grinsen aus. »Ich werde dann mal besser nach den Kanonen schauen.« Er schob seinen Teller weg und erhob sich. »Ich sehe Sie an Deck, Mister Kilburnie«, meinte er glücklich und kniff ein Auge zusammen.

Fergus Herz rutschte in die Hose, es war ganz offensichtlich, Verstellung war nicht seine starke Seite.

Jones lehnte sich zurück und spielte mit dem Glas, das vor ihm stand. »Hat der Kapitän noch irgend etwas zu Ihnen gesagt, Mister Kilburnie?«

»Nein«, antwortete Fergus platt.

Daraufhin spitzte Jones seine Lippen und lächelte plötzlich. »Nun, dann werde ich mich auch davonmachen.« Seine Augen zwinkerten, er stand auf und gluckste: »Jamaika Sam wird etwas Hilfe brauchen können, um die Kanonen klar zu bekommen.« Er kicherte und legte einen Finger an die Seite seiner Nase. »Keine Angst, Mister Kilburnie, der Kapitän wird es nie erfahren, daß wir Bescheid wußten.« Er hastete aus der Tür.

Fergus wünschte sich, daß er in diesem Punkt so zuversichtlich sein könnte wie Jones, daß nämlich Kapitän Waterbury nicht doch einen Verdacht hinsichtlich einer Vorwarnung bekommen würde.

Nicht allzu lange nachdem er und Peck die Position der *Swallow* ausgearbeitet hatten, erstattete Fergus Kapitän Waterbury Bericht, der an seinem üblichen Platz neben dem Kompaßhaus stand. Alden stand mit einer Weinkaraffe neben ihm. Fergus wartete ab, bis Alden das Glas des Kapitäns frisch aufgefüllt hatte, bevor er sich näherte.

»Das Mittagsbesteck ist fertig, Sir.«

Waterbury nickte leicht und nahm einen kleinen Schluck. »Danke, Kilburnie.« Er gönnte sich einen weiteren Schluck. »Haben Sie schon gespeist, Kilburnie?«

Speisen schien eine etwas grandiose Beschreibung für eine hinuntergeschlungene Mahlzeit zu sein, die von einem Bier und Rum begleitet worden war. »Jawohl, Sir.«

»Ah, gut.« Er machte eine bedeutungsvolle Pause. »Mister Kilburnie, könnten Sie mir bitte erklären, warum der

Stückmeister um seine Kanonen herumflattert wie eine Glucke um ihre Küken?«

Fergus spürte, daß er rot wurde. »Sir, während des Essens fragte Jamaika Sam, ob Sie vielleicht die Absicht hätten, mit den Geschützen zu exerzieren ...«

Waterbury schnitt ihm das Wort ab: »Und was haben Sie geantwortet?«

»Ich erwiderte ihm, daß das ganz allein Ihre Entscheidung wäre.«

»Ich verstehe. Haben Sie dabei gezwinkert oder bedeutsam genickt?«

»Nein, Sir«, entgegnete Fergus, der spürte, daß Waterbury ihn wieder in eine Falle locken wollte.

»So, so, Leutnant Kilburnie«, fuhr der Kapitän fort, in dessen Stimme ganz deutlich Ärger mitschwang. »Woher weiß dann Jamaika Sam Bescheid? Ist das vielleicht eine Art afrikanischer Zauber, oder was?«

Fergus erwog mehrere Antworten, aber keine klang gut. Trotzdem mußte er etwas antworten. »Vielleicht hat er es ganz einfach vermutet, Sir«, versuchte er es kleinlaut.

Waterbury hob abwehrend eine Hand. »Sparen Sie sich Ihre lahmen Entschuldigungen, Kilburnie. Entweder haben Sie Jamaika Sam über meine Pläne informiert, oder Sie sind so einfältig, daß Sie kein Geheimnis für sich behalten können.«

»Ich ... ich«, Fergus wollte protestieren, aber er wußte nicht genau, was er auf eine derartige Anschuldigung antworten sollte.

Waterbury erwartete auch keine Antwort. Statt dessen drehte er sich zu Fergus um und schob sein Gesicht, das jetzt purpurrot vor Ärger war, bis auf wenige Zoll an das des jungen Schotten heran. Ein anklagender Finger schoß in die Höhe und wackelte unter seiner Nase hin und her. »Sie, Sir, sind entweder ein Lügner oder ein verdammter Idiot!« zischte er. »Haben Sie tatsächlich geglaubt, daß Sie, ein frischgebackener Leutnant, der durch die Ankerklüse aufs Achterdeck emporgekrochen ist, mich zum Narren halten können?«

Fergus fühlte, daß sein Gesicht vor Ärger rot wurde, und dasselbe Gefühl, das er gehabt hatte, als er sich mit Kerry auf der *Athena* geprügelt hatte, kam über ihn. Irgendwie gelang es ihm, sich zu zügeln. Er schluckte schwer. »Sir, ich habe Jamaika Sam nichts von Ihrem Plan erzählt, Sir.« Er mußte sich schwer zusammenreißen, um nicht loszubrüllen. »Er hat gefragt, ob es Pläne gäbe, mit den Geschützen zu exerzieren, und ich habe geantwortet, daß das ganz allein Ihre Entscheidung wäre.«

»Mit deutlichem Zusammenkneifen der Augen und bedeutungsvollem Nicken, möchte ich wetten«, höhnte Waterbury.

»Nein, Sir, keineswegs.«

Waterbury trat zurück, sein Gesicht war nicht länger rot und verzerrt. Der Sturm war offensichtlich vorüber. Er richtete sich gerade auf und legte eine Hand auf den Griff seines Degens. »Mister Kilburnie«, schnappte er, »Schiff klar zum Gefecht!«

»Jawohl, Sir«, antwortete Fergus in einem möglichst neutralen Tonfall – so schwer es ihm auch fiel. Dann wandte er sich an Peck. »Mister Peck, lassen Sie das Schiff klar zum Gefecht machen!«

Sofort begann Peck die entsprechenden Befehle zu bellen, und der Trommler der Seesoldaten schlug auf seiner

Trommel den Generalmarsch. Vielleicht war es die Warnung, die Jamaika Sam bestimmt weitergegeben hatte, oder vielleicht war auch die Besatzung begierig darauf, ihrem neuen Kommandanten zu zeigen, daß sie alle Aufgaben erfüllen konnte, was immer es auch sein mochte, jedenfalls waren die Decks aufgeklart und die Geschütze im Handumdrehen bemannt. Fergus war über die vorgelegte Geschwindigkeit ziemlich verblüfft.

Mit einem zufriedenen Ausdruck auf dem Gesicht kam Peck zu Fergus und meldete: »Schiff ist klar zum Gefecht, Sir!«

Fergus drehte sich um und gab förmlich weiter, was Waterbury ohnehin sehen konnte.

Waterbury konsultierte seine Uhr, als sich Fergus näherte. Er wartete einen Moment ab, bevor er den Deckel zuschnappen ließ, und schaute dann Fergus an. »Siebeneinhalb Minuten«, bemerkte der Kapitän ruhig, aber pointiert. »Nicht so gut, wie es auf einem Schiff dieser Größe sein sollte.« Er legte die Stirn in Falten und steckte die Uhr wieder in seine Tasche. »Wir werden daran arbeiten müssen.«

»Jawohl, Sir«, bestätigte Fergus, sorgsam darum bemüht, einen ausdruckslosen Tonfall beizubehalten.

Immer noch mit krauser Stirn fuhr Waterbury fort: »Nun wollen wir mal sehen, was unsere Kanonen leisten können.«

Fergus war dankbar, weil er beim Schießen das Kommando über die Steuerbordbatterie in der Kuhl hatte (Jamaika Sam kommandierte die an Backbord), dadurch konnte er etwas Abstand vom Kommandanten wahren. »Steuerbordbatterie! Achtung!« kommandierte er. »Laden und ausrennen!«

Von Jamaika Sam kam das Echo von Fergus' Befehlen, und die Geschützbedienungen machten sich zackig an ihre Aufgaben.

Peck hatte drei leere Fässer zusammenlaschen und über Bord werfen lassen, als das Kommando »Schiff klar zum Gefecht!« kam, diese hüpften jetzt im Kielwasser der *Swallow* auf und nieder. Kapitän Waterbury gab dem Rudergänger die nötigen Befehle, um das Schiff auf Gegenkurs zu bringen, und schon bald kamen die Fässer etwa dreihundert Yards entfernt an Steuerbord in den Feuerbereich.

»Feuer frei, wenn Ziel aufgefaßt, Mister Kilburnie!« befahl der Kommandant.

Kilburnie bestätigte die Order. »Jetzt gilt es, Jungs!« feuerte er seine Männer aufmunternd an: »Feuer frei, wenn Ziel aufgefaßt!« Als Antwort krümmten sich die Geschützführer hinter den Kanonen zusammen, es waren Vierpfünder, die Fergus gegen die Geschütze der *Athena* fast wie Spielzeuge erschienen, dabei packten die Männer die Reißleinen, die mit dem Feuersteinschloß verbunden waren.

Waterbury hatte das Schiff so gedreht, daß Fergus' Batterie als erste feuern würde. Er blickte über die niedrige Verschanzung und sah die Fässer auf den Kronen der Wellen in einhundertfünfzig Yards Abstand schwimmen. Aus dem Augenwinkel verfolgte er, wie sich der Geschützführer der vordersten Kanone vorbeugte, um über das Rohr seines Stückes zu visieren. Anscheinend zufrieden, trat er etwas zurück und zog an der Reißleine. Die Bedienung einer Kanone dieser Größe beim Abschuß unterschied sich nicht von größeren Stücken, allerdings war der Klang des Abschusses ein anderer. Es war mehr ein helles Krachen als ein Donnern, das aber unangenehm scharf in Fergus' Ohren widerhallte.

Er versuchte das Geräusch zu ignorieren und konzentrierte sich auf das Ziel. Die Kugel brauchte auf so kurze Distanz nicht viel Zeit. Ein kleiner Geysir stieg hinter dem Ziel in die Höhe. Während die *Swallow* an den Fässern vorbeilief, feuerten die Kanonen eine nach der anderen. Drei der sieben kamen zu kurz ab, eine der Kugeln sprang von der Wasserfläche ab und segelte über das Ziel, die anderen vier flogen über die Fässer hinweg oder schlugen nahe genug bei ihnen ein, so daß man bei einem Schiff von einem Treffer ausgehen konnte.

Wahrlich nicht schlecht, dachte Fergus. Er blickte zu Kapitän Waterbury hinüber, der in seiner üblichen Pose am Kompaß stand: die Arme verschränkt, das Kinn vorgereckt, so beobachtete er das Ziel. »Soll ich nachladen lassen, Sir?« rief er dem Kommandanten zu.

Waterbury schien über Fergus' Nachfrage erstaunt zu sein, aber er verschwendete kein Wort auf die Antwort, statt dessen nickte er nur kurz. Fergus gab den Befehl zum Nachladen.

Die *Swallow* lief ein gutes Stück an den Fässern vorbei und kam dann zurück, dieses Mal zeigte die Backbordbatterie auf das Ziel. Fergus drehte sich um, damit er beobachten konnte, wie die anderen Kanoniere arbeiteten, und war mehr als nur ein wenig befriedigt, daß das Ziel in der Tat einmal getroffen wurde und alle anderen Kugeln deckend lagen. Die Geschützmannschaften der *Swallow* verstanden ganz offensichtlich ihren Job. Sobald die letzte Kanone abgefeuert war, befahl Jamaika Sam das erneute Laden, und die Männer machten sich frisch ans Werk. Und so ging es zwei Stunden weiter. Die *Swallow* tanzte elegant um das Ziel, und die Stücke krachten, sobald sie die Fässer im Visier hatten.

Während der ganzen Zeit harrte Waterbury fast bewegungslos auf seinem Platz aus, in seinem Gesicht verriet kein Muskel seine Gefühle. Jedoch sofort, nachdem er das Ende des Übungsschießens befohlen hatte, rief er barsch nach Fergus und Jamaika Sam: »Mister Kilburnie! Stückmeister! Kommen Sie her!«

Jetzt war die Reihe an Jamaika Sam, überrascht zu sein. Offensichtlich war es nicht gewöhnt, so angeredet zu werden. Er wechselte mit Fergus einen besorgten Blick und machte sich zusammen mit ihm auf den Weg nach achtern zum Kompaßhaus.

Es war ganz klar, daß dem Kapitän etwas nicht paßte, denn er begann sofort mit einer Litanei von Vorwürfen. »Ich bin mit dieser Übung überhaupt nicht zufrieden. Die Trefferquote scheint akkurat genug zu sein, aber die Feuergeschwindigkeit war erheblich zu langsam, das gilt auch für das Nachladen.« Er schaute Jamaika Sam direkt an. »Welches Ihrer Geschütze war das langsamste, Gunner?«

Jamaika Sam blinzelte erstaunt. »Das weiß ich nicht, Sir«, entgegnete er. »An so etwas habe ich noch nie gedacht. Die Kanonen waren feuerbereit, wenn das Ziel in Reichweite kam.«

Das Gesicht des Kapitäns lief vor Ärger rot an. »Und, Kilburnie, welche Ihrer Geschützmannschaften war die langsamste?«

Fergus zögerte, denn ehrlich gesagt, er wußte es auch nicht, überdies hatten sich nach seiner Einschätzung die Bedienungsmannschaften schnell genug bewegt, niemand hatte seine Pflichten vernachlässigt. Allerdings wußte er sicher, daß dem Kommandanten diese Antwort nicht gefallen würde. Trotzdem würde er keine Geschützmannschaft einer Bestrafung, welcher Art auch immer, ausliefern, die Waterbury offensichtlich anvisierte. Warum sonst erkundigte er sich nach der langsamsten Crew? »Das kann ich nicht sagen, Sir. Die Männer scheinen sich schnell bewegt zu haben.«

Es war klar, daß dies nicht das war, was Kapitän Waterbury hatte hören wollen. Er lief hochrot an und wackelte mit seinem anklagenden Zeigefinger vor Fergus und Jamaika Sam hin und her. »Gütiger Gott«, zischte er, »wie haben Sie beide es in der Marine nur so weit bringen können?« Vor Ärger fing er beinahe an zu quaken. »Ich habe die Schwachstellen mit eigenen Augen gesehen, und ich bin erst weniger als eine Woche auf dem Schiff, jawohl, weniger als eine Woche!« Der Kapitän brüllte jetzt, und die Männer blieben wie angewurzelt stehen, um den Ausbruch mitzuerleben. »Ich werde Ihnen sagen, welche Kanonen am langsamsten waren!« kläffte er. Sein Finger deutete auf Jamaika Sam. »Das zweite Geschütz von vorne.« Der Finger wanderte wieder zu Kilburnie zurück. »Das mittelste Stück! Die Kanone genau vor Ihrer Nase!« Der Finger sank herab, und die Wangen des Kommandanten verloren ihre hektische Farbe. »Mister Jones!« schnappte er scharf. Jones trat vor, auf seinem Gesicht trug er eine Leidensmiene zur Schau, er wollte überhaupt nicht in die Nähe des Zorns des Kapitäns kommen. »Die Männer an diesen Geschützen bekommen eine Woche lang keine Grogration!«

»Jawohl, Sir«, erwiderte Jones ruhig.

Der Kapitän stieß den Atem aus und stützte beide Arme

in die Hüften. Seine Wangen hatten wieder eine normale Farbe angenommen. »Und Mister Jones?«

»Aye, Sir?«

»Warum tragen Sie keinen Tampen bei sich?«

»Ich habe hier noch nie einen Starter gebraucht, Sir. Nicht auf der *Swallow*.«

Der Kommandant wandte sich direkt dem Bootsmann zu. Seine Kinnlade war energisch vorgereckt und seine Augen sprühten Funken. »Mister Jones«, schnarrte er kalt, »ich empfehle Ihnen, sich einen zuzulegen, und ich erwarte, daß Sie ihn auch benutzen.« Ein maliziöses Lächeln glitt über sein Gesicht. »Sie und Ihre Maate.«

Jones blickte Fergus bittend an.

»Mister Jones«, fuhr der Kapitän in einem leisen, drohenden Ton fort. Es war eine Warnung.

Jones blickte nach unten und dann wieder zum Kapitän hinüber. »Jawohl, Sir.«

Waterbury schaute Fergus triumphierend an. »Sehen Sie, Kilburnie«, sagte er freudlos.

Der Entzug der täglichen Grogration war, wie Fergus sehr wohl wußte, eine harte Strafe. Es gab nur sehr wenige Dinge, die man in der Marine reichlich und umsonst bekam. Der Rum gehörte dazu. Er war ein Wärmemittel gegen die Kälte und schaffte kurzzeitig zwischen den Männern ein Gefühl der Kameradschaft. Für einige Männer machte er das harte Bordleben erträglicher, zumindest konnte man dann den Gestank, das schlechte Essen, die Schläge und den allgegenwärtigen Gedanken an den Tod besser aushalten. Viele Männer hätten lieber auf ihre Essensration verzichtet als auf ihren Becher Rum.

Fergus erinnerte sich auch an die vielen Wege, mit denen man den Entzug des Grogs umgehen konnte. Am beliebtesten waren »Schlückchen«. Ein mitleidiger Kamerad erlaubte dem Delinquenten, einen Schluck von seinem Grog zu nehmen. Einige der Männer würden sogar versuchen, einem anderen den Becher abzukaufen. Ein weiterer, allerdings sehr riskanter Weg, die Bestrafung zu umgehen, bestand darin, einen Weg in die Last zu finden, wo die Fässer gelagert waren, und eines der Fässer anzuzapfen.

Was Fergus jedoch wirklich Sorgen bereitete, war die Frage, was Waterbury tun würde, wenn er einen Mann unter Bestrafung dabei erwischte, wie er ein »Schlückchen« nahm. Offensichtlich glich sein Temperament einem stets zum Ausbruch bereiten Vulkan, und wenn er so richtig in Rage war, konnte er die wüstesten Bestrafungen verhängen. Beim Abendessen teilte Fergus Jones, Browne, Jamaika Sam und Bailey seine Befürchtungen mit. Peck war auf Wache. Alle stimmten ihm zu, daß so etwas sehr leicht passieren konnte, und dann würde es eine böse Sache werden. Sie einigten sich darauf, den Matrosen den dringenden Rat zu geben, den Befehl des Kommandanten keinesfalls zu mißachten oder zu umgehen.

»Mein Sergeant wird meine Jungs bei der Stange halten«, versicherte Leutnant Browne Fergus.

Als er sich Sergeant Turings lederne Lungen, die riesigen Fäuste und seine massive Gestalt vorstellte, war Fergus ganz sicher, daß Brownes Männer gegen diesen inoffiziellen Befehl nicht verstoßen würden, denn, falls sie die Bestrafung durch den Kapitän nicht umbrachte, dann würde es wahrscheinlich die von Sergeant Turing schaffen.

Jones sah besonders verdrießlich aus. »Ich und meine Maate mit Startern. Sie hätten die Blicke sehen sollen, als ich ihnen befahl, welche anzufertigen.« Jones seufzte schwer. »Und sie zu benutzen.«

Bailey hing an seinen Lippen. »Ich vermute, daß ich mich auf Wunden einzustellen habe, die beim Auspeitschen entstehen.« Er wandte sich an Fergus. »Ich beneide Sie nicht um Ihre Pflichten.«

Jones seufzte wieder und nickte. »Ich werde das nicht meinen Maaten überlassen. Das ist meine Aufgabe.« Er sah Fergus direkt mit bittenden Augen an. »Und was wollen Sie dem Kapitän sagen, wenn er anfängt, die Besatzung aus nichtigem Anlaß auspeitschen zu lassen?«

Das war eine Frage, von der Fergus irgendwie gewußt hatte, daß sie früher oder später auf ihn zukommen würde. Allerdings würde er sie nicht beantworten müssen, jedenfalls noch nicht jetzt. Er hatte noch Hoffnung und entschied, sie mit diesen Männern zu teilen. »Erstens gibt es nicht viel, was ich zum Kommandanten sagen kann. Sie wissen alle, daß er auf diesem Schiff Gottvater ist und tun kann, was er will. Zweitens bin ich mir wahrlich nicht sicher, daß er sich über einen Ratschlag von mir freuen würde.« Er sah jeden Einzelnen scharf an. »Von keinem von uns.« Er machte eine Pause und trank etwas Wein. »Immerhin habe ich noch die Hoffnung, daß er viel umgänglicher werden wird, sobald wir ein oder zwei Prisen aufgebracht haben.«

Die um den Tisch versammelten Männer nickten.

Schon der nächste Tag brachte die Gelegenheit, auf die Fergus gehofft hatte. Ein fremdes Segel schob sich über die Kimm.

»Segel in Sicht!« rief der Ausguck herunter und deutete mit dem Arm nach Backbord querab.

Fergus sprang mit einem Fernglas in das Rigg und richtete es auf den Horizont. Das Schiff schien als Brigg getakelt zu sein, denn er konnte zwei Masten ausmachen. Es mochte sich um einen Frachter handeln, der in Richtung Heimat watschelte, oder auch um ein französisches Kriegsschiff oder um einen Freibeuter, der mit kühnen Seeleuten aus Brest, der Normandie oder dem Poitou bemannt war. Aber die *Swallow* konnte allem weglaufen, was sie nicht niederkämpfen konnte, davon war er überzeugt. Nach dem, was er so ausmachen konnte, lief das andere Schiff einen annähernd parallelen Kurs zu dem der *Swallow*. Falls der Wind so bleiben sollte, konnte sie mehr Segel setzen und es abfangen.

Er kletterte wieder hinunter an Deck und ging zum Kapitän, der an Deck erschienen war. Er schilderte ihm, was er gesehen hatte, und schloß seinen Bericht, indem er feststellte: »Sir, ich bin sicher, daß wir es einholen können.«

Waterbury sagte nichts. Er biß sich gedankenverloren auf die Lippe, dann ließ er die Augen über den Horizont huschen. »Sehr schön, Mister Kilburnie, dann wollen wir uns mal Ihr Schiff ansehen.«

Er gab den Befehl, mehr Segel zu setzen, um die *Swallow* näher an das nicht identifizierte Segel heranzubringen. »Ihnen ist doch klar, daß es uns sofort die Absätze zeigen wird, sobald wir über der Kimm auftauchen.«

»Vielleicht nicht, Sir. Schließlich ist die *Swallow* ein französischer Bau. Falls es sich um Franzosen handelt, könnten sie uns für Freunde halten.« Er lächelte. »Und dann haben wir sie!«

Waterbury nickte, aber nicht sehr begeistert.

»Soll ich das Schiff klar zum Gefecht machen lassen, Sir?«

Waterbury schüttelte den Kopf. »Nein, Mister Kilburnie. Lassen Sie uns abwarten, was unser Franzose macht.«

Kilburnie verließ ihn und ging hinüber zu Peck und Jones, die gespannt den Horizont musterten. Als mehr und mehr Segel von Deck aus gesehen werden konnten, lehnten sie sich erwartungsvoll vor.

»Das ist todsicher ein Franzose«, stellte Peck fest und schlug mit der flachen Hand klatschend auf die Reling.

Jones nickte zustimmend. »Da hat er verdammt recht.« Er lächelte zufrieden. »Wenn alles gutgeht, haben wir ihn in ein oder zwei Stunden eingeholt.« Er sah Fergus an und zwinkerte ihm vertraulich zu. »Ist das Ihre erste Prise, Mister Kilburnie?«

»Nein, Jones«, erwiderte Fergus. »Wir haben auch auf der *Athena* welche aufgebracht. Und diese haben wir noch nicht, also sollten Sie das Prisengeld noch nicht zählen!«

Jones grinste. »Ah, ich habe da so ein Gefühl. Nennen Sie es den walisischen Zauber.«

Peck rollte mit den Augen.

Jones bekam das mit. »Habe ich bei den anderen nicht immer recht behalten?« wollte er wissen.

Peck lachte. »Ja, und wenn du weiter von deiner ›Gabe‹ redest, wirst du nach unserer Rückkehr in Plymouth auf dem Scheiterhaufen verbrannt.«

Fergus schaute wieder auf die Kimm. Das Schiff war jetzt größer geworden, und ein Teil des Rumpfes war zu sehen. Es sah nicht nach einem Kriegsschiff aus, und er konnte nicht einmal, als er es durch das Teleskop absuchte, Geschützpforten erkennen, die auf einen Freibeuter hingedeutet hätten. Inzwischen kam Browne herangeschlendert. Fergus vermutete, daß er vor Ungeduld brennend auf den Kampf warten würde, immerhin war Browne sowohl Ire als auch Marineinfanterist. Fergus wollte gerade einen Scherz in dieser Hinsicht machen, als Brownes ernster Gesichtsausdruck ihn davon zurückhielt.

Browne zupfte ihn am Ärmel und zog ihn von Peck und Jones fort, die weiter das sich nähernde Schiff beobachteten. »Haben Sie unseren Kommandanten beobachtet, Mister Kilburnie?« erkundigte sich Browne ruhig.

Fergus schüttelte den Kopf. Browne drehte seinen Kopf langsam in die Richtung von Waterbury, als wolle er keine Aufmerksamkeit auf sich ziehen.

Fergus schaute schnell zum Kapitän hinüber. Er stand nicht mehr wie üblich wie ein Fels in der Brandung neben dem Kompaßhaus, sondern lief nervös auf der Luvseite des Achterdecks hin und her. Er hatte die Arme hinter dem Rücken verschränkt und den Kopf gesenkt und gönnte dem Horizont keinen einzigen Blick.

Als Fergus wieder Browne anschaute, zog der Seesoldat eine Augenbraue in die Höhe.

»Nun, wir sind dabei, in ein Gefecht zu segeln, und es ist sein erstes als Kommandant«, überlegte Fergus laut. »Ich wäre da sicher auch ein wenig nervös.«

Browne lächelte leicht, es wirkte ein wenig spöttisch, dann nickte er schnell mit dem Kopf. »Genau wie ich es mir gedacht habe.« Damit drehte er sich um und ging das Deck hinunter.

Fergus Verteidigung des Kapitäns war rein intuitiv gewesen, aber als er jetzt heimlich Waterbury weiter beobachtete, wie er auf dem Deck auf und ab marschierte, kam ihm der Kontrast zwischen diesem Verhalten und dem üblichen selbstsicheren Auftreten des Kapitäns doch eigenartig vor. Vor seinem inneren Auge lief die Szene ab, als Kapitän Burbage vor seiner ersten Schlacht kaltblütig Wein getrunken hatte. Nein, dachte er, er hat vieles zu bedenken. Das hätte ich auch.

Die Tradition verlangte, daß man den Kapitän niemals stören durfte, wenn er auf seinem Achterdeckheiligtum war. Aber jetzt stellte sich Fergus die Frage, ob er es wagen sollte oder nicht, bevor ihre Beute zu nahe war und das Überraschungsmoment verlorenging. Er erinnerte sich an Essex' ernste Ermahnungen bezüglich der Ideen in den Köpfen der Lords der Admiralität. Er konnte nicht zulassen, daß man von Kapitän Waterbury, eigentlich von allen Männern der *Swallow*, anders dachte, als daß sie im Angesicht des Feindes mutig und tapfer waren.

Er blickte zu dem unbekannten Schiff hinüber. Es machte tatsächlich den Eindruck, daß es ein Franzose war, und wenn alles gutging, dann würde es nicht mehr lange dauern, bis es in der Reichweite ihrer Geschütze liegen würde. Dann würde es darauf hinauslaufen, die Flagge zu setzen, einen Warnschuß abzufeuern und es zur Kapitulation aufzufordern. Natürlich, schmähte Fergus sich selbst, konnte auf See auch der beste Plan schnell Makulatur werden, und alles konnte schieflaufen. Er blickte wieder nach achtern auf den Kommandanten. Waterbury lief immer noch auf und ab, die Augen strikt nach unten gewendet.

»Verdammt!« rief ein Matrose.

Fergus richtete sein Glas auf das Schiff. Er konnte einen Ausbruch von Aktivität auf dessen Deck erkennen. Mehrere Männer bildeten am Heck ein Menschenknäuel. Irgend etwas blinkte im schwachen Sonnenlicht, offensichtlich betrachtete jemand mit einem Fernglas die *Swallow*. Fergus konnte erkennen, daß die Männer am Heck heftig gestikulierten, aber er konnte noch nicht den Namen am Heck des unbekannten Schiffs entziffern. Er blickte prüfend auf seine Linien, es mochte durchaus schnell segeln, falls sein Boden sauber war, und bei dem Vorsprung mochte es sogar der *Swallow* weglaufen.

Jetzt war es an der Zeit, vorsichtig zu manövrieren. Da drüben war man mißtrauisch geworden – und das zu Recht –, aber jede offensichtliche Drohung würde das andere Schiff nur zur Flucht animieren. Vorsichtig oder nicht, jedenfalls mußten Pläne gefaßt werden. Fergus entschloß sich, Befehle vom Kommandanten einzuholen.

Waterbury lief immer noch auf dem Deck hin und her, nur gelegentlich warf er einen kurzen Blick auf das französische Schiff, sonst starrte er weiter auf das Deck. Fergus näherte sich vorsichtig und räusperte sich. Der Kopf des Kommandanten drehte sich zu ihm herum, die Augen waren vorwurfsvoll. Fergus wappnete sich gegen einen deftigen Anranzer, der aber seltsamerweise nicht kam.

Statt dessen seufzte der Kapitän ungeduldig, als wäre er bei seinem Dinner wegen einer trivialen Kleinigkeit unterbrochen worden. »Was gibt es, Mister Kilburnie?«

»Sir, die Männer auf dem französischen Schiff werden wegen unserer Anwesenheit unruhig.« Er räusperte sich. »Haben Sie irgendwelche Befehle?«

Waterbury sah an Fergus vorbei auf das französische Schiff. Ein sarkastisches Grinsen flog über sein Gesicht. »Befehle für die Franzosen?«

Fergus fühlte, wie er rot wurde. »Nein, Sir«, verbesserte er sich sorgfältig, »für die *Swallow*.«

Der Kapitän biß die Zähne zusammen und zog scharf die Luft ein. Dann fixierte er Fergus mit einem fast unfreundlich zum nennenden Blick. »Mister Kilburnie«, knurrte er kühl, »ich beabsichtige meine Befehle zu geben, wenn ich dazu bereit bin, und lasse mich von meinem Ersten Offizier nicht anstacheln, das eine Sekunde früher zu tun.« Ein freudloses Lächeln flog über sein Gesicht. »Ich nehme an, daß ich mich klar ausgedrückt habe.«

»Jawohl, Sir.« Fergus Ton war der eines unschuldig Gezüchtigten.

»Nun gut.« Der Kapitän machte eine abschließende Handbewegung. »Halten Sie mich auf dem laufenden.«

Fergus kehrte an die Reling zurück und beobachtete den Franzosen. Die *Swallow* holte bei ihrer Verfolgung der ... – er suchte den Spiegel mit dem Fernglas ab ... ah ja, da war es, der *Etienne* – ständig auf. Ein schöner, friedlicher Name für etwas, von dem Fergus hoffte, daß es ein schöner, friedlicher Handelsmann sein würde. Dann kam etwas an der Steuerbordseite in Sicht, das wie Geschützpforten aussah. Er zählte vier. Verdammt! Das konnte bedeuten, daß es einen Kampf geben konnte, aber es konnte auch bedeuten, daß ein knauseriger Reeder sein Schiff mit einigen, wenn überhaupt, Geschützen für diese Klappen auf See geschickt hatte. Nun, das würde man schnell genug feststellen.

Fergus bewegte das Glas wieder zu der Gruppe am Heck hin. Er zuckte zusammen, als er feststellte, daß er genau in das Teleskop eines anderen Mannes blickte. Der Mann mit dem Fernglas ließ es schnell sinken und sagte etwas zu einem anderen, der neben ihm stand. Dieser Mann löste sich aus der Gruppe und begann in den Wanten des achteren Masts aufzuentern, ein Fernglas baumelte von seiner Schulter herunter. Er kletterte in das Rigg und hielt erst knapp unterhalb der ersten Saling inne. Dort verschaffte er sich einen guten Halt und schaute mit dem Glas direkt auf die *Swallow*. Nach ein oder zwei Sekunden rief der Mann etwas zu den anderen am Heck hinunter. Ein paar Sekunden vergingen, dann lief die Gruppe schnell auseinander, ein paar der Männer machten weit ausholende Armbewegungen. Die Franzosen bereiteten sich, wie es schien, entweder auf den Kampf vor, oder sie wollten fliehen. Wie dem auch sei, beides behagte Fergus gar nicht.

Fergus machte sich sofort auf den Weg zum Kommandanten. Auch andere Männer hatten die Unruhe auf dem Franzosen gesehen und drängten sich an der Reling zusammen, wo sie ihre Meinungen austauschten und ihre Bedenken laut vorbrachten.

»Der hat für einen Frachter zuviel Freibord.« – »Es könnte ein Küstensegler in Ballast auf der Rückreise sein.« – »Aye, oder es ist ein Kriegsschiff, das auf uns gelauert hat.«

Alle diese Auffassungen können korrekt sein, dachte Fergus, als er zum Achterdeck ging, aber nur die Meinung eines einzigen Mannes zählte: die des Kommandanten.

Waterbury hatte die Geschäftigkeit auf der *Etienne* mitbekommen und reckte seinen Hals, um zu dem Franzosen hinüberzusehen, als sich Fergus ihm näherte. »Kilburnie«, meinte er mit einem leichten Anflug von Ärger, »was ist auf dem Franzosen los?«

»Sir, das Schiff ist die *Etienne*. Sie könnte bewaffnet sein.«

»Könnte sein?«

»Jawohl, Sir, sie verfügt über Geschützpforten, aber ich vermute, daß die französischen Reeder nicht viel anders als die britischen sind und ...«

»Und könnten zu der Überzeugung gekommen sein, daß es profitabler ist, Ladung zu befördern als Pulver, Kugeln und Kanonen.« Es schien Waterbury zu erfreuen, daß er den Satz für ihn beendet hatte.

»Jawohl, Sir.«

»Nun, zurück zu meiner ursprünglichen Frage: Was passiert auf der *Etienne*?«

»Es hat den Anschein, als ob sie unsere wahre Natur ahnen – jedenfalls teilweise – und sich darauf einrichten, zu kämpfen oder zu flüchten.«

Waterbury runzelte die Stirn. »Nun, wenn sie jetzt türmen, gibt es kaum etwas, was wir dagegen tun könnten.«

»Sir, wenn wir uns an Backbord ihren Heckbereich legen und sie weiter in diese Richtung drängen, verliert sie den Wind von Steuerbord und ist vielleicht sogar gezwungen zu wenden. Falls es dazu kommen sollte, können wir sie uns mit der *Swallow* greifen.«

Ein verachtungsvoller Blick war Fergus' Belohnung. »Oh, das denken Sie?« fragte Waterbury listig. Bevor Fergus antworten konnte, verschränkte Waterbury seine Hände hinter dem Rücken und wippte auf den Ballen, dann seufzte er: »Nun, Mister Kilburnie, ich denke, wir sollten jetzt auf alle Fälle das Schiff klar zum Gefecht machen lassen.« Er begann sich in Richtung des Kompaßhäuschens zurückzuziehen. »Auf geht's, Mister Kilburnie.«

Fergus drehte sich sofort um und rief zu Jones hinüber: »Mister Jones, klar Schiff zum Gefecht!«

Der Ruf wurde weitergegeben, und die Besatzung der *Swallow,* die schon heiß auf den Kampf war, entwickelte sofort hektische Aktivität. Der Trommler begann mit einem langen Trommelwirbel, in den sich bald die anderen Geräusche mischten, die bei der Vorbereitung auf ein Gefecht immer auftraten, das Trampeln der Füße auf dem Deck, protestierend quietschende Blöcke, das Hämmern und Klopfen von unter Deck und eine Kakophonie aus Rufen, die eine möglichst rasche Erledigung der Aufgabe bewirken sollten. Einige von Brownes Seesoldaten kletterten auf die kleinen Plattformen, die auf der *Swallow* als Marsen dienten, andere nahmen ihren Platz an der Verschanzung ein. Einige wenige reihten sich sogar bei den Geschützbedienungen ein, ihre roten Röcke sorgten für bunte Farbflecken. Fergus hatte auch bemerkt, daß Jones und seine Maate Starter trugen.

Sobald die Decks klariert und die Geschütze bemannt und geladen waren, drehte sich Fergus zum Kommandanten herum. Zu seinem Erstaunen konsultierte Waterbury seine Uhr. Fergus entschied sich, diesen Fakt nicht zu erwähnen, als er das Schiff klar zum Gefecht meldete.

»Das hat beinahe acht Minuten gedauert, Mister Kilburnie. Das ist sogar noch langsamer als bei der Übung.« Er klappte die Uhr langsam zu und steckte sie zurück in die Westentasche. Der Kapitän hatte gerade den Mund geöffnet, als Peck rief: »Er dreht, Sir!«

In einer Entfernung von knapp achthundert Yards hatte die *Etienne* nach Backbord gedreht, bis der Wind fast genau von achtern über ihr Heck einfiel. Dann mußte ihr Kapitän eine scharfe Kursänderung nach Steuerbord befohlen haben, denn sie drehte jetzt zu dieser Seite und zeigte der *Swallow* ihre Steuerbordseite, wenn auch in einem spitzen Winkel, auf der plötzlich die Geschützpforten – fünf an der Zahl – aufflogen und die schwarzen Mündungen eiserner Kanonen sich herausschoben. Nun, jetzt wissen wir, daß sie bewaffnet ist, dachte Fergus. Ein bunter Streifen erregte Fergus' Aufmerksamkeit, ein kleines Bündel stieg hinter dem Achterliek des Besansegels in die Höhe. Als es die Baumnock erreicht hatte, wurde es vom Wind erfaßt, und die französische Trikolore wehte aus.

Dann stachen aus der Bordwand der *Etienne* lange Feuerzungen und graue Rauchballen. Der Kampf war eröffnet, wie es schien. Die fünf Kanonenkugeln pfiffen durch die Segel und das Rigg, dabei rissen sie Löcher in das Tuch und zerfetzten einige Taue. Eine Kugel traf den Vormast mit einem lauten Knall, der im ganzen Schiff zu hören war.

Kapitän Waterbury befahl, die Kriegsflagge zu setzen, die gleich darauf an der Gaffel wehte. Die Herausforderung der *Etienne* anzunehmen war aber auch alles, was die *Swallow* momentan tun konnte. Als die *Etienne* fast vor dem Bug der *Swallow* vorbeilief, konnte keines ihrer Geschütze das Ziel erfassen. Aber es kam noch schlimmer. Sobald die Geschütze abgefeuert waren, klappten die Geschützpforten zu, und der Franzose drehte zurück nach Backbord, bis er den Wind genau von achtern hatte. Schnell nahm er wieder Fahrt auf und begann den Abstand zur *Swallow* zu vergrößern, weil sie auf Grund des Treffers langsamer wurde.

»Verdammt, das ist ein gerissener Hund«, schrie Peck, in seiner Stimme mischten sich persönliche Frustration und professionelle Bewunderung. »Er wird einfach damit weitermachen, zuerst ein sanfter Bogen nach Backbord oder Steuerbord, dann feuert er auf uns, danach läuft er wieder weg. Er versucht uns langsamer zu machen, indem er unser Rigg stückweise herunterholt, und wenn er dann einen Vorsprung hat, der ihm groß genug erscheint, verduftet er.« Er blickte nach oben und blickte finster. »Verdammt, Mister Jones, wir sollten es ihm nicht so leicht machen! Schicken Sie ein paar Leute nach oben, die versuchen sollen, die Schäden da oben zu beseitigen.«

Daraufhin grölte Jones seine Befehle, und ein paar Männer flitzten nach oben in die Takelage, um sich daranzumachen, die Schäden, welche die Franzosen bereits verursacht hatten, zu reparieren. Die größeren allerdings würden bis zu einem späteren Zeitpunkt warten müssen.

»Da geht's wieder los!« Die *Etienne* beschrieb eine flache Kurve nach Steuerbord, wobei sie ein wenig Fahrt verlor, drehte dann aber scharf nach Backbord, wo die schußbereite Batterie bereits ausgefahren war. Wieder donnerten ihre Kanonen.

»Achtung!« schrie Jones den Männern oben zu. »Sie schießen mit Kettenkugeln!«

Wie Fergus wußte, bestanden Kettenkugeln aus zwei kleinen Kugeln, zwischen denen sich ein kurzes Stück Kette befand. Sie wurden zielstrebig eingesetzt, um das Rigg zu beschädigen, eine Aufgabe, die sie sehr gut erfüllten. Natürlich zerquetschten sie auch Fleisch und Knochen, zerrissen Tauwerk, Holz und Segeltuch. Die Kugeln kamen hoch herein und sausten mit einem dumpfen Ächzen durch das Rigg der *Swallow*. Die Bramstenge des Vormasts brach und krachte auf das Deck, eine Vormastrah löste sich und hing wie betrunken nur noch an ein paar Tampen. Überall war das Geräusch reißenden Segeltuchs zu hören. Aber über allen diesen Geräuschen war das Schreien der Männer oben im Rigg zu vernehmen, die von den Kettenkugeln getroffen worden waren.

Ein Seesoldat und ein Matrose stürzten vom Großmast ab und klatschten mit einem Übelkeit erregenden Geräusch auf das Deck. Die Männer in der Nähe eilten herbei, um ihren getroffenen Kameraden zu helfen. Der Arm des Marineinfanteristen war halb abgerissen, der weiße Knochen schaute aus dem roten blutenden Fleisch. Er hätte diese Verwundung vielleicht überleben können, aber sein Hals war in einem seltsamen Winkel verdreht.

Der Matrose lag mit dem Gesicht nach unten in einem sich schnell ausbreitenden See aus Blut, seine Beine bildeten mit dem Körper einen verrückten Winkel. Es handelte sich um einen der schwarzen Matrosen, so viel konnte Fergus erkennen. Ein Mann rollte ihn auf den Rücken. Ein erstickter Schrei ertönte, gefolgt von Kotzgeräuschen. Dann kreischte einer der Männer: »O Gott, Ben Coffee! Sie haben Ben Coffee erwischt!« Seine Stimme brach, und er fing an zu schluchzen. Coffee war von der Kettenkugel in Hüfthöhe fast in zwei Hälften gerissen worden, seine Gedärme traten jetzt aus der Wunde aus und verbreiteten sich auf dem Deck.

Fergus wandte sich von dem schrecklichen Anblick ab und sah sich auf dem Deck um. Die Männer starrten wie gebannt auf die beiden Toten, sie waren schockiert und anscheinend paralysiert.

»Hurensöhne!« Eine Muskete krachte.

Fergus blickte auf. Ein Seesoldat hatte seine Muskete

auf die *Etienne* abgefeuert. Auf vierhundert Yards war die Chance gleich Null, daß die Kugel ein Ziel finden würde, daher schien der Schuß mehr ein Zeichen persönlichen Trotzes gewesen zu sein.

Der Schuß schien die anderen Männer aus ihrer Erstarrung zu lösen. Mit Gebrüll stürzten sie zurück an ihre Stücke. Zwei Kameraden waren getötet worden, und sie wollten Blut sehen. Jamaika Sam rannte zum vordersten Geschütz seiner Batterie, visierte über das Rohr, veränderte die Höhenrichtung und zog die Reißleine. Die Kanone lief zurück und wäre beinahe umgestürzt. Die Männer beobachteten gebannt, wie die Kugel zur *Etienne* hinüberflog. Jamaika Sam hatte gut gezielt, aber die Entfernung, die sich jetzt wieder schnell vergrößerte, war einfach zu groß. Die Kugel klatschte etwa fünfzig Yards hinter dem Heck des Franzosen ins Wasser.

Sam befahl den Männern, wieder zu laden, und schüttelte drohend die Handspake in Richtung der Franzosen, dabei brüllte er: »Kommt her, ihr verdammten feigen Froschfresser, und stellt euch zum Kampf!«

Die Männer jubelten begeistert und begannen an den Kanonen, die in etwa das Ziel auffassen konnten, zu reißen, um den Gegner unter Feuer zu nehmen. Die Seesoldaten begannen auch zu schießen, das helle Krachen ihrer Musketen mischte sich in das Knarren der protestierenden Leinen und das Grunzen der Seeleute.

»Aufhören!« erklang eine Stimme vom Kompaßhaus. »Hört mit dem verdammten nutzlosen Krach auf.« Kapitän Waterbury kam nach vorne, seine Augen blitzten ärgerlich. »Aufhören!«

Leutnant Browne, der sich schon in Pose geworfen hatte, um seinen Männern im Mast einen entsprechenden Befehl zuzurufen, nahm an, daß der Befehl seine Seesoldaten betraf. »Verdammt, Feuer einstellen! Ihr verschwendet nur Pulver! Ihr habt gehört, was der Kapitän gesagt hat.«

Der Kommandant schoß dicht an Browne vorüber und stürzte sich auf Fergus. »Allesamt!« kreischte er, sein Gesicht war puterrot angelaufen, und Speichelbläschen bildeten sich vor seinem Mund. »Feuer einstellen! Sofort!« Die Seeleute drehten sich zu ihm um und sahen ihn mit weit aufgerissenen, erstaunten Augen an. Das schien er jedoch nicht zu bemerken. »Ich sagte, Feuer einstellen!« Er ballte die Fäuste und stampfte mit dem Fuß auf. »Aufhören!«

Fergus war zugleich ärgerlich und beschämt über das Verhalten des Kapitäns. Ärgerlich, weil der Kapitän nicht brüllen mußte, nicht bei dieser Mannschaft, und beschämt wegen des Kommandanten. Dieser Wutanfall würde bei den Männern nicht gut ankommen. Trotzdem wußte er, daß er etwas unternehmen mußte, um eine gute Miene zu dem bösen Spiel zu machen. »Der Kapitän hat recht, Jungs!« rief er, ohne Waterbury anzuschauen. »Wir müssen sie erst einholen, bevor wir auf sie schießen können!« Er sah sich um, um Peck und Jones ausfindig zu machen. »Mister Peck! Mister Jones! Schicken Sie ein paar Männer nach oben. Jama ...« Plötzlich fühlte sich Fergus an seiner linken Schulter herumgerissen, er wirbelte herum und sah, daß das Gesicht des Kapitäns nur wenige Zoll von dem seinen entfernt war.

»Ruhe! Verdammt! Ruhe!« kreischte Kapitän Waterbury mit wutverzerrter Fratze. »Auf meinem Schiff geben Sie keinen Befehle, Sie impertinenter junger Schnösel! Sie sind unverschämt, Sir!« quiekte er. »Unverschämt!« Kapitän Waterbury sah sich wild um, seine Brust hob sich ungestüm.

Alles war ruhig, außer den Geräuschen, welche die *Swallow* verursachte, war nichts zu hören. Die Männer waren wie vom Schlag getroffen. Waterbury wandte sich wieder Fergus zu. »Ich bin der Kommandant, und ich befehle, daß die Jagd vorüber ist! Ich werde nicht mein Schiff riskieren, weil Ihr verdammtes ...«, er schluckte heftig, »... Ihr verdammtes Blut kocht!« Seine Brust hob sich, als er einen gewaltigen Atemzug in sich hineinpumpte. Wieder röhrte er los: »Ich kommandiere das Schiff! Haben Sie mich verstanden, Sie Lümmel?«

Fergus spürte, wie das Blut in seinen Ohren rauschte. Unwillkürlich fuhr seine rechte Hand an den Griff seines Degens, und die linke Hand ballte sich zur Faust. Er kämpfte gegen zwei übermächtige Verlangen an. Zum einen hätte er gerne den Kapitän mit einem Faustschlag auf das Deck niedergestreckt, zum anderen hätte er gerne zurückgebrüllt, um ihm klarzumachen, daß er nur versucht hatte, ihn vor der Mannschaft besser aussehen zu lassen. Er war schon dabei, die Schlacht gegen sich selbst zu verlieren, als Brownes Stimme die schwer lastende Stille durchschnitt. »Kilburnie«, murmelte der Seesoldat ruhig und legte ihm fest eine Hand auf die Schulter.

»Kilburnie.«

Fergus spürte, wie der Ärger verflog, dabei schien er in sich zusammenzusinken. Er schüttelte den Kopf, um ihn wieder frei zu bekommen, atmete tief durch und sah den Kapitän an, der noch immer mit vorgestrecktem Gesicht vor ihm stand. »Ja, Sir. Ich weiß, welche Position ich auf diesem Schiff innehabe.« Obwohl er jetzt etwas entspannter war, zitterte seine Stimme immer noch vor unterdrückter Wut. »Ich wollte nur ...« Nein, dachte er, Erklärungen sind nutzlos. »Ich weiß nur zu gut, welche Position ich innehabe, Sir.«

Waterbury zog sein Gesicht triumphierend zurück. »Das ist gut, Kilburnie«, höhnte er. »Das passiert nicht oft bei Offizieren, die Söhne von Bauern sind.«

Der Schmerz, den diese Bemerkung bei Fergus auslöste, war fast körperlich spürbar. Das war nicht nur billiger Hohn und eine Beleidigung, sondern ein vorsätzlicher Versuch, seine Stellung gegenüber den Mannschaften herabzusetzen. Fergus spürte, wie sein Gesicht rot anlief.

Kapitän Waterbury schien mit der Wirkung seines letzten Schusses zufrieden zu sein, denn er drehte sich auf dem Absatz um und ging auf das Achterdeck zurück. »Ich bin in meiner Kabine«, rief er noch leichthin über die Schulter zurück. »Gehen Sie wieder auf den ursprünglichen Kurs, Mister Kilburnie.«

Fergus erwiderte nichts und blickte dem Kapitän auch nicht nach. Einen Augenblick lang starrte er auf das Deck. Plötzlich fühlte er ein starkes Bedürfnis zu weinen, aber er wußte, daß er dem nicht nachgeben durfte. Nicht jetzt, nicht hier. Er hob den Kopf, atmete tief ein und stieß dann den Atem lautstark aus. Er entdeckte Peck und sagte ruhig: »Mister Peck, bringen Sie das Schiff bitte wieder auf den ursprünglichen Kurs zurück.« Er räusperte sich und hob die Stimme ein wenig: »Und bitten Sie Mister Jones, sich, so gut er kann, um die Reparaturen zu kümmern.« Dann wandte er sich an Leutnant Browne: »Mister Browne, würden Sie bitte die beiden Männer für die Beisetzung vorbereiten. Ich werde den Kapitän fragen, wann er die Zeremonie abhalten möchte.«

Der Stückmeister stand noch immer neben der Kanone, die er auf die flüchtenden Franzosen abgefeuert hatte. »Jamaika Sam«, rief er ihm zu, »kümmern Sie sich bitte um die Geschütze. Stellen Sie sicher, daß das Pulver sicher verstaut wird.«

Jamaika Sam blickte ihm in die Augen und nickte wortlos.

Fergus blickte auf die Männer, die sich immer noch um die beiden Leichen scharten, obwohl sie sie nicht länger anstarrten. »Nun denn, Männer«, krächzte er und versuchte ermutigend zu klingen, »wir werden uns den nächsten Franzosen schnappen, der uns über den Weg läuft.« Er schaute zu dem schnell kleiner werdenden Segel hinüber, und viele Köpfe drehten sich herum, um seinem Blick zu folgen. »Aber jetzt werden wir uns erst mal um die *Swallow* kümmern.«

Mit einem zustimmenden Gemurmel gingen die Männer wieder an die Arbeit.

Während der nächsten beiden Tage war die Spannung beinahe mit Händen zu greifen. Die Beisetzungszeremonie wurde am Abend bei Sonnenuntergang abgehalten, fast wie bei einer Familie, die den Verlust zweier Kameraden tief betrauerte. Sie hätte für den Kommandanten eine Möglichkeit sein können, die Mannschaft wieder zusammenzubringen.

Aber Kapitän Waterbury hetzte durch die Zeremonie, leierte tonlos die vorgeschriebenen Texte aus dem Gebetbuch herunter. Sobald die in Segeltuch gehüllten Körper der See übergeben worden waren, klappte er das Buch zu und erteilte Fergus kurz angebunden den Befehl, die Männer wegtreten zu lassen. Er hatte nichts über die beiden toten Männer gesagt oder jemanden gebeten, das für ihn zu übernehmen.

»Über Bord geworfen wie eine Portion schlecht gewordenes Rindfleisch«, murrte ein Matrose, als die Männer zurück an ihre Arbeiten gingen.

Den Rest der Zeit verbrachte der Kommandant entweder auf seinem bevorzugten Platz am Kompaßhaus oder in seiner Kajüte. Er äußerte sich selten, außer wenn er Befehle in einem gereizten Ton gab oder Alden, seinen Steward, abkanzelte. Sogar der Bootssteurer des Kommandanten wurde für eine Nichtigkeit zusammengestaucht.

Fergus bemerkte, daß ihn einige Männer aus den Augenwinkeln beobachteten, während er seinen Pflichten nachging. Es waren nicht die Blicke als solche, sondern die ihm unbekannten Gründe, die dahintersteckten, welche Fergus beunruhigten. Waren es Gerüchte aus dem Zwischendeck über seinen früheren Status als einfacher Seemann, die vielleicht vom Bootssteurer des Kommandanten in Umlauf gesetzt worden waren? Er erinnerte sich an Essex' Warnung, daß einige Matrosen einen Widerwillen gegenüber Offizieren hatten, die aus ihren Reihen hervorgegangen waren. Vielleicht war aber auch sein gescheiterter Versuch, an jenem verhängnisvollen Tag den Kapitän zu unterstützen, die Ursache für die Blicke und das Geflüster.

In der Offiziersmesse versuchte jeder sorgfältig, den Eindruck voller Normalität aufrechtzuerhalten und nichts über den Zwischenfall zu äußern – zumindest nicht, wenn Fergus anwesend war. Allerdings schlug ihm Browne des öfteren aufmunternd auf den Rücken und schaute ihn an, als ob er ihn fragen wollte, ob alles in Ordnung sei. Fergus nickte dann und lächelte schwach, als ob er antworten wollte: »Ja, mir geht es gut.« Er war froh, daß Browne das Thema nie zur Sprache brachte, weil er dann hätte eingestehen müssen, daß sein Geist mit schrecklichen Vorstellungen erfüllt war, die sich mit seiner Zukunft auf der *Swallow* und in der Marine beschäftigten.

Am Abend des zweiten Tages nach dem Gefecht wurde Fergus in Kapitän Waterburys Kajüte befohlen. Je mehr Fergus über den Charakter Waterburys nachdachte, desto mehr schien er für ihn der Typ Mann zu sein, der einen Lustgewinn daraus zog, anderen Leuten das Leben zu vergällen, und das damit begründete, daß er der Kommandant war und es daher ungestraft tun durfte. Warum sonst die Bemerkungen über Fergus Vergangenheit? Er konnte einen vernichtenden Brief an die Admiralität schreiben, der jahrelang in den Akten schmoren würde – bis der Zeitpunkt kam, an dem Fergus zur Beförderung anstand, dann war der Schaden da. Fergus hatte keine Chance, richtigzustellen, was in den Papieren stand. Vor seinem inneren Auge sah er die hochgezogenen Augenbrauen, die geschürzten Lippen und das langsame Schütteln der Köpfe, während die Akte herumgereicht wurde. Oder Waterbury konnte mit anderen Offizieren über ihn sprechen. Nichts Außergewöhnliches, denn das war gar nicht nötig. Ein Flüstern, ein Zögern, wenn er nach seinem ehemaligen Leutnant Kilburnie gefragt wurde, oder eine hochmütige Bemerkung über den »Bauernsohn« genügte. Und, natürlich, wer würde dem Wort eines Commanders oder Kapitäns zur See nicht glauben? Wie Essex so richtig bemerkt hatte, war es in der Navy sehr schwierig, eine Vorstellung, die sich einmal eingenistet hatte, wieder aus der Welt zu räumen.

Am dritten Tag nach Kapitän Waterburys Koller erklang wieder der Ruf: »Segel in Sicht!«

Die Besatzung drängte sich an der Reling zusammen und starrte zum Horizont. Schon bald erschienen die Toppsegel einer Brigg in der Kimm. Sofort begann eine intensive Diskussion zwischen den selbsternannten Experten (und von denen gab es nicht wenige) über die Frage, ob das Rigg französischen, britischen, holländischen oder amerikanischen Ursprungs war. Einer der Männer tippte sogar darauf, daß es sich bei dem näher kommenden Schiff um einen Portugiesen handelte, aber er wurde schnell ausgebuht. Einige begannen Wetten abzuschließen, wie lange die *Swallow* brauchen würde, um das Schiff zu überholen. Nach einigen Überlegungen über die Windverhältnisse wurden die Wetten abgeschlossen.

Fergus trat zum Kapitän, der neben dem Kompaßhaus stand. »Soll ich einen Abfangkurs absetzen?« fragte er fröhlich, weil er hoffte, jetzt die Gelegenheit zu bekommen, die Dinge wieder richtigzustellen.

Waterbury runzelte die Stirn und schaute zu dem weit entfernten Segel hinüber. »Geben Sie mir bitte ein Fernglas, Mister Kilburnie.« Fergus tat wie geheißen, und der Kommandant setzte das Glas ans Auge. Nach ein paar Minuten intensiven Studiums schob er das Teleskop zusammen. »Nein, Kilburnie, nein. Was immer das für ein Schiff sein mag, jedenfalls ist es definitiv kein Franzose.« Waterbury wandte sich an den Rudergänger. »Den gegenwärtigen Kurs beibehalten.«

Der Rudergänger wiederholte den Befehl, und zwar so

laut, daß die Männer in der Nähe ihn hören konnten. Sofort begann ein heftiges Gebrabbel, das aber auch genauso schnell wieder verstummte. Ein paar Männer warfen dem Kommandanten finstere Blicke zu, als sie zu ihrer Arbeit zurückkehrten. Frustriert sah Fergus zu, wie das Schiff langsam unter der Kimm verschwand. Verdammt, dachte er, wir hätten zumindest nachgucken sollen.

Später an diesem Tag wurde wie immer zur Grogausgabe gepfiffen, und die Männer versammelten sich dankbar am Grogfaß, um ihren täglichen Becher in Empfang zu nehmen. Wie immer bei dieser Gelegenheit scherzten sie und unterhielten sich, während sie ihren Grog ausgeschenkt bekamen, um sich dann anschließend zurückzuziehen, sich hinzusetzen und ihn zu genießen. Die letzten paar Männer warteten noch in der Reihe auf ihren Grog, als Fergus den Kapitän seinen Namen rufen hörte.

»Kilburnie!«

Fergus beeilte sich, so schnell wie möglich zum Kompaß zu eilen, wo Waterbury mit einem wütenden Gesicht stand.

»Aye, Sir?«

»Mister Kilburnie«, sagte er laut und verächtlich, »bin ich der einzige Mensch auf diesem Schiff, der Augen im Kopf hat?«

Verwirrt zögerte Fergus mit der Antwort. »Nein, Sir.«

»Dann, bitte, erklären Sie mir, Sir, warum ich der einzige bin, der den Mann, dem ich die Grogration für eine Woche gestoppt habe, trinken sieht?« Die Stimme des Kapitäns hatte sich zum Brüllen gesteigert, als er seine anklagende Frage beendet hatte.

Fergus blickte zu den Gruppen der Männer hinüber, die sich auf dem Deck zusammendrängten. Er suchte das Gesicht des Mannes, sein Name war Barton, der unter Grogentzug stand. Er konnte ihn nicht finden, aber er stellte fest, daß die Besatzung starr auf den Kommandanten blickte.

»Dort!« kreischte der Kapitän, sein Finger deutete nach vorne auf das Deck.

Da plötzlich sah Fergus den Mann, er saß neben einer Kanone in der Steuerbordbatterie, seine Augen waren vor Angst weit aufgerissen. Ein kalter Finger berührte Fergus Rücken, was immer sich jetzt ereignen würde, würde kein Spaß sein.

»Folgen Sie mir, Mister Kilburnie!« bellte der Kapitän und marschierte gewichtig über das Deck zum Bug, Fergus blieb in seinem Kielwasser. Er blieb direkt vor dem Mann stehen, der sich inzwischen erhoben hatte.

Mit einem Blick erkannte Fergus, daß der Mann getrunken hatte, gegen den ausdrücklichen Befehl – offiziell oder inoffiziell – hatte ihm jemand »Schlückchen« abgegeben. Hm, nach dem Geruch zu schließen, dachte Fergus, war es eher der ganze Becher gewesen.

»Guter Gott, Mann!« schrie der Kommandant den zitternden Seemann an. »Glaubst du, daß du meine Befehle mißachten kannst und damit ungestraft davonkommst? Antworte!«

Der Mann schluckte schwer, aber er sagte nichts, dafür war ihm Fergus dankbar. Alles, was er als Entschuldigung vorgebracht hätte, wäre eine durchsichtige Lüge gewesen, und das wiederum hätte den Zorn des Kapitäns in ungeahnte Höhen getrieben. Besser das hinnehmen, was sowieso kommen würde, als es weiter zu verschlimmern. Ja, überlegte Fergus, Barton würde für einen Tag an den Armen im Rigg aufgehängt werden – oder vielleicht auch für zwei.

Die Stimme des Kommandanten unterbrach Fergus' Gedankengang. »Zehn Peitschenhiebe!« bellte er.

Fergus war überrascht. »Zehn Schläge, Sir?«

»Was haben Sie gesagt, Mister Kilburnie?« fragte der Kapitän kalt.

Fergus wurde klar, daß er einen großen Fehler gemacht hatte, er suchte hektisch nach einer Erklärung. »Zehn Hiebe, Sir. Jawohl, Sir. Wann soll die Bestrafung stattfinden, Sir?« fragte er korrekt und formell.

»Nein, Mister Kilburnie. Sie sagten ›zehn Peitschenhiebe‹, als wäre das eine überraschende Bestrafung für diese Übertretung.«

Fergus saß in der Falle – und Waterbury wußte es. »Nun, Sir, ich bin noch nie in dieser Situation gewesen. Als Erster Leutnant und ...«

Ein mißgünstiges Grinsen zog über das Gesicht des Kommandanten. »Sie haben recht, Mister Kilburnie, das waren Sie noch nicht. Damit Sie es also richtig lernen«, der Kapitän blickte Barton an, »machen wir fünfzehn draus.« Verwirrt huschten die Augen des Matrosen zwischen Fergus und dem Kapitän hin und her. Hämisch rieb sich Waterbury die Hände. »Siehst du, mein Junge«, sagte er zu Barton, »jetzt bekommst du fünf Schläge mehr auf deinen Buckel, damit Mister Kilburnie lernen kann, seine Zunge im Zaum zu halten. Das macht dir doch nichts aus, nicht wahr?« Der Mann schüttelte nur den Kopf. »Gut. Das habe ich mir schon gedacht«, kicherte Waterbury.

Fergus versuchte verzweifelt, dem Mann weitere Qualen zu ersparen. »Ah, Sir, ich ...«

Waterbury schnitt ihm das Wort mit einem wilden Blick ab. »Wenn Sie mein Urteil noch einmal in Frage stellen oder auch nur ein einziges Wort über die Bestrafung dieses Mannes äußern, Kilburnie – nur ein einziges –, dann verdoppele ich die Strafe auf dreißig Hiebe.«

Fergus riß sich zusammen und berührte seinen Hut. »Fünfzehn Hiebe, Sir. Wann soll die Bestrafung durch geführt werden, Sir?«

Waterbury zog seine Uhr zu Rate. »Sobald die Männer wieder an die Arbeit gehen. Je früher, desto besser.«

»Jawohl, Sir«, bestätigte Fergus flach.

»Gut!« Der Kommandant verschränkte die Arme hinter dem Rücken und wippte auf den Ballen. »Ich bin in meiner Kajüte, Mister Kilburnie.« Dann drehte er sich um und begann nach achtern zu gehen, blieb aber nochmals stehen wandte sich etwas um und sah Fergus über die Schulter an. »Ich wollte Ihnen das nur mitteilen, falls Sie die Bestrafung dieses Mannes noch weiter mit mir diskutieren wollen.« Dann grinste er höhnisch und setzte seinen Weg fort.

Fergus wandte sich an den Matrosen. »Tut mir leid. Ich wollte keine ...« Mein Gott, was sollte er dem Mann sagen?

»Aye, ich weiß, daß Sie es gut gemeint haben, Mister Kilburnie«, antwortete Barton. »Die Wahrheit ist doch, daß ich selbst schuld bin, weil ich um ein paar ›Schlückchen‹ gebeten habe. Aber«, er zuckte die Achseln, »schließlich ist das nicht das erste Mal, daß ich auf der schlechten Seite der Katze bin.«

Trotz dieser Worte Bartons fühlte sich Fergus keineswegs besser, er fühlte sich sogar noch schlechter.

Zur ausgemachten Zeit versammelten sich die Männer, um Zeugen der Bestrafung zu werden. Die Seesoldaten bildeten unter Waffen mit aufgepflanzten Bajonetten zwei Reihen an der Steuerbordseite. Drei Schritte vor dem Großmast standen die Offiziere, vor ihnen der Kommandant. Die Besatzung war etwa zehn Schritte von ihnen entfernt. An der Backbordreling sollte Barton ausgepeitscht werden. Seine Hände würden an den Wanten befestigt werden, dann würde Jones die Strafe vollziehen.

Fergus studierte die Gesichter der Männer. Einige starrten einfach geradeaus, andere starrten düster auf den Kommandanten. Einige wenige blickten nach unten auf das Deck. Die meisten allerdings hatten einen resignierten Gesichtsausdruck.

Als alles bereit war, befahl Fergus: »Hüte ab!«

Alle Seeleute nahmen ihre Kopfbedeckungen ab. Zwei Bootsmannsmaate stießen Barton vorwärts an die Reling. Schweigend zog Barton sein Hemd aus. Fergus konnte die kreuzweise verlaufenden Narben früherer Auspeitschungen auf seinem Rücken erkennen. Dann reckte er die Arme in die Höhe, und die beiden Maate banden seine Handgelenke im Rigg fest.

»Bootsmann«, schnarrte der Kapitän«, »das Strafmaß beträgt fünfzehn Hiebe!«

Jones trat vor, den roten Sack mit der neunschwänzigen Katze unter den Arm geklemmt.

»Bootsmann, tun Sie Ihre Pflicht!«

Jones zog die Katze aus dem Sack und schüttelte die neun Striemen aus dünnem Leder aus, die der Peitsche den Namen gegeben hatten. In das Ende jedes Striemens waren kleine Knoten eingearbeitet, welche die Katze so fürchterlich machten, denn sie ließen die Haut des Opfers aufplatzen und verursachten höllische Schmerzen.

Jones nahm seine Position neben Barton ein, wog die Katze in der Hand und nickte dann dem Trommler zu, der mit gezückten Trommelschlegeln parat stand. Während des Auspeitschens würde der Trommelwirbel die Schmerzensschreie des Mannes übertönen. Der Trommler begann mit seinem dumpfen Wirbel, und Jones ließ den ersten Streich herabsausen. Barton biß die Zähne zusammen, aber kein Mucks kaum über seine Lippen. In der Tat dauerte es bis zum sechsten Schlag, bis das erste Geräusch über seine Lippen kam, aber es war mehr ein Stöhnen als ein Schrei, und das Rollen der Trommel übertönte ihn fast. Beim zehnten Schlag jedoch schrie Barton unterdrückt auf, als die Katze in seinen Rücken biß.

Vor Anstrengung grunzend schlug Jones schneller zu, offensichtlich bemüht, die Quälerei so schnell er konnte zu beenden. Zwölf ... dreizehn ... vierzehn ... fünfzehn. Alle schwiegen. Der Trommler brach ab. Jones stand hinter Barton, seine Stirn war von der Anstrengung feucht, die Katze hing jetzt schlaff an seiner Seite. Zwei Bootsmannsmaaten traten vor, banden Bartons Handgelenke los und legten ihn mit dem Gesicht nach unten auf das Deck. Der Schiffsarzt drängte sich vor, dann wurden zuerst eine Pütz Seewasser und danach eine mit Frischwasser über Bartons blutigen Rücken geleert. Fergus zuckte zusammen, als Barton sich vor Schmerzen wand. Der Chirurg befahl, daß Barton nach unten in das Lazarett gebracht wurde. Die Männer bildeten schweigend eine Gasse, als die beiden Maate diesem Befehl Folge leisteten.

Der Kommandant blieb einen Moment schweigend stehen und ließ seine Augen über die Crew gleiten, als ob er befürchtete, daß jemand etwas sagen würde. »Mister Kilburnie!« Fergus trat vor und salutierte. »Lassen Sie die Männer wegtreten.«

Wieder salutierte Fergus und drehte sich dann um. »Alles wegtreten!«

Leise gingen die Männer weg, ihre Gespräche waren nur ein unterdrücktes Gemurmel.

»Mister Kilburnie«, rief Kapitän Waterbury.

»Hier, Sir.«

Ein spöttisches Lächeln spielte um die Lippen des Kommandanten. »Ich bin sicher, daß Sie diese Vorstellung äußerst erbaulich fanden.«

Ja, verdammt sollst du sein, dachte Fergus. Ich habe gelernt, daß man nie einen Mann auspeitschen soll, nur um klarzustellen, daß man am längeren Hebel sitzt. Aber er hatte auch gelernt, so wie Kapitän Waterbury es sich gewünscht hatte, seine Zunge im Zaum zu halten. Daher antwortete er lediglich: »Jawohl, Sir, sehr erbaulich.«

12 Versetzt

Nach der Auspeitschung von Barton veränderte sich das Leben auf der *Swallow* definitiv zum Schlechteren. Kapitän Waterbury ließ mehrere Schiffe entschlüpfen und bot für seine Unterlassung der Untersuchung fadenscheinige Entschuldigungen an, wie: »Der ist zu groß für uns« – »Nein, der ist zu schnell« – »Zu weit weg« – »Nein, nein, das ganz offensichtlich ein Brite.«

Die Männer wurden unruhig und frustriert, weil sie zusehen mußten, wie so viel Prisengeld unbehelligt davonsegelte. Die Frustrationen begannen die Kameradschaft zwischen den Männern anzukratzen. Kleine Fehler, über die man früher gelacht hätte, wurden jetzt mit ätzenden Beschimpfungen bedacht. Kleine Streitigkeiten wuchsen sich zu großen aus und dann zu Schlägereien. Jones mußte so manches Mal seinen Starter einsetzen, um die Männer auseinanderzubringen. Wenn er damit nicht schnell genug Erfolg hatte, ließ Kapitän Waterbury die Männer auspeitschen.

Die Enttäuschungen der Mannschaften wurden von den

meisten Mitgliedern der Offiziersmesse geteilt, aber sie wurden nur kaum einmal angesprochen und dann auch nur indirekt.

»Verdammt«, grollte Peck, nachdem man wieder einem besonders verlockenden Schiff gestattet hatte, sich aus dem Staub zu machen. »Die Männer waren verrückt wie nasse Katzen, als sie zusehen mußten, wie sich das kleine französische Schiff davonmachte. Das hätten wir uns auch schnappen können.«

Jones nickte zustimmend, sagte aber nichts dazu, obwohl Fergus vermutete, daß der mangelnde Angriffsgeist des Kommandanten offener diskutiert wurde, wenn die Deckoffiziere unter sich waren.

In der Messe und, was wesentlich wichtiger war, vor den einfachen Seeleuten behielten die Offiziere und Deckoffiziere ihre Meinung über den Kommandanten für sich. Sie wußten alle nur zu gut, wenn die Disziplin erst einmal verlorengegangen war, dann war es sehr schwer, sie wieder durchzusetzen.

Was ihn selbst anging, so reagierte der Kapitän weiter äußerst gereizt auf jeden Angriff, der gegen seine Autorität gerichtet schien, gleichgültig ob dieser real oder eingebildet war. Jeder Offizier oder Deckoffizier, der auch nur den Anschein erweckte, als würde er bei der Ausführung eines Befehls zögern, wurde auf das heftigste verbal abgestraft, oft genug vor versammelter Mannschaft. Der Vorschlag, kleine Veränderungen des Vorgehens vorzunehmen, sogar bei völlig unwesentlichen Angelegenheiten, stellte eine Einladung für Waterbury dar, seinem aufbrausenden Temperament freien Lauf zu lassen, was meistens mit schlimmen Beleidigungen endete.

Bei einer privaten Besprechung in der Kajüte des Kapitäns hatte Fergus ihn gedrängt, die Benutzung der Katze einzuschränken. Er hatte angeführt, daß die Männer einen Kampf brauchten und nicht die Katze, um ihren Gemeinschaftsgeist wiederzufinden und alles wieder ins Lot zu bringen. Der Kommandant hatte ihm zugehört, das war wohl wahr, aber seine Antwort hatte darin bestanden, an seiner langen Nase herunterzublicken und verächtlich zu schnarren: »Sie sind entlassen, Mister Kilburnie.«

Am nächsten Tag ließ Waterbury zwei Männer wegen lächerlicher Vergehen auspeitschen. Zwanzig Schläge für jeden. Nach der Bestrafung knarrte er Fergus an: »Haben Sie noch weitere Vorschläge bezüglich meiner disziplinarischen Maßnahmen?«

Fergus hatte keine mehr.

Der Kapitän liebte es, auch Browne und seine Seesoldaten zu reizen. Häufig, wenn Browne in Hörweite war, bezeichnete er die Marineinfanteristen als faule Bande und als lästige Bürde für die Marine. Nach Fergus' Erfahrung stellten die rotberockten Hummer wegen ihrer soldatischen Eigentümlichkeiten häufig auch auf anderen Schiffen eine beliebte Zielscheibe für den Spott der Matrosen dar, aber er hatte noch nie erlebt, daß ein Offizier allen Ernstes behauptete, was die Seeleute doch meistens nur im Scherz meinten.

Kapitän Waterbury hatte auch eine extrem schlechte Meinung von den Iren. So mußte sich Browne zusätzlich zu den Beleidigungen über seine Waffengattung auch noch die unqualifizierten Bemerkungen des Kommandanten über seine Herkunft anhören. »Päpstliche Schurken« war einer der Lieblingsausdrücke von Waterbury, um alle Iren zu beschreiben, die Tatsache nicht achtend, daß Browne der Church of Ireland angehörte.

Browne ertrug alle diese Beleidigungen mit bemerkenswertem Gleichmut. Einmal beschrieb der Kapitän die Iren als »wild und undiszipliniert, völlig den starken alkoholischen Getränken verfallen, dazu dem Pferderennen, dem Glücksspiel und dem Kampf«. Browne hatte gelacht und erwidert, daß der Kapitän damit durchaus recht haben könnte, er allerdings habe sich nie viel aus Pferderennen gemacht.

Und so ging es vier Wochen weiter. Eines Abends rief der Kommandant die Offiziere und Deckoffiziere in seine Kajüte und verkündete, daß die *Swallow* Kurs auf die Heimat nehmen würde. »Unsere Verpflegung wird knapp, und ich bin nicht ganz glücklich über die Reparaturen, die wir nach unserem ...«, er machte eine Pause und suchte nach dem richtigen Wort, »... Gefecht mit der *Etienne* durchgeführt haben, falls wir in einen Sturm kommen sollten.«

Fergus sah, daß Peck und Jones bei der letzten Bemerkung die Kinnladen zusammenpreßten. Er lehnte sich auf dem Stuhl zurück.

»Sobald wir wegen der Reparaturen nach Plymouth zurückgekehrt sind, könnte es sein, daß ich auch noch einige andere Änderungen vornehmen werde.«

»Meinen Sie das Rigg, Sir?« erkundigte sich Peck trokken. »Da habe ich ein paar Ideen, die uns die zusätzliche Geschwindigkeit geben könnten, die Ihrer Meinung nach anscheinend notwendig ist.«

Waterbury wurde bei Pecks Seitenhieb rot. »Nein, ich meine Änderungen bei der Besatzung.« Er machte eine bedeutungsschwere Pause. »Und auch bei den Offizieren.«

Daraufhin herrschte tiefe Stille. Der Kapitän hatte eine ganz klare Drohung ausgesprochen. Aus seinem Augenwinkel sah Fergus, daß Browne rot anlief.

»Was soll das heißen, Sir?« fragte Browne kühl nach.

Brownes Stimme hatte denselben bedrohlichen Klang wie eine Schwertklinge, die langsam aus der Scheide gezogen wird. Das Temperament des Iren, das er so lange im Zaum gehalten hatte, schien jetzt mit ihm durchgehen zu wollen.

Zuerst schien Kapitän Waterbury über Brownes Ton erstaunt zu sein, dann beugte er sich rasch vor, seine Augen zwinkerten hektisch. »Haben Sie etwas gesagt, Mister Browne?«

»Jawohl, Sir.« Brownes Stimme war kontrolliert, aber es klang in ihr eine deutlich erkennbare Schärfe mit. »Ich habe mich nur erkundigt, was Sie mit den Veränderungen bei den Offizieren meinen.«

Fergus erkannte diesen Ton aus seiner Zeit in Irland wieder. Jetzt war die letzte Gelegenheit für einen Mann gekommen, um eine Feststellung zurückzunehmen oder eine Erklärung anzubieten, so windig diese auch sein mochte, um einer Aufforderung zu einem Treffen »vor der Tür« zu entgehen. Allerdings hatte man bislang von einer Herausforderung eines Vorgesetzten zum Duell noch nie gehört, daher bewegte sich Browne auf einem sehr gefährlichen Terrain. Aber das galt, grübelte Fergus, letztlich auch für Kapitän Waterbury.

»Was ich gemeint habe, Mister Browne, ist«, schnarrte der Kommandant selbstgefällig, »daß die Leistungen einiger Offiziere und Deckoffiziere, nun ja, mäßig sind.« Er spielte mit einer Schreibfeder, die vor ihm lag. »Und ich beabsichtige, einige Änderungen vorzunehmen, wie es mir meine Rechte als Kommandant erlauben.« Sein Lächeln wurde breiter, als er das verkündete. Dann wurde das Grinsen des Kapitäns ganz offensichtlich mißgünstig und hämisch, und er ließ seinen Blick von einem zum anderen schweifen. »Außerdem werde ich, und das ist ebenfalls in meinen Rechten als Kommandant begründet – nein, es ist mehr, es gehört zu meinen Pflichten –, die Admiralität über die Gründe informieren, warum ich es für nötig erachtet habe, einige meiner Offiziere zu ersetzen. Gründe, die ich zum Besten der Marine in einem privaten Brief übermitteln werde.« Waterbury lächelte dünn und bösartig, dann fuhr er fort: »Allerdings werde ich wahrscheinlich alle Entscheidungen so lange zurückstellen, bis ich feststellen sollte, daß es eine Untersuchung des Gefechts mit der *Etienne* geben sollte.« Er blickte sie wieder der Reihe nach an und hob erwartungsvoll eine Augenbraue.

Da war die Katze aus dem Sack, dachte Fergus, es war so klar wie dicke Tinte: Kapitän Waterbury machte sich Sorgen über sein Verhalten bei diesem Treffen und versuchte mit harter Hand die Männer ruhigzustellen. Fergus war über dieses Vorgehen ziemlich überrascht, da es in Wirklichkeit gar nicht notwendig war. In seinem Bericht würde der Kommandant ausführen – so wie er es im Logbuch tat –, daß das französische Schiff sein Rigg beschädigt hatte, was ihn gezwungen hatte, das Gefecht abzubrechen, um Reparaturen durchzuführen. Damit war die Sache eigentlich erledigt. Die *Swallow* war schließlich keine Fregatte, daher würden sich nur sehr wenige wegen des Abbruchs des Gefechts Gedanken machen. Außerdem war er der Master und Commander eines der Kriegsschiffe Seiner Majestät, und die Admiralität kümmerte sich nicht um Entscheidungen von Kommandanten, die im nachhinein kritisiert wurden, es sei denn, sie verloren ihr Schiff.

Eine unbegründete Anschuldigung wegen Inkompetenz oder Feigheit würde die Karriere des Mannes ruinieren, der sie erhob, und zweifellos konnte sich Waterbury hinter seinen geliebten Vorrechten eines Kommandanten verstecken, und eine Untersuchungskommission würde ihm nur zu bereitwillig glauben. Trotzdem wählte Waterbury den ungewöhnlich plumpen Weg der Erpressung.

Fergus und die anderen Männer standen bewegungslos und schweigend da. Erwartete der Kapitän, daß sie über die Episode mit der *Etienne* Stillschweigen bewahrten? Das wäre eine närrische Bitte, denn die Mannschaft würde natürlich darüber reden.

Browne brach das Schweigen, indem er sich räusperte. »Sir?«

»Ja, Mister Browne?« Waterbury faltete seine Hände auf der Tischplatte und ließ seine Augen auf dem Seesoldat ruhen.

»Ich möchte für mich respektvoll den Antrag stellen, nach unserer Ankunft in Plymouth sofort auf ein anderes Schiff versetzt zu werden.« Wieder war Brownes Ton fest, aber völlig korrekt.

»Und warum wollen Sie uns verlassen, Mister Browne?« erkundigte sich der Kapitän, in seiner Stimme lag ein gerütteltes Maß Mißvergnügen. Er spreizte die Hände. »Was könnte Ihr Problem sein?«

»Sir, ich kann mir kein besseres Schiff als die *Swallow* vorstellen und auch keine bessere Besatzung, aber ich glaube, daß es für mich jetzt an der Zeit ist, das Schiff zu verlassen.«

Wie es schon so oft geschehen war, verlor Waterbury wieder die Beherrschung. Er sprang auf die Füße. »Sie meinen, es ist für Sie an der Zeit, mich zu verlassen! Sie können nicht ertragen, daß ich Ihnen bewiesen habe, daß Sie ein untüchtiger Offizier sind! Sie haben sich geweigert, von mir zu lernen! Sie mauscheln mit Ihren Männern, während es doch offensichtlich ist, daß mehr als nur einige wenige Ihrer Faulpelze dringend ein Dutzend Peitschenhiebe gebrauchen könnten!« Er schlug mit der Faust auf die Tischplatte. »Verdammt sollen Sie sein, Sir! Ich kann keinen aufsässigen Offizier brauchen! Ganz besonders keinen Seesoldaten! Sie sollen Ihre sofortige Versetzung bekommen, Mister Browne! Um es ganz klarzumachen, verlange ich, daß Sie mein Schiff sofort verlassen, nachdem wir den Anker in Plymouth geworfen haben. Falls Sie eine Minute, nachdem der Anker gefallen ist, noch an Bord sind, lasse ich Sie wegen Befehlsverweigerung in Arrest stecken!« Das Gesicht des cholerischen Kapitäns war jetzt purpurrot angelaufen. »Gehen Sie mir jetzt, Sir, sofort aus den Augen, Sie unverschämter irischer Schuft!« donnerte er.

Browne verbeugte sich ruhig und murmelte dann: »Ganz wie Sie wünschen, Sir.« Er drehte sich zackig um und verließ die Kabine des Kommandanten.

Während des Ausbruchs des Kapitäns hatte Fergus versucht, ihn nicht direkt anzuschauen, weil er befürchtete, daß er dann die Zielscheibe eines beleidigenden Stromes von Schimpfworten werden würde. Er hoffte, daß sich das Temperament Waterburys – wie gewöhnlich – schnell wieder beruhigen würde und daß Fergus und die anderen Männer dann entlassen werden würden. Aber diesmal hatte die heftige Auseinandersetzung mit Browne den cholerischen Charakter des Kapitäns über den Siedepunkt getrieben.

»Also«, höhnte er, »wer von Ihnen möchte mit Mister Browne zusammen am Strand von Plymouth herumlungern, durch die Grogstuben und Straßen wandern, um nach einem Platz auf einem Schiff zu suchen?«

Niemand antwortete, und die Stille lastete schwer auf den Männern in der Kajüte.

»Nun, nur zu, reden Sie nur frei von der Leber weg. Wer?« Waterburys Stimme begann wieder lauter zu werden.

Immer noch erfolgte keine Antwort.

Waterbury begann aufmerksam die Gesichter der Offiziere zu mustern. »Nun los, ist keiner unter Ihnen, der mein Schiff verlassen möchte, der gehen möchte, weil ich meine Arbeit gründlich mache, weil ich Ihre lieben Matrosen auspeitschen lasse? Na, was ist?«

Wieder keine Antwort, aber die Augen des Kommandanten wanderten weiter über die Männer, ein dünnes Lächeln kroch auf sein Gesicht.

Verdammt, dachte Fergus, der genießt das, wie eine Katze, die mit einer Maus spielt – allerdings mit der Einschränkung, daß das, was die Katze tut, am Ende nützlich ist. Er schwieg und versuchte dem Blick des Kapitäns auszuweichen, aber die boshaften Augen blieben trotzdem auf ihm haften.

»Kilburnie«, zischte Waterbury, »was ist mit Ihnen? Sie waren doch ein Freund von Browne, nicht wahr?«

Fergus erwiderte: »Ich bin ein Freund von Mister Browne, Sir.«

Der Kommandant zog scharf den Atem ein, und Fergus bereute sofort seine Antwort. »So, so, das sind Sie also«, schnurrte der Kapitän in einem neckenden Tonfall, »das sind Sie.« Der Kommandant beugte sich über den Tisch vor und fuchtelte drohend mit dem Finger. »Wenn das so ist«, sagte Waterbury, seine Stimme quäkte vor Ärger, »dann können Sie sich zu Ihrem Freund gesellen.« Der Kapitän holte tief Luft und explodierte: »Verschwinden Sie von meinem Schiff, Sie unverschämter Schnösel!« Sein Ton wurde hysterisch. »Verschwinden Sie aus meiner Kabine! Raus, sofort, Sie schottischer Dummkopf!« Fergus trat einen Schritt zurück und begann sich zu verbeugen. »Sofort, verdammt sollen Sie sein! Raus, raus, sofort!« Fergus ging zur Tür, aber der Kapitän fuhr mit seiner Tirade fort: »Alle! Allesamt raus hier! Sofort! Lassen Sie mich alleine!«

Tage später suchte sich die *Swallow* ihren Weg in den Hafen von Plymouth. Für jedes normales Schiff wäre das ein fröhliches Ereignis gewesen, eine sichere Ankunft in dem Heimathafen, aber die Männer der *Swallow* dachten nicht an die Heimkehr, sondern an die höllische Zeit, die hinter ihnen lag. Waterbury war in einer besonders gereizten Stimmung gewesen, und er teilte jeden Tag Strafen aus: Grogstopps, Aufhängen im Rigg und – natürlich – Auspeitschungen. Die Männer schäumten vor Wut. Sie erledigten ihre Arbeiten langsam und mürrisch. Einige widersprachen sogar den Deckoffizieren, die allerdings nicht in der Stimmung waren, etwas durchgehen zu lassen, was sie selbst in die Schußlinie des Zorns des Kapitäns bringen konnte.

Jones benutzte seinen Starter gnadenlos bei Männern, mit denen er noch vor wenigen Wochen Witze gerissen hatte. Jamaika Sam legte mit einem Schlag einen Mann flach, der sich über den Geschützdrill beschwert hatte. Zwischen den Männern der Besatzung brachen immer häufiger Schlägereien aus immer nichtigem Anlaß aus. Kurz gesagt, die Gemeinschaft auf der *Swallow* brach auseinander.

An diesem Morgen stand Fergus auf und packte den Rest seiner Habseligkeiten ein. Ihn quälten zwiespältige Gefühle über seinen Abschied von der *Swallow*. Waterbury war unerträglich, und er wollte Fergus auch ganz klar nicht auf seinem Schiff haben, trotzdem plagte Fergus ein Schuldgefühl wegen seines Abgangs. Er überließ die Männer auf Gedeih und Verderb (wohl eher letzterem) Kapitän Waterbury, und das gefiel ihm nicht. Ließ er sie irgendwie im Stich? Aber der Kommandant hörte nie auf einen Rat von Fergus, er schien vielmehr seinen Ärger über Fergus an den Männern auszutoben. Nein, es war wahrscheinlich schon das Beste, daß er ging.

Aber was sollte er Onkel Jeris erzählen, Vater, Mutter, Essex und Lord Satterfield? Fergus seufzte schwer, als er sich vorstellte, wie er ihnen beichten mußte, daß er von seinem ersten Schiff geworfen war und vielleicht nie wieder in See gehen, sondern, auf Halbsold gesetzt, an Land verrotten würde. Vielleicht konnte er Onkel Jeris erklären, was geschehen war, vielleicht kannte Onkel Jeris schon den Ruf von Waterbury. Auf der anderen Seite mochte Waterbury über noch mächtigere Gönner als Lord Satterfield verfügen, und natürlich konnte man nicht verhindern, daß er seine giftigen Einflüsterungen bei jedem, mit dem er zusammentraf, loswurde.

Es klopfte leise an der Tür. »Mister Kilburnie, Sir?« Es war Peck, der kam, um sein Gepäck abzuholen.

»Ja, Peck, kommen Sie rein.«

Peck trat ein, er hatte seine Stirn in besorgte Falten gelegt. »Mit den besten Empfehlungen vom Kommandanten, aber er läßt Ihnen ausrichten, daß Sie und Mister Browne das Schiff nicht unmittelbar nach dem Ankern verlassen müssen, da er an Land befohlen worden ist, um den Hafenadmiral aufzusuchen.«

Fergus nickte. »Ist der Kommandant schon von Bord gegangen?« Dann hörte er die Pfeife des Bootsmanns zwitschern und das deutlich vernehmbare Stampfen der Stiefel der Seesoldaten auf dem Deck. »Aha«, lächelte er, »jetzt geht er also gerade.«

Peck warf Fergus einen verschmitzten Blick zu. »Hat ganz den Anschein, Sir.«

»Peck, was bedrückt Sie? Sie sind hier in die Kammer gekommen, als ob alle Last der Welt auf Ihren Schultern ruhen würde.«

»Nun, Sir«, Peck zuckte mit den Schultern, »man weiß nie, was für ein Ungemach mit einem derartigen Signal verbunden ist.« Er räusperte sich und grinste. »Normalerweise wird ein Kommandant nicht so überhastet an Land vorgeladen.«

»Ah ja«, spottete Fergus, »alles, was den normalen Ablauf unterbricht, ist etwas, das den Seemann stört. Vielleicht sitzt da drüben ein neuer Admiral, der es liebt, die Kommandanten springen zu lassen.« Es war jedoch offensichtlich, daß er Pecks Ahnung teilte, daß die Aufforderung des Kapitäns, sich sofort an Land zu melden, nichts Gutes bedeutete.

»Aye, vielleicht.«

Ein paar Stunden später hielt sich Fergus an Deck auf. Sein Gepäck war zusammen mit dem Brownes an Deck gebracht worden, dazu war das Langboot ausgesetzt worden, um die beiden Offiziere an Land zu bringen. Fergus blickte über den Hafen, aber er konnte nichts Außergewöhnliches entdecken.

»Das Boot des Kommandanten nähert sich!« rief der Ausguck.

Peck wartete, bis das Boot nahe genug war, dann rief er: »Ehrenwache! Aufstellung!«

Ein Bootsmannsmaat und zwei Seesoldaten schienen aus dem Deck zu wachsen, der Kommandant wurde mit der üblichen Zeremonie wieder an Bord begrüßt. Irgend etwas schien ihn ganz offensichtlich zu bedrücken, denn er beantwortete kaum die Ehrenbezeichnungen und begann sofort, wild um sich zu blicken, kaum daß er das Deck betreten hatte.

»Mister Peck, versammeln Sie sofort alle Offiziere in meiner Kajüte.« Er warf Browne und Fergus einen ärgerlichen Blick zu. »Das gilt auch für Leutnant Kilburnie und Leutnant Browne.«

Nur wenig später drängten sich die Offiziere in der Kabine des Kapitäns.

Er verschwendete keine Zeit. »Der Admiral hat mir gravierende Neuigkeiten mitgeteilt.« Waterbury schwieg einen Moment und preßte mehrere Sekunden lang seine Hände gegen die Schläfen. »In Spithead hat es eine Meuterei gegeben, und das nicht nur auf einem einzigen Schiff, sondern auf vielen.« Der Kommandant war ganz klar tief besorgt. »Es gibt Berichte, daß Männer, die im Sold Frankreichs stehen, diese Meuterei in der Hoffnung inszeniert haben, daß die Südküste nicht verteidigt werden kann.«

»Eine Invasion, Sir?« fragte Jones ungläubig. »Rechnet man mit einer französischen Invasion?«

Waterburys Augen weiteten sich, als ob er über dieses Wort noch nicht einmal im Traum nachgedacht hätte, geschweige denn, daß so etwas in der Realität machbar sein sollte. »Nein, Mister Jones, wir wissen noch von keiner.« Er blickte nervös aus den Kabinenfenstern. »Aber man weiß ja nie.«

Browne räusperte sich, um die Aufmerksamkeit des Kapitäns zu erregen. »Sir, hat es Blutvergießen gegeben? Sind Offiziere getötet worden?«

Waterburys Augen wanderten zu Browne hinüber. »Seltsam genug, nur in einem Fall.« Er schnaubte. »Und die Meuterer behaupten, daß sie loyal gegenüber dem König und nur daran interessiert sind, die Bezahlung und die Lebensbedingungen der Mannschaften in der Flotte zu verbessern.« Er ballte die Fäuste. »Bei Gott, wenn ich das Kommando in Spithead hätte, würden da jetzt schon Männer wegen Verrats baumeln!«

Höchstwahrscheinlich wäre dann schon die gesamte Flotte in Aufruhr, dachte Fergus.

»Sir, was werden wir tun?« erkundigte sich Jamaika Sam.

»Eine gute Frage«, erwiderte Waterbury. »Der Admiral hat mir gesagt, daß es sein Wille ist, daß das Schiff umgehend verproviantiert wird und in vierundzwanzig Stunden wieder in See geht. Wir sollen in der Nähe von Brest patrouillieren, um ein wachsames Auge auf die Franzosen zu haben, falls sie die Meuterei ausnutzen und eine Invasion versuchen wollen.« Er schlug leicht mit der Faust auf den Tisch. »Also bereiten Sie alles vor, um das Schiff an der Pier längsseits zu bringen. Aber«, achtunggebietend hob er den Zeigefinger, »keinesfalls dürfen die Männer erfahren, warum wir so schnell wieder auslaufen. Sie dürfen davon nichts wissen.«

»Über die Franzosen?« fragte Peck scheinheilig.

»Nein, nein über die Meuterei. Falls sich diese Nachricht verbreitet, könnten einige von ihnen auf dumme Gedanken kommen. Und auf keinen Fall dürfen die Männer an Land. Die Franzosen könnten auch in Plymouth Agenten haben, die nur darauf warten, die Meuterei auf die ganze Flotte auszuweiten. Achten Sie auch darauf, mit wem sie an der Pier sprechen, man weiß nie, was für Gerüchte in dieser verdammten Stadt herumgeistern.«

Browne räusperte sich wieder. »Werden Mister Kilburnie und ich an Bord der *Swallow* bleiben, Sir?«

Der Kommandant blickte mürrisch. »Nein, das werden Sie nicht.« Er schaute die anderen Männer an. »Mister Peck, wie ich schon sagte, bereiten Sie alles vor, um das Schiff längsseits zu bringen.« Dann richtete er seinen Blick wieder triumphierend auf Browne und Fergus. »Ich muß zugeben, daß die Meuterei es mir um so dringlicher erscheinen läßt, daß Sie das Schiff sofort verlassen. Ich bin dann vor Ihren Einmischungen in meine disziplinären Maßnahmen sicher, welche eine strenge Disziplin kreieren, die eine Meuterei auf diesem Schiff unmöglich macht. Diese Männer wagen nicht einmal, an eine Meuterei zu denken, weil sie wissen, daß ich unbeugsam bin.« Er nickte mit offensichtlicher Selbstzufriedenheit.

»Was Ihre Zukunft angeht, Mister Browne, wegen

meines Treffens mit dem Admiral war es mir nur möglich, dem hiesigen kommandierenden Offizier der Marineinfanterie mitzuteilen, daß Sie sich alsbald bei ihm melden werden, um zu seinen anderen Faulenzern zu stoßen, bis er wieder eine Abteilung für einen Einsatz auf See zusammenstellt.«

Browne nickte.

Waterbury beugte sich auf seinem Stuhl weiter vor und sah Fergus mit einem Blick voller bösartiger Befriedigung an. »Nun zu Ihnen, Kilburnie. Ich hatte das Glück, die Bekanntschaft des Kommandanten der *Aberdeen* zu machen, während ich auf das Gespräch mit dem Admiral wartete. Kapitän Leeks ist ein Mann der freundlichen Sorte und braucht einen Ersten Leutnant. Da der Admiral so freundlich war, mir einen neuen Ersten zuzuteilen, war ich überglücklich, Kapitän Leeks von Ihren umfassenden Fähigkeiten erzählen zu können. Er hat Sie dann auch sofort akzeptiert und erwartet Sie noch heute.« Waterbury faltete seine Hände über seinem Bauch. »Sie scheinen nicht allzu begeistert zu sein, Kilburnie. Ich dachte, daß Sie froh sein würden, auf einem Schiff zu dienen, das nach einer Stadt in Ihrem hinterwäldlerischen Land benannt ist.« Fergus ließ sich nicht reizen, daher fuhr Waterbury fort: »Außerdem hat mir Kapitän Leeks versichert, daß die *Aberdeen* ein sehr bequemes Schiff ist, das mit sehr wichtigen Aufgaben betraut ist.«

Fergus ahnte, nein, er wußte, daß Waterbury ihn an diesen Kapitän Leeks vershanghait hatte, weil er annahm, daß ein Posten auf der *Aberdeen* schlimmer war, als wenn er ihn an Land schicken würde. Das Schiff war wahrscheinlich ein überfüllter, abbruchreifer Seelenverkäufer, der eine höchst langweilige Aufgabe hatte. Wieder äußerte er sich nicht. Was machte das jetzt noch aus?

Waterbury schwieg beinahe enttäuscht einen Augenblick und ließ seinen Blick zwischen den beiden Männern hin- und herwandern. »Ich glaube, daß es jetzt Zeit für Sie ist, zu gehen, Gentlemen. Sie sind keine Offiziere dieses Schiffes mehr, und ich habe keinen Platz für Passagiere.« Er deutete auf die Tür.

Ungefähr zehn Minuten standen Browne und Fergus an der Verschanzung und sahen zu, wie das Langboot mit ihrem Gepäck beladen wurde. Browne hatte sich von seinen Männern ohne großes Zeremoniell verabschiedet. Sie hatten sich um ihn herumgedrängt, als er das Deck betreten hatte. Viele hatten ihm versichert, daß sie sich darauf freuen würden, wieder mit ihm zu dienen, und Fergus hatte viele Abschiedsworte gehört, die anscheinend aus ehrlichem Herzen kamen, und er vermeinte sogar, die eine oder andere verstohlene Träne in den Augen dieser knochenharten Männer entdeckt zu haben.

Fergus war niemals ein echter Beststandteil dieser Bordgemeinschaft geworden, also erwartete er auch keinen Abschiedsgruß. Daher war er erstaunt, als Peck, Jones und Jamaika Sam zu ihm traten und ihm kräftig die Hand schüttelten.

»Es tut uns leid, daß Sie uns schon so bald wieder verlassen, Sir«, brummte Jones, als er an der Reihe war. »Wir wissen, daß Sie hier gut reingepaßt hätten, wenn wir den richtigen ... nun ja, es waren die Umstände, Sir.«

»Aye«, bestätigten Peck und Jamaika Sam unisono.

Fergus fühlte, wie ihm die Kehle eng wurde. »Ah, danke, ich wünschte auch, die Umstände wären besser gewesen, aber ...« Er hob die Achseln und ließ den Satz unvollendet.

Waterburys Stimme unterbrach sie. »Los, los, Gentlemen. Die Arbeit wartet auf uns!« Er trat an die Reling und gestikulierte energisch.

Browne machte zu Fergus eine einladende Handbewegung. »Sie zuerst.«

Fergus ging an die Leiter und grüßte Waterbury, als die Bootsmannspfeife ihn verabschiedete. Waterbury erwiderte die Ehrenbezeugung, auf seinem Gesicht lag das inzwischen schon übliche triumphierende Grinsen. Ich hoffe, daß du in der Hölle verrotten wirst, dachte Fergus und kletterte über die Duchten auf seinen Platz im Langboot. Dann drehte er sich zur rechten Seite um, um festzustellen, was Browne so lange aufhielt. Der Seesoldat stand an der Reling und redete leise mit dem Kommandanten. Plötzlich richtete sich der Kapitän kerzengerade auf und machte einen schnellen Schritt zurück, sein Gesicht war kreideweiß. Auch Browne trat jetzt einen Schritt nach hinten, salutierte schnell und stieg unter dem Trillern der Bootsmannspfeife langsam in das Boot hinab.

Als sich das Boot von der *Swallow* entfernte, stellte Fergus fest, daß sich viele Männer an der Reling versammelt hatten, einige hoben sogar die Hände zu einem letzten Winken. Trotzdem blieben seine Augen auf die Gestalt des Kommandanten fixiert, der ihnen finster nachblickte.

»Was haben Sie zu ihm gesagt, Browne?« erkundigte sich Fergus ruhig.

Browne wandte den Blick nicht von der kleiner werdenden *Swallow* und antwortete einfach, aber ziemlich wirkungsvoll: »Ich habe ihm angedroht, daß ich von ihm, wann immer ich ihn das nächste Mal sehen werde, Satisfaktion verlangen werde. Und für den Fall, daß er mir diese verweigert, werde ich dafür sorgen, daß bald jeder weiß, was für ein Feigling er ist.« Browne warf Fergus einen schnellen Blick zu. »Und seinen Dienstrang könne er sich dann sonstwohin stecken!« Er wandte sich wieder um und betrachtete weiter die *Swallow*.

Fergus kannte Browne gut genug, um zu wissen, daß der Seesoldat jedes Wort so gemeint hatte, wie er es gesagt hatte.

Alexander Kent – Die Bolitho-Romane

Die Seemannsbraut
Sir Richard und die Ehre der Bolithos
Roman, 320 Seiten
Ullstein TB 22177

Mauern aus Holz, Männer aus Eisen
Admiral Bolitho am Kap der Entscheidung
Roman, 304 Seiten
Ullstein TB 24730

Das letzte Riff
Admiral Bolitho - verschollen vor Westafrika
Roman, 384 Seiten
Ullstein TB 23783

Dämmerung über der See
Admiral Bolitho im Indischen Ozean
Roman, 432 Seiten
Ullstein TB 23921

Dem Vaterland zuliebe
Admiral Bolitho vor der Küste Amerikas
Roman, 384 Seiten
Ullstein TB 24181

Unter dem Georgskreuz
Admiral Bolitho im Kampf um Kanada
Roman, 384 Seiten
Ullstein TB 24409

Die Feuertaufe/ Strandwölfe
Zwei Romane, 384 Seiten
Ullstein TB 23405

Der junge Bolitho
Die Feuertaufe/Strandwölfe/Kanonenfutter
Drei Romane, 514 Seiten
Ullstein TB 20913

Bolitho in den Tropen
Kanonenfutter/Zerfetzte Flaggen
Zwei Romane, 560 Seiten
Ullstein TB 23527

Bolitho wird Kapitän
Klar Schiff zum Gefecht!/
Die Entscheidung/
Zerfetzte Flaggen
Drei Romane, 626 Seiten
Ullstein TB 22016

Fregattenkapitän Bolitho
Bruderkampf/Der Piratenfürst
Zwei Romane, 640 Seiten
Ullstein TB 22097

ULLSTEIN TASCHENBUCH